W0369411

Bernardine Evaristo

Bernardine Evaristo est née en 1959 à Eltham, près de Londres, d'un père nigérian, émigré en Grande-Bretagne dix ans plus tôt, et d'une mère anglaise d'origine irlandaise. Militante, activiste, dramaturge, elle a cofondé le Théâtre des Femmes noires en 1982. Professeure de création littéraire à l'université de Brunel, elle y a créé le Prix international de poésie africaine. Elle est aussi vice-présidente de la Royal Society of Literature. En 2019, elle a partagé le prestigieux Booker Prize avec la Canadienne Margaret Atwood pour son huitième livre, *Fille, femme, autre*, faisant d'elle la première lauréate noire de ce prix.

FILLE, FEMME, AUTRE

BERNARDINE EVARISTO

FILLE, FEMME, AUTRE

Traduit de l'anglais
par Françoise Adelstain

GLOBE

Titre de l'édition originale :
GIRL, WOMAN, OTHER
(Penguin Random House, Londres)

FSC
www.fsc.org
MIXTE
Papier issu de
sources responsables
FSC® C003309

L'éditeur de cet ouvrage s'engage dans une démarche de certification FSC® qui contribue à la préservation des forêts pour les générations futures.

Pour en savoir plus :
www.editis.com/engagement-rse/

Le Code de la propriété intellectuelle n'autorisant, aux termes de l'article L. 122-5, 2° et 3° a, d'une part, que les « copies ou reproductions strictement réservées à l'usage privé du copiste et non destinées à une utilisation collective » et, d'autre part, que les analyses et les courtes citations dans un but d'exemple et d'illustration, « toute représentation ou reproduction intégrale ou partielle faite sans le consentement de l'auteur ou de ses ayants droit ou ayants cause est illicite » (art. L. 122-4).
Cette représentation ou reproduction, par quelque procédé que ce soit, constituerait donc une contrefaçon, sanctionnée par les articles L. 335-2 et suivants du Code de la propriété intellectuelle.

© 2020, Globe, l'école des loisirs, Paris,
pour l'édition française
© Bernardine Evaristo, 2019
Tous droits réservés

ISBN : 978-2-266-31315-5
Dépôt légal : août 2021

CHAPITRE I

AMMA

1

Amma

suit à pied la promenade longeant le fleuve qui coupe sa ville en deux, quelques péniches matinales s'y croisent lentement

à sa gauche le pont-passerelle piétonnier avec ses pylônes qui ressemblent à des mâts de voiliers

à sa droite la courbe que décrit la rivière vers l'est après avoir dépassé Waterloo Bridge en direction du dôme de St Paul

elle sent que le soleil commence à se lever, l'air est encore respirable, tant que la chaleur et les gaz ne congestionnent pas la ville

plus loin sur la promenade un violoniste joue un air revigorant, exactement ce dont elle a besoin

ce soir c'est la première de la pièce d'Amma, *La Dernière Amazone du Dahomey*, au National Theatre

elle repense à ses débuts au théâtre

quand elle et sa compagne d'alors, Dominique, se bâtissaient une réputation en interrompant les spectacles qui offensaient leur sensibilité politique

leurs voix puissantes d'actrices aguerries jaillissaient du fond de la salle, après quoi elles s'enfuyaient vite fait

elles croyaient aux protestations publiques, perturbatrices, déclenchant la fureur des gens de l'autre bord

elle se rappelle avoir vidé une pinte de bière sur la tête d'un metteur en scène qui représentait des femmes noires à demi nues courant sur la scène comme des débiles

puis s'être débinée dans les ruelles de Hammersmith en braillant

ensuite pendant des décennies Amma a vécu en marge, rebelle balançant des grenades sur cet establishment qui la rejetait

jusqu'au jour où le courant dominant se mit à absorber ce qui passait avant pour de l'extrémisme et où elle se découvrit avide d'en faire partie

ce qui ne se réalisa que lorsque, il y a trois ans, pour la première fois une femme fut nommée directrice artistique du National Theatre

après avoir encaissé tant de refus polis de la part des prédécesseurs, Amma reçut un coup de fil juste après le petit déjeuner un lundi matin alors que sa vie s'annonçait vide de tout si ce n'est de séries télévisées

j'adore le texte, je dois le monter, voudrez-vous le mettre en scène ? je sais que je vous prends au dépourvu, mais êtes-vous libre pour un café cette semaine ?

Amma avale une gorgée de son americano enrichi de sa dose habituelle de remontant tout en continuant sa marche vers le centre d'art brutaliste

le bâtiment-bunker de béton gris qu'on essaie, du moins en ce moment, d'éclaircir avec des effets lumineux, et l'endroit s'est acquis une réputation de progressisme plutôt que de traditionalisme

voici des années, elle s'attendait à se faire expulser dès qu'elle oserait en franchir les portes, c'était l'époque où les gens se mettaient sur leur trente et un pour aller au théâtre

et jetaient un regard méprisant sur ceux qui ne s'habillaient pas convenablement

elle veut que les gens s'intéressent à ses pièces, elle se fiche de ce qu'ils se mettent sur le dos, elle conserve son style j'm'en tape, qui a évolué, c'est vrai, finis la salopette en jean, le béret Che Guevara, le foulard en référence à l'OLP et l'éternel badge de deux symboles féminins accouplés (tu devrais avoir plutôt le cœur sur la main, ma vieille)

maintenant elle porte des baskets argentées ou dorées en hiver, des Birkenstock antichute en été

l'hiver, des pantalons noirs, amples ou serrés ça dépend si elle fait du 40 ou du 42 cette semaine-là (une taille de moins pour le haut)

l'été, des sarouels qui s'arrêtent juste sous le genou

l'hiver, des chemises de couleur vive, des pulls, des vestes, des manteaux asymétriques

toute l'année ses dreadlocks oxygénées entraînées à se dresser comme des bougies sur un gâteau d'anniversaire

des créoles en argent, de gros bracelets africains et du rouge à lèvres rose

sont l'affirmation de son style éternellement vivace

Yazz

lui a récemment affirmé « tu ressembles à une vieille cinglée, Mum », elle la supplie d'aller chez Marks & Spencer comme toutes les mères normales, refuse de se faire remarquer marchant à côté d'elle dans la rue

Yazz sait très bien qu'Amma sera toujours tout sauf normale, qu'elle est dans la cinquantaine et donc pas encore vieille, mais essayez de dire ça à une fille de dix-neuf ans ; d'ailleurs, il n'y a pas de quoi avoir honte de vieillir

notamment quand toute la race humaine est concernée

même si parfois elle semble être la seule parmi ses amies à vouloir fêter les années qui passent

parce que c'est un tel privilège de ne pas mourir prématurément, leur dit-elle tandis que la nuit se prolonge autour de la table de la cuisine dans sa douillette petite maison de Brixton

qu'elles se plongent dans les plats que chacune a apportés : ragoût de pois chiches, poulet sauté, salade grecque, curry de lentilles, légumes sautés, tagine d'agneau, riz au safran, salade de betteraves et de chou frisé, quinoa jollof et pâtes sans gluten pour les vraies enquiquineuses

qu'elles se versent des verres de vin, de vodka (moins calorique) ou d'une boisson meilleure pour le foie si leur médecin le leur ordonne

elle espère qu'elles vont approuver sa décision de ne pas se joindre au troupeau des quinquas geignardes ; au lieu de quoi elle a droit à des sourires perplexes, que fais-tu des crises d'arthrite, des pertes de mémoire et des bouffées de chaleur ?

Amma passe devant la jeune musicienne des rues

adresse un sourire encourageant à la fille, qui le lui rend

pêche quelques pièces dans sa poche et les pose dans l'étui à violon

elle n'a pas encore renoncé aux cigarettes alors elle s'adosse au mur de la berge et en allume une tout en s'en voulant de sa faiblesse

sa génération a été inondée de pubs pour les cigarettes, qui les feraient paraître adultes, séduisantes, puissantes, intelligentes, désirables et surtout tellement cool

personne ne leur disait qu'en réalité elles les feraient mourir

elle observe le fleuve, elle sent la fumée descendre dans son œsophage et calmer ses nerfs alors qu'elle s'efforce de lutter contre l'afflux d'adrénaline dû à la caféine

quarante années de premières et elle a toujours la trouille

et si elle se faisait éreinter par la critique ? rejetée par la majorité des articles, une seule étoile, à quoi pense donc le National Theatre en accueillant cette débile, cette usurpatrice ?

bien sûr elle sait qu'elle n'est pas une usurpatrice, elle a écrit quinze pièces et en a mis en scène plus de quarante, comme un critique l'a écrit un jour Amma Bonsu est une ouvrière fiable qui sait éviter les dangers et si le public des avant-premières ne la gratifiait de standing ovations que par gentillesse ?

oh la ferme, Amma, tu es une vieille combattante, tu t'en souviens ?

regarde

une distribution fantastique : six actrices chevronnées (qui en ont vu d'autres), six en milieu de carrière (survivantes pour le moment) et trois nouveaux visages (naïfs et pleins d'espoir), dont l'un, la talentueuse Simone, débarquera les yeux larmoyants aux répétitions, elle aura oublié de débrancher le fer à repasser, d'éteindre le radiateur ou de fermer la fenêtre de sa chambre et gâchera un temps précieux en coups de fil paniqués à ses colocs

il y a quelques mois elle aurait vendu sa grand-mère comme esclave pour obtenir ce rôle, maintenant c'est une petite prima donna gâtée qui, il y a deux semaines, a ordonné à sa metteuse en scène d'aller lui chercher un *latte* alors qu'elles se trouvaient toutes les deux seules en train de répéter

je suis si fatiguée, geignait-elle, sous-entendant que c'était la faute d'Amma qui la faisait travailler trop dur

inutile de le dire, Amma a réglé le problème de la Petite Miss Simone Stevenson sur-le-champ

la Petite Miss Stevenson – qui croit que du fait d'avoir atterri au National juste en sortant de l'école d'art dramatique elle est à un pas de conquérir Hollywood

la désillusion viendra

bien assez tôt

parfois, comme maintenant, Amma pleure l'absence de Dominique qui a filé en Amérique il y a longtemps

elles devraient savourer ensemble ce moment décisif de sa carrière

elles se sont rencontrées dans les années 1980 à l'occasion d'une audition pour un long métrage dont l'action se situait dans une prison de femmes (évidemment)

toutes les deux en avaient assez de se voir destinées aux rôles d'esclaves, servantes, prostituées, nounous ou criminelles

sans jamais obtenir le job

elles injuriaient le sort dans un café cradingue de Soho tout en dévorant des œufs au bacon entre deux grosses tranches de pain blanc ramolli qu'elles faisaient descendre à l'aide de thé corsé en compagnie des travailleuses du sexe qui bossaient dans les rues alentour

longtemps avant que Soho soit devenu un quartier gay branché

regarde-moi, disait Dominique, et Amma regardait, et ne voyait effectivement rien en elle de servile, de maternel ou de criminel

Dominique était ultra-cool, absolument superbe, plus grande que la plupart des femmes, plus mince que la plupart des femmes, avec des pommettes sculptées et des yeux de braise aux épais cils noirs qui jetaient une ombre sur le visage

vêtue de cuir, les cheveux courts à l'exception d'une frange noire sur le côté, elle circulait en ville sur une vieille bécane de livreur qu'elle attachait dehors

ils ne voient pas que je suis une déesse vivante ? hurlait-elle à renfort de gestes ostentatoires, frange balayée d'une chiquenaude, pose sensuelle, toutes les têtes se retournaient

Amma était plus petite, hanches et cuisses africaines

parfait matériau pour fille esclave, avait noté un metteur en scène devant qui elle passait une audition pour une pièce sur l'Émancipation

sur quoi elle avait quitté la salle

Dominique à son tour avait eu affaire à un directeur de casting l'accusant de lui faire perdre son temps en briguant un rôle dans un drame victorien, à cette époque il n'y avait pas de Noirs en Grande-Bretagne

elle rétorqua qu'il y en avait, le traita d'ignorant et quitta elle aussi la salle

mais en claquant la porte

Amma comprit qu'elle avait trouvé une âme sœur géniale avec qui envoyer tout le monde se faire foutre

et que, lorsque ça se saurait, elles deviendraient pratiquement inemployables

elles poursuivirent la conversation dans un pub, copieusement arrosée de vin

Dominique était née à Bristol dans le quartier St Paul, d'une mère afro-guyanienne, Cecilia, dont la lignée remontait à l'époque de l'esclavage, et d'un père indo-guyanien, Wintley, dont les ancêtres travaillaient en servage à Calcutta

l'aîné de dix enfants l'air plus noirs qu'asiatiques et identifiés comme tels, d'autant que leur père se rattachait à des Afro-Caribéens avec lesquels il avait grandi, et non à des Indiens fraîchement débarqués d'Inde

Dominique avait deviné vers quoi la portait sa sexualité dès la puberté, avait sagement gardé ça pour elle, pas très sûre de la façon dont ses amis et sa famille réagiraient, ne voulant pas être une paria de la société

elle essaya les garçons quelques fois

ça leur plaisait

elle supportait

à l'âge de seize ans, souhaitant devenir actrice, elle partit pour Londres où les gens proclamaient fièrement sur des badges leurs identités d'« outsiders »

elle dormit à la dure sous les arches de Victoria Embankment et sur le seuil de boutiques le long du Strand, fut interviewée par une association d'aide au logement pour les Noirs à qui elle prétendit avoir fui un père qui la battait

ce qui n'impressionna pas le fonctionnaire jamaïcain – alors, comme ça, il te battait ?

Dominique passa au cran supérieur et accusa son père d'abus sexuel, fut accueillie en urgence dans un foyer ; dix-huit mois plus tard, à l'issue de coups de téléphone hebdomadaires larmoyants au bureau de l'association, on lui octroya une pièce dans un petit immeuble des années 1950 de Bloomsbury

j'ai fait ce qu'il fallait pour trouver un toit, raconta-t-elle à Amma, ce n'est pas ce dont je suis le plus fière, je l'admets, mais je n'ai fait de mal à personne, puisque mon père ne le saura jamais

elle se donna pour mission d'étudier l'histoire des Noirs, la culture, la politique, le féminisme, découvrit les librairies alternatives de Londres entra dans celle d'Islington, Sisterwrite, où elle constata que chaque auteur de chaque livre était une femme et y flâna pendant des heures ; ne pouvant s'en payer aucun, elle lut debout, semaine après semaine, l'intégralité de *Home Girls : A Black Feminist Anthology* et tous les ouvrages d'Audre Lorde qui lui tombaient entre les mains

les vendeuses ne semblaient pas s'en formaliser

quand je fus acceptée dans une école d'art dramatique très orthodoxe, Amma, j'étais déjà politisée et je contestais tout ce qu'ils disaient

l'unique personne de couleur de l'école

elle voulait savoir pourquoi les rôles masculins chez Shakespeare ne pouvaient pas être joués par des femmes, et je vous épargne les problèmes de casting transracial, hurlait-elle au professeur tandis que les autres étudiants, y compris les femmes, gardaient le silence

je me suis rendu compte que je ne pouvais compter que sur moi

le lendemain le directeur de l'école m'a prise à part

tu es ici pour devenir actrice pas politicienne

si tu continues de semer le trouble tu devras partir

tu es prévenue, Dominique

ne m'en parle pas, répliqua Amma, tu la fermes ou tu dégages, c'est ça ?

moi, mon esprit combatif, je l'ai hérité de mon papa, Kwabena, un journaliste qui faisait campagne pour l'indépendance du Ghana quand il a appris qu'il allait être arrêté pour sédition, il a filé et débarqué ici, où il a fini employé des chemins de fer, c'est comme ça qu'il a rencontré ma mum, à la gare de London Bridge

il contrôlait les billets à la sortie, elle travaillait dans les bureaux au-dessus du hall

il a fait en sorte d'être celui qui lui prenait son billet, elle a fait en sorte d'être la dernière personne à quitter le train afin d'échanger quelques mots avec lui

Mum, Helen, est une métisse, née en Écosse en 1935

son père était un Nigérian, qui a disparu aussitôt après avoir fini ses études à l'université d'Aberdeen

sans un mot d'adieu

des années après ma grand-mère a découvert qu'il était retourné auprès de sa femme et de ses enfants au Nigéria

elle ne savait même pas qu'il était marié

Mum n'était pas la seule métisse d'Aberdeen dans les années 1930 et 1940, mais elle était assez exceptionnelle pour qu'on le lui fasse sentir

elle a quitté l'école très tôt, a étudié le secrétariat, est arrivée à Londres à l'époque où la ville se peuplait de garçons africains venant étudier ou travailler

Mum allait danser, fréquentait leurs clubs de Soho, ils aimaient sa peau claire et ses cheveux longs

elle dit qu'elle se sentait laide, il a fallu que des garçons africains lui affirment le contraire

tu aurais dû la voir à l'époque

un croisement de Lena Horne et Dorothy Dandridge

ouais, vachement laide

pour leur première sortie, Mum espérait aller voir un film et danser dans un de ses endroits favoris, le Club Afrique, ici à Soho, elle avait fait plein d'allusions, elle aimait la musique highlife et le jazz ouest-africain

au lieu de quoi il l'emmena à l'une de ses réunions socialistes dans l'arrière-salle d'un pub d'Elephant and Castle

où des hommes sifflaient des bières tout en parlant d'indépendance

elle jouait les intéressées, impressionnée par l'intelligence de ce garçon

lui ce qui l'impressionnait, si tu veux mon avis, c'était sa soumission silencieuse

ils se sont mariés et se sont installés à Peckham

j'étais leur dernier enfant et unique fille, continua Amma, ajoutant la fumée de sa cigarette à celle de la pièce déjà saturée

mes trois frères sont devenus l'un médecin, les deux autres avocats, ils remplissaient ainsi les attentes de notre père, ce qui signifiait qu'il ne me mettait pas la pression pour que je suive leurs traces

sa seule préoccupation en ce qui me concerne c'est le mariage et les enfants

il pense que ma carrière n'est qu'un hobby qui disparaîtra quand j'aurai les deux

Papa est un socialiste qui veut que la révolution améliore le sort des hommes

au sens littéral

je dis toujours à Mum qu'elle a épousé un patriarche

regarde les choses autrement, Amma, me répond-elle, ton père est né homme au Ghana dans les années 1920 et toi femme à Londres dans les années 1960

et alors ?

tu ne peux pas attendre de lui qu'il « te pige » comme tu dis

je lui répète qu'elle fait l'apologie du patriarcat et se rend complice d'un système qui oppresse les femmes

elle répond que les êtres humains sont complexes

je lui dis de ne pas la ramener

Mum a travaillé huit heures par jour comme salariée, a élevé quatre enfants, tenu son foyer, veillant à ce que le dîner du patriarche soit sur la table tous les soirs et ses chemises repassées tous les matins

pendant ce temps il était dehors en train de sauver le monde

sa seule tâche ménagère consistant à acheter la viande du déjeuner du dimanche chez le boucher – variation banlieusarde du chasseur-cueilleur

je vois bien que Mum est insatisfaite maintenant que nous avons tous quitté la maison parce qu'elle passe son temps à la nettoyer et à la redécorer

elle ne s'est jamais plainte de son sort, ne s'est jamais disputée avec lui, signe évident qu'elle est opprimée

elle m'a confié qu'elle essayait de lui tenir la main au début de leur mariage, mais qu'il la retirait, disant que les marques d'affection c'était du chiqué typiquement anglais, elle n'a jamais recommencé pourtant chaque année il achète la carte de la Saint-Valentin la plus cucul que tu puisses imaginer et il adore la musique country sentimentale, les dimanches soir il s'assoit dans la cuisine pour écouter les albums de Jim Reeves et de Charley Pride

un verre de whisky dans une main, de l'autre il essuie ses yeux pleins de larmes

Papa vit pour les réunions électorales, les manifs, les piquets de grève devant le Parlement et la vente du *Socialist Worker* sur le marché de Lewisham

j'ai grandi en écoutant ses sermons à la table du dîner sur les méfaits du capitalisme et du colonialisme et les bienfaits du socialisme

c'était son pupitre de prêcheur et nous étions sa congrégation captive

comme si nous étions littéralement nourris de force par ses discours

il aurait probablement été un personnage important du Ghana s'il y était retourné après l'indépendance

au lieu de quoi il a été le président à vie de notre famille

il ne sait pas que je suis gouine, bien sûr que non, tu rigoles ? Mum m'a demandé de ne pas le lui dire, c'était déjà assez dur qu'elle le sache, elle l'avait soupçonné quand les filles étaient dingues de jupes droites serrées et de permanentes bouclées et que j'avais commencé à porter des Levi's d'homme

elle est sûre que c'est une phase, et je lui revaudrai ça quand j'aurai quarante ans

Papa n'a pas de temps à perdre avec des histoires de « tantouzes » et rigole des plaisanteries homophobes que les comédiens font à la télé le samedi soir quand ils n'insultent pas leur belle-mère ou les Noirs

Amma raconta qu'elle avait rejoint son premier groupe de femmes noires à Brixton pendant sa dernière année d'école, elle avait vu un prospectus à la bibliothèque du quartier

la femme qui lui avait ouvert la porte, Elaine, était auréolée d'une coiffure afro, on devinait ses membres déliés sous le jean bleu clair et la chemise en denim ultra-serrée

Amma la désira au premier coup d'œil, elle la suivit dans la salle principale où des femmes étaient installées sur des canapés, des chaises, des coussins, ou par terre, jambes croisées, buvant du café ou du cidre

elle accepta fébrilement les cigarettes qui circulaient à la ronde, assise par terre, appuyée à un fauteuil au tweed malmené par les chats, sentant la chaleur de la jambe d'Elaine contre son bras

elle les écouta débattre de ce que signifiait être une femme noire

ce que signifiait être féministe quand les organisations féministes blanches vous faisaient sentir que vous n'étiez pas la bienvenue

ce qu'elles éprouvaient quand elles se faisaient traiter de Négresses, ou tabasser par des crapules racistes

ce qu'elles ressentaient en voyant des hommes blancs leur tenir la porte ou céder leurs sièges dans les transports publics à des femmes blanches (acte sexiste) mais pas à elles (acte raciste)

Amma pouvait se reconnaître dans ce qu'elles racontaient, elle se joignit au chœur, nous t'écoutons, sister, nous sommes toutes passées par là, sister

elle avait l'impression d'émerger du froid

à la fin de cette première soirée, les autres femmes s'en allèrent et Amma proposa de rester pour aider Elaine à laver les tasses et les cendriers

elles firent l'amour sur l'un des canapés défoncés à la lueur d'un réverbère et au hurlement des sirènes de police

ce fut l'impression la plus proche qu'elle eût connue de se baiser soi-même

ce fut une autre façon de se sentir pleinement soi

quand elle arriva à la réunion la semaine d'après
Elaine pelotait une autre femme
et la snoba complètement
elle n'y remit plus jamais les pieds

Amma et Dominique restèrent au pub jusqu'à ce qu'on les flanque à la porte, échafaudant l'avenir à coups de verres de vin

elles décidèrent qu'il leur fallait monter leur propre compagnie théâtrale si elles voulaient faire une carrière d'actrices, n'étant ni l'une ni l'autre prêtes à trahir leurs idées politiques pour trouver un job

et pas davantage à se taire

ça semblait la voie évidente à suivre

elles griffonnaient des noms sur des feuilles de PQ fauchées dans les toilettes publiques

la Compagnie Théâtrale des Femmes du Bush leur parut l'appellation se rapprochant le plus de ce qu'étaient leurs intentions

elles feraient entendre une voix sur la scène théâtrale où régnait le silence

des histoires de femmes noires et asiatiques

elles fonderaient un théâtre à leur façon
cela devint la devise de la compagnie
À Notre Façon
Ou Rien.

2

Les living-rooms devinrent des lieux de répétition, de vieux tacots transportaient les accessoires, les costumes provenaient de boutiques de soldeurs, les décors sortaient de chez les ferrailleurs, on demandait un coup de main aux copains, chacun apprenait sur le tas, ils unissaient leurs destinées

elles tapaient des demandes de subvention sur de vieilles machines à écrire auxquelles manquaient des touches, Amma était aussi imperméable aux notions budgétaires qu'à la physique quantique, elle râlait à l'idée de se retrouver piégée derrière un bureau

elle exaspérait Dominique en arrivant en retard à des séances de gestion et en s'échappant avant la fin au prétexte de migraines ou de règles douloureuses

elles s'engueulaient quand Amma entrait dans une papeterie et en ressortait aussitôt en se disant saisie d'une crise de panique

Amma s'en prenait à Dominique qui ne livrait pas en temps voulu le script qu'elle avait promis d'écrire alors qu'elle sortait en boîte jusqu'à pas d'heure, ou qui oubliait son texte en plein milieu de la représentation

six mois après le début de leur aventure, elles étaient constamment à couteaux tirés elles avaient démarré sous le sceau de l'amitié, pour découvrir qu'elles ne pouvaient pas travailler ensemble

Amma organisa chez elle une réunion de la dernière chance – ça passe ou ça casse

elles s'installèrent avec du vin et des plats du traiteur chinois, Dominique reconnut qu'elle prenait plus de plaisir à organiser des tournées pour la compagnie qu'à s'exhiber devant un public, et préférait être elle-même plutôt que faire semblant d'être une autre

Amma reconnut qu'elle adorait écrire, détestait la gestion, et d'ailleurs était-elle réellement une bonne actrice ? elle feignait brillamment la colère – son registre n'allait pas plus loin

Dominique devint l'administratrice de la compagnie, Amma la directrice artistique

elles embauchèrent des actrices, des metteurs en scène, des décorateurs, une équipe technique, montèrent des tournées nationales qui duraient des mois

leurs pièces, *L'Importance d'être femme*, *Mutilation génitale féminine : une comédie musicale*, *Le Mariage dérangé*, *De belles salopes*, se jouaient dans des centres communautaires, des bibliothèques, des théâtres d'avant-garde, des festivals et des congrès féminins

elles distribuaient des prospectus aux spectateurs à l'entrée et à la sortie, collaient des affiches en douce la nuit sur des panneaux

elles commencèrent à faire l'objet d'articles dans les médias alternatifs, et publièrent même un mensuel samizdat, *Les Femmes du Bush* mais en raison des ventes minables et, pour être honnête, de la médiocrité de l'écriture, il n'y eut que deux numéros après le lancement grandiose un soir d'été chez Sisterwrite

où un groupe de femmes débarqua afin de déguster le pinard sans payer et se répandre surexcitées sur le trottoir pour se draguer

Amma augmenta ses revenus en travaillant dans un burger bar de Piccadilly Circus

elle y vendait des hamburgers en carton reconstitué couronnés d'oignons réhydratés et de fromage caoutchouteux

qu'elle mangeait gratis pendant ses pauses – et qui lui donnaient des boutons

en la voyant vêtue de son ensemble en Nylon orange et de sa casquette, les clients la prenaient pour une serveuse chargée d'enregistrer leurs commandes

et non pour la merveilleuse artiste, rebelle et super-individualiste qu'elle était

elle refilait à l'œil des tartes croustillantes fourrées de morceaux de sucre au goût de pomme aux jeunes prostitués devenus ses copains qui opéraient aux alentours de la station de métro

sans imaginer que dans les années à venir elle assisterait à leurs funérailles

ils n'avaient pas conscience que sexe non protégé signifiait danse avec la mort

ni eux ni personne

son chez-elle était une usine désaffectée dans le faubourg de Deptford, murs en béton et plafond croulant, plus une communauté de rats qui résistaient à toute tentative d'extermination

par la suite elle emménagea dans divers squats tous aussi sordides jusqu'au jour où elle se trouva habiter le squat le plus attrayant de tout Londres, un ancien immeuble de bureaux de dimensions soviétiques derrière King's Cross

la chance voulut qu'elle en entende parler l'une des premières avant qu'il se remplisse

et elle y resta, au dernier étage, même quand les huissiers dépêchèrent une excavatrice hydraulique à l'entrée principale

ce qui valut de violentes mesures de rétorsion et des sentences d'emprisonnement aux enragés qui croyaient qu'un huissier méritait de bons coups de pied au cul

ils appelèrent ça la Bataille de King's Cross

et baptisèrent ensuite l'immeuble République de Freedomia

la chance voulut aussi que le propriétaire de l'immeuble, un certain Jack Staniforth, vivant à Monte-Carlo, exonéré d'impôts et bourré de fric grâce aux bénéfices de l'affaire familiale de coutellerie à Sheffield, se révéla un sympathisant de leur cause une fois mis au courant par sa société

il avait combattu dans les Brigades internationales pendant la guerre civile espagnole

et un mauvais investissement dans un immeuble de l'un des quartiers les plus miteux de Londres faisait piètre effet au bas de ses relevés de banque

à condition qu'ils prennent soin des lieux, leur écrivit-il

ils pouvaient y habiter gratuitement

ils renoncèrent au captage illégal de l'électricité et ouvrirent un compte à la Compagnie londonienne d'électricité

firent de même pour le gaz, dont ils se fournissaient jusque-là moyennant une pièce de cinquante pence coincée dans un compteur

il leur fallait instituer un système de gestion et ils se réunirent un samedi matin dans le hall afin d'en débattre

les marxistes exigèrent la création d'un Comité central de la République des Travailleurs de Freedomia, ce qui était un peu excessif jugea Amma, étant donné que la plupart d'entre eux avaient « exprimé une opposition conceptuelle aux laquais du capitalisme » qui leur servait d'excuse pour ne pas travailler

les hippies suggérèrent de former une commune et de tout partager, mais d'un ton si planant et décontracté que personne ne les écouta

les environnementalistes voulaient interdire les aérosols, les sacs en plastique et les déodorants, ce qui retourna tout le monde contre eux, même les punks qui n'étaient pas précisément renommés pour dégager une senteur de rose

les végétariens réclamèrent le bannissement de la viande, les vegans voulurent l'appliquer aussi aux produits laitiers, les macrobiotiques suggérèrent du chou blanc à la vapeur pour le petit déjeuner

les rastas voulaient la légalisation du cannabis, et un endroit réservé sur le terrain à l'arrière du bâtiment pour leurs réunions Nyabinghi

les Hare Krishna désiraient que tout le monde se joigne à eux l'après-midi même pour taper du tambour dans Oxford Street les punks voulaient qu'on les autorise à jouer de la musique à plein tube et furent priés de la fermer

les mecs gays demandaient qu'on insère une clause antihomophobe dans la constitution de l'immeuble, quelle constitution ? rétorquèrent tous les autres

les féministes radicales exigeaient des sections pour femmes uniquement, autogérées par une coopérative

les féministes lesbiennes radicales voulaient leur propre section à l'écart des féministes radicales non-lesbiennes, autogérée aussi par une coop

les féministes lesbiennes radicales noires voulaient la même chose plus l'interdiction faite à tout Blanc, quel que soit son genre, de pénétrer dans les lieux

les anarchistes quittèrent la réunion parce que toute forme de gouvernance constituait une trahison de tout ce en quoi ils croyaient

Amma préféra s'en tirer toute seule, et se mêler à ceux qui n'essayaient pas d'imposer leur volonté aux autres

finalement ils instituèrent un simple comité d'administration par roulement, et un certain nombre de règles interdisant le commerce de drogue, le harcèlement sexuel et le vote tory

le terrain derrière le bâtiment devint un espace collectif exposant des sculptures en ferraille

avec l'aimable autorisation des artistes

Amma réussit à s'approprier un pool dactylo si vaste qu'elle pouvait faire du jogging tout autour

avec toilettes privatives et lavabo qu'elle maintint parfaitement propres et inonda de senteurs florales elle recouvrit murs et plafond d'une peinture rouge sang stupéfiante, arracha la moquette grise institutionnelle, jeta quelques tapis de raphia sur le parquet, installa une cuisinière d'occasion, un frigo, des poufs, un futon, et une baignoire récupérée dans une décharge

sa pièce était assez grande pour qu'elle y donne des fêtes et que les gens y dorment

les rythmes disco de Donna Summer, Sister Sledge, Minnie Riperton et Chaka Khan tournant sur la platine chauffaient les soirées

les bandes-son de Roberta, Edith, Sarah, Etta et Mathilde Santing accompagnaient tout du long les plaisirs de la nuit

derrière le paravent chinois en laque noire du dix-huitième siècle, récupéré dans une benne à l'extérieur de la vieille ambassade de Chine

elle essaya bon nombre des femmes de Freedomia

elle n'aimait que les aventures d'une nuit, la plupart des partenaires en voulaient plus

si bien qu'elle redoutait de croiser ses ex-conquêtes dans les couloirs, telle Maryse, traductrice guadeloupéenne, qui

si elle ne frappait pas à la porte d'Amma au milieu de la nuit en la suppliant de la laisser entrer, rôdait à proximité afin de harceler quiconque obtenait l'objet de ses désirs

allant jusqu'à injurier Amma de sa fenêtre chaque fois qu'elle la voyait approcher de l'immeuble, le point culminant fut atteint le jour où elle lui déversa sur la tête un seau d'épluchures de légumes à la fureur des environnementalistes et du comité de gestion qui prirent sur eux d'écrire à Amma la sommant d'« arrêter de chier devant sa propre porte »

à quoi Amma répondit combien il était intéressant de constater avec quelle rapidité les gens se transformaient en *fascistes totalitaires* dès qu'on leur donnait une parcelle de pouvoir

mais elle en avait pris de la graine et bénéficia d'un regain d'intérêt : des groupies firent la queue auprès d'Amma et de Dominique, actrices principales du Théâtre des Femmes du Bush

n'importe qui, depuis les gamines gouines jusqu'aux adolescentes attardées en passant par les femmes qui auraient pu être leurs mères

Amma ne faisait pas de discrimination, se vantant auprès de ses amies que ses goûts étaient réellement égalitaristes puisqu'ils transcendaient les cultures, les classes, les credo, les races, les religions et les générations

ce qui, du coup, lui offrait un terrain de jeux plus grand que celui de la plupart

(elle gardait pour elle sa prédilection pour les pénardes aux gros seins parce que c'était de l'antiféminisme que de réifier sexuellement des parties du corps)

Dominique était plus sélective et monogame, elle cherchait des actrices, blondes en général, au talent microscopique éclipsé par leur beauté macroscopique

ou des mannequins dont les attraits *constituaient* le talent elles choisissaient pour repaires les bars réservés aux femmes

le Fallen Angel, le Rackets, le Bell, le bar du Drill Hall Theatre le lundi, jour où traînaient les *lesbianarati*, et, le vendredi soir, la taverne de Pearl à Brixton, une Jamaïcaine dans la quarantaine qui avait vidé son sous-sol, installé une sono et faisait payer à l'entrée

pour Amma, attachement à une seule personne signifiait emprisonnement, elle n'était pas partie de chez elle, n'avait pas opté pour une vie de liberté et d'aventure pour se retrouver enchaînée aux désirs de quelqu'un d'autre

si elle couchait avec une femme plus de deux ou trois fois, celle-ci passait de l'état d'indépendante séduisante à celui de nécessiteuse sentimentale

en l'espace d'*une* semaine

Amma devenait leur unique source de bonheur, cependant qu'elles s'efforçaient d'affirmer leur autorité sur son anatomie, par tous les moyens requis

bouderies, larmes, accusations d'égoïsme et de sécheresse de cœur

Amma apprit à éconduire toutes ses conquêtes, à déclarer franchement ses intentions, à ne jamais coucher deux fois, à la rigueur trois fois, avec la même personne

même si elle le désirait

le sexe était un plaisir humain simple et inoffensif et jusqu'à la fin de la trentaine elle s'en donna à cœur joie

combien furent-elles ? une centaine, ajoutez-y une cinquantaine ? sûrement pas plus que ça ?

un couple d'amies lui suggéra d'entamer une psychothérapie qui l'aiderait à se calmer, elle répliqua qu'elle était quasiment vierge comparée aux mâles rock stars qui se vantaient de milliers de conquêtes et qu'on admirait pour ça

est-ce qu'on leur conseillait d'aller se faire psychanalyser ?

malheureusement une ou deux de ses anciennes conquêtes se sont mises récemment à la harceler sur les réseaux sociaux, où le passé n'attend que de vous sauter au visage

comme la femme qui a écrit qu'Amma avait été sa première maîtresse trente-cinq ans auparavant et qu'elle avait été si bourrée qu'elle avait ignoblement vomi sur elle

c'était traumatisant, je ne m'en suis jamais remise, pleurniche-t-elle

ou l'autre, à la même époque, qui l'a poursuivie dans Regent Street, l'accusant en braillant de n'avoir jamais répondu à ses appels

qui crois-tu être, espèce de pute de théâtre prétentieuse ? tu n'es rien, voilà ce que tu es, *rien*

tu dois être en manque de médocs, ma puce, lui a hurlé Amma en retour, avant de filer dans le dédale souterrain de Topshop

il y a un bail que les coucheries n'intéressent plus Amma ; le temps passant elle a surtout recherché l'intimité que suscite le fait d'être émotionnellement, quoique pas exclusivement, proche de quelqu'un d'autre

son truc à elle ce sont les relations non monogames, ou pluriamoureuses comme on dit maintenant, telles que Yazz les décrit, ce qui revient, d'après ce qu'elle en comprend, à de la non-monogamie sauf le nom, *ma fille*

il y a Dolores, infographiste habitant Brighton, et Jackie, ergothérapeute à Highgate

elles figurent dans le tableau depuis respectivement sept et trois ans, sont toutes deux des femmes indépendantes avec une vie bien remplie (et des enfants) en dehors de leur relation avec Amma

elles ne sont ni collantes, ni en manque, ni jalouses, ni possessives, en plus elles s'aiment bien l'une l'autre, de sorte que oui, parfois, elles s'accordent un petit ménage à trois

quand l'occasion s'y prête

(Yazz serait horrifiée si elle le savait)

la femme d'âge mûr qu'est Amma éprouve parfois de la nostalgie pour les anciens jours, se rappelle la seule fois où Dominique et elle sont allées en pèlerinage au légendaire Gateways

caché dans un sous-sol de Chelsea en ces dernières années de ses cinquante ans d'existence

il était quasiment vide, deux femmes d'âge moyen se tenaient au bar, cheveux coupés à la garçonne et vêtues d'un costume, l'air de sortir tout droit des pages du *Puits de la solitude*

une maigre lumière éclairait la piste de danse, et deux très vieilles et très petites femmes, l'une en veston-pantalon noir, l'autre en robe années 1940, dansaient joue contre joue au son de Dusty Springfield chantant *The Look of Love* et pas la moindre boule à facettes ne scintillait au plafond pour répandre sur elles de la poussière d'étoiles.

3

Amma jette sa tasse de café dans une poubelle et se dirige droit vers le théâtre, elle passe devant la piste de skate-board en béton incrustée de graffitis

il est beaucoup trop tôt pour que les jeunes se lancent dans leurs sauts périlleux et leurs zigzags, sans casque ni genouillères

ces jeunes, qui ne craignent rien

comme Yazz, qui circule à vélo sans casque

qui fulmine quand sa mère lui dit que porter un casque pourrait faire la différence entre

a/ avoir mal à la tête

b/ réapprendre à parler

elle prend l'entrée des artistes, salue l'agent de sécurité, Bob, qui lui souhaite une bonne soirée, longe les couloirs, grimpe l'escalier, débouche sur la scène vaste et profonde

observe la salle vide, en demi-lune, désert auditif, conçue sur le modèle des amphithéâtres grecs qui permettaient à chaque spectateur de ne jamais perdre de vue l'action

ils seront plus d'un millier à occuper les sièges ce soir

tant de gens réunis pour voir son spectacle, c'est incroyable les places presque toutes vendues pour la totalité des représentations, sans qu'un seul article ait encore paru

les gens ont-ils tant besoin de quelque chose de très différent ?

La Dernière Amazone du Dahomey, pièce écrite et mise en scène par Amma Bonsu

pays où aux dix-huitième et dix-neuvième siècles des femmes guerrières servaient le roi

des femmes qui vivaient dans l'enclos du roi, à qui l'on fournissait de la nourriture et des esclaves femelles

qui quittaient le palais précédées d'une jeune esclave sonnant une cloche pour avertir les hommes de détourner le regard s'ils ne voulaient pas être tués

qui devinrent gardes du palais parce que rien ne garantissait que les hommes ne couperaient pas la tête du roi ni ne le castreraient avec un coutelas pendant son sommeil

qui étaient entraînées à grimper nues aux branches épineuses des acacias afin de s'endurcir

qu'on envoyait dans la forêt pleine de dangers pendant neuf jours pour leur apprendre à survivre sans assistance

qui devenaient des tireuses d'élite au mousquet et pouvaient tranquillement décapiter et éviscérer leurs ennemis

qui combattaient leurs voisins yorubas ainsi que les Français venus les coloniser

qui avaient fini par former une armée de six mille combattantes, toutes officiellement mariées au roi

à qui l'on interdisait toute autre relation sexuelle et dont tout enfant mâle était tué à la naissance la première fois qu'elle avait entendu raconter cette histoire Amma en avait conclu qu'elles devaient baiser entre elles – n'est-ce pas le cas lorsqu'il y a ségrégation sexuelle ?

et l'idée de la pièce lui était venue

la dernière Amazone s'appelle Nawi, adolescente vulnérable qui apparaît en qualité de future épouse du roi ; incapable de porter son enfant, elle est bannie de la chambre royale et obligée de rejoindre la troupe des combattantes, elle survit aux dangers de l'incorporation et s'élève en grade grâce à sa forte présence physique et à la ruse qu'elle emploie dans ses stratégies de bataille, finit par devenir une cheffe amazone légendaire qui choque les observateurs étrangers par sa férocité et son intrépidité

Amma montre la loyauté de Nawi envers ses amantes longtemps après qu'elle s'est fatiguée d'elles, elle veille à ce que le roi leur assigne des tâches domestiques légères plutôt que de les chasser, les condamnant à une vie de misère

à la fin de la pièce, vieille et seule, Nawi renoue avec ses anciennes amantes, qui apparaissent et disparaissent sur scène comme des spectres, grâce aux hologrammes

elle revit les guerres qui ont fait sa renommée, y compris celles que le roi a déclarées pour subvenir aux besoins des ravisseurs d'esclaves malgré l'abolition de ce commerce dans les Amériques, les vaisseaux pirates forçant les blocus afin de faire affaire avec lui

elle est fière de ses réussites

des projections vidéo montrent ses batailles, des armées tonitruantes d'amazones brandissant mousquets et machettes
braillant et déferlant vers le public
terrifiantes, à vous glacer le sang

à la fin
Nawi meurt
les lumières baissent lentement
jusqu'au noir complet

Amma aurait tant souhaité que Dominique vienne assister à la représentation de cette pièce dont elle a été la première lectrice il y a dix ans quand Amma l'a écrite
une pièce qu'elle a mis un temps fou à monter parce que toutes les compagnies à qui elle l'adressait se récusaient, disant que ce n'était pas pour elles
et qu'elle se refusait à faire renaître le Théâtre des Femmes du Bush à cette seule fin
après le départ de Dominique, elle était restée seule aux commandes du vaisseau
elle s'y attela pendant encore quelques années, se sentant abandonnée, ne trouvant personne pour remplacer Dominique, celle qui trouvait les solutions pratiques aux idées créatives qu'elle lui soumettait
alors elle a fini par dissoudre la compagnie
et travailler en freelance

Shirley
sa plus vieille amie sera là ce soir, elle a assisté à tous les spectacles d'Amma depuis l'adolescence, constamment présente à ses côtés depuis qu'elles se

sont connues, collégiennes de onze ans, quand Shirley, la seule autre fille à la peau brune de l'établissement, a foncé droit sur Amma seule dans la cour de récréation, à l'heure du déjeuner, au milieu des autres filles en uniforme vert, surexcitées, hurlant, glapissant, qui s'amusaient à sauter à la corde, jouaient à la marelle, au chat et à la souris

et voilà que Shirley se tenait devant elle

Shirley, aux cheveux parfaitement raides, le visage rayonnant (de vaseline, découvrirait plus tard Amma), la cravate d'uniforme au nœud impeccable, les chaussettes blanches remontées sous les genoux

si posée, si soignée, si jolie

un tel contraste avec Amma et sa masse de cheveux en bataille, due principalement au fait qu'elle ne pouvait s'empêcher de dénouer les deux nattes que sa mère lui tressait chaque matin

Amma et ses chaussettes qui lui glissaient sur les chevilles parce qu'elle se frottait constamment un pied contre la jambe opposée

son cardigan d'uniforme de trois tailles trop grand parce que sa mère l'avait tricoté pour qu'il dure au moins trois ans

salut, dit-elle, je m'appelle Shirley, est-ce que tu veux que je sois ton amie ?

Amma fit oui de la tête, Shirley la prit par la main et la conduisit vers le groupe qu'elle venait de quitter et qui jouait à l'élastique

elles étaient devenues inséparables, Shirley attentive en classe et sur qui on pouvait compter pour les devoirs à la maison

Shirley qui écoutait pendant des heures Amma lui parler de ses béguins pour les garçons et, plus tard, après une période de transition bisexuelle (où elle s'était entichée des deux frères de Shirley, Errol et Tony), pour les filles

Shirley qui n'avait jamais eu une parole négative sur la sexualité d'Amma, qui la couvrait quand elle séchait les cours et l'écoutait sans faiblir raconter ce qu'on faisait au théâtre des jeunes – fumer, se bécoter, boire puis jouer – dans cet ordre, et quand leurs chemins divergèrent après le lycée, Shirley se tournant vers l'enseignement et Amma vers le théâtre, leur amitié ne faiblit pas

et même quand les amis bohèmes d'Amma affirmaient que Shirley était la personne la plus ennuyeuse de la Terre – fallait-il vraiment qu'elle l'invite ? – Amma défendait sa banalité

c'est quelqu'un de bien, protestait-elle

Shirley qui gardait Yazz bébé chaque fois qu'on le lui demandait (Amma en avait fait autant avec les filles de Shirley, une ou deux fois peut-être ?)

Shirley qui ne refusa jamais de prêter de l'argent pour qu'Amma règle ses dettes et qui parfois refusait les remboursements, au titre de cadeau d'anniversaire

pendant longtemps Amma eut le sentiment que les bienfaits étaient à sens unique, puis un jour elle se dit qu'elle avait rendu la vie sans heurt et sans surprise de Shirley un peu plus intéressante et brillante

et que c'était *cela* qu'elle offrait en retour

puis il y eut les membres de son groupe, de sa *bande* corrige Yazz, plus personne ne dit groupe d'amis, M'man, c'est tellement préhistorique elle a la nostalgie de ce qu'elles ont été, dans ces années où elles se découvraient elles-mêmes sans la moindre idée des changements qu'elles allaient connaître

son groupe qui assistait aux premières de ses pièces, qui était toujours au bout du fil (téléphone fixe, bien sûr – comment *faisait-on* ?) pour une soirée improvisée

toujours là pour partager et provoquer des drames

Mabel, photographe freelance, qui se rangea aux abords de la trentaine, larguant toutes ses amies lesbiennes, symboles de l'époque où elle s'était réinventée, probablement la première femme au foyer noire des Midlands, en veste Barbour et faisant de l'équitation

Olivine, si noire qu'aucune scène anglaise ne lui confiait de rôle, qui avait atterri à Hollywood, dans une des grandes séries télé policières et menait depuis la vie d'une star avec vue sur l'océan et tartines dans les magazines people

Katrina, infirmière retournée à Aberdeen où elle se sentait à sa place, disait-elle, qui est devenue une anglophile convertie, a épousé Kirsty, une femme médecin, et refuse de venir à Londres

Lakshmi sera là ce soir, saxophoniste, elle composait pour leurs spectacles avant de décider que rien n'était pire qu'une chansonnette et de s'insérer dans le créneau de l'avant-garde, jouant ce qu'Amma en privé appelle de la musique bing-bang-bong, tête d'affiche de festivals saugrenus dans des prairies lointaines avec plus de vaches que d'êtres humains pour spectateurs

Lakshmi est aussi devenue une improbable gourou pour les étudiants naïfs à qui elle enseigne en fac de musique

qui se réunissent autour de la cheminée de son logement HLM et sirotent du cidre médiocre dans des tasses à thé

cependant qu'elle se tient assise jambes croisées sur son canapé, en longue tunique et longs cheveux veinés d'argent

proscrivant la progression des accords au profit de l'improvisation microtonale, des structures et des effets polytempiques, polyrythmiques et multiphoniques

tout en déclarant : la composition est morte, les enfants

moi je ne crois qu'en l'impro du tempo contemporain

bien qu'approchant la soixantaine, Lakshmi ne choisit ses amants, hommes ou femmes, que parmi les vingt-cinq - trente-cinq ans, âge limite au-delà duquel la relation s'achève

et quand Amma lui demande pourquoi, elle répond simplement qu'après ils sont moins impressionnables, ont le visage moins frais et la peau moins tendue

et puis il y a eu Georgie, la seule qui n'ait pas passé la barre des années 1990

apprentie plombier, originaire du pays de Galles, elle avait été abandonnée par sa famille, des témoins de Jéhovah, en raison de son homosexualité

elle était devenue l'enfant perdue que la bande avait prise sous son aile seule femme dans une équipe de plombiers municipaux, elle devait supporter les sous-entendus constants de ses collègues masculins, leurs plaisanteries sur les détecteurs de trous de vis, les plombs d'herbe qui sautent, les tétins et les robinets à flotteur

ainsi que leurs commentaires sur ce qu'ils aimeraient faire de son cul tandis qu'elle fixait quelque chose sous un évier ou se penchait sur une gouttière

Georgie

buvait deux litres de Coca-Cola par jour, auxquels elle ajoutait de l'alcool et des drogues la nuit

elle était celle de leur groupe qui avait le moins de chance en matière de séduction, et tristement, bêtement, se croyait destinée à rester seule toute sa vie

de nombreuses nuits se terminaient dans les larmes, Georgie disant qu'elle était trop laide pour lever les filles, et elles lui affirmant que ce n'était pas vrai, qu'elle était très séduisante, même si Amma pour sa part la voyait plutôt dans le rôle du Renard que dans celui d'Oliver Twist

ce qui, dans l'univers lesbien, n'était pas une mauvaise chose

Amma n'oubliera jamais la dernière fois qu'elles se sont vues, assises sur le trottoir devant le Bell, avec les fêtards qui s'éloignaient en titubant, et elle, Amma, qui plongeait le doigt dans la gorge de Georgie pour lui faire régurgiter les pilules avalées dans les toilettes

et qui exprimait ouvertement, ce qu'elle n'avait jamais fait, la déception que lui causait son amie, un tel cas désespéré, avec son manque d'assurance, son incapacité à affronter l'âge adulte, sa manie de se défoncer la gueule, il est temps de grandir, Georgie, il faut grandir, bordel !

une semaine plus tard, Georgie enjambait le balcon au dernier étage du Pepys, l'immeuble HLM qu'elle habitait à Deptford

encore à ce jour, Amma se demande comment elle est morte

est-elle tombée (un accident), a-t-elle décollé (un faux pas), s'est-elle jetée (un suicide) ou l'a-t-on poussée (improbable)

elle continue de se sentir coupable, de penser que c'est peut-être sa faute

Sylvester assiste toujours aux premières, ne serait-ce que pour boire gratos à la réception qui suit

même si l'autre jour il l'a accusée d'être vendue, la coinçant à la sortie du métro, alors qu'elle rentrait d'une répétition

et il l'a persuadée de venir prendre un verre au bar du Ritzy, à l'étage, entourés des affiches des films indépendants qu'ils sont toujours allés voir ensemble depuis l'école d'art dramatique, où ils se sont connus étudiants

des films comme *Pink Flamingos*, avec la géniale drag-queen Divine, *Born in Flames*, *Daughters of the Dust*, *Adieu ma concubine*

des films qui ont inspiré son esthétique de scénographe

même si elle n'a jamais avoué ses autres goûts beaucoup moins intellos à Sylvester, bien trop puriste pour comprendre par exemple son addiction aux séries *Dynasty* et *Dallas*, les originales et leurs remakes ou *America's Top Model*, *Qui veut épouser un millionnaire*, *Big Brother*

ainsi de suite…

dans le bar Amma regardait autour d'elle cherchant d'autres alternatifs venus s'installer à Brixton à l'époque où le quartier était pourri mais encore abordable

elle appartient à ce petit monde, ils ont vécu deux émeutes, ils sont fiers de leur lignée et de leur milieu social multiracial, comme Sylvester qui est venu en pèlerinage revoir le local de la communauté gay où il a rencontré l'homme devenu le partenaire de sa vie, Curwen, juste arrivé de l'île Sainte-Lucie

ils formaient un couple sidérant

Sylvester, ou plutôt Sylvie, alors jolie blonde, a traversé la majorité des années 1980 vêtu de robes, ses longs cheveux flottant dans le dos

décidé à relever les défis de la société en matière de genre, bien avant la tendance actuelle, j'ai été *le premier*, râle-t-il constamment

Curwen, couvert de taches de rousseur, la peau brun clair, pouvait porter un turban, un kilt, une culotte de cuir et se maquiller

si l'envie lui en prenait

pour relever toutes sortes d'autres défis

disait-il

Sylvester à présent grisonnant, calvitie bien avancée, barbu, ne se montre jamais vêtu d'autre chose que d'une combinaison élimée d'ouvrier chinois

qu'il affirme être authentique et achetée sur eBay

tandis que Curwen porte un caban rétro et une salopette en jean

deux jeunes hommes étaient assis à la table voisine de la leur, empruntés et incongrus avec leur coupe de cheveux cadre de bureau, leurs joues lisses, leurs costumes impeccables et leurs chaussures cirées

Amma et Sylvester leur jetaient des regards en biais, ils détestaient ces intrus qui commençaient à coloniser le quartier, fréquentaient les restos et les bars chichi qui remplaçaient les étals du marché couvert où l'on vendait du poisson-perroquet, des ignames, des arilles d'akée, des poivrons bonney, des produits africains, des tissus, des faitouts, des escargots géants du Nigéria et des œufs marinés chinois

ces nouveaux bistros haut de gamme engageaient des agents de sécurité pour tenir les gens du quartier à l'écart

parce que si leur clientèle adorait s'encanailler dans les quartiers populaires du South West

eux ne pouvaient dissimuler le fait que le South West était dans leur ADN

Sylvester jouait un rôle important dans la « Campagne pour conserver le vrai Brixton »

il n'avait rien perdu de son zèle révolutionnaire

ce qui n'était pas forcément une bonne chose

Amma sirotait sa septième tasse de café de la journée, agrémentée de liqueur Drambuie, tandis que Sylvester buvait de la bière au goulot, la seule façon de faire pour un révolutionnaire, disait-il

il dirigeait toujours sa compagnie de théâtre socialiste, La 97 %, qui rayonnait de salles de banlieue en « communautés isolées », ce qu'Amma *aurait dû* continuer de faire

Amma, tu devrais donner tes pièces dans des centres communautaires et des bibliothèques, et non au National Theatre pour ces connards de bourgeois

à quoi elle répliqua que la dernière fois qu'elle avait monté un spectacle dans une bibliothèque, le public était principalement constitué de sans-logis qui au mieux dormaient, au pire ronflaient

c'était il y a quinze ans, elle avait juré de ne jamais recommencer

l'intégration sociale est plus importante que le succès, ou plutôt devrait-on dire le *suce-lès* ? rétorqua-t-il, et pendant qu'Amma essayait de lui prouver qu'elle avait raison de s'attaquer à des choses encore plus importantes, il continuait de s'enfiler les bières qu'*elle* payait (tu dois gagner un max maintenant que tu as tapé dans le mille)

elle soutint que c'était son droit de monter des pièces au National et que c'était le rôle du théâtre d'attirer des spectateurs autres que les abonnés de la banlieue chic, lui rappelant au passage que ça concernait notamment ses parents à lui, son père banquier à la retraite et sa mère femme au foyer, qui venaient du Berkshire à Londres pour l'offre culturelle, des parents qui l'avaient aidé financièrement, longtemps après son adolescence

un jour qu'il était ivre il avait laissé échapper qu'il touchait une allocation mensuelle

(elle était bien trop gentille pour le lui rappeler)

c'est bien beau, dit-elle encore, de jouer les provocateurs dans les salles de quartier, mais nous devons aussi marquer notre différence auprès du public plus traditionnel, nous payons tous des impôts qui financent ces théâtres, n'est-ce pas ?

Sylvester arborait l'air béat de celui qui sait échapper à l'impôt

du moins, moi je le fais *maintenant*, et tu devrais en faire autant

il croisait les bras, les yeux larmoyants de toutes ces bières, la jugeant en silence, elle connaissait ce comportement, l'alcool allait libérer une agressivité qui lui était en général étrangère

admets-le, Am, tu as abandonné tes principes au profit de ton ambition, tu es maintenant une Institution avec un I majuscule, tu es une renégate

elle se leva, attrapa son sac en patchwork imprimé africain et quitta le bar

un peu plus loin dans la rue elle se retourna et le vit appuyé au mur du Ritzy qui se roulait une cigarette

il les roulait *encore*

reste où tu es, Sylvie.

4

Amma rentra chez elle dans la nuit, toujours aussi ébahie d'être devenue propriétaire, à cette époque tardive de sa vie où elle était pratiquement sans-abri

pour commencer Jack Staniforth mourut et son fils Jonathan, qu'enrageait depuis des années la décision proprement scandaleuse de son père de ne pas tirer profit du programme de réhabilitation de King's Cross, à quoi on devrait la circulation des trains directs entre Londres et Paris

Jonathan donc donna congé avec trois mois de préavis aux Citoyens de Freedomia

anéantie, Amma dut néanmoins reconnaître qu'elle avait formidablement bien vécu puisqu'elle n'avait pas payé un seul penny de loyer dans ce qui était devenu l'une des villes les plus chères de la planète

elle pleura lorsqu'elle quitta son ex-bureau surdimensionné et ses fenêtres surplombant la gare où arrivaient les trains du nord de l'Angleterre

elle n'avait pas les moyens de payer un bail commercial et n'entrait pas dans la catégorie des bénéficiaires de logements sociaux

Amma et son canapé naviguèrent jusqu'à ce que quelqu'un lui propose une chambre d'amis

elle était revenue à son point de départ

puis sa mère mourut, dévorée de l'intérieur par la maladie féroce et impitoyable qui, attaquant un organe, avait fini par détruire les autres

Amma y vit le symptôme, le symbole de l'oppression dont avait souffert sa mère

M'man n'a jamais trouvé qui elle était vraiment, dit-elle à des amies, elle a accepté sa position de femme soumise dans le mariage et a pourri de l'intérieur

c'est à peine si elle regarda son père à l'enterrement

peu de temps après, lui aussi mourut, d'une crise cardiaque dans son sommeil ; dans l'idée d'Amma il se l'était infligée parce qu'il ne pouvait pas vivre sans sa femme, qui l'avait toujours soutenu depuis ses débuts en Angleterre

elle s'étonna elle-même de la force de son chagrin

puis elle regretta de ne jamais lui avoir dit qu'elle l'aimait, il était son père, un homme bien, évidemment qu'elle l'aimait, et maintenant il était parti, un patriarche certes, mais sa mère avait raison quand elle le lui faisait remarquer – il appartient à son époque et à sa culture, Amma

mon père fut anéanti d'avoir dû fuir le Ghana si brusquement, dit-elle en faisant son éloge à ses funérailles, auxquelles assistaient ses vieux camarades socialistes

ç'a dû être un tel traumatisme de perdre son foyer, sa famille, ses amis, sa culture, sa langue natale et d'arriver dans un pays qui ne voulait pas de lui

après, quand il a eu des enfants, il a voulu que nous soyons élevés en Angleterre et voilà tout

mon père croyait en l'objectif suprême d'une politique de gauche et a travaillé assidûment à rendre le monde meilleur

elle ne leur dit pas qu'elle ne l'avait pas apprécié à sa juste valeur et avait conservé depuis l'enfance l'image de personne bornée et vaniteuse qu'elle s'était forgée de lui, alors qu'en réalité il n'avait commis d'autre méfait que de ne pas répondre aux espoirs féministes qu'elle avait placés en lui

elle s'était comportée en gamine stupide et égoïste, maintenant c'était trop tard

lui il lui disait qu'il l'aimait, chaque année le jour de son anniversaire, quand sa mère vivait encore et qu'il signait la carte qu'elle avait achetée et envoyée en son nom

ses frères aînés, brillants tous les deux, lui ont gentiment cédé la part la plus importante de la maison familiale à Peckham

qui lui a permis de verser un acompte substantiel sur une petite maison mitoyenne avec jardinet de Railton Road, à Brixton

elle est chez elle désormais.

5

Yazz

est née il y a dix-neuf ans, dans l'eau d'un bassin installé dans le living, à la lumière des bougies

Amma entourée d'encens, au son d'un clapotis de vagues, soutenue par une sage-femme et doula, Shirley, et par Roland – son grand ami, qui avait accepté de lui faire un enfant lorsque la mort de ses parents l'avait plongée dans une sinistrose dévorante et sans précédent

par chance, Roland, en couple avec Kenny depuis cinq ans, pensait lui aussi à engendrer

il prenait Yazz un week-end sur deux, comme convenu, ce qu'Amma se mit à regretter en découvrant que son bébé lui manquait, elle qui pensait jouir furieusement de sa liberté du vendredi après-midi au dimanche soir

Yazz fut le miracle qu'elle ne croyait jamais vouloir désirer, la maternité la combla, oui c'est vrai, chose qu'elle n'avouait que rarement car ça semblait en quelque sorte antiféministe avec Yazz elle allait vivre son expérience de contre-culture

elle lui donnait le sein n'importe où elle se trouvait, et se fichait de ceux qu'offusquait le besoin d'une mère de nourrir son enfant

elle la transportait partout, sanglée sur son dos ou retenue sur le devant par une courroie, la déposait dans un coin des salles de répétition, ou sur la table des salles de réunion

l'emmenait dans ses tournées, en train et en avion, dans un lit de bébé qui ressemblait plutôt à un sac fourre-tout, une fois elle avait même failli la faire passer au scanner de l'aéroport, un acte pour lequel les douaniers voulaient l'arrêter

elle inventa la fonction de marraine multiple sept et de parrain multiple deux

pour être sûre d'avoir une réserve de baby-sitters suffisante quand la petite ne serait plus si docile ni si facile à brinquebaler

elle autorisa Yazz à s'habiller comme bon lui semblait du moment qu'elle ne mettait pas sa santé en danger

elle voulait que sa fille exprime sa personnalité avant que le système éducatif n'essaie d'étouffer sa liberté d'esprit

elle possède une photo de sa fille marchant dans la rue, arborant un plastron en plastique de l'armée romaine par-dessus un tutu orange, des ailes de fée blanches, un short jaune sur des leggings rayés blancs et rouges, une chaussure différente à chaque pied (une sandale et une botte en caoutchouc), les lèvres, les joues et le front barbouillés de rouge (graduellement) les cheveux noués en touffes à l'extrémité desquelles pendaient des poupées miniatures

Amma se fichait des regards apitoyés ou critiques des passants et des mères pudibondes sur les aires de jeux ou à la garderie

si Yazz a toujours eu la liberté de dire ce qu'elle avait envie de dire, en revanche elle se faisait enguirlander quand elle jurait parce qu'elle devait développer son vocabulaire

(Yazz, dis que tu trouves Marissa déplaisante ou peu sympathique plutôt que de la traiter de trou du cul de merde)

et même si elle n'obtenait pas toujours ce qu'elle voulait, à condition d'argumenter intelligemment, elle avait une chance d'y arriver

Amma voulait que sa fille soit libre, féministe et forte

elle l'emmena à des cours de développement personnel pour enfants afin qu'elle acquière la confiance en soi et la faculté d'expression lui permettant de s'épanouir dans n'importe quel milieu

grossière erreur

Mum, lui lança Yazz à quatorze ans, un jour qu'elle la tannait pour qu'elle la laisse aller avec des amis au festival musical de Reading, ce serait porter préjudice à mon développement personnel que de restreindre mes activités à ce stade critique de mon itinéraire vers l'indépendance d'esprit et la liberté d'expression de l'adulte que tu espères me voir être, j'veux dire, veux-tu réellement que je me rebelle contre tes règles démodées en fuyant la sécurité de la maison pour aller vivre dans la rue et devoir recourir à la prostitution pour survivre et ensuite aux drogues, au crime, à l'anorexie et aux relations destructrices avec des salauds de deux fois mon âge avant ma fin prématurée dans un squat de crack ?

Amma se rongea les sangs pendant tout le week-end que la petite passa loin d'elle

des hommes adultes reluquaient sa fille depuis avant sa puberté

il y a beaucoup plus de pédophiles en liberté que les gens ne l'imaginent

un an plus tard, Yazz, sur le point de partir faire la fête, traitait de féminazie cette mère qui osait lui suggérer d'allonger sa jupe, d'abaisser ses talons et de resserrer son décolleté de façon que 30 % au moins de sa masse corporelle soient couverts au lieu du taux de décence de 20 % couramment admis

pour ne rien dire du *boyfriend* aperçu lorsqu'il la déposait devant la maison

dès que Yazz franchissait la porte, elle trouvait Amma qui l'attendait dans le hall pour lui poser le genre de questions innocentes que posent tous les parents

qui est-ce et qu'est-ce qu'il fait dans la vie ? espérant que le garçon attaquait sa première année de fac, ce qui signifiait un âge relativement inoffensif

à quoi Yazz répliquait avec une insolence froidement ironique, M'man, il a trente ans et c'est un psychopathe qui enlève les femmes vulnérables et les enferme dans une cave pendant des semaines où il leur fait des tas de trucs dégueulasses avant de les découper en morceaux qu'il fourre dans le congélateur pour ses futurs ragoûts d'hiver puis grimpait en dansant vers sa chambre, laissant dans son sillage un parfum de shit

et n'allez pas croire que l'enfant qu'elle a élevée est du genre à s'affirmer féministe plus tard

le féminisme c'est tellement grégaire, lui a dit Yazz, franchement, même être une femme c'est dépassé aujourd'hui, à la fac nous avions un.e activiste non binaire, Morgan Malenga, qui m'a ouvert les yeux, je pense que nous serons tous non binaires à l'avenir, ni mâles ni femelles, qui sont d'ailleurs des prestations sexo-spécificistes, ce qui signifie que ta politique *féminine*, M'man, deviendra obsolète, et tant que j'y suis, que je te dise, je suis humanitaire, ce qui se situe à un niveau beaucoup plus élevé que le féminisme

as-tu même l'idée de ce que ça signifie ?

maintenant qu'elle est à l'université, sa fille lui manque

non pas le petit serpent venimeux qui pointe sa langue pour blesser sa mère, parce que dans le monde de Yazz les jeunes sont les seuls à avoir des sentiments

ce qui lui manque c'est la Yazz qui tape des pieds

qui entre dans une pièce comme si un ouragan l'y avait précipitée – où est mon sac / mon portable / ma carte de transport / mes livres / mon billet / ma tête ?

les bruits de fond familiers quand elle est là, le clic du verrou quand elle s'enferme dans la salle de bains, même si elles ne sont que toutes les deux dans la maison, une habitude prise à la puberté qu'Amma juge insultante

le grincement du moulin à poivre qu'elle actionne dix fois exactement sur la soupe (en boîte) de tomates ou de champignons, qu'elle préfère aux merveilleux potages d'Amma faits maison

le chuchotement de la musique ou du bavardage à la radio qui émane de sa chambre le matin

la vue de sa fille le dimanche, sur le canapé du living, blottie sous une couette et regardant la télé jusqu'à ce qu'elle s'apprête à sortir à minuit

Amma se rappelle à peine qu'elle aussi avait l'habitude de sortir tard et de rentrer par les premiers bus du matin

la maison respire différemment quand Yazz n'est pas là

dans l'attente de son retour, des bruits et du désordre qu'elle va créer

Amma espère qu'elle reviendra vivre à la maison après l'université

c'est ce que font la plupart d'entre eux de nos jours, n'est-ce pas ?

ils n'ont pas les moyens de faire autrement

Yazz pourra rester pour l'éternité

vraiment.

YAZZ

1

Yazz
occupe le fauteuil d'orchestre choisi par Mum, l'un des meilleurs emplacements de la salle, alors qu'elle préférerait être reléguée au fond pour le cas où la pièce serait de nouveau une source d'embarras
elle a noué sur la nuque sa stupéfiante, volumineuse, sauvage, dynamique chevelure afro parce que les gens assis derrière elle se plaignent qu'elle les empêche de voir la scène
quand ses compatriotes de style afro accusent les gens de racisme ou de microagression pour ce genre de récrimination, Yazz leur demande ce qu'ils ressentiraient si des massifs de houx rebelles leur bloquaient la vue de la scène à un concert

elle est assise entre deux membres de sa bande de l'université, les Imbaisables, Waris et Courtney, qui bossent dur comme elle parce qu'elles veulent absolument obtenir de bons diplômes sans lesquels elles se feront niquer

de toute façon elles se font toutes niquer

quand elles quitteront l'université avec une énorme dette sur le dos et la perspective de la course délirante aux boulots, et le prix scandaleux des loyers qui signifie que leur génération devra retourner habiter chez ses parents *pour l'éternité*, ce qui les poussera à désespérer encore plus de l'avenir sans compter la merde de cette planète avec le Royaume-Uni qui va se séparer de l'Europe qui elle-même dévale la voie de la réaction et redonne du lustre au fascisme et tout ça est si cinglé que l'ignoble milliardaire éternellement bronzé a tellement abaissé le niveau intellectuel et moral en devenant président des Américains et fondamentalement tout ça veut dire que l'ancienne génération a tout détruit et que la nôtre est cooondamnée

à moins qu'on n'arrache aux aînés leur autorité intellectuelle

le plus tôt sera le mieux

Yazz étudie la littérature anglaise et projette de devenir journaliste tenant une colonne de polémiste dans un journal de réputation mondiale parce qu'elle a des tas de choses à dire et qu'il est temps que le monde l'entende

Waris, originaire de Wolverhampton, qui est assise à sa droite, étudie les sciences politiques et veut devenir membre du Parlement, pour *re-pré-sen-ter* les gens, et commencera par emprunter la voie de l'activisme communautaire, à la Barack Obama – notre modèle à tous

Reviens Barack !

assise à sa gauche, Courtney, originaire du Suffolk, est inscrite en études américaines parce que ce qui la passionne vraiment c'est l'homme afro-américain et que ce cursus lui donne l'occasion d'aller passer sa troisième année aux États-Unis, où elle espère se dégoter un mari

les habituelles têtes grises prédominent dans la salle (âge moyen cent ans)

les amies et les fans inébranlables de Mum sont disséminées un peu partout, elles devraient aussi être grisonnantes mais elles préfèrent la boule à zéro, la teinture ou le turban

elle regarde Sylvester, écroulé dans son fauteuil, miteux dans sa salopette « Chine communiste » bleu défraîchi, avec sa barbe il ressemble plus à un fermier amish qu'à un hipster citadin

t'as vraiment passé l'âge, Sylvie

les bras croisés il offre le visage renfrogné de celui qui a décidé de *ne pas* aimer la pièce avant même qu'elle commence, quand il se rend compte qu'elle le reluque, il prend une mine souriante et la salue de la main, probablement embarrassé de savoir qu'elle l'a percé à jour

elle le salue en retour, l'air avenant du contente-de-te-voir

c'est l'un de ses parrains, mais il a été rétrogradé en Ligue 2 pour lui avoir envoyé la même carte trois anniversaires d'affilée – minables cartes recyclées de ventes de charité –, quant aux cadeaux il a cessé de lui en faire après ses seize ans, comme si elle n'avait plus besoin d'aide financière à partir du moment où elle pouvait baiser légalement les marraines Ligue des Champions déboursent chaque année beaucoup d'argent pour son anniversaire, ce sont les meilleures parce qu'elles veulent vraiment la garder comme intermédiaire avec la jeune génération

deux d'entre elles ont totalement disparu pour s'être brouillées avec Mum à propos d'une histoire mélo sans intérêt

Mum dit que Sylvester devrait cesser de canarder les succès des autres (ceux d'Amma) et que, comme il n'évoluera pas avec le temps, il se sent largué

comme toi Mum il n'y a pas si longtemps, non ?

depuis qu'elle a atterri au National elle est devenue incroyablement arrogante envers ses camarades de théâtre, comme si elle seule avait découvert le secret du succès

comme si elle n'avait pas passé beaucoup trop d'années à regarder des merdes à la télé en attendant que son téléphone sonne

le problème quand vous avez une fille dotée d'une vision à rayons X

c'est qu'elle transperce la connerie de ses parents

Oncle Curwen n'accompagne pas Sylvester ce soir parce qu'il juge la politique beaucoup plus spectaculaire que n'importe quel machin monté sur une scène : « Brexit et Trumplement de Terre ! – la comédie des erreurs de notre temps », tel est son dernier mantra en date

en qualité de conseiller municipal travailliste de Lambeth il joue les pompiers dans les bagarres en réunion – ou plutôt il les suscite, réplique Sylvester qui aime ramener à de plus justes proportions l'importance politique que Curwen s'attribue

qui a besoin d'ennemis quand le compagnon de votre vie vous démolit consciencieusement ?

Curwen emploie des expressions désuètes du genre « en plein dans le mille » et aime en conserver l'usage en fréquentant le pub le plus miteux de Brixton où les vieux de la vieille continuent de râler contre Maggie Thatcher et la grève des mineurs, l'un des rares pubs à ne pas s'être transformés en bars à vin, pubs gastro ou bars à champagne, grogne Mum

comme si elle-même n'avait pas contribué à la gentrification de Brixton

comme si elle-même ne fréquentait pas les boîtes intellos genre le Ritzy

comme si elle-même n'avait pas emmené Yazz dans l'un de ces bars à champagne qu'elle prétend mépriser pour fêter sa réussite aux examens l'année dernière

juste pour cette fois, lui chuchota Mum en entrant dans la partie du marché couvert fréquentée maintenant par les mecs chic style banquiers qui les ont regardées longer l'allée comme s'ils observaient des indigènes à l'occasion d'un safari culturel

et pourtant qui a été repérée au Café des Amoureux des Céréales de Stockwell par l'une des copines de Yazz il n'y a pas si longtemps ?

un café qui s'est spécialisé dans la vente de centaines de variétés de céréales pour petit déjeuner à des prix exorbitants

un café où seuls ceux qui ont vendu leur âme à l'Enfer des Branchés voudraient s'aventurer

un café qui a tellement indigné les riverains qu'ils n'arrêtent pas d'en casser les vitres quant à Papa

(tu peux m'appeler Roland, non, tu es mon papa, Papa)

il est assis deux rangées devant elle, dans un costume Ozwald Boateng – bleu éclatant à l'extérieur, satin pourpre à l'intérieur

le crâne luisant, grâce au beurre de cacao dont il l'enduit, la première chose qu'il fait le matin en se levant, la dernière le soir en se couchant

le dos bien droit, grâce aux séances mensuelles de la technique Alexander qu'il suit afin de parer aux effets de ce qu'il appelle le syndrome du bossu universitaire

de temps à autre il jette un coup d'œil autour de lui pour vérifier que sa personne de vedette de télé ne passe pas inaperçue

avec l'argent qu'il dépense pour s'habiller Papa pourrait lui payer un an de frais d'études universitaires, ces frais qu'il affirme n'avoir pas les moyens de lui offrir

il est comme ça, la mode prime bien avant l'abnégation exigée d'une paternité digne de ce nom

elle fouille dans ses affaires à la recherche des grosses coupures qu'il laisse dans ses poches de veston dans la penderie de la maison (trois étages) de Clapham Common, parquets de bois blanc, murs jaunes où sont accrochées les photos originales de Cartier-Bresson sur lesquelles, adolescent, il est tombé par hasard aux puces de Wembley et qu'il a achetées pour une livre chacune

ce dont il se vante auprès des nouveaux visiteurs qui passent devant elles dans le hall il est aussi probablement juste de dire qu'elle était probablement *trop* jeune à treize ans pour ouvrir innocemment le tiroir de dessous le lit et tomber sur un truc genre masque à gaz en cuir avec une bite en cuir à l'emplacement présumé du nez, plus des fouets, des gels, des menottes et d'autres objets inexplicables

malheureusement, une fois vu toujours su, ainsi a-t-elle appris à son jeune âge qu'on ne connaît jamais les gens tant qu'on n'a pas fouillé leurs tiroirs

ou l'historique de l'ordinateur

Papa

l'auteur de la trilogie best-seller du *New York Times* et du *Sunday Times* : *Comment nous vivions alors* (2000), *Comment nous vivons maintenant* (2008), et *Comment nous vivrons demain* (2014)

le Pr Roland Quartey, premier professeur de vie moderne à l'université de Londres

vraiment ? *toute* la vie moderne ? lui a-t-elle demandé quand au téléphone il lui a annoncé fièrement sa nomination

c'est pas, comment dire, une tâche un peu gigantesque ? ne faut-il pas être expert en tout dans un monde qui compte plus de sept milliards d'habitants, près de deux cents pays et des milliers de langues et de cultures

ce serait pas plutôt de la compétence de *Dieu* ? dis-moi, es-tu Dieu désormais, Papa ? *Officiellement* ?

il marmonna quelque chose sur l'Internet des objets et les Pokémon, le terrorisme et la politique mondiale, *Breaking Bad* et *Game of Thrones*, y ajouta des citations qu'il attribua à Derrida et Heidegger pour faire bonne mesure, ce qu'il fait toujours quand il ne maîtrise pas une situation épineuse et pourquoi pas Bell Hooks ? rétorqua-t-elle, faisant défiler rapidement sur son portable la bibliographie de son module « Race, Classe et Genre »

et pourquoi pas Kwame Anthony Appiah, Judith Butler, Aimé Césaire, Angela Davis, Simone de Beauvoir, Frantz Fanon, Julia Kristeva, Audre Lorde, Edward Said, Gayatri Spivak, Gloria Steinem, V. Y. Mudimbe, Cornel West et les autres ?

Papa ne répondit pas

il ne s'attendait pas à ça, l'étudiante plus maligne que le maître (bien vu, le bizuth !)

comment au nom du Ciel peut-on être professeur de vie moderne quand toutes vos valeurs de référence sont masculines et blanches (même si toi tu ne l'es pas, faillit-elle ajouter) ?

lorsqu'il reprit la parole, d'une voix étouffée, ce fut pour dire que sa voiture (pas son taxi) était arrivée, qu'il devait filer

si c'était vrai, la voiture (voiture = limousine) allait le conduire vers un studio de télévision parce qu'il apparaît régulièrement à la télé pour débattre avec des gens encore plus arrogants que lui

il est devenu une pute des médias, note Mum, c'était un type si génial avant de devenir célèbre et corrompu par la célébrité, il croyait en des choses, maintenant il ne croit plus qu'en lui, ton père ne jure que par l'establishment, Yazz, c'est pourquoi ils l'adorent, ce n'est pas un antisystème comme moi, moi qui essaie de mettre un pied dans la place et qui ne reçois que des miettes, Yazz, oui des *miettes*

le plus drôle c'est que quand Mum le regarde à la télé elle est d'accord, même si c'est à contrecœur, avec presque tout ce qu'il dit, quant à se prétendre antisystème, c'est difficile maintenant que le National Theatre l'a acceptée

après cette démolition homérique, P'pa a tiré une gueule homérique

impossible de recevoir Yazz pour ce week-end ni le suivant ni celui d'après

contraintes, contraintes, contraintes, tu sais ce que c'est ?

ce qu'elle sait, c'est que si elle veut maintenir avec son père des relations solides, elle doit le tenir à l'œil parce que personne d'autre ne le fera, il s'entoure de ce que Mum appelle des « courtisans sycophantes », les gens que Yazz rencontre à ses soirées, principalement des personnes blanches et célèbres de la télé qui le considèrent comme un membre honoraire de leur confrérie

elle a failli en faire autant avec Mum, ce qui constituait un sacré boulot, surtout quand elle avait quatorze, quinze ans et que Mum était portée à des crises d'hystérie quand elle n'avait pas le dernier mot

maintenant elle ne se risque plus à vouloir maîtriser ou contredire sa fille

il suffit à Yazz de dire ne prends pas ce ton-là avec moi Maman ! pour qu'elle la boucle

P'pa est dans cette phase d'apprentissage lui aussi

et pour finir il la remerciera

Kenny (parrain numéro deux, qui judicieusement lui donne des chèques d'anniversaire affichant deux zéros) est assis fidèlement à côté de P'pa

Kenny, chauve et moustachu lui aussi mais à la mode des années 1970 (il a tort), est jardinier paysagiste, elle et lui s'entendent bien surtout parce qu'il ne se fait pas d'illusions sur sa propre grandeur, ils regardent la *Star Ac* ensemble juste parce que ça les amuse, tandis que P'pa prétend que c'est parce qu'il veut écrire un texte sur la signification culturelle de la chose

ils partent faire du vélo très tôt le dimanche matin avant que la ville se réveille, vont jusqu'à Battersea, longent les petites rues jusqu'à Richmond et au fleuve, pour le simple plaisir de pédaler et non parce que c'est un exercice imposé pour rester mince

unique raison pour laquelle P'pa court les marathons

l'autre jour Kenny lui a demandé de ne pas toujours traiter son père comme un minus alors qu'il venait pourtant de piquer une colère à propos d'un commentaire inoffensif qu'elle avait fait

à quoi Yazz a répliqué qu'elle traverse les années cyniques de fin d'adolescence – c'est plus fort que moi, Kenny, dès que j'aurai franchi le cap et que je redeviendrai adorable, je t'avertirai

du coup Kenny a craqué – il aime lui rappeler qu'il la connaît depuis qu'elle était un spermatozoïde parmi les millions qui nageaient dans le tube à essais de P'pa et que Mum se plaignait des coups de pied qu'elle lui donnait dans le ventre

à quoi elle a rétorqué pour blaguer que c'est parce qu'elle avait la prémonition embryonnaire qu'elle allait naître dans la pauvreté dès qu'elle aura fini ses études et qu'elle travaillera, elle va tâcher de persuader Mum de vendre sa maison, pardon, *notre* maison, qui grâce à *sa* gentrification de Brixton vaut maintenant une fortune

Mum peut ramener ses prétentions à un bungalow, ce qui sera très pratique pour une femme de son âge, probablement dans une de ces stations balnéaires sans charme où ce sera moins cher

avec l'argent qui restera de la vente de la maison, Yazz pourra s'acheter un petit appartement

une seule chambre à coucher suffira pour le moment

m'aider à me placer sur le marché immobilier sera l'acte déterminant de ta vie, Mum

elle n'a pas répondu

si seulement la première avait déjà eu lieu, sous les acclamations et estampillée cinq étoiles, c'est très important parce que c'est *elle* Yazz qui en bavera si la pièce est éreintée par la critique et que Mum explose en transports de rage pendant des semaines – ces critiques qui sabotent sa carrière avec leur absence totale de connaissance intime de la vie des femmes noires et ce coup-ci c'est la grande rupture après quarante années de boulot acharné blablabla et que s'ils n'ont pas piffé la pièce c'est parce qu'elle ne parle pas des travailleurs humanitaires en Afrique, des adolescents perturbés, des dealers, des seigneurs de la guerre africains ou des chanteurs de blues afro-américains, ou des Blancs qui sauvent des esclaves noirs

et devinez qui sera au bout du fil pour ramasser les morceaux ?

elle, l'infirmière des émois de Mum, qui l'a toujours été et le sera toujours tel est le fardeau de l'enfant unique, surtout si c'est une fille

par nature et forcément plus affectueuse.

2

Yazz possède une affiche gigantesque de Hendrix dans sa chambre à la fac, avec sa chevelure dingue, son bandeau hippie, son poitrail ridé, son sexe protubérant et sa guitare électrique

un indicateur culturel à l'intention de tous ceux qui entrent dans sa chambre pour qu'ils sachent immédiatement à quelle balèze ils s'frottent

bien qu'avec ses goûts éclectiques et déroutants elle passe des riffs de guitare préhistoriques à A$AP Rocky et de là à Mozart à Stormzy aux Priests à Angélique Kidjo à Wizkid à Bey à Chopin à RiRi à Scott Joplin à Dolly Parton à Amr Diab et ainsi de suite

elle possède même un enregistrement des oktavistes, les super-basses profondes russes en fait ils ne chantent pas ils font gronder la Terre

est-elle géniale et à cent coudées au-dessus des autres ?

sa chambre est la plus grande de son bâtiment, résultat de l'histoire qu'elle leur a servi sur sa prétendue « extrême claustrophobie et phobie sociale »

elle donne sur le canal qui longe la lisière du campus et se dirige vers les marécages peuplés de loutres (ou de blaireaux ?), de hérons (à moins que ce ne soient des oies ?) et de plein d'autres zoziaux et bidules animaliers qu'elle ne reconnaît pas et a la flemme d'apprendre à connaître

elle préfère se remplir la tête de trucs qui l'aideront à avancer dans la vie et savoir nommer la faune sauvage de l'est de l'Angleterre ne colle pas avec cette perspective

de l'autre côté, sa chambre donne sur les allées qui zigzaguent à travers le campus, d'où s'écoule un flot de mecs et de filles qui regagnent leurs chambres presque toutes les nuits en passant sous ses fenêtres, bourrés et brailleurs, qui sont allés boire en ville ou au bar de l'association des étudiants

elle n'est entrée qu'une fois là-dedans, ça débordait d'ivrognes rebuts de l'humanité, ce genre de garçons qui dégagent une odeur de plus en plus désagréable au fur et à mesure que le semestre avance parce que leur mère ne les trempe pas de force tous les soirs dans la baignoire

ce genre de garçons qui arborent une mine de plus en plus outragée parce qu'ils ne comprennent pas pourquoi personne ne veut s'asseoir à côté d'eux pendant les cours et que personne ne veut leur dire, qu'est-ce que tu pues, mec

Yazz croyait qu'elle trouverait l'amour à la fac, un garçon sympa de son année qui n'aurait pas une gueule de bouledogue et serait plus grand qu'elle (condition préalable)

un garçon contre qui se blottir les samedis soir et paresser au lit les dimanches matin en écoutant de la musique tout en rattrapant son retard de lecture des magazines, le *New Yorker*, *Observer*, *gal-dem*, *The Root*, *Atlantic*, *thegrio* parce qu'un jour elle écrira pour eux

malheureusement, son pouvoir de séduction est bien moins fort que celui de Mum, qui a un succès fou dans le monde lesbien

ses copines *du jour*[1], comme dit Dad (pourquoi parler anglais quand on sait parler français ?), sont deux femmes blanches, Dolores et Jackie, bien que Mum ait couché avec toutes les ethnies connues de l'humanité (on appelle ça luxure multiraciale)

elles ont l'air bien ensemble, ce qui fait chaud au cœur quand on pense à toutes les julies de Mum qui se sont battues à cause d'elle

c'est bizarre, et même suspect, avec Dolores et Jackie les rencontres se passent sans hurlements, pas de messages délirants sur le répondeur, pas de coups de pied forcenés dans la porte d'entrée en pleine nuit, pendant les soirées de Mum aucune ne s'embusque dans un coin en fusillant sa rivale du regard

on croirait qu'elles s'aiment toutes les deux, Yazz soupçonne d'horribles parties à trois, mais ne se résout pas à poser la question

d'ailleurs, elle a perdu le compte des femmes entrées et sorties de la vie de Mum, au point qu'elle a du mal à enregistrer les deux nouvelles sur son échelle de Richter des embêtements

il y aura inévitablement un nouveau visage à la table du petit déjeuner tâchant de faire amie-amie avec la fille de son amante, s'activant pour lui griller son toast, lui cuire une omelette au fromage et aux tomates, lui verser son jus de fruits, laver la vaisselle

1. En français dans le texte.

la fille qui lâchera de grossières allusions à l'approche de son anniversaire, de Noël et de Pâques

(et pourquoi la confiture n'est-elle pas sur la table ?)

quand Yazz parle de son éducation non conformiste, les gens naïfs s'imaginent qu'elle doit en être traumatisée, comment pourrait-il en être autrement avec une mère lesbienne polygame et un père gay narcissique (c'est le portrait qu'elle en fait), et toi qui naviguais de chez l'un à chez l'autre, larguée à tes multiples parrains-marraines pendant que tes parents menaient leur carrière ?

ça rend Yazz furieuse, elle déteste que les gens disent des choses négatives sur ses parents

c'est sa prérogative

quoi qu'il en soit, elle s'est résignée à traîner avec sa bande de l'université plutôt que de partir à la chasse à l'homme

le malheur veut qu'elle appartienne à cette génération des – on tchate – on se voit – on baise où les hommes s'attendent à ce que tu couches dès le premier (et unique) soir, que tu n'aies *pas un seul* poil pubien et que tu fasses les choses dégoûtantes qu'ils ont vu les femmes faire dans les films porno sur Internet

ce qu'elle soupçonne les garçons de sa résidence de faire à longueur de jour et de nuit, des garçons qu'on voit rarement hors de leurs chambres (vous avez dit cours ? quels cours ?)

elle n'a eu qu'un rencard à la fac, ce qui a signifié s'installer dans un bar avec un spécimen mâle qu'elle estimait être un type intéressant, qui a balayé ostensiblement l'écran de son portable pour voir si quelqu'un de mieux tourné se trouvait à proximité avant de s'excuser pitoyablement de devoir la quitter pour cause de révisions

elle est partie peu après lui et quelques mètres plus loin dans la rue elle est passée devant un autre bar et l'a vu qui bavardait avec une femme

Yazz estime que lorsque les types de son âge voudront se ranger, ses ovaires à elle seront asséchés, et ils dégoteront des filles de la moitié de leur âge qui pourront pondre des bébés en un clin d'œil

donc

bien qu'on la tienne pour raisonnablement séduisante (soit pas 100 % laide) avec son style particulier (en partie goth années 1990, en partie post-hip-hop, en partie pute, en partie extraterrestre), elle doit rivaliser avec des images de filles sur des sites porno à la moue bouffie de collagène et aux seins gonflés de silicone

Yazz a envisagé de sortir avec des types plus âgés, dans la trentaine (qui sont toujours partants pour baiser avec des adolescentes), jusqu'à ce qu'elle se représente les poils du nez, la bite ridée et le gros bide

alors en attendant qu'apparaisse un homme convenable (pour autant qu'il apparaisse un jour) avec promesse d'engagement dans les règles et idée de relation monogame durable (ce que ne veut pas sa mère), elle s'est offert un plan cul en la personne de Steve, un Américain qui prépare un doctorat sur « l'esthétique du hip-hop et sa corrélation avec la politique raciale dans les années 1980 »

malheureusement, il a aussi une copine à Chicago, ce qui est source de dilemme moral quand ils sont au lit Yazz et lui et que l'autre appelle et qu'il lui ment sur ce qu'il est en train de faire

Yazz passe parfois des nuits entières sans dormir à s'imaginer rester seule toute sa vie

si elle ne peut pas se trouver un copain convenable à dix-neuf ans quel espoir y a-t-il qu'elle en trouve un quand elle sera plus vieille ?

quelques amies de Mum sont restées seules pendant des décennies, pas les lesbiennes qui se draguent sans problème les unes les autres, mais des hétéros avec de bons jobs et des apparts et pas de partenaires avec qui les partager, qui disent qu'elles ne sont pas prêtes à déposer les gants à ce stade de leur vie

dans leur dos

Mum les accuse d'être en quête du « syndrome Obama », la paix chez soi, la guerre à l'extérieur

Nenet, troisième membre de la bande, est fiancée à Kadim qui fait ses études en Amérique, et que les parents de Nenet ont choisi pour elle

au début elle a résisté mais quand ils ont menacé de la chasser de la maison et qu'elle s'est imaginée obligée de trouver un boulot après la fac et de gagner sa vie elle-même, comme les autres, elle a réfléchi

par chance ça a collé entre eux quand elle a appris à le connaître, et elle part souvent pour de longs week-ends (genre du mercredi au lundi) dans le Connecticut, où il étudie

et même dans ces conditions elle obtient des tas de A à ses contrôles, tellement elle est intelligente

et aussi tellement sûre d'elle-même que c'est la dernière personne à qui on devrait vouloir se frotter quand un garçon du campus a commencé à lui envoyer des textos explicites, elle l'a dénoncé aux autorités et il a failli se faire renvoyer de l'université

quand une camarade de classe a été violée et s'est effondrée en larmes devant elle, Nenet a payé un avocat qui a obtenu six ans de prison pour le violeur

au bout desquels, de l'avis de tous, il se remettra à violer encore plus de femmes

Waris sort avec Einar, garçon somalien-norvégien, ils sont ensemble depuis qu'ils ont commencé histoire en fac

ce sont des fans du cinéma d'animation et ils vont chaque année au London Comic Con

Waris dessine des BD, c'est son truc, et elle est en train de fignoler une super-héroïne somalienne

qui pourchasse les hommes qui violentent les femmes

et les castre, lentement

sans anesthésie

pendant que les filles flemmardent, Yazz leur fait du chocolat chaud avec des sachets et leur offre les sablés que Mum fabrique pour elle vu que, bizarrement, elle s'est mise à la pâtisserie depuis que Yazz est entrée à l'université, un peu comme si elle se rendait compte qu'elle n'a pas été la parfaite maman-barricade qu'on attend et qu'elle essayait de s'amender

les trois quarts de la bande boivent peu, voire pas du tout

le cerveau de Yazz est son principal atout, elle ne va pas le gâcher

Waris dit oui au hijab et au sexe hors mariage, non à l'alcool et au porc

Nenet affirme qu'elle se mettra probablement à boire après quelques années de mariage avec Kadim lorsqu'il aura pris sa première maîtresse officielle, c'est ce qui s'est passé avec sa propre mère qui commence la journée avec un gin tonic et la finit avec une liqueur, plus une, deux, trois bouteilles de vin entre-temps

Courtney est la seule qui mélange le vin rouge à ses relations sociales

Yazz a été séduite par Waris le deuxième jour de la semaine d'intégration, à la réception donnée dans le gymnase qu'elles observaient un peu à l'écart ; Yazz a été attirée par l'air garce dédaigneuse de Waris, qui a pris ça avec bonne humeur quand Yazz le lui a avoué, et qui lui a demandé à son tour si elle s'était regardée dans la glace récemment

elles ont décrété d'un commun accord que ces gens de première année étaient vraiment immatures, tandis qu'elles sirotaient du thé glacé dans un coin du Starbucks sur le campus, loin du chahut des autres, qui cavalaient d'une soirée mousse à un disco paint-ball, de chasses au trésor en tournée des pubs, tout ça allait se terminer aux urgences, prédisait Yazz

qui a eu cette idée ? écrivit-elle sur le formulaire de commentaires de la semaine d'intégration

de faire découvrir l'alcool à ces pauvres petites choses et d'empoisonner ainsi la première semaine qu'ils passent loin de chez eux ?

pourquoi ne les inscrivez-vous pas dès maintenant en centre de désintox plutôt que d'attendre les premiers signes d'altération du foie qui ne manqueront pas d'apparaître en deuxième année ?

Waris

assortit la couleur de ses foulards de tête à celle de ses robes amples

il y a les jours verts, les jours marron, les jours bleus, les jours floraux, les jours fluorescents – jamais de jours noirs (elle n'est pas traditionaliste)

elle fourre souvent son portable à l'intérieur de son hijab afin de poursuivre des conversations les mains libres, ce qui, lui assure Yazz, est un excellent mélange de religiosité et de sens pratique

à quoi Waris répond que si elle porte le hijab c'est pour affirmer son identité musulmane, et malgré ceux qui soutiennent que c'est ce que veut la religion, il n'y a rien dans le Coran qui oblige les femmes à se dissimuler, tu sais ?

Waris ne quitte jamais sa chambre sans avoir appliqué une légère couche de fond de teint sur son teint déjà parfait

vidé un tube entier de mascara pour épaissir ses cils déjà hyper-touffus

retracé ses sourcils en une arche haute qui s'étend pratiquement jusqu'aux oreilles

Waris prétend qu'elle est laide sans rien sur la figure, bien que Yazz lui redise que les femmes somaliennes sont les plus belles du monde, toi y compris Waris

Waris se trouve grosse, alors qu'elle a un tour de taille tout à fait normal, et se pince les cuisses si fort qu'elles deviennent marbrées, tu vois ma cellulite, dit-elle à Yazz, tu rêves Waris, c'est juste que tu tords ta chair si violemment qu'elle fait ploc

elle porte parfois des lunettes de soleil quand il n'y a pas de soleil – la nuit et à l'intérieur des bâtiments

elle a même tenté le coup en classe, se donnant un air farouche et super-détaché, sauf qu'une prof courageuse, Sandra Reynolds (appelez-moi Sandy, les filles, et vous aussi les garçons), montrant qu'elle n'était pas la faiblarde qu'ils croyaient, lui a ordonné de les enlever à moins qu'un certificat médical ne prouve qu'elle en avait besoin

ou alors de quitter la classe

c'est pour me donner l'air intrépide, a expliqué Waris un samedi qu'elle et Yazz avaient déjeuné d'une pizza et qu'elles rentraient au campus par les rues pavées glissantes de pluie de la ville universitaire où elles se distinguent du lot

ou alors c'est pour cacher ta peur, suggéra Yazz, en réalité tu es hyper-apeurée

Yazz se sentit brusquement investie d'une sagesse exceptionnelle pour son âge

l'un de ces instants dans la vie

elles continuèrent de marcher en silence, Waris l'air pensif, qui finit par répliquer, avec la même sagacité, les deux peut-être

Yazz comprit soudain pourquoi elles s'entendaient si bien, elles se trouvaient sur la même longueur d'onde intellectuelle

la vie était différente avant le 11 Septembre, dit Waris – elles laissaient la ville derrière elles et longeaient une grande rue très passante bordée de vieux immeubles constitués d'épais blocs de pierre grise ;

elle était trop jeune pour se rappeler « l'avant », quand, disait sa mère, les gens regardaient les femmes en hijab avec étonnement, curiosité ou compassion

et puis il y a eu « l'après » quand, disait aussi sa mère, les gens ont commencé à les regarder avec une hostilité flagrante qui empire chaque fois qu'un jihadiste fait sauter des Blancs ou les fauche avec un camion

à des moments comme ceux-là Waris se prépare, sachant qu'on va la bousculer encore plus que d'habitude, lui cracher dessus, la traiter de sale Arabe, alors que je ne suis même pas arabe, Yazz

c'est dingue, dit Waris, de penser que les gens sont assez débiles pour croire qu'un milliard et demi de musulmans pensent et agissent de la même façon, un homme musulman qui tire sur la foule ou fait sauter des gens est qualifié de terroriste, un Blanc qui fait exactement la même chose est qualifié de fou

les deux sont fous, Yazz

je sais, Waris, je sais

Yazz remarque les mauvais regards qui se posent sur Waris quand elles traversent la ville

regards qu'elle renvoie à leurs auteurs, au nom de son amie

Waris dit que désormais sa grand-mère quitte rarement leur appartement HLM de Wolverhampton, c'est trop dur pour elle de marcher dans la rue et de sentir une telle hostilité, et qu'elle pleure continuellement tout ce qu'elle a perdu

la vie aisée qu'elle menait à Mogadiscio jusqu'en 1991, dans une famille où tous les hommes adultes travaillaient à la clinique dentaire familiale, l'année où ils ont été tués et où elle s'est enfuie avec ses filles

à présent sa grand-mère ingurgite des pilules sur ordonnance

elle reste assise dans le salon perdue en elle-même

jusqu'au jour où elle disparaîtra à jamais

Xaanan, sa mère, est totalement différente, elle nous a martelé la cervelle, nous les gosses, que soit nous acceptons de nous laisser broyer par l'Histoire et les atrocités du monde contemporain, soit nous prenons la posture du guerrier

P'pa travaille en usine, M'man a deux boulots, un, elle bosse dans un refuge pour femmes musulmanes, deux, elle enseigne l'autodéfense aux femmes voilées, elle leur apprend à se protéger de « l'arrachage du hijab » et des agressions subsidiaires

elle enseigne un mélange de krav maga, de jiu-jitsu, d'aikido et de penchak silat au centre communautaire, claironne fièrement Waris ; qui, elle-même, a appris les arts martiaux auprès de sa mère

quand Yazz et Waris rejoignent le campus la pluie se calme, le ciel s'éclaircit, un arc-en-ciel apparaît

elles passent devant la salle de sport et son va-et-vient d'étudiants en tenue

elles passent devant la laverie où des étudiants genre zombis hébétés regardent tourner les machines ou jouent avec leurs smartphones

elles dépassent le centre culturel avec sa galerie d'art et son espace café qui vend du café et des gâteaux à des prix inabordables aux snobs chicos qui viennent sur le campus uniquement pour ça elles passent devant les résidences universitaires d'où s'échappent de la musique et des bouffées de shit, finissent par atteindre la leur

où elles entrent et grimpent l'escalier, tandis que Waris continue de parler, elle a appris à rendre coup pour coup, explique-t-elle, à quiconque

lui dit que terrorisme est synonyme d'islam

qu'elle est opprimée et qu'on comprend sa douleur

quiconque lui demande si elle a un lien de parenté avec Oussama ben Laden

lui dit qu'elle est responsable du chômage ici

qu'elle est un cafard d'immigrant

quiconque lui intime d'aller retrouver son petit copain jihadiste

quiconque lui demande si elle connaît un auteur d'attentat-suicide

lui dit qu'elle n'est pas chez elle ici et qu'il est temps qu'elle se tire

lui demande si elle va avoir un mariage arrangé

et pourquoi elle s'habille comme une nonne

quiconque lui parle lentement comme si elle ne comprenait pas l'anglais

ou lui dit que son anglais est vraiment très bon

quiconque lui demande si elle a subi une mutilation génitale, ma pauvre petite

ceux qui lui disent qu'ils vont la tuer elle et sa famille

tu as vraiment souffert, dit Yazz, je suis désolée pour toi, ce n'est pas de la condescendance, c'est de l'empathie, je t'assure

je n'ai pas réellement souffert, ma mère et ma grand-mère oui, parce qu'elles ont perdu leurs êtres chers et leur pays, moi ma souffrance elle est surtout dans ma tête

ça ne se passe pas dans ta tête quand les gens te rentrent dedans délibérément

c'est par comparaison avec les cinq cent mille morts en Somalie à cause de la guerre civile, je suis née là-bas et je vais réussir ici, je ne peux pas me permettre de rester le cul sur une chaise, je sais que ce sera dur quand je débarquerai sur le marché du travail, mais ne te méprends pas, Yazz, je ne suis pas une victime, ne me traite jamais de victime, ma mère ne m'a pas élevée pour que j'en sois une.

3

Cet après-midi-là, elles le finirent en dansant au son de la musique d'Amr Diab dans la chambre de Yazz

il importe, dit Yazz, de contrebalancer la cérébralité par la corporalité

est-ce que ça signifie, l'interroge Waris, que nous avons besoin d'activité physique parce que nous passons trop de temps à réfléchir ?

oui, c'est ça, répond Yazz, qui accompagne ses contorsions de mouvements de bras complexes

alors pourquoi ne l'as-tu pas dit simplement ?

plus tard dans la soirée elles continuent de se passer les chansons de Diab à plein tube, en compagnie de Nenet qui loge dans le même couloir et leur a fait connaître le chanteur égyptien à la télé ; à l'instant où les paroles s'étaient échappées des lèvres sensuelles de Diab, Yazz s'était sentie transportée

Waris l'adorait aussi, la musique de Diab remuait son âme, disait-elle

il lui faisait pressentir l'amour qu'elle éprouverait un jour pour l'homme qui serait le destinataire de sa passion, abonda Yazz

cet homme devrait trembler de peur, oh oui trembler, dit Waris

Nenet rétorqua que Diab appartenait à la vieille école, que pour elle c'était surtout affaire de nostalgie, et elle leur offrit une démonstration de danse arabe, balancement de hanches et tournoiement de bras, dopée aux bonbons acidulés

désormais ça deviendrait leur truc – les soirées Amr Diab

Courtney qui habitait la chambre contiguë frappa à la porte, en pyjama, et leur demanda de baisser le son parce qu'elle essayait de dormir, il est minuit, putain

Yazz lui conseilla d'écouter *attentivement* les autres, ceux qui font brailler leur musique dans tous les coins du bâtiment, tu les entends ? au-dessus, en dessous ?

bien sûr qu'elle les entend, c'est samedi soir, et dès que les agents de sécurité appelés à l'aide auront tourné les talons, le bruit recommencera

tout le monde le fait, OK ? reprend Yazz, les mains sur les hanches, alors pourquoi tu nous vises, nous ? le regard qu'elle lance à Courtney est lourd de sous-entendus et crée

un moment de grande tension que désamorce Nenet, qui sait gérer les conflits, leur dit-elle, parce que son père a été dans les services diplomatiques égyptiens pendant les trente ans qu'a duré la présidence de Moubarak on appelle ça une dictature, la provoque Waris

on appelle ça de la stabilité politique, lui balance Nenet

le grand-père de Nenet a grandi avec Moubarak à Kafr el-Meselha, il a travaillé avec lui au ministère de la Justice, leurs familles étaient amies

en bon couple de diplomates, ses parents ont acquis le talent de converser avec n'importe qui comme si cette personne les intéressait au plus haut point, même quand ils haïssaient le salopard, ils auraient même été gentils avec toi, Waris, lui assure Nenet

Waris sait ce que cela signifie, les Somaliens étaient méprisés en Égypte

à la chute de Moubarak pendant la révolution, la famille de Nenet a fui en Grande-Bretagne dont ils possédaient la citoyenneté de toute façon parce que son père avait investi un million de livres pour l'obtenir

et avant ça, ses parents ont vécu dans des tas de pays, tandis qu'ils l'envoyaient en pensionnat dans le Sussex

ne me demandez pas d'où venait leur argent

ils ne me l'ont jamais dit

Nenet a accueilli Courtney dans la chambre de Yazz, sourire diplomatique aux lèvres pour désamorcer la situation, allez entre, comment tu t'appelles, lui a offert un Coca-Cola et, quand la musique a repris, lui a montré les mouvements

laisse-toi flotter Courtney, imagine que tu es de l'eau, de l'air, de la lumière, laisse la musique envahir ton corps, ne cherche pas à analyser la chose, le but c'est de danser avec toi-même pour toi-même

très vite Courtney a flotté, a tournoyé avec les trois autres, elle aimait le rythme de cette musique, pourquoi ne l'avait-elle pas connue avant ?

tu ne la trouves pas un peu agressive ? demanda Yazz

non, pourquoi, j'aime ça et aussi la danse du ventre

ça ne s'appelle pas danse du ventre, la corrigea Yazz, c'est terriblement orientaliste, on ne tolère pas ça ici, sur quoi Nenet ordonna à Yazz de la boucler et expliqua que leur danse s'inspirait de ce qu'on appelle aujourd'hui Raqs Sharqi

d'accord, dit Courtney en haussant les épaules, et elle partit en vrille, des mouvements si fantasques qu'elle semblait pouvoir séparer les hanches de sa taille, la taille de son torse, les bras du torse et les mains de ses bras

elle remuait beaucoup mieux que les trois autres

elles dormirent à même le sol de la chambre de Yazz cette nuit-là, et prirent le petit déjeuner ensemble au réfectoire

Courtney leur raconta qu'elle avait grandi dans une ferme à blé et orge du Suffolk, ça expliquait son allure fille de ferme, plaisantèrent-elles

les yeux étincelants, dit Nenet

la peau translucide, dit Yazz

les seins de laitière, ajouta Waris

Waris, qui n'avait jamais quitté Wolverhampton avant d'aller aux portes ouvertes de l'université, avoua qu'elle n'avait jamais mis les pieds dans une ferme moi non plus, dit Yazz, mon âme se repaît d'urbanité, pas de ruralité

Nenet les informa que ses parents possédaient une ferme dans les Cotswolds où on élève des lamas et un domaine viticole dans la Franschhoek Valley en Afrique du Sud

certains y trouvent leur compte dit Waris, ce n'est pas ma faute répliqua Nenet, bien joué, conclut Waris

autant l'idée du lait frais lui plaisait, dit Yazz, autant la pensée de coqs claironnant quand elle avait envie de dormir la rebutait, idem l'idée de traire les vaches pour se le procurer ou de les tuer pour manger des hamburgers

Waris dit qu'elle aimait l'idée d'une promenade réparatrice quotidienne à travers les prés, sur quoi Courtney déclara qu'elle détestait marcher et qu'il n'y avait pas l'ombre d'une prairie autour de sa ferme

et tout en mangeant ses œufs au bacon et ses haricots elle commit l'erreur de demander à Waris pourquoi elle portait un foulard sur la tête

Yazz leva les yeux de son muesli, s'attendant à un éclat carabiné, au lieu de quoi Waris plongea sa cuiller dans son porridge et déclara d'une voix étonnamment douce que *primo* c'est culturel, *deuxio* c'est politique, et – alors que Yazz attendait le *tertio* de quoi je me mêle

Waris se contenta de dire que, comme le lui avait enseigné sa mère, elle n'avait nul besoin de donner d'explication à qui que ce soit

Nenet, qui en était à son second espresso et chipotait son œuf coque, s'apprêta à intervenir – ce qui se révéla inutile, Courtney s'excusa, même si on la sentait plus irritée que désolée, si je t'ai posé la question c'est parce que je ne savais pas

bon, maintenant tu sais

finalement, décida Yazz, même si Courtney ignorait tout des cultures étrangères, elle avait fait preuve de force de caractère et de culot, condition préalable indispensable à son admission dans la communauté des Imbaisables qui parlent généralement sans détour, attendent une réponse du tac au tac et non pas qu'on aille se réfugier en pleurant dans les toilettes comme une mauviette

elle aimait bien Courtney

et du moment qu'elle l'aimait

Courtney faisait partie de la bande

quelques mois plus tard, un lundi matin qu'elles faisaient la queue devant les toilettes après le cours « Race, Classe et Genre », Yazz informa Courtney qu'elle était devenue sistah honoraire, avec un *h*, le mot sœur appliqué aux femmes noires et que désormais s'appropriaient (c'est typique !) celles qui ne l'étaient pas

néanmoins, Courtney ne pourrait jamais être sistah à part entière, juste honoraire

parce que, expliqua-t-elle, sistah constitue une réponse à la façon dont on nous voit autant qu'une définition de qui nous sommes, nous bravons ainsi le réductionnisme simpliste, et ce que nous sommes est en partie une réponse à la façon dont nous sommes vues, mon chou

ces derniers temps Yazz donnait couramment du « mon chou » aux gens qu'elle aimait, ce n'était ni artificiel ni prétentieux, ça lui venait tout naturellement

c'est une énigme, convint Yazz en poursuivant la conversation pendant le déjeuner – soupe de haricots pour elle (protéines pour le cerveau), viande, purée de pommes de terre et de petits pois pour Courtney

désormais les gens ne te verront plus simplement comme une femme, mais comme une femme blanche qui traîne avec les chocolats, et tu perdras un peu de tes privilèges, néanmoins vérifie, tu connais l'expression « checker ses privilèges », fais gaffe d'où tu sors, mon chou ?

à quoi Courtney lui répliqua que, en sa qualité de fille d'un professeur et d'une directrice de théâtre renommée, elle pouvait difficilement se compter parmi les non-privilégiés, alors qu'elle-même, Courtney, venait d'une communauté vraiment pauvre où il est normal de travailler en usine dès l'âge de seize ans et de devenir mère célibataire à dix-sept, et que la ferme de son père appartient en réalité à la banque

oui, mais je suis noire, Courts, ce qui fait de moi un être beaucoup plus opprimé que ceux qui ne le sont pas, à l'exception de Waris qui est la plus opprimée de tous (surtout ne le lui dis pas)

étant donné son appartenance aux cinq catégories : noire, musulmane, femme, pauvre et portant le hijab

c'est la seule à qui Yazz ne peut dire « fais gaffe d'où tu sors »

Roxane Gay, répondit Courtney, nous a mis en garde contre l'idée d'« une vie de privilèges » et a écrit dans *Bad Feminist* que les privilèges sont relatifs et contextuels, et je suis d'accord, Yazz, finalement à quoi ça rime ? est-ce qu'Obama est moins privilégié qu'un péquenaud blanc élevé dans une caravane avec une mère junkie célibataire et un père taulard récidiviste ? est-ce qu'une personne gravement handicapée est plus privilégiée qu'un demandeur d'asile syrien qui a été torturé ? Roxane affirme que nous devons trouver un nouveau discours pour définir l'inégalité

Yazz reste bouche bée, quand Courtney a-t-elle lu Roxane Gay – qui est ab-so-lu-ment stupéfiante ?

est-on en présence d'une étudiante plus maligne que le professeur ?

#filleblancheéclipsefillenoire

Courtney ajoute que seuls les hommes noirs la font rêver et qu'elle aura probablement des enfants métis, en tout cas son « privilège de Blanche » sera sérieusement écorné, genre 50 %, c'est d'ailleurs incroyable que, à notre époque et à son âge, elle n'ait jamais rencontré de Noirs en chair et en os avant d'aller à l'université, à Dartingford il n'y avait que des Blancs à l'exception de trois Asiatiques

Yazz l'informe que leur conversation est pleine d'illogismes

à quoi Courtney réplique qu'elle-même est une grande fan des illogismes, ce qui signifie simplement qu'une conversation se déroule librement et sur un mode intuitif, plutôt que de suivre une trajectoire prévisible, si l'on peut dire

Yazz s'excuse de devoir aller aux toilettes.

4

Yazz invita Courtney à venir passer la fin de l'année chez elle

non sans l'avertir qu'elle y croiserait fort probablement l'une des femmes du harem de Mum, traversant le matin l'appartement à moitié nue, et crois-moi les vieilleries ce n'est pas plaisant à voir

Courtney était allée à Londres une seule fois auparavant, voyage d'un jour incluant la tournée en bus de Buckingham Palace, Trafalgar Square, Big Ben, la cathédrale Saint-Paul et la Tour de Londres, puis retour en train direct pour Dartingford

elles partagèrent le grand lit de Yazz et bavardèrent jusqu'à ce qu'elles finissent par s'endormir, lumières éteintes et clair de lune tombant droit sur le lit, une de ces nuits auxquelles Yazz trouvait une aura très particulière surtout quand elles étaient chaudes et que la fenêtre restait ouverte

elle demanda à Courtney pourquoi elle n'était pas venue plus souvent dans la capitale, tu ne sais pas ce que tu as manqué, mon chou

c'est parce que mes parents n'aiment pas Londres, expliqua Courtney, ils pensent que c'est un enfer plein de gens de couleur, qui commettent des attentats-suicides, de prétentiards, de gauchistes, de gays et d'immigrants polonais, qui empêchent ceux qui travaillent dur dans ce pays, hommes et femmes, de gagner correctement leur vie ; Papa pêche ses idées politiques dans les journaux, qu'il cite mot pour mot, même s'il est très copain de Raj, le mécanicien du village, avec qui il va boire des coups au pub

quand je le traite d'hypocrite, il me répond, c'est *Raj*, Courtney, lui c'est différent

tu pourras dire à ton père de ma part que l'économie britannique s'effondrerait si les immigrants ne rehaussaient pas le niveau du travail, comme dit Mum, des plombiers ou des électriciens polonais endogènes, j'en prends un tous les jours pour lui ça ne fait pas de différence, ils sont tous pareils, ma chérie dit-il, ça recouvre tous les gens qu'il déteste

je meurs d'impatience de voir sa tête le jour où je lui ramènerai un bébé métis

Yazz balada Courtney dans Peckham, Stockwell, Brixton, Streatham

dans la grand-rue de Brixton, Courtney dit que la vue de toute cette bidoche étalée allait la faire défaillir, c'était plus fort qu'elle, elle ne pouvait pas s'empêcher de contempler ces fesses charnues des garçons dont les jeans descendaient si bas qu'ils exposaient la quasi-totalité de leurs caleçons

Yazz remarqua que l'attention était réciproque chez ces « fessus », dont le regard s'attardait sur la chair crémeuse qui débordait ostensiblement du haut du corsage en jean

c'est Courtney qu'ils fixaient, et pas Yazz, l'examen ne la concernait pas, alors qu'en général elle était l'objet de tas de coups d'œil incisifs

non qu'elle s'intéresse au genre de mâles qui ceinturent leur pantalon au ras des fesses

aujourd'hui, il n'y en a que pour Courtney, qui n'est même pas particulièrement portée sur le sexe, on croirait que Yazz est invisible et son amie une déesse irrésistible

une fille blanche qui marche à côté d'une fille noire passe toujours pour aimer les hommes noirs

Yazz est déjà venue par là avec des copines blanches

elle se sent terriblement

blasée

elles sont convenues de retrouver Nenet chez elle, dans la maison de ses parents derrière Queensway

Nenet a envoyé ses instructions par texto : au coin de Hyde Park, LOL

elles sont arrivées devant une grande maison protégée par une grille et ont dû sonner pour être admises à longer l'allée faite de gravier crissant sous les pas

une domestique en tenue noire et tablier blanc les a fait entrer dans un hall au sol de marbre, une vasque au milieu, des colonnades et un escalier hollywoodien en colimaçon menant jusqu'au toit en forme de dôme

Nenet a dévalé les marches pour les accueillir, tenant dans ses bras une minuscule boule de fourrure blanche et duveteuse, sa chienne shih tzu, Lady Maisie

tenez, a-t-elle dit en la leur lançant, faites-lui un câlin

Courtney ne demandait pas mieux que de rendre service, autorisa même la boule de poils à se blottir contre son visage, elle est si adorable, roucoula-t-elle, habituée à des choses bien pires avec les animaux de la ferme, imagina Yazz, genre cochons, ou collant ses mains à l'anus des vaches pour les aider à vider leur intestin

elle-même déclina la proposition, détestant la proximité de choses qui se lèchent le cul pour le nettoyer

Nenet leur fit faire un rapide tour de la maison, c'était à vous rendre malade, jugea Yazz, malade de richesse obscène, pas malade de sidération émerveillée

Nenet s'excusa du goût ostentatoire de sa mère en matière de décoration, mais pas de sa richesse

s'il vous plaît, faites attention à ce que vous touchez, les meufs !

Yazz remarqua que Courtney se comportait comme si elle était honorée d'avoir été admise à entrer dans la vie de Nenet maintenant qu'elle avait vu ce qu'était cette vie

désormais Nenet était « Nenet qui habite une immense maison près de Hyde Park », quelque chose que Yazz ne pouvait mentalement anéantir, ou ne pas prendre en compte dans l'opinion qu'elle avait de son amie

elle découvrait que savoir que quelqu'un vient d'un milieu riche, ce n'est pas la même chose que constater de très près l'étendue de cette richesse

elles allèrent se promener dans Hyde Park, déambulèrent le long de la Serpentine sous le soleil

Yazz regardait le lac bleu et les gens qui s'amusaient à faire du pédalo et du bateau à rames

le chemin qui serpentait autour semblait être une piste de drague pour riches Arabes, le parking débordait de voitures aux portes s'ouvrant de bas en haut et aux moyeux dorés qui suffiraient à sauver de la misère le National Health Service

Nenet, habituellement vêtue à la fac en sportswear de marque, portait un bustier, une jupe courte, des hauts talons, et balançait à l'épaule un sac Chanel à chaîne d'or

son langage corporel changeait chaque fois qu'approchait un groupe de garçons désireux d'examiner de près les motifs de leur admiration, la cascade de cheveux noirs, la peau brune resplendissante, les jambes musclées

Nenet était dans son élément, elle marchait comme une princesse, avec juste un poil d'arrogance elle se déclarait méditerranéenne et s'efforçait de convaincre Yazz et Waris, l'une amusée, l'autre exaspérée, qu'elle n'était pas noire ni même africaine puisque sa famille venait d'Alexandrie, sur la côte égyptienne

tu es africaine, grondait Waris, admets-le, tu es une femme africaine, sur quoi elle lui sautait dessus, feignant de vouloir la tabasser, et elles piaillaient toutes les deux comme des gamines de six ans

les dragueurs de la Serpentine négligèrent Yazz, beaucoup trop foncée pour eux (ouais, qu'ils aillent se faire foutre)

ils déshabillèrent Courtney des yeux, lentement et ouvertement, comme si elle était une vulgaire femme de chambre

Courtney prit son pied, émoustillée par cette marque d'attention

Yazz ne voulut pas la dégriser

elles se mirent à discuter de l'université autrement que lorsqu'elles se trouvaient sur le campus, il est vrai qu'aujourd'hui les choses semblaient différentes, leur première année universitaire se terminait, le long été s'étendait devant elles

Yazz et Courtney allaient le passer à se préparer pour la deuxième année en rattrapant leur retard en lectures obligatoires, ça plus des jobs d'été, elles auraient de quoi faire

Waris avait déjà commencé un stage dans un organisme caritatif de Wolverhampton pour ex-délinquants

Courtney était sur le point de travailler dans le Suffolk, dans une boutique de produits « art de vivre de la ferme », qui vendait des gazinières dix mille livres pièce

Yazz était serveuse dans un restaurant tendance du West End fréquenté par des oligarques, des célébrités et des footballeurs vedettes du championnat, accompagnés de leurs trophées : épouses, maîtresses et escort girls

elle engrangeait des notes en vue de son futur mémoire

et prenait des photos en douce sur son iPhone

Nenet, surexcitée de se trouver dans son habitat naturel et le centre de l'attention, leur confia qu'elle n'avait aucun programme de lecture complémentaire pour son cours d'histoire de l'art parce que – devinez quoi ?

je n'en ai pas besoin, lâcha-t-elle

ce que je vous dis là est confidentiel alors s'il vous plaîîît n'en parlez à personne et surtout pas à Waris, je commande mes disserts à un universitaire à la retraite

elle se retourna pour leur faire face, espérant leur admiration, leur approbation

tu es censée, lui répliqua calmement Yazz, stupéfiée, travailler pour tes examens comme n'importe qui d'autre, je ne te savais pas tricheuse

ça ne s'appelle pas tricher, tout le monde le fait

et alors, c'est pas pour ça que c'est bien et puis tout le monde ne le fait pas

réveille-toi, Yazz, les gens ne vont pas te l'avouer ! son master coûte à Kadim une fortune

leur amitié allait-elle survivre à cette révélation, se demanda Yazz, cette tricherie outre sa situation d'extra-privilégiée, ça expliquait pourquoi elle pouvait regarder une série entière sur Netflix la veille d'un examen et obtenir un A+ pour sa copie

Nenet était une princesse gâtée, paresseuse et immorale qui ne respectait pas les règles et ferait n'importe quoi pour conserver ses privilèges, y compris épouser un type choisi par ses parents

et maintenant que j'y pense, s'interrogeait Yazz, partager le même étage de la résidence universitaire et figurer parmi les quelques filles noires d'un campus blanc suffirait-il vraiment à maintenir la cohésion des Imbaisables au sortir de l'université ou même en deuxième année ?

Yazz devait travailler dur, préparer le terrain, parce qu'elle voulait atteindre la gloire, et Courtney (ou plus exactement Roxane Gay) avait raison, elle s'en rendait compte maintenant, les privilèges sont affaire de contexte et de circonstances

et même si elle était riche elle ne tricherait pas, elle va passer ses exams de première année et, comme Waris, elle va se défoncer pour réussir, pas question de se laisser éjecter dans le vaste et méchant monde avec un misérable diplôme et sans plan de route, le dernier trimestre elle a rencontré des étudiants de troisième année sur le point de passer leurs examens qui ont eu l'air terrifiés quand elle leur a demandé ce qu'ils prévoyaient pour l'étape suivante

un master en journalisme, ça vous classe à Londres, cette ville est son élément, et si elle habite avec Mum, elle n'aura pas de loyer à payer

elle collabore déjà régulièrement au journal étudiant, *Nu Vox*, et son article, « Pourquoi mon professeur n'est-il pas noir ? », inspiré par une conférence à laquelle elle a assisté au premier trimestre, a suscité plus de commentaires en ligne que tous les autres ce mois-là, la moitié d'entre eux d'une ignorance crasse, bien sûr, écrits anonymes émanant de tous les *trolls* consanguins, un petit pois en guise de cervelle, racistes, poltrons, immondes paumés de cette planète

en tout cas, la chronique a accru sa réputation et elle est devenue une personnalité sur le campus, quelqu'un à qui la Media Society et la radio estudiantine demandent son opinion

l'année prochaine elle va essayer de placer des articles dans la presse professionnelle et dans de super-blogs, et elle assumera la rédaction en chef de *Nu Vox* en troisième année, quand elle sera éligible

elle va se faire élire présidente de la Media Society

elle construit déjà dans sa tête sa campagne électorale

malheur à tous les petits morveux qui voudraient lui barrer la route

elle sait que ce ne sera pas facile, elle est prête pour la bagarre

Yazz passe en revue mentalement les membres de la bande

Courtney est vraiment une fille bien, naïve et simplette au début, qui a formidablement évolué depuis son arrivée à l'université, à présent mieux rompue aux usages du monde grâce aux filles de la bande, qui ne sont pas les étudiantes typiques de l'est de l'Angleterre

une humaniste coriace avec une mère théâtreuse prétentieuse lesbienne et un père « intellectuel » gay

une super-riche (tricheuse) liée politiquement à la vieille élite égyptienne une Somalienne musulmane qui porte le hijab et pratique les arts martiaux mixtes

Waris est la plus véhémente de toutes, en raison de la terrible histoire de sa famille, même si elle déteste qu'on la plaigne

elle pour qui la vie a été d'une injustice totale, qui l'a forcée à *mûrir* précocement

tout comme les obstacles de la vie l'ont forcée elle aussi, Yazz, à *mûrir* avant l'âge

et voilà que commence
La Dernière Amazone du Dahomey
la pièce.

DOMINIQUE

1

Dominique est tombée sur Nzinga à la gare de Victoria, à l'heure de pointe

à l'instant où celle-ci se faisait renverser par le rouleau compresseur des banlieusards déterminés à prendre leur train à n'importe quel prix

son sac s'ouvrit et tout son contenu s'en échappa : passeport, *Le Petit Guide de Londres, de A à Z*, trousse de chanvre, tampons hygiéniques, appareil photo Zenith E, crème Palmer pour les mains, amulette contre le mauvais œil, couteau de chasse à poignée d'ivoire

Nzinga se répandit en remerciements quand cette passante s'approcha pour l'aider, elles se précipitèrent à quatre pattes pour rassembler les affaires

et quand ce fut fait, que Nzinga se fut remise debout et eut retrouvé ses esprits, Dominique eut devant les yeux une image extraordinaire

une statue, à la peau resplendissante, aux vêtements flottants, aux traits sculpturaux, lèvres pulpeuses, les dreadlocks finement tressées descendant jusqu'aux hanches, amulettes en argent incrustées de perles brillantes

Dominique n'avait jamais vu quelqu'un comme ça, elle lui offrit de prendre un café, assurée qu'elle dirait oui parce que les lesbiennes, et elle la soupçonnait de l'être, acceptent généralement ces propositions

assises face à face au café de la gare, Nzinga sirotait un verre d'eau chaude avec une tranche de citron, la seule boisson chaude qu'elle autorisait à franchir ses lèvres, disait-elle, je ne maltraite pas mon corps

cependant que

Dominique buvait une tasse de café soluble où se dissolvaient deux sucres et dans laquelle elle trempait l'un après l'autre des biscuits (un paquet de Maltesers posé sur la table pour le dessert) tout en se reprochant d'introduire inconsidérément tant de saloperies dans son corps – elle le maltraitait, sûr, elle le maltraitait

c'était la première fois qu'elle rencontrait une Afro-Américaine et l'accent de Nzinga évoquait les délices sensoriels du pain de maïs tiède, des travers de porc caramélisés, du gumbo, du jumbalaya, du chou vert, des petits choux frits, du beurre de cacahouète – et autres aliments qui figuraient dans les romans de femmes afro-américaines qu'elle lisait

Nzinga retrouvait l'Angleterre pour la première fois depuis qu'elle l'avait quittée petite fille, de retour d'un pèlerinage au Ghana où elle avait passé deux semaines, sa mère patrie qu'elle n'avait encore jamais vue, et visité Elmina Castle où avaient été incarcérés les Africains capturés avant d'être expédiés aux Amériques comme esclaves le guide les a fait entrer dans un donjon, a fermé la porte

dans l'obscurité suffocante, il leur a décrit avec la précision d'un graphique l'entassement d'un millier de personnes dans un espace prévu pour deux cents, sans commodités ni sanitaires, très peu de nourriture et d'eau, pendant parfois trois mois

à ce moment toute la douloureuse histoire de quatre cents ans d'esclavage m'a envahie physiquement comme ça ne m'était encore jamais arrivé et je me suis effondrée, j'ai sangloté, Dominique, j'ai sangloté et compris encore mieux que jamais tout ce dont l'homme blanc doit répondre

Dominique se retint de répliquer que l'homme africain avait également vendu des Africains comme esclaves et que par conséquent l'histoire était beaucoup plus complexe que ça

Nzinga construisait des maisons en rondins « su des téitoires de femmes », aux « États-Désunis d'Amérique » où elle vivait depuis l'âge de cinq ans et où sa mère, fatiguée de voir le père de Nzinga papillonner de femme en femme entre l'Angleterre et les Caraïbes, était tombée amoureuse par correspondance d'un beau militaire américain

elle n'avait que vingt-deux ans quand elle avait stupidement enlevé Nzinga et son frère, Andy, de leur appartement de Luton pour les emmener dans ce qui s'était révélé un mobile home au milieu d'un trailer park au Texas

où son frère et elle dormaient par terre à côté de la kitchenette, tandis que leur mère et le type partageaient le double lit pliant et baisaient à grand bruit à quelques mètres d'eux

il buvait de la gnôle de la minute où il se réveillait le matin jusqu'à ce qu'il s'écroule le soir abruti de drogues et d'alcool, il raflait des petits boulots ici et là

sa mère avait trouvé du travail dans un abattoir de poulets, stupidement convaincue qu'elle pourrait le guérir de ses dépendances et aménager une vie pour ses enfants auprès de lui

le seul résultat qu'elle obtint fut de se faire tabasser si souvent qu'elle abandonna toute tentative de le sauver et tomba elle-même dans la drogue

ce qui avait mal commencé ne fit qu'empirer, Nzinga se retrouva élevée par deux junkies pour qui ni elle ni son frère ne constituaient une priorité

et l'inévitable finit par arriver quand elle atteignit sa puberté, il y avait eu des signes précurseurs, des attouchements inappropriés et des commentaires qu'elle était trop jeune pour déchiffrer, et plus tard trop vulnérable pour repousser

elle perdit sa virginité pendant que sa mère et son frère étaient sortis faire des courses et qu'elle était restée à la maison rédiger ses devoirs

le lendemain matin elle réussit à en parler à son professeur après avoir fondu en larmes, il se trouve que c'était un homme qui lui avait toujours dit qu'elle était une enfant intelligente – pratiquement le seul homme bien qu'elle ait jamais connu

elle et son frère, pris en charge par une assistante sociale, furent placés dans une famille d'accueil

qui s'occupa bien d'eux, mais ne les aima pas

pas profondément, totalement, sans réserve

Andy s'engagea dans l'armée à seize ans et répudia sa sœur en la traitant de goudou après l'avoir découverte au lit avec sa petite amie

par chance, j'étais vraiment intelligente et j'ai travaillé dur pour intégrer l'université du Texas à Austin où la ségrégation venait d'être abolie, plutôt que la fac publique locale

mes diplômes en poche, je suis partie vivre dans une commune de femmes pour m'éloigner de gens comme mon frère et *le monstre*

quand ma mère est morte d'une overdose

mon frère et moi ne nous sommes pas parlé à l'enterrement

ni depuis

Dominique écoutait sans broncher la chimère extraordinaire assise en face d'elle, qui avait surmonté la tragédie de sa terrible enfance pour devenir cette femme magnifique, d'où émanait tant de chaleur et d'expérience

les gens voyaient en Dominique une femme solide et autonome, mais comparée à Nzinga elle ne l'était pas, Nzinga était puissante, indomptable, sa présence et son énergie dominaient toute la salle du café, sa voix imprégnait de son accent traînant, exotique et sensuel le gris de l'après-midi

c'était une zanmie, une sexy sistah, une inspiratrice, un phénomène

Dominique voulait se lover en elle, la laisser s'occuper d'elle

un sentiment tout neuf, elle qui vivait de façon tout à fait indépendante depuis qu'elle avait quitté la maison familiale se retrouvait, comment dire, embrasée ? sans aucun doute

peut-être en train de tomber amoureuse d'une parfaite étrangère

il se peut que tu aies raison, dit Dominique un peu plus tard ce même jour, dans le Cranks bio de Leicester Square, considérant la suggestion de Nzinga que la succession de ses liaisons avec des filles blondes pouvait être un signe d'autodénigrement ; tu devrais te demander si tu n'as pas été intoxiquée par l'idéal de la beauté blanche, sister, tu dois t'investir beaucoup plus dans tes idées politiques féministes noires, tu sais

c'est vrai, s'interrogeait-elle, pourquoi courait-elle après les blondes stéréotypées ? Amma la taquinait sur ce point sans la juger, étant elle-même le produit de divers mélanges et ayant eu des partenaires de toutes les couleurs

en revanche, Nzinga, qui avait grandi dans le Sud ségrégationniste, ne devrait-elle pas être pour l'intégration plutôt que contre ?

Dominique s'inquiéta, était-elle vraiment toujours aussi intoxiquée par la société blanche et rebutée par l'identité qu'elle chérissait le plus – féministe noire ?

elle décida que Nzinga était un ange féerique qui lui était envoyé pour l'aider à devenir une meilleure version d'elle-même

elle s'intronisa le guide personnel de Nzinga dans Londres, avide de lui prouver à quel point elle connaissait l'histoire de la ville et de ses hauts lieux, sautant de bus en bus, prenant des raccourcis dans les tunnels labyrinthiques du métro, se glissant dans les ruelles des parties les plus anciennes de la cité, lui montrant les vestiges du mur romain datant de près de deux mille ans, l'emmenant sur les plages caillouteuses de la Tamise à marée basse, où les gamins fouillaient la boue à la recherche de reliques archéologiques, traversant les nombreux parcs, pelouses, jardins publics et terrains plus sauvages, longeant le canal pendant des heures depuis Little Venice jusqu'aux marécages de Walthamstow, remontant le fleuve en bateau-croisière jusqu'à Greenwich et Kew

elles s'introduisaient la nuit dans des clubs de femmes bien cachés

et y faisaient l'amour dans des coins sombres

elles couchèrent ensemble dès le premier jour de leur rencontre et toutes les nuits suivantes

c'est sublime, c'est divin, s'extasiait Dominique venue retrouver Amma une quinzaine de jours plus tard et s'attaquant à un monceau de travail laissé en plan

je suis tombée vraiment amoureuse pour la première fois de ma vie de la femme la plus merveilleuse que j'aie jamais rencontrée, dont le désir pour moi est motivé par une force intérieure, Amma, et si bizarre que ça paraisse c'est terriblement nouveau pour moi et follement sexy, par exemple elle peut me déshabiller sauvagement quand ça lui chante (ce qu'elle fait), je me sens impuissante et dominée (ce qui me plaît) alors que mes précédentes amantes me désiraient en situation de faiblesse, d'adoration, ce qui ne m'intéresse plus du tout la tension entre nous est électrostatique, Ams, je suis une pile électrique survoltée, nous ne supportons pas d'être séparées, même cinq minutes, Nzinga est si réfléchie, elle sait si bien ce que signifie être une femme noire libérée dans un monde blanc opprimant qu'elle m'ouvre les yeux sur – sur tout, c'est Alice Walker, Audre Lorde, Angela Davis et Aretha Franklin en une seule personne, je t'assure, Ams

à quoi Ams répliqua que cette Nzinga devait être quelque chose d'autre pour avoir transformé la gouine la plus imperturbable de nous toutes en une adolescente éperdue d'amour – alors quand vas-tu me faire connaître Alice-Audre-Angela-Aretha ? au fait quel est son vrai nom ?

Cindy, mais surtout ne lui dis *jamais* que je te l'ai dit

Dominique voulut bien l'amener déjeuner au squat de King's Cross à la stricte condition exprimée par Nzinga qu'il n'y ait que des femmes noires et que la nourriture soit totalement vegan, bio et fraîche

sans quoi elle ne pourrait pas entrer dans la pièce.

2

La Nzinga qui franchit la porte d'Amma à Freedomia était vraiment spectaculaire

un mètre quatre-vingt-cinq pour le moins, dreadlocks garnies d'ornements, aux oreilles des figurines akuaba de fertilité en bois, pantalon rouge, caftan brodé couleur crème et sandales romaines à lanières

elle était un peu plus âgée que les autres, mais semblait sans âge la force de sa présence, nota Amma, avait pour effet de diminuer celle de toutes les autres

avant son arrivée, les convives souhaitaient aimer Nzinga parce qu'elles aimaient Dominique, maintenant qu'elle était là, elles voulaient l'impressionner

Amma souhaitait que Nzinga se révèle digne de l'amour de Dominique

Nzinga se tenait assise par terre jambes croisées au milieu du cercle de femmes, là où serait servi le repas (Amma avait trouvé très banlieusarde l'idée de prendre un repas à table)

une cocotte de légumes et de patates douces, des salades et des petits pains aux céréales firent leur apparition, étalés sur une nappe en plastique

(tout venait du hard discount, rien de bio ni de frais, qui était capable de s'en rendre compte une fois les légumes cuits ou hachés, et comment Nzinga osait-elle exiger que tout le monde mange selon ses principes à elle ?)

la conversation était animée, chaque convive voulait parler à Nzinga, gratifiée d'une importance qui ne devait rien à ses efforts, jugeait Amma, mais simplement au fait qu'elle avait l'air d'une reine-vaudoue-diva-du-bayou

Nzinga se délectait de cette attention, se montrait amicale, ou plutôt *magnanime*, avec tout le monde, jusqu'au moment où elle gâta l'ambiance en s'écriant, d'un ton dédaigneux, qu'il était tout de même étrange d'entendre tant de femmes noires s'exprimer d'une façon *so Britissshhh*

en fait, se dit Amma, elle les accusait d'être trop blanches ou au mieux de ne pas être des Noires authentiques, une remarque qu'Amma avait déjà entendue, venant d'étrangers assimilant accent anglais et peau blanche, et qu'elle se devait de contredire haut et fort quand ça sous-entendait que les Noirs britanniques étaient inférieurs aux Afro-Américains, aux Africains ou aux Antillais

en tout état de cause, ça pouvait expliquer pourquoi Dominique avait adopté des intonations américaines en si peu de temps (oh Dominique !)

c'est parce que nous *sommes* britanniques, nous toutes, OK ? répliqua Amma, tout en sachant instinctivement que défier Nzinga était déraisonnable

Nzinga qui effectivement sauta sur l'occasion, rétorquant que les femmes noires se doivent d'identifier le racisme où qu'il se cache, spécialement notre racisme, celui que nous intériorisons, quand nous éprouvons un tel mépris de soi que nous nous retournons contre nous-mêmes

quelle redoutable adversaire pouvait devenir cette femme, constata Amma, dont l'énergie qui jusqu'à présent irradiait une telle chaleur était devenue en quelques instants radioactive

Dominique, habituellement grande gueule pugnace, semblait inconsciente des tensions bilatérales qui régnaient dans la pièce – deux femelles alpha sur le point de devenir des piles atomiques

elle ronronnait assise à côté de sa bien-aimée

nous devons être vigilantes, poursuivit Nzinga à l'adresse de l'assemblée qui semblait hypnotisée – ne pas laisser n'importe qui s'introduire dans notre vie – elle fixait maintenant Amma avec une hostilité non dissimulée –, il y a des femmes parmi nous qui ont été envoyées pour nous détruire, le racisme intériorisé est partout, mes amies (*ses* amies ?)

nous devons surveiller tout et tout un chacun

là-dessus, elle décida d'ignorer Amma

nous devons surveiller aussi notre langage, continua-t-elle, avez-vous remarqué que le mot *noir*, par exemple, a toujours une connotation négative ?

des têtes approuvèrent, à la consternation d'Amma, mais qu'est-ce qui leur prend ?

Nzinga se lança ensuite dans l'énumération d'un certain nombre de comportements typiquement raciaux, par exemple marcher sur un paillasson noir plutôt que l'enjamber (pourquoi marcherait-on sur son propre peuple ?), ne pas porter de chaussettes noires, méfiez-vous, n'utilisez jamais de sacs-poubelle noirs, c'est comme cafard noir, magie noire, mouton noir, cœur noir, quant aux slips noirs, je n'en porte jamais, pourquoi irais-je chier sur moi ? je m'étonne que vous ne sachiez pas cela

de nouveau des têtes approuvèrent, Amma tentait de capter le regard de Dominique, qui semblait avaler ces bobards comme du petit-lait

Amma en avait assez, puisqu'elles avaient toutes le cerveau en bouillie, c'était à elle seule qu'incombait la tâche de s'occuper de cette femme

pour moi, ce n'est pas un problème, dit-elle, parce que vous savez quoi ? je n'ai pas souillé mes culottes depuis que j'ai arrêté de porter des langes

un murmure de rires vite réprimés ondula dans la pièce, génial ! elle venait de briser le sortilège de Nzinga, qui, livide, cracha que ce n'était pas le moment de faire des plaisanteries minables, Amma, je crois que tu as besoin d'écouter *Redemption Song* de Bob Marley et de t'émanciper de ton esclavage mental

Amma envisagea de remercier Nzinga de l'avoir informée qu'elle était une esclave mentale, et opta pour lui rétorquer que les peuples africains avaient été qualifiés de noirs bien longtemps après que le mot était apparu dans la langue anglaise, ça n'a donc aucun sens d'imposer des connotations racistes rétroactives à son emploi quotidien, et si tu le fais, tu vas te rendre folle et, j'ai le regret de le dire, rendre fou tout le monde avec toi

je m'étonne que tu ne saches pas cela

il fallut moins d'une minute à Nzinga pour s'excuser et partir, Dominique à sa suite

Amma fut contente de voir l'abominable *Cindy* tourner les talons

l'ancienne Dominique aurait fait la même chose à sa place

la nouvelle Dominique avalait n'importe quelle merde crachée par la reine vaudoue

comment cela avait-il pu arriver ?

l'espoir existait que la phase Nzinga se terminerait avec le départ de la bonne femme pour l'Amérique

car elle allait retourner en Amérique, n'est-ce pas ?

à la fin de son été passionné, Dominique informa (lâchement) Amma par téléphone que Nzinga lui avait lancé un ultimatum, soit elle partait aux US avec elle, soit leurs chemins se séparaient, les amours longue distance c'est pas mon truc, chéééérie

Amma lui dit qu'elle était folle, ne pars pas avec cette femme, Dominique, ne pars pas mais ayant trouvé le véritable amour, Dominique le suivit en Amérique.

3

Nzinga était une bâtisseuse, lesbienne séparatiste féministe radicale, abstinente, vegan, non-fumeuse, qui vivait et travaillait sur des terres communautaires féminines d'un bout à l'autre de l'Amérique, une bâtisseuse bohémienne

Dominique était une noceuse, lesbienne féministe carnivore, buveuse, amatrice de drogues, fumeuse à la chaîne, qui montait au théâtre des pièces de femmes et vivait dans un appartement londonien

elle ne tarda pas à devenir bâtisseuse lesbienne radicale féministe, abstinente, vegan et non-fumeuse, sur une terre communautaire féminine baptisée Esprit de Lune, où seules les lesbiennes avaient le droit de résider

des femmes pouvaient leur rendre visite, les hommes adultes et les garçons au-dessus de dix ans, non

les résidentes devaient aider à la construction de maisons peu coûteuses afin de donner envie à des jeunes femmes de revitaliser une communauté vieillissante

pour Dominique, le cadre rural d'Esprit de Lune, avec ses vastes espaces à perte de vue, était particulièrement revigorant surtout comparé à l'air pollué, aux rues sales, à l'atmosphère dure et frénétique de Londres, à son rythme de vie, ce maelström masculin (insistait Nzinga) dans lequel elle avait plongé dès son arrivée de Bristol

on leur attribua une cabane en rondins aux confins du domaine, un coin idylliquement isolé où elles pouvaient se blottir loin du monde et se faire griller des toasts dans la cheminée

devant elles, rien que des champs, derrière elles, une forêt de hêtres, de bouleaux et d'érables

la première nuit, trop excitée pour dormir, Dominique alla s'asseoir sur la véranda, écoutant dans le noir les bruits pour elle inconnus de la campagne

pourquoi Amma avait-elle voulu lui refuser une telle expérience ? par jalousie, comme le soupçonnait Nzinga, qui, disait-elle, avait supplanté Amma en devenant la personne la plus importante dans la vie de Dominique ?

certes, Amma et elle avaient été des âmes sœurs, moins le sexe, et maintenant c'était Nzinga, déesse unique, sur tous les plans, Amma ne pouvait-elle le comprendre ? et sa grossièreté pendant le dîner était impardonnable, comment avait-elle pu distordre les propos de Nzinga qui essayait seulement d'aider chacune à appréhender le fonctionnement du racisme ?

Nzinga est un être bon, au grand cœur

qui a atterri dans sa vie alors qu'elle se trouvait entre deux amours et prête à expérimenter quelque chose de différent

et juste quand elle en avait assez d'administrer une compagnie théâtrale pour laquelle elle passait trop de temps comme courroie de transmission à rédiger des demandes de subvention avec 10 misérables % de marge

Amma n'avait pas vraiment pris en compte ses récriminations, regarde quelle bonne équipe nous formons, Dom, lui rappelait-elle sans cesse, regarde ce que nous avons réussi à faire

exact, mais viscéralement Dominique désirait autre chose, une aventure nouvelle, même si elle ne l'exprimait pas ainsi et ne savait pas quelle forme cela prendrait

les longs étés à Lesbos, sur la plage où elle campait avec des centaines d'autres lesbiennes, n'étaient plus aussi enchanteurs après sept années consécutives

les escapades dans des villes européennes, c'était bien mais pas réellement épanouissant, elle avait essayé le Guyana à plusieurs reprises, et compris qu'elle ne pourrait pas y vivre en s'affichant ouvertement lesbienne, quant à enseigner l'anglais à l'étranger, une option envisagée parmi une vingtaine d'autres, ça ne l'intéressait pas

et puis un jour la planète Vénus avait dardé son rayon Nzinga sur la gare Victoria pour offrir à Dominique le Grand Amour Qui Transforme Tout

durant leur première semaine à Esprit de Lune elles furent invitées à un dîner-buffet chez Gaia, propriétaire du domaine, qui le léguait par testament aux membres du conseil d'administration, pour être sûre qu'il demeurerait une terre de femmes à perpétuité

sa maison était un ranch tentaculaire aux plafonds en voûte, avec, disséminés partout, des couvertures en patchwork, des sculptures curvilignes de corps féminins, des vases de céramique, des peintures bucoliques et des tapisseries murales réalisées par Gaia elle-même

et aucune image d'homme
où que ce soit

elles se répandirent sur le gazon pour goûter la tiédeur de la nuit, la pelouse éclairée par des torches piquées dans le sol

le soprano cristallin de Joan Baez, l'alto mélancolique de Joni Mitchell et les contraltos mélodieux aux tonalités plus chaudes de Joan Armatrading et Tracy Chapman s'échappaient de la platine sur la véranda

Dominique entendait les grillons, le ululement lointain des chouettes, le bourdonnement joyeux des femmes, elle était fascinée, se prenait pour une voyageuse de l'espace-temps plongeant dans une société alternative et magique

les femmes avaient un visage identiquement bronzé, sain, serein, l'air d'être en paix avec elles-mêmes et avec les autres

un tel contentement béat laissait perplexe Dominique tandis qu'elle se mouvait parmi ces groupes d'étrangères qui l'accueillaient avec un enthousiasme sincère

s'agissait-il d'un culte ?

elle était habituée aux Londoniens distants qui vous étudient d'un œil critique avant de décider si vous méritez leur conversation et un peu de leur temps

Gaia nouait ses cheveux gris en un chignon vite fait, d'autres les aimaient tressés ou coupés en brosse, un couple de Noires préférait la simplicité des nattes africaines

elles portaient des jeans et des pantalons, des tee-shirts et des chemises amples, des vestes et des gilets, des salopettes et des robes flottantes, ni maquillage ni hauts talons

elles brassaient leur propre bière, possédaient un vignoble, quelques-unes fumaient des cigarettes ou de la marijuana, Dominique mourait d'envie d'en tirer une, mais elle avait promis à Nzinga que c'était fini, elle reconnaissait qu'un corps empoisonné signifiait un esprit empoisonné

ces femmes venues s'installer ici étaient d'anciennes femmes au foyer ou avaient exercé toutes sortes de professions, artisanes, cuisinières, enseignantes, cultivatrices, commerçantes, musiciennes, beaucoup étaient retraitées

Dominique souhaitait en savoir plus

Gaia lui raconta qu'elle avait traversé les guerres de reconnaissance sociale et législative des années 1950 et 1960, pour ensuite décider de rejeter les hommes, elle en avait sa claque, du patriarcat

lorsqu'elle avait hérité la propriété de ses parents sur Long Island, elle avait acheté cette ferme

les hommes ne lui manquaient pas ?

jamais, les femmes d'Esprit de Lune s'efforcent de vivre en harmonie, même quand des disputes éclatent, nous avons un cercle de discussion qui essaie de les résoudre, les protagonistes peuvent décider de vivre à des centaines de mètres les unes des autres jusqu'à ce que les choses se calment, une querelle peut mettre des années à s'apaiser, le pardon finit par arriver, même s'il reste des cicatrices

parfois une résidente est expulsée pour cause de comportement non amendable, tel que violence ou vol, ou bien une femme qui redevient hétéro et veut des rapports avec les hommes, alors elle doit s'en aller, si elle est célibataire elle peut rester, nous avons eu un cas où la fille introduisait des hommes en douce la nuit dans la propriété

elle a dû partir

les résidentes semblaient vraiment cool, remarqua Dominique, pas du tout les casse-couilles qu'elle imaginait, non qu'elle eût quelque chose contre les casse-couilles, elle-même avait été accusée d'en être une

c'est inutile de vouloir casser les couilles ici, Dominique (quel joli nom), puisqu'il n'y a pas d'hommes, voilà pourquoi tu nous trouves sereines, nous avons la possibilité d'être juste nous-mêmes, de revendiquer la Divine Féminité, de nous relier à la Terre Mère et de la protéger, de partager nos ressources, de prendre des décisions communes tout en maintenant notre intimité et notre autonomie, de soigner notre corps et notre psyché par le yoga et les arts martiaux, par la marche, la course à pied, la méditation, l'exercice spirituel

chacune choisit le moyen qui lui convient

Dominique bavardait librement, à l'aise au milieu de ces groupes, aussi fascinée par ces femmes que celles-ci l'étaient par elle, une femme noire britannique, une rareté dans ces parages, commentaient-elles, à l'évidence favorablement impressionnées

Dominique avait l'habitude de tels jugements et y prenait plaisir

Nzinga passa toute la nuit assise sur la véranda, l'air sinistre, suscitant l'inquiétude autour d'elle, chaque fois que Dominique se retournait, elle voyait le regard de Nzinga pointé sur elle, surveillant chacun de ses mouvements, ce qui ne l'empêcha pas de continuer de se mêler aux autres, notamment de converser avec une stupéfiante Amérindienne prénommée Esther, vêtue d'une combinaison-pantalon ultra-moulante, qui enseignait le yoga ashtanga aux femmes en ville, j'espère que tu assisteras à la fête de mon soixante-cinquième anniversaire

j'adorerais, affirma Dominique, qui complimenta Esther sur son physique exceptionnel pour son âge, juste à l'instant où, sans crier gare, Nzinga lui tapa sur l'épaule

nous devons partir

vraiment ?

elles regagnèrent leur cabane dans le noir sur des chemins qui coupaient à travers champs, éclairées par le faisceau de la lampe de poche de Nzinga, Dominique goûtait cette transplantation si loin de sa vie londonienne, allait-elle à son tour se transformer en hippie farfelue ?

Nzinga resta silencieuse un moment, puis déclara qu'il vaudrait mieux désormais éviter les réunions de ce genre, une fois suffit, je suis ici pour vivre avec toi, pas avec les autres, j'en ai plein le dos, de la prétendue amitié des femmes blanches et de leur valetaille, si elles t'invitent à leur cercle de discussion, refuse, c'est un piège pour découvrir tes petits trucs et s'en servir contre toi ultérieurement

rappelle-toi, nous sommes ici pour travailler, ça va tout gâcher si nous mélangeons les choses, et fais-moi confiance, ne crois pas à toute cette connerie de Terre Mère, j'ai assez traîné dans ces communautés féminines pour savoir que ces sorcières sont aussi malfaisantes que n'importe qui d'autre pourquoi, dans ces conditions, vivons-nous ici ?

parce que je ne veux pas vivre dans un monde d'hommes

elles continuèrent de parler et de marcher, le sol caillouteux crissait sous leurs pieds

avec moi, tu es en sécurité, disait Nzinga, alors que Dominique ne se sentait pas particulièrement en danger

avec moi, tu es accomplie, Dominique ne se sentait pas particulièrement inaccomplie

avec moi, tu es à la maison, parce que la maison c'est une personne, pas un lieu

Nzinga lui raconta qu'elle avait songé à la rebaptiser Sojourner, un nouveau baptême féministe, d'après Sojourner Truth, l'activiste antiesclavagiste, dont elle entreprit de lui raconter l'histoire, même si Dominique savait parfaitement qui était l'abolitionniste légendaire, comme toute féministe noire qui se respecte, et elle le lui dit

elle eut néanmoins droit au cours magistral

ce sera un réveil féministe pour ton nouveau moi, expliqua Nzinga, un nom plus approprié que ce Dominique épicène

j'aime mon prénom

alors garde-le, mais moi je t'appellerai Sojourner, chéééérie

Nzinga pouvait l'appeler comme ça lui chantait, Dominique se jura qu'elle ne répondrait ni à Sojourner ni à quelque autre prénom, Nzinga montrait à l'évidence des signes de bizarrerie, Amma avait peut-être eu raison de l'avertir, ne pars pas en Amérique avec cette femme, Dom, tu le regretteras

la lumière de leur véranda émergea de l'obscurité, Nzinga dit qu'il n'y avait rien à redouter de la nuit quand on vivait sur un territoire occupé uniquement par des femmes

Dominique songea que les violeurs et les tueurs en série n'avaient pas besoin d'être des lumières pour triompher d'une clôture et attraper leurs proies

elles allumèrent des bougies dans la chambre et firent l'amour, c'était ainsi qu'elles partageaient leurs sensations les plus profondes, remarqua Nzinga, à quoi Dominique acquiesça, le sexe avec Nzinga était une expérience particulièrement délectable en ce que Nzinga se mettait surtout à son service, un genre de rapport qu'elle découvrait apprécier, à l'opposé de l'égalitarisme de son passé sexuel, qui se révélait maintenant insatisfaisant

tandis qu'elles reposaient éveillées, dans les bras l'une de l'autre, Dominique se sentit effectivement accomplie, ou du moins plus accomplie qu'avant

Nzinga fixait les poutres du plafond et dit à Dominique qu'elle lui reconnaissait le droit d'en savoir plus sur sa vie, à commencer par Roz, sa première partenaire, puisqu'il était désormais évident qu'elles allaient passer le reste de leur existence ensemble

ce que Dominique jugea un peu prématuré

une vie entière, ça vous emmène très loin dans un futur inconnaissable

alors que vous n'avez pas encore trente ans

nous n'en sommes qu'au début, Nzinga,

aurait-elle voulu lui dire

c'était sur un territoire de femmes dans l'Oregon que Nzinga avait rencontré Roz, l'amour de sa vie avait-elle cru, une femme blanche plus âgée qu'elle qui lui avait démontré que les femmes étaient beaucoup plus heureuses sans hommes

Roz était une bâtisseuse, elle construisait tout, des remises de jardin aux maisons dans les arbres, aux cabanes, aux grandes maisons et aux granges, Nzinga devint son apprentie

les premières années, elle se sentit chérie, bénie

elles menaient une existence idyllique, travailler ensemble dans la journée, s'aimer la nuit, jusqu'à ce que Nzinga apprenne que Roz était une alcoolique honteuse, ce qui advint quand elle découvrit la planque du gin qu'elle s'enfilait la nuit pendant que Nzinga dormait

après leur premier affrontement, plus rien de ce que Nzinga faisait ne paraissait satisfaisant

elles s'agressèrent, d'abord verbalement, puis physiquement, se jetant les bibelots à la tête, renversant les meubles, déchirant les rideaux, cassant les vitres, une nuit Roz fut transportée à l'hôpital, avec un os fracturé, quelques contusions à la tête, rien de très grave, pas de menace vitale

toute la communauté (toutes des Blanches, bien sûr) fit peser la faute sur Nzinga, elles lui dirent qu'elles ne la supportaient plus, qu'il était temps qu'elle se tire

méchamment expulsée, elle fourra toutes ses affaires dans un seul sac à dos, on l'escorta jusqu'aux grilles, on l'éjecta dans le monde extérieur

il lui fallut des années pour digérer une telle injustice

Nzinga traça la route, se fit embaucher dans des communautés féminines de la côte est, se rétablit psychologiquement, eut quelques liaisons qui se terminèrent mal quand les partenaires révélèrent leur moi véritable, décida de chercher une vraie âme sœur, ce qui lui prit des années

il m'a fallu voyager jusqu'à Londres pour la trouver

toi – Sojourner

Nzinga se retourna pour dévisager Dominique, oreiller contre oreiller, lui enserra les joues dans le creux de ses grandes et fortes mains

maintenant que je me suis confiée à toi, nous devons convenir de ne plus avoir de secrets l'une pour l'autre, je veux tout savoir de toi et tu sauras tout de moi

d'accord ?

Dominique fit signe que oui, encore qu'il lui fût pratiquement impossible de tourner la tête d'un côté à l'autre, étant donné que Nzinga la serrait dans sa poigne de fer, une étreinte qui n'était plus ni chaleureuse ni romantique, juste mécanique

m'aimes-tu toujours ?

plus que jamais, répondit Dominique sincèrement, n'en admirant que davantage Nzinga pour son honnêteté et la force avec laquelle elle avait surmonté tant d'épreuves

elle éprouvait un tel sentiment de gratitude d'avoir été choisie par une telle femme

ou plutôt

comme disait Nzinga, que l'amour les ait choisies.

4

Quelques mois encore, et l'amour qui les avait choisies se révéla beaucoup trop souvent enragé

jamais de sa vie Dominique n'avait connu de telles disputes, au point qu'elle questionnait la véracité de la rupture avec Roz telle que Nzinga la racontait

une Nzinga qui ne se reconnaissait qu'irréprochable

le problème avec toi, Sojourner, c'est que tu as l'habitude de diriger et non d'être dirigée, rappelle-toi que tu es mon élève – je t'enseigne la construction, je t'apprends à mener une existence de lesbienne féministe radicale, à te prémunir de l'ennemi, à vivre sans toxines chimiques, à vivre du sol et sur le sol, ça ne marchera pas si tu continues de me combattre à tout bout de champ

ah bon, et quand notre histoire d'amour s'est-elle transformée en histoire d'apprentissage ? moi aussi je suis cheffe, non ?

je me demande, est-ce vraiment toi ? éclatait Nzinga, souvent au milieu de la nuit, et, alors que Dominique, après une dispute qui avait duré des heures, commençait juste à s'endormir, elle la secouait pour la réveiller et recommencer

et si tu cessais de jouer les dures et te contentais d'être *toi* ?

si tu découvrais qui tu es vraiment au fond ?

si tu t'accordais le luxe d'être prise en charge – complètement ?

en Dominique, les sentiments se bousculaient, Nzinga était toujours aussi splendide, aussi éclatante, elle demeurait l'objet de sa passion, la personne qui ne souhaitait pour elle que le meilleur, qui l'avait sauvée de Londres

comme elle le lui rappelait souvent

quand les choses allaient bien, Dominique, exaltée, croyait en la possibilité d'un amour éternel

dans le cas contraire, elle se demandait ce qu'elle faisait avec une personne qui voulait régenter au millimètre sa vie entière, son esprit y compris

pourquoi Nzinga croyait-elle que l'aimer signifiait abandonner son indépendance et se soumettre à elle totalement ?

n'était-ce pas se comporter en phallocrate ?

au bout d'un certain temps, Dominique se perçut comme une version altérée d'elle-même, l'esprit embrumé, en proie à des émotions primaires, les sens exacerbés

elle goûta le bonheur du sexe et de l'affection – dehors dans les champs lorsque arriva l'été, nues sans vergogne, insouciantes de qui pourrait les voir, Nzinga qualifia cela de guérison sexuelle, comme si Dominique souffrait terriblement à l'époque où elle l'avait rencontrée

Dominique ne releva pas

elle aurait voulu en parler longuement avec des amies, Amma plus que quiconque, ou les femmes de la communauté, elle avait besoin d'une oreille attentive, c'était impossible, Nzinga les maintenait à distance, piquait une crise quand Dominique se montrait amicale envers les femmes avec qui elles travaillaient

elle jugea que ça n'en valait pas la peine, écrivit à Amma, trois lettres en vain, d'autres à ses parents et ses frères et sœurs, qui eux lui répondirent

Amma lui en voulait toujours autant de l'avoir abandonnée, elle et leur compagnie ?

elle émit une fois l'idée de lui téléphoner depuis la poste en ville, ce qui plongea Nzinga dans une déprime qui dura des jours

elle y voyait le signe de son rejet par Dominique qui n'y fit plus jamais allusion.

5

Avant de s'établir à Esprit de Lune, Dominique concevait le métier de bâtisseuse en termes romantiques : elle imaginait son corps, long, mince, objet d'admiration générale, devenant encore plus ferme, souple et fort parce que utilisé selon les lois de la nature – travail en plein air, exercices physiques ardus, camaraderie avec ses coéquipières, poussière et sueur accumulées qui vous faisaient attendre avec impatience la douche qui vous en délivrerait et le solide repas qui suivrait

le travail serait simple, énergisant, vivifiant

ce n'est pas ainsi que les choses se passèrent

n'ayant jamais rien soulevé de plus lourd que des cales de décor, le travail manuel huit heures par jour lui parut particulièrement éreintant, ses articulations la faisaient souffrir et le temps manquait pour qu'elles se reposent, ses mains élégantes se couvraient d'ampoules, de cicatrices et de corne, même protégées par des gants, et elle devait porter un casque qui n'abritait pas son visage du soleil

elle se voyait plus tard : quasiment infirme, le cuir épais, le visage aussi buriné qu'un vieux pêcheur elle n'était décidément pas taillée pour un tel travail, contrairement à ses coéquipières aussi solides que des maisons de brique, Nzinga y compris

les lesbiennes viriles, c'étaient *elles*, pas Dominique, et à supposer qu'elle en fût une (elle n'avait jamais éprouvé le besoin de se ranger dans une catégorie), il était évident que les lesbiennes américaines surclassaient totalement les lesbiennes britanniques, dans l'Univers des Hommasses

à côté d'elles, Dominique se sentait très femme

au début de sa deuxième semaine de travail, elle refusa de sortir du lit, elle avait le dos cassé, oui cassé, dit-elle à Nzinga, la mine plaintive, tragique, les yeux larmoyants, si bien que Nzinga finit par lui promettre des tâches moins dures, faut que j'prenne soin de mon bébé, n'est-ce pas ?

le travail de Dominique, désormais, consista en des boulots tels que planter des clous, agrafer des matériaux isolants à des charpentes en bois, peindre, décorer, fournir du café et des casse-croûte plusieurs fois par jour

chez elles, Nzinga insista pour se charger seule du nettoyage de la cabane, elle voulait être sûre qu'il ne traînait pas d'acariens, le moins possible en tout cas

ce à quoi Dominique ne vit aucun inconvénient, consciente que son idée du travail ménager consistait à passer un plumeau en sautillant ici et là dans une pièce

Nzinga exigea également de faire la cuisine parce qu'elle seule savait comment obtenir le bon équilibre nutritionnel qui les maintiendrait toutes les deux en parfaite santé, ce à quoi Dominique n'aurait vu aucune objection, sauf que Nzinga cuisinait sans sel, lequel était banni de la maison, et sans épices, ingrédients, disait Nzinga, qui excitent à la fois le ventre et les émotions

les repas devinrent une dure épreuve autant qu'une occasion de mimer le plaisir

Nzinga lavait également les vêtements de Dominique à la main, parce que mon amour pour toi me réduit en esclavage, prétendait-elle, en plaisantant ou peut-être pas, refusant d'écouter les protestations de Dominique qui affirmait vouloir laver ses propres sous-vêtements, spécialement ceux que tachait le sang menstruel

Dominique se mit à regretter d'avoir autorisé Nzinga à tout faire et prendre des décisions à sa place

elle souhaita participer aux tâches ménagères, cuisiner, nettoyer, entreprendre des travaux plus exigeants intellectuellement

sa vie n'avait plus d'autre but qu'aimer Nzinga et lui obéir sans conditions

même les choses les plus simples devenaient sources de difficulté, était-ce vraiment sa faute si les hommes la lorgnaient en ville quand elle portait des shorts (longueur bermuda) et des tee-shirts amples (sans manches) ?

des tenues « provocantes » selon Nzinga

pourquoi ses cheveux (d'ordinaire une masse épaisse et ondulée, mélange afro-indien) devaient-ils être quasiment rasés, coupés par Nzinga avec les ciseaux de barbier qu'elle avait achetés à cette intention ?

pourquoi lui était-il interdit de bavarder avec l'aimable boulangère de la communauté, Tilley, lorsqu'elle allait acheter du pain le matin ?

parce que les femmes qui semblent les plus gentilles se révèlent les plus passivement agressives et au bout du compte les plus dangereuses vu qu'elles s'immisceront entre nous, ne comprends-tu pas que les gens veulent saboter notre formidable histoire d'amour ?

et pourquoi ne devrait-elle pas lire les ouvrages d'hommes qu'elle aurait pu emprunter à la bibliothèque municipale ?

tu ne peux pas mener une existence féministe avec des voix d'hommes dans ta tête, Sojourner

tout ça n'a aucun sens, les choses vont beaucoup trop loin

ne peux-tu pas fermer ta putain de bouche ?

elles étaient assises dans le lit, en fin de nuit, depuis des heures, et comme si souvent Nzinga remettait sur le tapis les histoires de ses anciennes amantes, s'efforçant cette fois de convaincre Dominique qu'elles n'avaient été que des jouets ne signifiant rien pour elle

Dominique, elle, en avait marre d'essayer de convaincre Nzinga que ses amours passées ne constituaient pas une menace pour leur relation présente, elle lui avait maintes fois affirmé que ce qu'elle avait éprouvé pour quelques-unes de ces femmes n'était rien à côté de l'amour qu'elle éprouvait pour elle, Nzinga, mais Dominique ne comprenait pas qu'admettre une forme d'amour pour ses ex pût être inacceptable

elle voulait quitter cette chambre, aller dormir n'importe où dans la cabane, ou sur la véranda, n'importe où pourvu qu'elle puisse échapper à la voix vrombissante de Nzinga ; c'était impossible, Nzinga la suivrait et continuerait, jusqu'à l'aube si besoin

c'étaient toutes des Blanches, pas question qu'elles s'incrustent c'est moi qui les laissais, exact, Nzinga était celle qui larguait, jamais celle qu'on larguait, ce que je te dis, c'est que seule une femme noire peut aimer vraiment une femme noire

d'accord, je cède, j'abandonne, éteignons les lumières et allons dormir

je ne veux pas que tu cèdes, je veux que tu changes, que tu comprennes mon raisonnement au plus profond de toi et que tu le reconnaisses pour la vérité.

6

Presque un an jour pour jour après l'arrivée de Dominique à Esprit de Lune, une fin d'après-midi, on frappa à la porte de la cabane

Nzinga faisait la cuisine, Dominique était étendue sur le canapé, regardant vaguement les nuages défiler dans le ciel

Amma se dressa devant elle, l'air ravie

putain de merde, s'exclama Dominique, c'était si bon de la voir, elles se tombèrent dans les bras l'une de l'autre

j'étais si inquiète pour toi, Dom, une carte postale après ton arrivée et puis plus rien, tu n'as jamais répondu à mes lettres

quelles lettres ? allait s'enquérir Dominique quand Nzinga apparut derrière elle et lui demanda pourquoi elle avait invité *cette personne* ?

elle ne l'avait pas invitée, se hérissa Dominique, n'est-ce pas génial qu'Amma soit là ?

Nzinga ne dit rien, retourna dans la cuisine, se remit aux fourneaux insensible à la grossièreté de Nzinga, Amma s'avança dans l'espace libre du living-cuisine et l'inspecta comme si elle s'attendait à voir des cadavres suspendus aux poutres par des crocs de boucher

elle lâcha par terre son sac à dos, se jeta sur le canapé, je meurs de soif, Dom, donne-moi un tonic avec de la glace et tu peux y ajouter de la vodka, tu connais le truc

tout en lui versant de l'eau filtrée, Dominique dut lui expliquer que la maison était zone sans alcool

depuis quand ? grimaça Amma

une tension gluante saturait l'atmosphère autour de Nzinga, qui leur préparait en silence un ragoût épais et aillé de haricots-champignons, qu'elle servit avec du pain complet

sur la table en bois – un banc de chaque côté

Nzinga mangea le nez dans son assiette, Dominique voyait bien qu'Amma trouvait ça immangeable, elle demanda du sel, il n'y en avait pas

Dominique s'était habituée à un régime sans sel ni épices, le besoin antérieur avait disparu, son appétit s'était ajusté à ce qu'on lui offrait

elle s'enquit de tout le monde au pays, assoiffée de potins, veillant à ne pas montrer la moindre affection pour ceux qu'elle avait laissés, ou de regret de les avoir laissés

Amma lui renvoya quelques questions sur la vie à Esprit de Lune

Dominique lui raconta qu'elles travaillaient sur le site en construction cinq jours par semaine, voire six, qu'elles passaient leurs soirées ici, à la maison, souvent épuisées, Nzinga se met à la cuisine le soir, quand la nuit tombe, le week-end elles vont faire des courses et de la marche, elles ont un potager qui nécessite qu'on s'en occupe, elles lisent des livres – écrits par des femmes, ça va sans dire, de préférence féministes, parfois elles voient un film en ville, sortent avant la fin s'il est insultant

elle aurait bien ajouté – c'est un peu comme toi et moi à nos débuts au théâtre, Amma, sauf que nous ne quittions pas un spectacle que nous trouvions choquant sans faire de chahut – mais elle y renonce, Nzinga se sentirait amoindrie, elle accuserait Dominique d'exalter son histoire gaucho de chahut avec Amma au détriment de leurs propres manifestations relativement passives

Dominique répondit aux questions d'Amma, non, elles ne se mélangeaient pas aux autres femmes de la communauté, préférant ne pas être concernées par leurs affaires, et oui, la vie était paisible, exactement ce qu'elles aimaient, elle était parfaite, voilà, c'était le mot, parfaite

plus elle parlait, plus Dominique était frappée par l'image pitoyable, puritaine qu'elle donnait de leur vie, disparus les happenings d'antan, les éternelles comédies dramatiques entre partenaires, les scènes entre femmes, les hauts et les bas qu'implique la gestion d'une compagnie théâtrale, disparus la ville même, les manifestations contre Maggie Thatcher, les protestations contre la clause 28 interdisant la promotion active de l'homosexualité, les week-ends passés à Greenham Common, le camp de femmes pour la paix, leurs amies mises au rang de hors-la-loi pour participation à l'arnaque des chéquiers « perdus », qui doublaient de papier d'alu leurs sacs à provisions afin d'échapper au système de détection des supermarchés, qui sautaient par-dessus les tourniquets dans les stations de métro et brûlaient les feux rouges par principe

il y avait si longtemps, c'était si loin

une année passée avec Nzinga, privée de contacts réguliers avec Amma, qui l'aurait secouée, questionnée sur tout ce qu'elle faisait

Amma, sa caisse de résonance, sa diseuse de vérité, sa partisane Number One

Nzinga ne leva les yeux de son assiette qu'après avoir fini de manger, annonça qu'elle allait se coucher, emporta son bol d'argile et le balança avec une telle force dans l'évier en inox qu'il explosa

elle traversa le living, passa comme un ouragan devant Amma, Sojourner, tu viens te coucher ?

qui est Sojourner ? s'enquit Amma, tandis que Dominique sautait sur ses pieds

Dominique ne répondit pas et quitta la pièce

il était sept heures du soir

le lendemain matin Dominique saisit l'occasion de s'asseoir dehors sur les marches avec son amie, pendant que Nzinga était sous la douche

ça lui prend dix minutes, dit Dominique, regardant nerveusement derrière elle, c'est un rituel, même avec quelqu'un d'autre ici

Amma proposa d'aller faire un tour loin de la maison de fou, Dominique dit qu'il faudrait se contenter de la véranda, sinon Nzinga se méfierait

se méfierait de quoi ?

7

Le lendemain matin le champ qui s'étendait face à la cabane jusqu'à l'extrémité de la propriété irradiait du vert vif de l'ivraie

une forêt de pins se devinait dans le lointain, le ciel était d'un bleu azur, sans un nuage

Dominique était fière d'offrir une telle vue à Amma, qui connaissait si bien son appartement londonien, avec ses fenêtres donnant à l'arrière sur les murs noircis d'un pub et une conduite d'eau crachotante

Amma ne pouvait manquer d'être convaincue qu'elle avait fait le bon choix dans ce domaine en tout cas – c'est paradisiaque, non ?

Amma marmonna quelque chose à propos du bon endroit avec la mauvaise personne, et râla contre l'abominable tasse de « café » de pissenlit qu'on lui avait fait boire puisque le café, le vrai, était interdit, si bien que maintenant elle avait la migraine lancinante du sevrage de caféine, à peine atténuée par les capsules antalgiques que Nzinga l'avait surprise en train d'éjecter de leur emballage de plastique, pour lui reprocher ensuite d'introduire des drogues dans sa maison

les seuls mots qu'elle m'ait adressés jusqu'à maintenant, Dom

elles restèrent un moment à digérer l'histoire, Dominique se demandant quand Amma allait exploser

elle ne fut pas déçue, Amma se lança dans une tirade d'où il ressortait que son amie était victime d'une sorcière, savait-elle seulement que les gourous maintiennent leur emprise sur leurs disciples en les coupant de leur famille, de leurs amis, collègues, voisins, quiconque pourrait intervenir et demander des explications ?

je vais organiser une mission sauvetage, Dom, un groupe de copines de Londres qui vont débarquer comme une escouade des forces spéciales et t'arracher des griffes de cette folle furieuse

elle s'esclaffa, Dominique non

je suis en plein milieu d'un truc, Ams, j'expérimente une nouvelle façon de vivre, une nouvelle façon d'être, Nzinga m'enseigne à mener une existence vraiment féministe, l'énergie masculine est perturbatrice, le patriarcat est pernicieux, violent et autoritaire, la misogynie est tellement enracinée en eux que je comprends pourquoi les femmes les rejettent définitivement, ne plus avoir à se soucier de l'oppression masculine quotidienne, c'est tellement libérateur

je t'ai toujours connue aimant les hommes, Dom, parfois nous pouvons même être amoureuses de ceux qui nous sont proches, voire comprendre le patriarcat (au fait, merci de me raconter comment ça fonctionne), nous percevons les hommes comme des individus, n'est-ce pas ? tu n'as jamais été androphobe ni séparatiste, que t'est-il arrivé ?

il ne lui est *rien* arrivé, gronda la voix au-dessus de leur tête – Nzinga se tenait dans leur dos

une jambe moite et musclée vint s'intercaler entre elles, les séparant physiquement – elles se donnaient le bras

Nzinga s'affala dans l'espace qu'elle venait ainsi de créer, enroulée dans une serviette, encore mouillée, et se lança dans un discours sur la complicité de tous les hommes dans un système patriarcal qui permettait la mutilation génitale féminine, regardez le charcutage des organes génitaux féminins dans le monde entier au nom de la culture ou de la religion ou de Dieu sait quoi, pourquoi ne ferait-on pas la même chose aux hommes à qui on doit la majorité des violences sexuelles perpétrées dans le monde ? conserver en banque le sperme des adolescents virils, puis castrer ces salauds ?

Nzinga se pressa contre Dominique, lui passant un bras autour du cou

un geste d'affection, ou plutôt
de strangulation

Amma se leva, alla chercher son sac à dos, revint se planter devant les deux autres

je pars, je rentre chez moi, c'est aussi *ton* chez-toi, Dom, viens avec moi

Dominique n'avait pas besoin d'être délivrée, elle secoua la tête

Nzinga l'attira encore plus près, lui planta un baiser bruyant sur la joue, brave fille.

8

Après avoir fini l'aménagement de dix nouvelles maisons à Esprit de Lune, Nzinga s'arrangea avec Gaia pour qu'elle les laisse, Dominique et elle, occuper la cabane jusqu'à ce que Nzinga déniche un contrat ailleurs

elles n'avaient rien d'autre à faire de leurs journées que de les passer ensemble

Dominique aurait dû se tirer, leur relation était irrémédiable désormais, mais elle se sentait incapable de prendre une telle décision alors qu'elle ne pouvait même plus en prendre de plus infimes telles que choisir quoi manger, comment s'habiller, à qui parler

la paranoïa croissante de Nzinga l'enfermait dans un cocon cauchemardesque

les femmes autour de nous veulent détruire notre formidable histoire d'amour, Sojourner

chaque fois qu'elle croisait ces femmes, Nzinga se tenait à côté d'elle, l'empêchant de parler librement, ou lui reprochant ensuite d'avoir dit ce qu'il ne fallait pas

même ses sorties matinales pour aller chercher du pain chez Tilley déclenchaient les fureurs nocturnes de Nzinga, qui l'avait suivie, avait analysé de loin leur langage corporel, conclu qu'elles flirtaient

et annonça que du coup elle irait elle-même chercher le pain et se rendrait seule en ville pour les achats hebdomadaires, elle connaît son comportement avec les hommes, et ne compte pas sur moi pour t'acheter du chocolat ou une autre friandise, c'est mauvais pour toi, par ailleurs a-t-elle vraiment besoin d'aller chez le dentiste (un homme) ou n'est-ce qu'une ruse ?

le jour où Nzinga la frappa violemment au bras, Dominique se dit qu'elle devait partir, se reprit en pensant que c'était accidentel, constata que ce n'était pas le cas quand les coups se multiplièrent

elle ne voulait pas attiser l'agressivité de Nzinga en rendant coup pour coup, dut par ailleurs finir par admettre qu'elle n'avait pas le culot nécessaire, elle était foncièrement non violente

quand elle essayait de se tirer pour échapper aux disputes, Nzinga lui barrait l'accès à la porte de sa stature imposante, jambes écartées, lui ordonnait de s'asseoir sur une chaise, de respirer profondément, respire profondément, Sojourner, débarrasse-toi de cette énergie négative, dehors le monde est dangereux

à longueur de journée la voix de Nzinga tonitruait dans la tête de Dominique, résonnait, pilonnait, elle passait si peu de temps seule, elle avait oublié comment on peut passer son temps seule, elle avait pris l'habitude de dormir tard le matin et d'aller se coucher tôt, elle détestait se retrouver dehors sous l'éclat implacable du soleil

quand elle ne dormait pas, elle fixait le vide

c'était un samedi matin, Nzinga était partie en ville avec le camion pour les achats hebdomadaires, disant qu'elle serait absente toute la journée – un test, elle revenait en général deux ou trois heures après et rampait en douce vers la cabane pour voir ce que Dominique fabriquait

cette fois-ci, aussitôt après son départ, Gaia surgit sur sa Mobylette, comme si elle avait attendu, planquée quelque part, que Nzinga s'en aille ; Dominique entendit d'abord le bruit du moteur, qui ça pouvait-il être, il ne venait jamais personne ?

elle vit Gaia s'approcher de la cabane

nous sommes inquiètes de ce qui se passe ici, dit Gaia, tu n'es plus la femme que tu étais à ton arrivée, ça fait des mois qu'on ne te voit plus, tout va bien ?

tout va bien, affirma Dominique, debout sur le seuil, n'osant pas ouvrir la porte en grand

Gaia l'observait, avec la sagesse et le savoir de qui a passé sa vie entière entourée uniquement de femmes, elle s'assit sur les marches

Dominique, assieds-toi à côté de moi

nous la connaissons, nous avons toutes fait l'expérience de sa colère, de son caractère abusif, de son animosité envers le monde, envers nous, tu peux me parler

Dominique résistait à dire quoi que ce soit, ce serait trahir Nzinga, son exigence de totale loyauté, rappelle-toi, disait-elle en lui pinçant le bras si fort qu'il était plein de bleus, rappelle-toi, tu ne dois *jamais* parler à qui que ce soit de moi ou de notre relation

tu peux me parler, répéta Gaia, posant une main légère sur celle de Dominique, lui transmettant sa force et sa compassion, alors Dominique faiblit et avoua – s'avoua – que, oui, elle était piégée dans une relation avec une femme violente à l'esprit dérangé, sans moyen de s'en sortir à court terme

en trahissant Nzinga, elle était enfin honnête envers elle-même

Gaia la réconforta, nous allons t'aider à partir, d'accord ?

vraiment ?

tu as un peu d'argent ?

elle a toujours évité d'apposer mon nom sur ce qui était supposé être un compte joint, et réclamer ma part de nos économies reviendrait à lui dire que je la quitte, je n'ose imaginer ce qui se passera ensuite je peux te prêter ce qu'il te faut pour t'en sortir, où veux-tu aller, veux-tu retourner en Angleterre ?

pas vraiment, en tout cas pas encore, je n'ai pas le courage d'affronter l'humiliation, et je voudrais connaître un peu mieux l'Amérique

j'ai des amis à West Hollywood, qui t'hébergeront jusqu'à ce que tu saches quoi faire, tu me rembourseras quand tu pourras, as-tu ton passeport ?

Nzinga me le garde à l'abri – mais je sais où elle le cache

nous passerons samedi prochain à la même heure

pour te conduire à l'aéroport.

9

Il fallut des années à Dominique pour qu'elle cesse de se blâmer d'être restée si longtemps avec Nzinga – presque trois ans, *trois* ans

comment avait-elle pu se montrer si faible alors qu'elle avait été si forte, et l'était redevenue depuis ?

si heureuse d'avoir retrouvé le moi qu'elle avait perdu

après avoir quitté Esprit de Lune, elle habita chez les amies avocates de Gaia, Maya et Jessica, qui l'accueillirent l'après-midi de son arrivée avec un repas de salades fraîches et lui offrirent une paisible petite chambre jaune à l'arrière de leur luxueuse propriété, donnant sur une plantation d'orangers et de citronniers

la première nuit, elle fut toute désorientée, Nzinga occupait encore sa tête, en fait elle la squatta illégalement pendant très longtemps elle faisait souvent des cauchemars dans lesquels Nzinga entrait par la fenêtre de la chambre et s'approchait d'elle en brandissant le couteau de chasse qu'elle avait lorsqu'elles s'étaient rencontrées la première fois, et qu'elle gardait sous le matelas

le jour suivant, Maya et Jessica lui demandèrent ce qu'elle souhaitait avoir pour son dîner, n'ayant plus l'habitude de choisir, elle s'interrogea pendant une éternité ; après quoi elles exaucèrent ses vœux et firent cuire au barbecue un mélange de hamburger, cuisses de dinde, saucisses, côtes de porc et d'agneau, le tout accompagné de salade

après quelques bouchées elle s'arrêta, courut vomir aux toilettes, revint et attaqua la salade

elle resta jusque tard dans la nuit auprès des deux femmes qui s'étaient connues à l'école des beaux-arts, avaient troqué leur carrière d'artistes fauchées contre l'étude du droit des sociétés, renonçant au plaisir de l'œuvre accomplie afin d'empiler les billets de banque, dix-huit heures de travail par jour qui avaient tué leur créativité

elles envisageaient de s'arrêter à cinquante ans et de ressusciter leur moi artistique, s'il n'était pas trop tard

captivées par le récit de Dominique de sa vie à Londres, le théâtre, les sorties en boîte, elles clamèrent leur admiration pour ce qu'Amma et elle avaient fait en choisissant une aventure créatrice, sans stabilité financière, et sachant qu'elles ne seraient probablement jamais propriétaires d'un logement ni bénéficiaires d'une retraite

assise avec elles dans le verger, buvant leur vin délicieux dans la tiédeur de la nuit

Dominique, comme libérée d'un sédatif, se sentait bouillonner d'énergie

elle était surexcitée, elle planait, elle revenait à la vie.

10

Dominique tomba amoureuse de la côte ouest, conclut un mariage de convenance avec un gay, Maya et Jessica lui prêtèrent l'argent nécessaire

son accent anglais constituait un atout considérable dans ses rapports avec les Américains, il l'ennoblissait, tout comme son allure de mannequin (on le lui avait assez dit) et son style motard raffiné, les lesbiennes en particulier désiraient l'aider, lui ouvrir des portes, appartenir au monde qu'elles imaginaient être le sien

Maya et Jessica l'hébergèrent pour un coût modéré pendant quelques années, jusqu'à ce qu'elle s'en sorte

elle trouva un premier job dans l'administration d'une compagnie cinématographique, un tremplin pour la production de spectacle vivant

une bénédiction, reconnaissait-elle, qui lui permit de s'établir rapidement à son compte, après quoi elle invita Amma à venir la voir

qui jamais ne lâcha un « je te l'avais bien dit »

Dominique suivit également les séances hebdomadaires d'un groupe d'assistance aux femmes rescapées de violences domestiques

les semaines passant, elle entendit les gens raconter leur histoire et connaître une épiphanie qui leur changeait la vie elle finit par se jeter à l'eau elle aussi, et en constata les effets cathartiques

elle comprit que sa situation de fille aînée d'une fratrie de dix l'avait obligée à materner les plus jeunes, tout en étant elle-même privée de véritables soins maternels

à peine était-elle née que sa mère était retombée enceinte, et ainsi de suite, chaque nouveau-né réclamant la pleine attention maternelle

elle découvrit que son attirance pour Nzinga avait pour origine son besoin inconscient d'être maternée

puis que de maternée elle s'était retrouvée étouffée, que Maman s'était révélée Papa, raconta-t-elle à Amma, qui refusa l'explication et lui conseilla de s'en prendre à la malchance plutôt qu'aux problèmes non résolus de l'enfance, tu deviens trop américaine, Dom

Dominique resta en contact avec Gaia qui, avant de mourir, lui raconta que Nzinga avait été exclue de la communauté peu après son départ, elle courait déchaînée à travers toute la propriété en essayant de découvrir où Sojourner était allée, menaçant les gens, fracassant les vitres

elles avaient appelé la police, mais n'avaient pas engagé de poursuites

ne t'en fais pas, elle ne sait pas où tu es

pendant des années Dominique continua de faire des cauchemars dans lesquels Nzinga fendait une foule pour l'approcher ou fonçait sur elle en voiture alors qu'elle traversait une rue ou se montrait dans un lieu public, même à l'occasion de son discours d'inauguration du Festival d'arts féminins qu'elle créa au bout de quelques années de vie à L.A.

Nzinga grondait, lui reprochant de l'avoir quittée alors qu'elle l'avait si gentiment prise pour apprentie, lui avait appris à être pleinement féministe dans un monde misogyne

je t'ai tout donné, *tout*, sans moi tu ne serais rien, Sojourner, *rien*

bien des années plus tard, Dominique sut que Nzinga était morte quelque douze ans après leur séparation

sa dernière amante, Sahara, le raconta pendant le festival, Nzinga et elle s'étaient connues durant une retraite spirituelle pour femmes de couleur en Arizona

elle parlait énormément de toi, Dominique, elle était au courant du succès de ce festival et s'en accordait tout le crédit, elle était ton mentor, c'est elle qui t'avait faite, disait-elle, tu t'étais servie d'elle, et pas le moindre remerciement, ni reconnaissance publique, aucun remboursement de tout ce qu'elle avait investi dans ta formation personnelle, elle comptait venir te le dire en face à L.A., mais ce n'était jamais le bon moment

maintenant je pense qu'elle craignait que la personne supposée faible ne fût en réalité devenue un puissant personnage

j'ai totalement gobé ce qu'elle racontait sur toi jusqu'à ce que, quelques mois après le début de notre relation, elle commence à me traiter en disciple et non plus en amante, à devenir possessive, agressive et à se livrer à des jeux de manipulation mentale

j'avais vingt ans et quelques, elle cinquante et plus

elle me gardait constamment à l'œil, criait que je devais lui être reconnaissante de m'avoir sauvée, de quoi ? qui sait, je n'ai jamais obtenu de réponse sensée

j'avais résolu de m'en aller dans le courant de l'année, mais elle a fait un méga-infarctus, elle était immobilisée, et je ne pouvais pas la laisser

elle n'avait absolument personne au monde à part moi – pas de foyer, pas d'amis ni de famille, les gens la quittaient toujours, disait-elle

quand elle est morte, je me suis sentie libérée

en apprenant la mort de son ancien amour, Dominique aussi se sentit libérée, et triste, la vie de Nzinga se résumait en réalité à une succession d'abandons

et elle s'était révélée incapable de comprendre que la faute lui en incombait

Dominique fit la connaissance de Laverne dans son groupe d'assistance – les deux seules lesbiennes de l'assemblée, une force attractive les poussa l'une vers l'autre

Laverne était afro-américaine, sans ego, elle aimait se fondre dans le décor, parlait d'une voix douce et réfléchissait longuement

originaire d'Oakland, elle s'était installée à L.A. comme technicienne du son, avait eu pour maîtresse une femme violente

qu'elle avait quittée après avoir atterri aux urgences pour la troisième fois

Dominique trouvait en elle une compagne agréable, facile à vivre, elle avait étudié les relations internationales, était cultivée et se passionnait pour les affaires du monde

Dominique commença à délaisser la littérature féminine au profit des ouvrages de non-fiction traitant du monde en général

elles pouvaient passer des heures à discuter des conséquences de la chute du mur de Berlin et de l'explosion de l'Union soviétique

ou de la guerre que se jouaient par médias interposés la princesse Diana et le prince Charles

des guerres au Moyen-Orient, des émeutes à Brixton et à L.A.

de la corrélation entre changement climatique et capitalisme

des histoires postcoloniales de l'Afrique, de l'Inde, des Caraïbes et de l'Irlande

leur amitié s'approfondit au fil du temps pour devenir une relation physique

chacune respectait le libre arbitre de l'autre, il n'était pas question d'exigences

elles furent amantes pendant quatre ans avant de décider d'habiter sous le même toit, Dominique craignant encore que le fait de se voir continuellement jour après jour au lieu de plusieurs fois par semaine ne rompe l'équilibre de leur relation

ce ne fut pas le cas

elles voulaient des enfants, en adoptèrent deux, des jumeaux, Thalia et Rory, dont les parents avaient été tués au cours d'un massacre entre gangs

elles formèrent une famille et s'épousèrent dès que la loi les y autorisa

ça fait presque trente ans que Dominique est venue s'installer aux États-Unis

qu'elle considère désormais comme son pays.

CHAPITRE II

CAROLE

1

Carole

traverse la gare de Liverpool Street au plafond d'acier et de verre intergalactique que soutiennent d'imposantes colonnes corinthiennes

elle se dirige vers les Escalator et les baies sublimes que transperce un merveilleux rayon de lumière matinale

elle passe sous le tableau d'affichage des départs et des arrivées

exprimés en caractères alphanumériques, le texte sautillant et actualisé au rythme des annonces mugies via les faisceaux de haut-parleurs, qui informent les passagers des numéros de quai et des arrêts dans les gares qui se succèdent jusqu'à la destination finale

de tel ou tel train

énumèrent les nombreux retards dus au vandalisme sur les voies, aux feuilles d'arbre sur les rails, au soleil sur la voie ou à un corps sous un train

quel manque *insensé* de considération, ce n'est pas elle

qui choisirait de se jeter sous les roues d'un monstre d'acier pesant des milliers de tonnes et fonçant à la vitesse de deux cent vingt-cinq kilomètres-heure

qui choisirait une fin si brutale et dramatique

Carole sait ce qui pousse les gens à un tel désespoir, ce que c'est de paraître normal mais de se sentir vaciller

juste un saut

et vous échappez

aux foules de gens amassés sur les quais qui conservent assez d'énergie dans leur cœur pour rester vivants

vacillants

juste un saut

loin vers

la paix

éternelle

ces temps-ci, néanmoins, elle se sent très vivante, très « tournée vers l'avenir » comme ils disent au bureau, avide de saisir la prochaine « fenêtre d'opportunité »

ces temps-ci elle est une joueuse d'orchestre enthousiaste au milieu de la cacophonie de la gare la plus animée de Londres, que foulent près de cent cinquante millions de paires de pieds chaque année, convergence de banlieusards génétiquement identiques à 99,9 %, peu importe l'emballage extérieur, peu importe leur câblage psychique – que les fils soient tordus, enchevêtrés, raccourcis

tous ces gens si posés, si équilibrés et maîtres d'eux-mêmes, préparés à assumer publiquement leur rôle de membres raisonnables de la société en ce lundi matin où tous les drames sont intériorisés

et elle, regardez-la

avec ses vêtements coupés sur mesure, son port de danseuse, ses cheveux raides attachés en un martial chignon haut, ses sourcils épilés en style calligraphique, ses bijoux discrets, sobres, platine et perles

Carole

dont le lexique quotidien se compose des mots actions, contrats à terme et modélisation financière

qui adore s'immerger dans un univers où les éléments financiers se divisent en myriades de répliques identiques et tournoient dans une superbe infinité

étoiles scintillantes de la richesse qui fait tourner le monde

en guise de lecture de chevet elle plonge dans les études de rentabilité des affaires et des plans d'investissement sur les marchés boursiers d'Afrique et d'Asie

l'obscurité de la nuit se déversant dans son bureau par la fenêtre à guillotine à l'ancienne

son visage baignant dans la lumière bleue hypnotique de son iMac vingt-quatre pouces

l'écran d'ordinateur, son univers parallèle de réseaux sociaux et de tentations, qu'elle semble la seule à ne pas prendre en compte

du moins sa *propre* addiction à la carte mère est-elle productrice, se dit-elle en cliquant sur les sites financiers qui surgissent continûment dans le cyberespace, NASDAQ, *Wall Street Journal*, London Stock Exchange tout en surveillant les informations internationales qui influencent les marchés, les conditions météorologiques qui touchent les récoltes, le terrorisme qui déstabilise les pays, les élections qui perturbent les accords commerciaux, tous les désastres naturels qui peuvent anéantir des industries, des agricultures, des communautés

ce qui ne concerne pas le travail ne vaut pas la peine d'être lu

mais, l'information étant désormais disponible en un instant et à chaque instant, elle n'arrive pas à suivre et ne peut se défaire de l'habitude hyperactive de cliquer sur n'importe quel lien hypertexte

même quand elle est tellement saturée qu'elle ne se souvient plus du site qu'elle a visité en dernier, qu'elle ignore pourquoi diable elle ne laisse pas tomber sachant qu'elle va s'endormir à sa table, généralement juste après minuit, pour se réveiller quelques heures plus tard et se traîner au lit les yeux bouffis

terrorisée par les dieux-ondes Thêta et Delta
qui dérobent la conscience qui protège
son sommeil
où de mauvaises choses arrivent
à de mauvaises petites filles
qui
le
réclament.

2

Carole emprunte les marches argentées des Escalator, avec les autres banlieusards à l'uniforme de bureau de couleurs sombres, qui les hissent du sous-sol jusqu'au niveau de la rue Bishopsgate

elle se rend à son rendez-vous matinal avec un nouveau client basé à Hong Kong dont le revenu net s'élève à plusieurs fois le PIB des pays les plus pauvres du monde

il a intérêt à ne pas marquer un temps d'arrêt, se dit-elle, quand elle entrera dans la salle de réunion directoriale

avec sa longue paroi vitrée qui donne sur la City

et l'autre mur éclaboussé d'œuvres d'art déductibles d'impôts qui coûtent le prix d'une maison particulière du centre-ville, zone 2

il a intérêt à ne pas la regarder comme si elle faisait corps avec le chariot porteur de Thermos de café, d'un assortiment de thés (vert, gris, de Ceylan) et de biscuits dans leurs emballages individuels

elle a l'habitude que les clients et les nouveaux collègues cherchent du regard, au-delà d'elle, la personne qu'ils s'attendent à rencontrer

elle va se diriger droit sur le client, lui serrer la main fermement (quoique d'une manière féminine) tout en plantant les yeux dans les siens aimablement (mais avec beaucoup d'assurance), lui décliner parfaitement son nom de cette prononciation standard qu'elle a cultivée, avançant ses jolies lèvres (pas trop épaisses grâce à Dieu) maquillées d'un rose discret, dénudant ses dents remarquables tandis qu'il digère le choc entre réalité et ce qu'il escomptait, en s'efforçant de ne pas le montrer, cependant qu'elle dominera la situation et la conversation

le tout est d'avoir l'avantage, se dit Carole, saisir les petites conquêtes là où elles se présentent

peut-être se découvrira-t-il inopinément attiré par elle, ce que l'homme raffiné tâche de dissimuler, pas comme le milliardaire pétrolier nigérian, il y a quelques années, qui voulait investir aussi dans le cuivre

et qui l'invita à un déjeuner de travail au Savoy, sauf que, constata-t-elle, ça se déroulait dans sa salle à manger privée de la Suite royale

dont il lui fit faire le tour – huit pièces décorées comme une demeure seigneuriale : colonnes gréco-romaines, lustres de Lalique, bustes antiques sur des socles, tableaux anglais pastoraux sur les murs tapissés de soie

insistant sur le fait que chaque ressort du matelas dans le boudoir seigneurial était enrobé de cachemire

c'est comme si on dormait sur une couche d'air, Miss Williams, lui dit-il, en lui montrant le « menu oreillers » sur une carte gaufrée argent

comme si elle était le genre de femme à mutiler ses ambitions pour devenir l'un des accessoires décoratifs de cet homme

il lui fallut se tirer poliment de cette situation sans compromettre les affaires

en lui faisant savoir qu'elle était fiancée, à Frederick Marchmont, insista-t-elle

furieuse qu'il ait tenté de miner son professionnalisme durement acquis aujourd'hui elle va adopter une approche volontariste dès le début de la réunion, c'est quand même bien pour cette raison que les étagères, chez elle, sont surchargées de manuels de motivation commandés en Amérique, enseignant *comment visualiser l'avenir que vous voulez créer*, *croyez que vous pouvez le faire et vous serez déjà à mi-chemin*, et *si vous donnez l'image d'une personnalité puissante, vous attirerez le respect*

alors comment sera la réunion ?

fou-tre-ment fan-tas-tique !

ouais, sauf qu'elle ne peut s'empêcher de se rappeler toutes les petites blessures, ses associés qui la complimentent de savoir si clairement s'exprimer, incapables de dissimuler la surprise dans leur voix, si bien qu'elle fait semblant de ne pas s'offusquer et de sourire, comme si effectivement il y avait lieu de la complimenter

elle ne peut s'empêcher de penser à ces douaniers qui lui demandent de se ranger sur le côté quand elle voyage en avion, avec bagages et vêtements semblables à ceux de tous les hommes et femmes d'affaires qui passent la douane – *sans tracas*

oh être l'un des privilégiés de ce monde qui trouvent normal de traverser le globe sans entraves, libre de soupçons, respecté

merde, merde, merde, scande l'Escalator, qui grimpe, grimpe, grimpe

allons, Carole, stop aux pensées négatives, remise le passé et envisage le futur po-si-ti-ve-ment, avec la légèreté d'un enfant que n'encombre aucun bagage émotionnel

la vie est une aventure qu'il faut entreprendre d'un esprit ouvert et d'un cœur aimant mais il y a eu la fois où, au début de sa carrière, dans un pays connu pour son terrible bilan en matière de droits de l'homme, et bien qu'ayant informé les autorités qu'elle avait rendez-vous avec une équipe de leur Banque nationale, et leur ayant présenté les documents à l'appui, qu'ils avaient refusé de regarder

où même son corps

avait été envahi

comme si elle avait été une pauvre mule à la chatte bourrée d'un demi-kilo de poudre blanche, ou attendant qu'on la lui fasse régurgiter dans les petits sacs en plastique qu'elle avait *forcément* reçus au petit déjeuner

l'invasion de mains étrangères dans une pièce sans fenêtre, une sorte de cachot, à l'écart de la multitude de l'aéroport, tandis qu'un autre sordide fonctionnaire de l'immigration à l'uniforme bleu taché de sueur

la matait

ce qui avait fait surgir des souvenirs

des souvenirs qu'elle avait enfouis, la seule chose qui l'avait empêchée de s'effondrer sur le sol de la pièce d'interrogatoire

qui dormaient depuis les années où *la chose* s'était produite, quand Carole avait treize ans et demi, c'était sa première fête sans adultes rôdant tels des surveillants de prison et gâchant le plaisir de tout le monde

dans la maison de LaTisha, alors que sa mère était partie en formation pendant le week-end et que sa sœur aînée, Jayla, avait abandonné son rôle de « baby-sitter » pour passer la nuit chez son petit ami non sans avoir au préalable ordonné à LaTisha de s'tenir comme il faut et de pas avoir de copains ronds comme des billes sinon on se fera allumer toutes les deux

et qu'est-ce que LaTisha avait fait maintenant qu'elle avait la maison pour elle toute seule pour la première fois de sa vie ? elle a envoyé un texto à sa bande de copines pour qu'elles apportent de quoi boire et qu'elles amènent des mecs pour la parité, seuls ceux bien baraqués, sinon vous entrez pas, pigé ?

jusque-là Carole ne s'intéressait pas aux garçons, on la surnommait la Super Geek de Quatrième, elle préférait se torturer le cerveau pour avoir le plaisir de résoudre les problèmes de maths, à l'image de sa mère, Bummi, qui l'élevait seule depuis la mort de son père

c'est la nuit qui précède la fête de LaTisha, Carole et sa mère sont dans la cuisine assises à la table en Formica défraîchi, les devoirs que doit faire Carole empilés sur un côté

elle porte un short en flanelle et son débardeur favori orné d'un ourson

l'igname pilé et la soupe de ndolè fument dans un grand bol en bois

elles sont perchées au trente-deuxième étage d'une tour parmi une centaine d'autres caisses d'emballage du même genre, qui s'étalent en largeur et s'empilent en hauteur

à cent quatre-vingts mètres au-dessus des dalles de béton et des arbres verts du rez-de-chaussée

et plus proches qu'elles ne devraient l'être des avions dans le couloir aérien de l'aéroport de la ville

Mama

porte un pagne décoré de fleurs orange fané noué au-dessus des seins

ses bras sont nus, ses cheveux se dressent en angles bizarres

la colonne vertébrale est raide parce qu'on lui a appris à se tenir droite par terre les jambes croisées, tiens-toi droite, dit-elle à sa fille quand elle la voit s'affaler et parle correctement, pourquoi t'exprimes-tu comme une sale gosse des rues ?

Mama

aux pieds forts et abîmés d'avoir foulé nus les terrains boisés

Mama

prend dans sa main une poignée d'igname pilé et la plonge dans la soupe, elle parle entre deux bouchées

je suis émerveillée, Carole, par le côté génial de la géométrie hyperbolique qui fait que la somme des angles n'atteint pas 180 degrés

n'est-ce pas merveilleux que les Égyptiens aient découvert comment mesurer un champ de forme irrégulière ?

n'est-ce pas merveilleux que le X n'ait été qu'une lettre rare jusqu'à ce que l'algèbre en fasse une donnée particulière qui peut être décortiquée pour révéler sa valeur intrinsèque ?

tu vois, Carole, les maths sont un processus de recherche, comme si l'exploration de l'espace, comme si les planètes avaient toujours existé, il nous a juste fallu beaucoup de temps pour les découvrir

Mama l'intelligente, qui a lui appris à intégrer le X et le Y dans des calculs compliqués et à accepter pour vraies les conclusions auxquelles ils parviennent

qui adorait mémoriser les équations du second degré quand ses camarades de classe ne savaient même pas de quoi il s'agissait

qui adorait être la meilleure, qui voulait briller

comme Carole l'a fait le lendemain chez LaTisha, ayant convaincu Mama (plutôt gourde, sauf pour les maths) qu'elle allait juste y passer la nuit

alors que des hordes d'adolescents bondaient les couloirs, rideaux fermés, mobilier du living poussé sur les côtés, deux lampes de chevet couvertes de torchons rouges créant une ambiance de night-club

les filles dansant un peu gênées au centre de la pièce, les garçons traînassant le long des murs, la musique de Busta Rhymes assourdie pour ne pas déclencher la colère des voisins

et LaTisha qui braillait, faites gaffe, tenez-vous bien, interdiction d'aller dans les chambres sous peine de mort, interdiction absolue de fumer, les premiers qui déconnent je les fous dehors, c'est pas une plaisanterie

sauf que Carole buvait de l'alcool pour la première fois de sa vie et qu'elle fut rapidement défoncée à la vodka-citron vert, si sucrée qu'elle ne sentit pas les 40 % d'alcool, tirant sur une paille fluorescente coudée elle en pompa plusieurs verres comme elle aurait bu de la limonade un chaud après-midi d'été

quand Trey, le frère aîné d'Alicia, qui étudiait les sciences et techniques du sport à l'université, arriva avec sa bande des mecs, des vrais, des balèzes crânes, autre chose que les garçons de l'âge de Carole qui en étaient encore à tirer les cheveux des filles sur le terrain de jeux puis à filer en gloussant

elle commença à en faire des tonnes devant eux

contente que LaTisha l'ait forcée à mettre des vêtements de soirée, sors la tête de tes bouquins inutiles, grandis, Carole

s'essayant à une moue sexy en espérant que le rouge à lèvres qu'elle mettait pour la première fois n'allait pas s'effacer

tapotant la perruque Cléopâtre qui lui descendait jusqu'aux épaules

balançant les hanches, comme les filles dans les clips, serrées dans le pantamini qu'elle avait emprunté à Chloé, juchée sur les hauts talons empruntés à Lauren qui faisaient soudain paraître ses jambes vraiment longues et galbées

brusquement elle a remarqué que Trey la fixait, comme si elle était « The One », alors qu'il ne la voyait même pas avant quand ils se croisaient dans la grand-rue

personne ne l'avait jamais regardée de cette façon, les yeux braqués sur le petit débardeur qui faisait ressortir ses avantages, qui en l'espace d'une année étaient passés de rien à super-méga

d'où pouvaient-ils sortir ?

LaTisha et elle avaient bien raison de penser que la biologie humaine c'est un truc bizarre et aléatoire

devant un tel public, elle s'est mise à tourner, tournoyer au centre de la pièce, bras écartés, juste pour le plaisir, tournoyer, tournoyer parce que l'alcool lui donnait une formidable impression de liberté, elle pétillait, se sentait si séduisante, emportée par les rugissements du rap de Busta, son corps traversé par les vibrations des enceintes, et puis c'est sa tête qui a eu le tournis, elle a chaviré et presque régurgité les chips qu'elle avait mangées et elle les a entendus rire, bien fait pour la frime

sauvée de l'humiliation par Trey qui plonge dans la foule, l'aide à se relever, je vais m'occuper de toi, vous êtes si sexy qu'on devrait vous arrêter, madame

il l'entoure de ses bras, personne ne l'a serrée ainsi depuis ses dix ans, quand elle a commencé à échapper aux étreintes claustrophobiques de Maman

les étreintes de Maman étaient chaudes et moelleuses, la poitrine de Trey est dure, mais ses yeux gris qui la scrutent au fond de l'âme sont tendres

l'amour ? est-ce de l'amour ? alors qu'ils viennent juste de se rencontrer et qu'elle se sent encore un peu patraque ?

Trey – elle fait rouler le nom sur la langue, Carole & Trey – à moins que ce ne soit Tr*a*y ? « Plateau », non, c'est impossible, elle ne peut se marier à un accessoire de cuisine, LOL, vous avez dit mariage ? waouh, qu'est-ce que c'est que ce truc ? OMG, mon homme, son futur homme ?

il lui caresse la nuque, elle aimerait mieux pas, la perruque pourrait se détacher

il lui dit qu'elle a besoin d'air frais, tu es si délicate, je dois te protéger, madame

elle meurt d'impatience de raconter tout ça à LaTisha, qui sera siiiii jalouse mais aussi contente pour elle, tu as grandi, Carole il la poussa vers la porte, à travers la cohue du hall, il faisait nuit dehors, à l'exception de la lumière des réverbères, et froid

une fois sortis, il la fourra sous un bras comme un paquet surmonté d'une tête, la sienne, qu'elle essayait en vain de soulever, et ils avançaient, avançaient, et elle était submergée par son odeur d'eau de Cologne, ou son déodorant, en réalité ça sentait le désodorisant

allaient-ils s'arrêter et s'embrasser ? son *premier* baiser, pas avec la langue, ce qui est dégoûtant, mais tendrement sur les lèvres comme dans les vieux films en noir et blanc que Maman aimait regarder

sauf qu'elle ne pouvait pas bouger la tête qu'il tenait coincée sous son aisselle tout en marchant

elle avait l'impression que ses pieds ne touchaient plus le sol, elle se sentait flotter sur les ailes de l'amour, comme le dit une chanson ? ils se dirigèrent vers la ruelle qui menait au Roxleigh Park où LaTisha et elle avaient passé leur enfance, à parler du sens de la vie et à méditer sur le nouveau millénaire qui allait être une aventure totalement épique et étrangement science-fiction, assises sur les balançoires, lançant les jambes en l'air et sentant le vent souffler à travers leurs nattes

il lui fit traverser le petit pont qui surplombe le ruisseau et franchir le portillon qui n'était plus fermé depuis que le conseil municipal avait renoncé à changer le cadenas

ils n'étaient pas seuls

elle entendait des voix

elle essaya de bouger les yeux, sa tête semblait serrée dans un étau, elle ne marchait plus, on la forçait à avancer

puis elle se retrouva allongée par terre, l'herbe humide enrobant son dos, ses jambes et ses bras nus, elle voulait dormir, juste cinq bienheureuses minutes, elle sentit ses yeux se fermer, et quand elle les rouvrit, elle ne vit rien, on les lui avait bandés, ses bras étaient immobilisés au-dessus de sa tête

comment avait-elle perdu ses vêtements ?

ensuite
son
corps
ne fut plus
à elle

il
était
à
eux
et elle, qui aimait les nombres, devint innombrable
incapable de compter, ne voulant plus compter
sentant des parties de corps étrangers dans des parties de son propre corps, si privées, si sales qu'elle ne les avait pas elle-même touchées
et ça faisait malmalmalmal
encorencorencore à l'infini, quelque chose qui n'a pas de fin comme 0,333333 ou 0,999999, sauf qu'il faudra que ça finisse parce que le but de la vie c'est de parvenir à sa conclusion, autrement ce n'est pas la vie, les deux vont de pair, lui avait dit Maman un jour en regardant tristement ses vieilles photos de mariage

Carole s'oblige à nommer son nombre favori, 1 729

le seul pouvant représenter la somme de deux cubes de différentes façons

1 puissance 1 égale 1

12 puissance 3 égale 1 728

plus 1 égale 1 729

il y a aussi 10 et 9, chacun à la puissance 3, ce qui fait 1 000 + 729

après des minutes, des heures, des jours ou des vies, ça s'est arrêté

tu avais des haut-le-cœur et, au fait, tu as été formidable

et puis ils sont partis

et

elle

aussi.

3

Carole n'en a parlé à personne

naturellement pas à Mama qui l'aurait accusée de mensonge

ni à LaTisha et aux autres parce qu'ils racontaient tous qu'il était

arrivé la même chose à Sheryl l'année d'avant dans le même parc et que c'était sa faute parce qu'elle s'habillait comme une salope

était-ce la faute de Carole ?

c'était probable, alors elle s'enferma dans sa chambre, s'enterra sous les couvertures, arriva en retard à l'école ou sécha les cours car à quoi ça servait d'apprendre après qu'un truc comme ça vous est arrivé ?

apprendre le rapport entre la déforestation des forêts tropicales et le changement climatique ?

apprendre l'histoire des révolutions russe, française, chinoise et américaine ?

ou pourquoi un bébé mammouth vieux de quarante mille ans découvert dans les montagnes de Sibérie en 1977 ne s'était pas désintégré ?

ou pourquoi les radios commerciales n'utilisaient pas la modulation de fréquence sur les ondes longues et moyennes ?

oui, je vous le demande, à quoi ça sert ?

et puis

un jour

elle eut l'impression de se réveiller d'un mauvais rêve, c'était le jour anniversaire de *la chose*, et elle observa les couloirs en béton de son établissement

vit ses copines blaguer comme d'habitude, prêtes à aller s'asseoir au fond de la classe pour s'amuser

LaTisha qui pensait que l'enseignement c'est bon pour les poires, mec, pour les poires

Chloe qui exerçait une activité secondaire pendant les heures de classe : pourvoyeuse d'ecstasy

Lauren, qui ne s'intéressait qu'à la baise

et Carole eut l'impression de regarder un documentaire sur un mauvais collège londonien, les filles aux jupes troussées, cravates dénouées, n'en ayant rien à fiche du règlement sur les cheveux, le maquillage et les bijoux elle entrevit leur avenir et le sien, mères-gamines poussant des landaus, des bombes à retardement sans père

fouillant dans les interstices des canapés en quête de pièces pour alimenter le compteur du chauffage, comme Maman

faisant ses courses au Prisunic du coin, comme Maman

se ruant sur les marchés à l'heure de la fermeture pour acheter des collets de mouton, comme Maman

pas moi, pas moi, se jurait-elle, je m'envolerai, au-dessus et au-delà

adieu	les tours d'habitation avec des ascenseurs puant la pisse
adieu	les boulots de merde sous-payés
adieu	les queues sans issue devant les agences pour l'emploi
pas question	d'élever seule mes enfants
pas question	de n'avoir pas les moyens de me payer mon logement, comme Maman
	ou d'emmener mes enfants en vacances, ou au zoo, comme Maman
	ou au cinéma ou à la fête foraine ou n'importe où, l'église exceptée

elle décida de prouver à ses profs qu'ils avaient eu tort de ne plus rien espérer d'elle, ces profs qui

longeaient les couloirs style pénitencier l'air hébétés, les yeux vitrifiés, sourds au raffut de deux mille adolescents braillant tous ensemble

particulièrement Mrs Shirley King, directrice de Green House, l'établissement de Carole, qui l'avait signalée élève très prometteuse, en fin de sixième et de cinquième, l'un des enfants les plus brillants que nous ayons jamais eus

qui la raya de ses tablettes quand elle commença à sécher les cours

Mrs King

vieille bique, Face de Cul, le Dragon de l'École, qui ne laissait jamais un élève s'en tirer impunément, qui le collait au placard pour cinq minutes de retard, cette bonne femme, le mal personnifié, qui osait dire que c'était pour leur bien, pour leur apprendre la discipline, un vrai scandale !

mais à qui d'autre demander de l'aide, maintenant qu'elle, Carole, savait qu'elle voulait s'améliorer ?

elle plongea, aborda le dragon, qui ne lui arracha pas la tête, comme elle s'y était attendue, quand elle la pria de lui indiquer les meilleurs sujets à étudier pour les meilleures carrières et à quelles universités postuler le moment venu

mais au contraire se déclara prête à lui rendre service sur tous les points à la stricte condition qu'elle ne manque plus jamais même un jour, n'arrive jamais en retard, fasse ses devoirs dans les temps, s'assoie au premier rang avec les enfants qui veulent apprendre et aller loin, Carole

et tu dois changer ton cercle social (cercle social, c'était quoi ce truc ?)

Mrs King

qui ne cessa de la harceler tout le temps qu'elle passa encore à l'école, lui flanquant une peur bleue chaque fois que son œil de rapace la détectait au milieu de centaines de gosses faisant des choses qu'elle désapprouvait, du genre rire trop fort ou marcher trop vite dans les couloirs (ce qui ne veut pas dire *courir*), elle la prenait à part et la sermonnait, notamment quand elle la surprenait en compagnie de LaTisha, Chloe ou Lauren, ces filles vont te freiner, Carole

Mrs King

qui l'a tarabustée pendant *quatre* ans, alors même que, revenue sur la bonne voie, Carole n'avait plus besoin d'elle

fourrant son nez partout, téléphonant à sa mère quand ses notes baissaient légèrement

Mrs King

qui abusivement s'est attribué tout le mérite des résultats de Carole – major dans toutes les matières en fin d'études secondaires, entretien d'admission à Oxford, un an plus tard, en cursus de maths

au cours duquel la directrice d'études, dans son bureau garni de livres, exprima son étonnement que Carole ait étudié dans des classes de soixante-cinq élèves, un remplissage *sûrement illégal*, ce qui rend vos résultats de fin de scolarité d'autant plus impressionnants, jeune fille

ce qui permit à Mrs King de faire un discours en réunion le dernier jour d'école de Carole d'où il ressortait que grâce au travail assidu et dévoué de son professeur, Mrs King soi-même, sa protégée était la première élève de l'histoire de l'école à intégrer une université si prestigieuse

ce qui vola à Carole son moment de gloire.

4

Carole entra dans la vieille université après un trajet en bus, en métro puis en train et une longue marche depuis la gare, fendant la foule et traînant sa valise à roulettes, s'y propulsa et grimpa l'escalier de bois en colimaçon menant à sa chambre sous les toits qui surplombait la cour aux murs de pierre tapissés de lierre

toute seule

sa mère n'avait pas obtenu un jour de congé et, de toute façon, ça valait mieux parce qu'elle aurait revêtu sa tenue nigériane la plus extravagante consistant en des mètres de tissu rutilant et un turban de dix étages de haut et se serait mise à brailler au moment de quitter pour la première fois sa fille unique

Carole aurait été cataloguée à tout jamais la fille à la cinglée de mère africaine

la première semaine elle compta sur les doigts de la main le nombre d'étudiants à la peau noire dans son *college*, aucun d'un noir aussi foncé qu'elle

dans la salle à manger seigneuriale elle osait à peine lever les yeux de son assiette de répugnante nourriture néolithique, encore moins converser avec qui que ce soit

elle les écoutait échanger leurs souvenirs de dortoirs et de drogues en internat, les vacances de Noël à Goa, aux Bahamas, leurs années sabbatiques passées à escalader le Machu Picchu ou à construire une école pour les pauvres au Kenya, la chasse au coupé BMW pour les week-ends à Londres, les fêtes dans les résidences de campagne, les longs week-ends à Paris, Copenhague, Prague, Dublin ou Vilnius (où pouvait bien se trouver ce patelin ?)

la plupart des étudiants n'étaient pas comme eux mais les vrais péteux étaient ceux qui parlaient le plus fort, avec le plus d'assurance, et leurs voix étaient les seules qu'elle entendait

qui la faisaient se sentir écrasée, une moins-que-rien, un non-être

qui n'éprouvaient pas le besoin de lui adresser la parole

ils ne la remarquaient même pas

pas une voix ne s'élevait pour raconter son enfance dans une tour de HLM avec une mère célibataire qui travaillait comme femme de ménage

pas une voix ne s'élevait pour dire ce que c'était de ne jamais partir en vacances, oui *jamais*

personne ne disait haut et fort qu'il n'avait jamais pris l'avion, vu la mer ou une pièce de théâtre, n'avait jamais mangé dans un restaurant, avec des serveurs

personne ne racontait haut et fort ce que signifie se sentir trop laide-stupide-grosse-pauvre ou juste pas à sa place, pas dans son assiette, à côté de la plaque

personne ne disait haut et fort ce que c'est de se faire violer en réunion à treize ans et demi

quand elle entendit une étudiante s'exclamer à son propos « tellement ghetto », elle eut envie de se retourner et de hurler « j'te demande pardon, j'te demande paaaardon ? redis-le-moi en face, sale pute ! »

(les gens, d'où elle venait, étaient tués pour moins que ça)

ou avait-elle mal entendu ? voulait-elle dire en fait « gaie et tout » ?

elle ne pouvait même pas regarder les gens dans les yeux quand elle longeait les étroits couloirs construits pour les petits bonshommes des siècles précédents, des siècles avant que les femmes soient autorisées à entrer à l'université, comme on le racontait à la première réunion d'intégration où toutes semblaient se lier d'amitié instantanée et où elle n'avait parlé à personne

les gens la contournaient ou voyaient à travers elle, ou bien était-ce le fruit de son imagination ? existait-elle ou n'était-elle qu'une illusion ? si je me déshabille et traverse la cour à poil, quelqu'un s'en apercevra-t-il hormis les gardiens qui appelleront les flics, ce qu'ils rêvent de faire depuis qu'ils ont posé pour la première fois les yeux sur moi ?

et quand une fille se glissa à côté d'elle après un cours pour lui demander si elle avait de l'ecstasy, Carole faillit envoyer un texto à sa mère lui disant qu'elle rentrait à la maison par le premier train

à la fin du premier trimestre elle revint à Peckham et informa sa mère qu'elle ne voulait pas retourner à l'université parce que, même si elle aimait ses études et réussissait à se hisser parmi les meilleurs, ce monde n'était pas le sien

je suis cuite, Mama, j'en peux plus

c'est quoi cette idiotie ? cria Bummi, je t'entends mal, j'ai du sable dans les oreilles

écoute-moi bien, Carole Williams

premièrement – tu crois qu'Oprah Winfrey (la VIP) serait devenue la reine mondiale de la télévision si elle n'avait pas surmonté les obstacles de son enfance ?

deuxièmement – tu crois que Diana Abbott (VIP) serait devenue la première députée noire de Grande-Bretagne si elle n'avait pas été persuadée qu'elle avait le droit de faire de la politique et de représenter sa communauté ?

troisièmement – tu crois que Valerie Amos (VIP) serait devenue la première Noire de ce pays à être faite baronne si elle avait fondu en larmes en constatant à son entrée dans la Chambre des lords qu'elle était pleine de vieux hommes blancs ?

quatrièmement – est-ce que Papa et moi nous sommes venus dans ce pays afin d'avoir une vie meilleure, juste pour voir notre fille refuser de saisir les occasions qu'on lui offre et finir dame pipi dans les toilettes des night-clubs ou des salles de spectacle, comme c'est trop souvent le destin des femmes de notre pays d'origine ?

tu dois retourner à l'université en janvier et arrêter de croire que tout le monde te déteste sans même donner une chance aux gens de s'expliquer. Leur as-tu même posé la question ? Leur as-tu simplement demandé : excusez-moi, mais est-ce que vous me détestez ?

tu dois découvrir les gens qui voudront devenir tes amis, même s'ils sont tous blancs

on a tous une âme sœur dans ce monde

tu dois retourner mener les combats auxquels tu as droit par ta naissance en Angleterre, Carole, en véritable Nigériane

Carole obéit, décidée à conquérir l'endroit où elle allait passer les deux prochaines années et demie de sa vie

elle allait s'intégrer, elle trouverait ses âmes sœurs, comme le lui avait dit sa mère

pas chez les marginaux qui rôdaient sur le campus la gueule renfrognée, Mohicans aux épis de cheveux pourpres

ni chez ceux aux dreadlocks multicolores, qui n'aboutiraient à rien, Carole les regardait traverser la ville brandissant des pancartes et des haut-parleurs, ces gens qui horrifieraient sa mère si elle les ramenait chez elle

être venu de si loin pour ça ? est-ce que ton papa a sacrifié sa santé pour que tu deviennes une rasta punk puante ?

pas non plus dans la masse moyenne ordinaire, telle que Carole commençait à la qualifier, étudiants si ternes et ennuyeux que personne ne les voyait, Carole y compris

certainement pas dans les coteries de l'élite, dont elle connaissait désormais l'existence, ces gens inatteignables, sortis de *public schools* renommées pour devenir Premiers ministres, prix Nobel, PDG, explorateurs de l'Arctique, célèbres metteurs en scène et espions notoires

qui trouvaient tout naturel de dîner chaque soir sur leur trente et un dans la salle à manger surveillés par le corps enseignant qui habitait l'université, qui ne l'avait probablement jamais quittée depuis qu'il y avait obtenu ses diplômes, qui transmettait les rituels ridicules tels que « enfiler sa toge et déambuler autour du Merton College un verre de porto à la main à deux heures du matin afin de stabiliser le continuum espace-temps au moment du retour à l'heure du méridien de Greenwich »

un corps enseignant à qui l'idée de *ne pas* dîner face à une salle pleine de futurs Premiers ministres et futurs prix Nobel devait sembler *quelque peu déconcertante*

l'école d'où sortait Carole était renommée pour générer des mères adolescentes et des criminels précoces

elle préférait manger son pot de nouilles en déambulant vers sa chambre

elle observa attentivement les internes, aborda ceux dont le comportement lui parut le plus amical, fut surprise de l'accueil chaleureux qu'ils lui réservèrent

quand elle se mit vraiment à leur parler

à la fin du deuxième trimestre elle s'était fait des amis et s'était même trouvé un petit ami, Marcus, Kenyan blanc dont la famille possédait un ranch et du bétail, qui en pinçait ouvertement pour les filles noires, ce dont elle se fichait parce que c'était formidable de se sentir désirée et qu'il la traitait gentiment

elle savait qu'elle ne pourrait jamais en parler à sa mère, qui lui avait clairement fait entendre qu'elle ne devrait épouser qu'un Nigérian, non que Carole songeât à épouser Marcus, ils n'avaient que dix-neuf ans, et de plus sa mère lui demanderait pourquoi elle sortait avec un garçon qui ne la respectait pas assez pour lui proposer le mariage

elle perdrait sur les deux tableaux

avant Marcus, Carole avait eu peur des hommes, les dernières années de sa scolarité elle s'était arrangée pour s'en tenir le plus à l'écart possible elle n'imaginait pas en trouver un seul en qui elle pût avoir confiance, qui ne la violerait pas au moment où elle s'y attendrait le moins ; aussi fut-elle surprise lorsque son amitié avec Marcus, née de leurs heures d'études côte à côte à la bibliothèque prolongées par des promenades, se transforma en une histoire romantique

bientôt elle le laisserait entrer en douce dans sa piaule pour la nuit

grâce à Marcus, elle s'intégra socialement avec une aisance qu'elle n'aurait jamais atteinte toute seule

il se montrait fièrement en public avec elle, bras dessus bras dessous ou la tenant par la main

il réserva une salle dans un restaurant pour l'anniversaire de ses dix-neuf ans

il fut le premier homme qui lui fit l'amour après lui en avoir demandé la permission

dans son nouveau cercle de relations, Carole écouta et apprit

qu'aimerais-tu faire ? au lieu de *qu'est-ce tu veux faire ?*

à qui parlais-tu ? au lieu de *c'est qui celui à qui tu causais ?*

je passe aux toilettes au lieu de *faut que j'aille pisser*

elle observa ce qu'ils mangeaient et suivit leur exemple

apprit que l'omelette espagnole garnie était beaucoup plus classe que l'omelette anglaise (garnie)

que les petits pains surgelés en paquets ne venaient pas à la cheville de la brioche fraîche, moelleuse, qu'on découpe en morceaux que les chips de polenta trempées dans l'huile d'olive avec des herbes étaient *bien préférables* aux pommes de terre chips grasses trempées dans la vulgaire graisse-trans-crise-cardiaque-assurée

ces gens qui savaient qu'on peut faire du pain avec de la farine de riz, que le pain peut être fourré aux olives, que les olives peuvent être fourrées de bouts de tomates séchées, que les tomates cuites peuvent être fourrées de fromage et que le fromage peut être constitué de morceaux d'abricots et d'amandes, et qu'avec les amandes on fait du lait

on lui présenta les sushis (de préférence faits maison avec un kit offert pour Noël) et le guacamole (prononcé *guacomolè*)

elle découvrit une chose appelée asperge qui communique une drôle d'odeur à l'urine, apprit que tout ce qui est vert est bon à manger du moment que c'est servi froid, légèrement cuit à la vapeur et/ou croquant

Carole s'améliora afin de devenir non pas exactement comme eux, mais juste un petit plus comme eux

elle racla la couche de ciment plaquée sur son visage, ôta les faux cils girafiens qui pesaient sur ses paupières, arracha les ongles griffes collés qui rendaient difficiles la plupart des gestes quotidiens

par exemple s'habiller, ramasser des choses par terre, préparer la cuisine et se servir de papier toilette

se débarrassa d'un coup des rajouts cousus dans son cuir chevelu durant des mois, bien plus longtemps que ce que les coiffeurs conseillaient parce que, étant donné ce que lui avaient coûté ces tresses noires de femmes indiennes ou brésiliennes, elle voulait en avoir pour son argent, même quand le crâne commença à s'infecter sous le tissu puant d'où jaillissaient ses faux cheveux

elle se sentit libérée quand, le dernier rajout décousu, son cuir chevelu reprit contact avec l'air

et retrouva la délicieuse sensation d'une eau chaude lui coulant directement dessus sans la barrière d'un tissu synthétique

ensuite elle fit lisser ses cheveux frisottés, Marcus lui dit qu'il les préférait à l'état naturel, elle lui rétorqua qu'elle ne trouverait jamais de boulot si elle les gardait ainsi

elle fut invitée dans des familles propriétaires de leurs demeures

des maisons sans tapis sur le sol (par choix), sans voilages aux fenêtres si bien que n'importe quel vieux fouineur pouvait voir à l'intérieur (bizarre)

des maisons où l'on préférait les vieilles choses décrépites telles que les horloges du grand-père cliquetant dans le vestibule et les antiques armoires piquées de vers

les vieux canapés défraîchis protégés par un *jeté* de couverture *tellement mieux* que les canapés de cuir verni qui craquent sous votre poids

les grandes tables en bois de salle à manger exhibant fièrement leurs graffitis de générations de vandales tels que

La primauté de l'homme versus *la primauté du droit : discuter*

Le gris est-il le nouveau noir ?

Esme aime Jonty qui aime Poppy qui aime Monty qui aime Jasper qui aime Clarissa qui aime Marissa qui aime Priscilla qui aime Clemency

ou un truc de ce genre

chez sa nouvelle copine Rosie, il y avait même des parties de la maison appelées ailes et parapets, pour le cas où les envahisseurs vikings reviendraient, raillait Rosie en lui faisant visiter les lieux

dans ces maisons, le jardin se nommait terrain, parce qu'il n'y avait pas un voisin à des kilomètres à la ronde, qu'on se trouvait au milieu de nulle part et qu'on pouvait faire autant de bruit qu'on le voulait, ce qui dans le cas de Rosie signifia engager un groupe de rock pour la soirée de ses vingt ans

parmi les invités figuraient ceux que Carole aussi appelait désormais ses amis, Melanie, Toby, Patricia, Priya, Lucy et Gerry

au matin elle entendit le cri strident de perruches tropicales vertes passant devant la fenêtre de sa chambre, qu'elle confondit avec des perroquets

elle regarda en direction de la pelouse, du lac, des paons se promenaient en liberté

plus tard ce jour-là elle découvrit la notion de marche

pour le plaisir.

5

Ce matin-là, Carole arrive en haut de l'Escalator, sort de la gare de Liverpool Street

commence à longer Bishopsgate avec la force intérieure d'un boulet de canon fendant la cohue chorégraphique de l'heure de pointe

elle suit les tours et les détours du trajet qui la mène à son lieu de travail dans l'idée de prendre un peu plus d'exercice parce qu'elle va probablement passer assise la majorité des quatorze prochaines heures

bien qu'elle ait déjà fait son jogging quotidien

tandis que Freddy paresse encore au chaud dans le lit dont il jaillira vingt minutes avant le moment du départ – le temps de se doucher, de se raser, d'avaler son bol de Rice Krispies, d'enfiler celui des sept costumes qu'il met à tour de rôle

idem pour les chaussures

elle court tous les matins de Fulham jusqu'à Hammersmith

comme tous les autres sportifs acharnés, en tenue de jogging chic, avec leur bracelet podomètre qui mesure tout, de la tension artérielle au rythme cardiaque, pour vérifier jusqu'où et à quelle vitesse ils sont capables de courir

quelques-uns comme elle foulent même le pavé l'hiver à l'aube gelée

quand des particules de glace s'accrochent au parapet illuminé or et vert du Hammersmith Bridge, avec ses tours sinistres et ses blasons rougeoyants

elle court pour vivre parce que rester plantée c'est commencer à glisser le long de la pente qui mène à l'échec, à l'inertie, à l'apitoiement sur soi, cet épisode de son existence qui s'immisce toujours dans sa mémoire quand elle s'y attend le moins

elle n'était qu'une enfant à l'époque, comment ces brutes ont-elles pu lui faire ça ? comment a-t-elle pu se le reprocher alors qu'elle était irréprochable ?

les seuls matins où elle ne court pas sont ceux où elle se plie en deux de douleur, la douleur des règles, qu'elle combat avec des antalgiques ultra-puissants afin de se traîner à son bureau et ne pas se faire accuser d'arrêt maladie bidon

prise sur le fait ! oui, tu *es* une femme

elle a même envisagé de se faire enlever l'utérus et du coup finies les règles, ce qui serait sûrement la décision professionnelle la plus importante qu'elle pourrait prendre, une hystérectomie stratégique pour femme ambitieuse à menstruations difficiles

Carole arrive au siège social de la banque surplombant le fleuve, où elle a compris dès le premier jour qu'on attendait d'elle qu'elle se montre aussi impeccablement soignée que ses homologues des séries télévisées américaines, avocates, enquêtrices, politiciennes

des femmes qui miraculeusement travaillent toute la journée asservies en jupe ultra-serrée, et talons vertigineux, déstabilisants, qui donnent l'impression qu'elles ont les pieds bandés

que les zones érogènes des muscles et des os sont compressées dans ces talons de stripteaseuses haut de gamme

alors si elle doit pratiquer l'automutilation afin de faire remarquer son éducation, son talent, son intellect, ses dons et ses capacités de leadership, qu'il en soit ainsi

un mantra matinal qu'elle répète face à son miroir dans la salle de bains

je suis éminemment présentable, aimable, sociable, agréable, promouvable, tout me réussit

je suis éminemment présentable, aimable, sociable, agréable, promouvable, tout me réussit

je suis éminemment présentable, aimable, sociable, agréable, promouvable, tout me réussit

oublions le fait qu'elle a élu *Les Quatre Saisons* de Vivaldi comme sonnerie de portable, symbole public de son goût musical

parfois

Carole adore danser comme une reine guerrière aux rythmes frénétiques du parrain aux peintures de guerre chamaniques, Fela Kuti

elle adore la façon dont il l'arrache à ses émotions grâce à ses percussions polyrythmiques et ses cuivres libérés sans complexe qui font exploser toute prétention au raffinement subtil à coups de salves politico-lyriques anticorruption

sans oublier les funks psyché futuristes du groupe Parliament Funkadelic

qui téléportent dans son cerveau leur logique originelle zarbi et grâce à leur imagination délirante en activent l'hémisphère droit négligé

sans compter les shows en costumes extravagants qu'elle aime regarder sur YouTube

tout en dansant

pour elle-même

hors d'elle-même

la tête dans les étoiles

le corps libéré

ni observée

ni jugée

enchaînant sur James Brown, le Parrain de la Soul

lève-toi, Carole, lève-toi

ce qu'elle est exactement en train de faire en s'engouffrant dans les portes tambour du grand immeuble de bureaux

pour s'avancer ensuite sur les volutes vert océan et grises du marbre du Connemara vieux de neuf cents millions d'années (ce qui est fièrement inscrit sur une plaque)

passe devant la joyeuse réceptionniste fraîchement émoulue de l'école, avec sa minable perruque en toc (il faudrait vraiment lui dire de s'en débarrasser), si reconnaissante à Carole de bien vouloir s'arrêter parfois pour bavarder – quels sont tes projets, Tess ? tu ne peux pas rester ici indéfiniment, tu dois avoir de l'ambition

elle introduit sa carte dans le tourniquet, pénètre dans le saint des saints

se glisse dans l'ascenseur rutilant dont les portes de verre s'écartent silencieusement, derrière Brian, son patron

qui l'a invitée à boire un verre un an après son entrée en fonctions

avec qui elle est restée des heures, piégée dans une alcôve en brique d'un bar à vin en sous-sol, à l'écouter ressasser son histoire, comment avec un père, un grand-père, un arrière-grand-père poissonniers à Billingsgate, qui puaient le poisson ranci en rentrant chez eux, comment il avait réussi à devenir trader au Stock Exchange directement à sa sortie d'un lycée de merde (à l'époque où ça pouvait encore se faire) sans autres qualifications qu'une aptitude à manier les chiffres et une langue bien pendue

puis avait gravi les échelons

il était déterminé à aider les autres, comme Carole, à leur mettre le pied à l'étrier, parce que l'idée d'une méritocratie culturelle dans le secteur bancaire était un mythe et qu'on ne l'inviterait jamais à appartenir à un club privé ou à un club de golf et à progresser rapidement de cette façon

même si selon son supérieur hiérarchique on l'admire énormément pour ses talents de chercheuse, son terrifiant esprit d'analyse, ses rapports concis et néanmoins complets, ses compétences en matière d'exposés, son strict respect des délais, sa capacité d'assimilation de données financières à une vitesse inconnue chez un être humain normal ainsi que son obsession fasciste du détail – la rumeur veut qu'on n'ait encore jamais repéré la moindre omission de virgule de sa part

il allait donc s'assurer qu'elle serait promue partenaire associée plus vite que la plupart des autres

parce qu'elle le méritait

alors que se passera-t-il si elle ne s'intéresse qu'aux feuilles de calcul et ne songe pas à écarter les jambes, bien que le temps soit révolu où c'était le bon moyen pour une femme de monter en grade, à juste titre d'ailleurs, dit-il, plongeant dans les récits hédonistes enivrants de sa carrière de trader dans les années 1980, quand les déjeuners bien arrosés débouchaient sur le « gin & tea time » qui débordait sur « l'heure du cocktail » avant qu'ils aillent en bande chalouper dans les bars du West End et finir dans des boîtes de striptease

l'âge mûr m'a dompté, dit-il

une affirmation qui se démentit d'elle-même quand, gagné par l'ivresse, il se mit à tenir des propos lubriques sur la plastification progressive de sa femme, qui courait le risque de devenir un produit plus fabriqué qu'organique qui tolérait ses aventures afin de continuer de profiter du mode de vie qu'il lui offrait, par exemple en achetant récemment un aquarium pour le jardin d'hiver, rempli des poissons les plus rares, les plus laids et les plus coûteux du monde

comment dépenser autrement son argent, puisqu'elle avait déjà tout ?

jusqu'à récemment, il avait entretenu une maîtresse indécemment jeune, originaire de Lituanie, qu'il avait installée dans son *pied-à-terre* du Barbican, qui venait de passer son diplôme d'informatique

libérant de ce fait l'espace pour une troisième femme dans sa vie, si jamais ça te tente, avec le corps et le cerveau que tu possèdes, il nourrit des fantasmes, dit-il, avant de se ruer vers les toilettes pour vomir et d'avoir le temps de lui en faire part

Carole et Brian échangent des plaisanteries, debout face à face dans l'ascenseur aux parois transparentes qui projette six personnes à la fois en six secondes vers les bureaux du dernier étage

après quoi Brian se dirige vers sa suite et s'assoit face au mur vitré qui surplombe les flèches des églises gothiques de la City et les immeubles baroques, sièges des firmes comme la sienne

la Worshipful Company of International Bankers

elle sait qu'il la désire toujours, ce vieux dégueulasse, les propos qu'il ose lui tenir, c'est vrai qu'elle a obtenu le statut d'associée avant les autres, elle le respecterait presque pour ça, et qu'elle est devenue récemment une vice-présidente, l'une des centaines dans cette banque, comparé aux milliers des autres banques sa mère vante à tout le monde sa fille la vice-présidente

comme s'il s'agissait de la vice-présidente des États-Unis d'Amérique

Carole s'arrête un instant pour contempler par la paroi vitrée le flot ondulant sur le Millenium Bridge

passerelle à la ligne élégante et fine si instable à l'origine qu'il a fallu la fermer pendant deux ans peu après son inauguration parce que personne n'avait imaginé que tant de monde l'emprunterait en même temps

au pas cadencé, comme une armée piétinant le sol, créant ainsi des vibrations qui faisaient balancer le pont

c'est l'image qu'elle a d'elle-même, marchant au pas et en silence en compagnie de ceux qui vont leur chemin

elle observe le flot de gens qui traversent le pont ce matin, la majorité plus occupés à converser au téléphone, à prendre des selfies, des photos touristiques, à envoyer des textos qu'à regarder la vue qui s'offre de chaque côté du pont

les gens qui se doivent désormais de partager avec les autres tout ce qu'ils font, de leurs repas aux sorties nocturnes, aux selfies à demi nus face à leur miroir

les frontières entre vie publique et vie privée se dissolvent

Carole trouve ça fascinant et terrifiant, elle a lu qu'un jour les humains auront un maillage de composants nano-électroniques intégrés à leurs circuits neuronaux, implantés dans les cellules un mois après la conception, grandissant et se réparant automatiquement

nous serons tous des cyborgs préparés à un comportement social correct, au lieu d'humains primitifs difficiles à contrôler

peut-être les garçons ignobles cesseront-ils alors de violer des petites filles ivres

(et de s'en tirer impunément)

peut-être les petites filles cesseront-elles de se sentir coupables

(et de n'en parler à âme qui vive)

au loin, haut dans le ciel, Carole voit un avion amorcer sa descente vers le City Airport, survolant probablement la cité de son enfance à Peckham

elle se demande ce qu'est devenue LaTisha, qu'elle a vue pour la dernière fois faisant un doigt d'honneur à l'école en quittant à seize ans l'établissement, une ancienne maison de correction, elles ont été jadis de si grandes amies – *je jure, sur ma vie, que j'plaisante pas*

à présent LaTisha est probablement une jeune mère, ou une cheffe de bande, ou en taule, ou les trois

tous les membres du cercle intime de Carole sortent de l'université, la plupart sont des personnalités de haute volée

Marcus, qui est resté un ami très proche après qu'il est reparti pour le Kenya à la fin de ses études universitaires, travaille dans une institution pour la protection des espèces, a une épouse kenyane et plusieurs enfants, Carole est la marraine de l'aîné

Rosie est avocate chez Slaughter & May, l'un des plus prestigieux cabinets d'avocats européens ; Toby est conseil en gestion chez KPMG, l'un des quatre grands groupes d'audit financier au niveau mondial ; Patricia termine un doctorat en physique théorique ; Melanie est cadre supérieure chez Google UK ; Priya termine ses études de médecine pour devenir généraliste

seuls deux d'entre eux restent à la traîne, Lucy, qui ne sait pas ce qu'elle veut faire au bout du compte, alors elle prend des boulots par intérim, met de l'argent de côté et, sac au dos comme une adolescente, voyage à l'étranger, revient en Angleterre avec des histoires plein la tête, mais sa carrière n'avance pas d'un pouce

et le pauvre Gerry, entré dans une école de Middlesbrough comme conseiller pédagogique afin de mener des recherches en vue du grand roman qu'il voulait écrire sur les garçons de la classe ouvrière du nord de l'Angleterre

sept ans plus tard, il y est encore et le roman n'est toujours pas écrit

ils se retrouvent quand ils peuvent, à deux ou en groupe, pour des dîners, à l'occasion de mariages, ou bien ils filent passer le week-end dans le manoir des parents de Rosie, dont elle s'occupe depuis que ses parents retraités se sont installés dans leur résidence de la Barbade

Carole, qui a appris à monter à cheval chez Rosie du temps qu'elles étaient étudiantes, pratique maintenant l'équitation

ainsi que le tir aux pigeons

elle contemple la Tate de l'autre côté du fleuve, dont elle arpente occasionnellement les galeries à l'heure du déjeuner (quand elle s'octroie une pause), afin de se vider la tête, de s'émerveiller des œuvres ébouriffantes, produits de la seule imagination des artistes

l'imagination

c'est quoi ?

en a-t-elle une ?

elle laisse traîner son regard le long des rives, vers le sud, en direction du National Theatre où, ce soir même, se donne la première représentation d'un spectacle entièrement féminin, une pièce sur des guerrières noires lesbiennes, lui a dit Freddy, qui exagère sûrement pour faire drôle

il a des billets, insiste pour l'emmener, il va passer la prendre, qu'elle voie ce spectacle torride de lesbiennes, avec l'espoir que ça l'excitera assez pour que l'amuse l'idée du trio mythique : deux femmes, un homme, tu sais que tu en as envie, mon chou

non, ça ne me fait pas flipper, réplique-t-elle en riant

il ne la laisse jamais tomber, il est là pour l'amuser, pour l'aimer comme elle le veut et quand elle le veut

la laisser seule quand elle a besoin de solitude

Carole n'a eu que deux amants dans sa vie, Marcus et Freddy, non parce qu'elle rejetait consciemment les hommes noirs, simplement on en manquait à l'université, et ceux qui réussissaient à y entrer ne visaient en général pas les quelques filles noires à la peau très noire qui se trouvaient là ou dans les brasseries de la City que Carole fréquentait quand elle était seule et à l'affût

non qu'elle leur en veuille, c'est ce qu'ils doivent faire pour réussir, pour atténuer l'idée qu'ils constitueraient une menace pour la société

il y a une chose qu'elle a apprise, c'est que tomber follement, désespérément amoureux résulte d'un processus hautement sélectif

elle n'épousera jamais un balayeur des rues, n'est-ce pas ?

elle a rencontré Freddy à une soirée, deux ans après ses débuts dans la firme, alors qu'elle était retournée vivre chez sa mère pour des raisons d'économies

elle fut flattée que ce bel homme, chic, bon genre et naturellement snob s'intéresse à elle au milieu d'une foule de filles superbes genre débutantes qui n'avaient d'yeux que pour lui

elle dit oui à la proposition qu'il lui fit de se retrouver au Curzon de Soho, un dimanche après-midi, pour aller voir un film vénézuélien

oui à la suggestion d'aller flâner tranquillement dans les petites rues du West End jusqu'à Hyde Park

oui à l'invitation d'aller dîner dans un restaurant libanais d'Edgware Road et d'aller ensuite boire des verres au club de son père dans Pall Mall

oui à son humour percutant et à l'intérêt sincère qu'il manifesta pour sa vie et ses opinions

oui à son intelligence, au plaisir de sa conversation, à sa personnalité bon enfant

oui à la façon romantique qu'il avait de lui tenir la main et, d'une manière générale, à ses bonnes manières

oui à la passion évidente qu'elle lui inspirait

il lui raconta qu'il avait grandi dans une propriété de Richmond avec une pelouse qui descendait jusqu'à la Tamise, disposant de son propre embarcadère où était ancré un canot automobile

se déclara captivé par le récit qu'elle lui fit de son enfance à elle dans une HLM de Peckham, impressionné qu'elle ait surmonté de si nombreux obstacles

il lui dit qu'il avait suivi avec désinvolture le sillon creusé pour lui par sa famille, commençant par un internat extravagant dans le Wiltshire fréquenté par quasiment tous les garçons de sa famille depuis 1880, un établissement qui consacrait vingt et un des trente et un cours hebdomadaires à l'enseignement du latin et du grec ancien, du temps de son père

réduit grâce au Ciel à sept cours quand lui-même y était allé

après un tour du monde accéléré durant son année sabbatique, il avait intégré une université privée de Nouvelle-Angleterre, financée avec générosité par son père, ancien élève, l'année où son fils, avec un minable C à l'examen de fin du secondaire, avait présenté sa candidature

fils qui quatre ans plus tard sortait diplômé avec une moyenne indécemment médiocre, pour avoir suivi une trentaine de garçons de son âge, livrés à eux-mêmes pour la première fois de leur vie, dans une maison d'étudiants sur le campus, où il faisait la fête presque toutes les nuits et ingérait diverses substances hallucinogènes qui le laissaient déconnecté pendant plusieurs jours à peine capable de parler, encore moins d'écrire

ce qui n'avait d'ailleurs aucune importance

pendant le dernier semestre de scolarité il se vit offrir un poste de trader débutant bien rémunéré à la City, résultat de l'intervention de sa mère auprès d'une amie de fac qui avait été l'une de ses demoiselles d'honneur

qui déclara que Freddy pourrait commencer le jour même de son retour de Nouvelle-Angleterre en Vieille Angleterre

aucun entretien d'embauche nécessaire, chérie, il lui suffira de remplir un de ces vieux questionnaires terriblement ennuyeux

depuis ce jour, il trouvait le mode de vie du monde des affaires si abrutissant et décérébrant qu'il rêvait de s'installer dans un wigwam au milieu des champs et de cultiver ses légumes

Carole passa directement de l'appartement de sa mère, où elle a vécu pendant deux ans après son diplôme, nourrie logée, pour pouvoir obtenir un prêt

à la maison de Freddy à Fulham où d'amants ils devinrent fiancés

je serai l'homme au foyer du couple, promit-il, je te ficherai la paix quand tu le voudras, je tondrai la pelouse, je ferai des confitures, je surveillerai la femme de ménage et j'élèverai notre merveilleuse progéniture rousse

Carole adora l'idée qu'il était prêt à soutenir son ambition plutôt que la sienne propre

elle savait qu'elle progresserait plus vite en l'ayant à ses côtés il lui raconta que ses parents voulaient qu'il épouse quelqu'un dont le lignage, comme le leur, remontait à Guillaume le Conquérant

tu aurais dû voir leur mine quand je leur ai dit ce que j'allais faire.

BUMMI

1

Bummi

n'avait pas prévu les effets négatifs à long terme de la scolarité de sa fille dans une célèbre université pour riches

notamment quand elle revint à la maison à l'issue du premier trimestre sanglotant qu'elle n'y retournerait pas parce qu'elle n'appartenait pas à ce monde-là

sur quoi Bummi avait appliqué un Kleenex ou deux sur les yeux et les joues de sa fille et lui avait répliqué sèchement et vertement, Carole, est-ce que j'ai élevé une battante ou une dégonflée ? tu dois retourner immédiatement à l'université et obtenir ton diplôme de gré ou de force, sinon je ne réponds pas de mes actes

en conséquence Bummi n'imaginait pas voir Carole revenir à la fin du deuxième trimestre parlant du nez comme si elle retenait une envie pressante d'éternuer au lieu d'utiliser les vibrations de sa puissance vocale nigériane, tout en jetant un regard hautain sur leur douillet petit appartement comme si elle découvrait un taudis

croyait-elle que sa mama n'avait pas remarqué les manifestations extérieures de ses facultés intérieures ? eh, eh, on n'élève pas un enfant sans devenir experte en certains signaux muets qu'il vous imagine trop stupide pour voir

ces premières vacances d'été où Carole travailla au Marks & Spencer de Lewisham, non pour commencer à rembourser son emprunt étudiant comme le ferait un adulte responsable, mais pour s'acheter des vêtements dans ces boutiques hors de prix Oasis et Zara au lieu de marchander chez New Look et Peacock

la deuxième année elle ne revint quasiment pas à la maison et en dernière année elle passait les week-ends et les vacances dans le manoir familial de son amie Rosie, qui comptait plus de pièces que tout un lotissement, disait-elle, c'est tout simplement divin, *Mère*, simplement divin

(*Mère* – c'était de l'ironie ?)

quand Bummi vit sa fille recevoir son diplôme à la cérémonie de remise, les larmes dévalèrent son visage avec la force de la pluie fouettant une vitre de voiture

mais sans les essuie-glaces

elle aurait tellement voulu qu'Augustine fût là pour assister à la réussite de leur fille et tellement voulu aussi que Carole vienne continuer la fête à la maison autour du ragoût du pays qu'elle avait spécialement mitonné, espérant que, son diplôme en poche, sa fille retrouverait sa véritable culture, y compris même en mangeant avec les doigts comme le faisait sa mama, au lieu de lui jeter ces regards en coin comme si elle sortait de la jungle

avant de reprendre son train pour Londres, Bummi pressa pour la énième fois Carole de se trouver un job top niveau puis un respectable mari nigérian afin de lui donner des petits-enfants

jusqu'à présent Carole ne lui avait présenté aucun petit ami, ce qui signifiait que ce n'était pas ce qui l'intéressait

une semaine plus tard exactement, Carole revint à la maison les yeux rouges et « éreintée », j'ai trop fait la fête, Mère

la fête ? tu es trop vieille pour t'amuser comme ça, ou alors tu couches à droite à gauche ? c'est ça ?

non, je suis *vierge* (toujours de l'ironie ?)

Bummi lui accorda le bénéfice du doute, alors reste-le, souviens-toi que tu es nigériane et pas une de ces vulgaires filles anglaises, et maintenant je vais décongeler le ragoût et nous le mangerons ce soir

je n'ai pas faim, ne t'en fais pas, sur quoi Carole s'enferma dans sa chambre pour ne réapparaître que le lendemain matin

Carole trouva rapidement un bon job dans une banque d'investissement et, pour le bonheur de Bummi, décida de rester chez sa mère afin d'économiser avant de contracter un emprunt

du coup Bummi s'efforça de l'amadouer et de l'exhorter gentiment à retourner à l'église où elle rencontrerait les trois garçons nigérians que Bummi avait sélectionnés pour elle, les trois avec de bons diplômes et chacun bel homme à sa manière (elle ne voulait pas avoir de vilains petits-enfants)

ça ne m'intéresse vraiment pas pour le moment, répliqua Carole

ne laisse pas le moment trop traîner, l'avertit Bummi, quand tu auras trente ans, il aura disparu

tout continua ainsi très gentiment pendant quelques années, même si Carole travaillait très tard et passait la majorité des nuits chez des amis qui, disait-elle, habitaient plus près de la City

puis un matin au petit déjeuner (une tasse de café sans sucre pour Carole), alors que Bummi, ayant attaqué la délicieuse bouillie d'igname que sa fille adorait avant d'être allée à l'université et de grogner que c'était aussi immangeable que du ciment chaud

il y a quelque chose que je voudrais te dire, fit Carole (typiquement anglais, cette façon de tourner autour du pot, au lieu d'entrer tout bonnement dans le vif du sujet)

j'ai accepté de me marier, Mère

sa fille s'adressait au linoléum défraîchi de la cuisine comme si elle venait de le découvrir, sauf qu'il existait depuis bien avant sa naissance

à un homme merveilleux nommé Freddy

Bummi sentit des pétards exploser dans son cerveau (des soleils, des roues de feu)

qu'est-ce que j'entends ? ma fille me dit qu'elle va épouser un homme qu'elle n'a pas encore présenté à sa mama ? ça dure depuis combien de temps ? voulut-elle savoir, incapable d'avaler la portion de bouillie qui ressemblait vraiment à du ciment chaud un certain temps, marmonna Carole, et, oh, il est blanc, anglais, on sort ensemble depuis des lustres et je l'aime vraiment, donc maintenant le tour est joué

maintenant le tour est joué

Carole fixa sa mère droit dans les yeux, l'air de dire, et tu ne peux rien faire pour m'en empêcher, Mère

Bummi s'efforça de compter jusqu'à dix, à 9,2 elle n'y tint plus et jaillit de sa chaise si brusquement que Carole jaillit elle aussi

comment tu peux me causer autant de soucis, hein ? c'est à quoi tu joues, abi ? tu craches pas sur la vie de ton papa ! tu craches pas sur ton peuple ! c'est quoi la honte que tu veux faire à ta famille ? tu m'as déshonorée ! je te connais plus, je te connais plus du tout

Bummi arpentait le sol de la petite cuisine, obligeant Carole à se presser contre le mur dans un coin

elle résistait à l'envie pressante de gifler sa fille parce que, même quand elle était petite et qu'elle se montrait très vilaine, elle ne pouvait pas frapper l'unique personne venue au monde après neuf mois de vie dans son propre ventre

l'enfant qui était née si parfaitement formée et qui pleurait en réclamant le lait de sa mama au Guy's Hospital

Great Maze Pond

Waterloo

Londres, SE1

Royaume-Uni de Grande-Bretagne

si seulement Augustine pouvait être là, vivant, et implanter du bon sens dans la tête de leur fille

elle-même n'était pas destinée à élever seule un enfant dans une tour d'un pays étranger elle se sentait aussi impuissante maintenant que lorsque Carole avait traversé sa période boudeuse à treize ans et commencé à sécher l'école, que ses notes avaient dégringolé, qu'elle s'enfermait dans sa chambre pendant des week-ends entiers sauf pour aller aux toilettes, manger et se laver

qu'est-ce que tu fais là-dedans ?

je dors, je suis fatiguée, Mama, répondait-elle à travers la porte

pourquoi es-tu tout le temps fatiguée quand tout ce que tu as à faire c'est aller à l'école et utiliser ton cerveau, tandis que moi je travaille tous les jours à quatre pattes pour nettoyer ? qui devrait être fatiguée ? toi ou moi ?

Bummi avait demandé conseil à des femmes à l'église, qui l'avaient rassurée en lui disant que c'était un problème d'hormones de l'adolescence et que ça passerait

ce qui s'était produit

un an plus tard, à peu près

son intelligente petite fille avait cessé de dormir et était redevenue une tête de classe dans la plupart des disciplines

l'une de ses professeurs, Mrs King, une dame très attentionnée qui portait un intérêt particulier à Carole, lui avait dit que sa fille avait les capacités requises pour aller très loin, à condition qu'elle continue de respecter son éthique de travail, Mrs Williams

quand Carole fut admise dans la célèbre université pour gens riches, Bummi en fut si fière qu'elle photocopia la lettre d'acceptation non pas une fois, ni deux, mais trois fois copies qu'elle encadra et fixa l'une au mur de l'entrée, la deuxième à la porte des toilettes, à l'intérieur, la troisième au-dessus de la télévision où elle pouvait la voir tout en regardant les programmes

elle ne pouvait pas prévoir que ça amènerait Carole à rejeter sa véritable identité

Bummi observait sa fille réfugiée dans le coin de la cuisine comme un animal acculé qui a peur de bouger

Bummi ne voulait pas que sa fille ait peur d'elle

Carole, dit-elle en se rasseyant, écoute-moi, tu connais à peine ce Freddy-machin-nouveau-venu alors que moi tu m'as connue toute ta vie, il représente quoi pour toi alors que tu représentes tout pour moi ? à quoi ça sert de réussir dans ce pays si tu oublies qui tu es vraiment, tu n'es pas anglaise, à moins que tu ne te sois enfantée toi-même ?

tu es nigériane, d'abord, avant tout et point final

tu dois épouser un Nigérian en souvenir de ton pauvre papa

constatant que son discours ne produisait pas le résultat escompté, Bummi décida d'ignorer sa fille, ce qui commença le soir même quand Carole vint dans la cuisine l'aider à préparer leur dîner du dimanche soir comme d'habitude

le frigo était vide, ni pain ni lait, pas même de margarine, Bummi les avait jetés dans un sac-poubelle

et elle continua de faire semblant d'ignorer la présence de sa fille sur le canapé trois places du salon où elles se bousculaient traditionnellement tout en commentant bruyamment l'un de ces DVD du Hollywood nigérian tournés caméra à l'épaule qui défilait sur l'écran plat de leur téléviseur, elle refusa de se laisser masser les pieds par Carole avec du beurre de cacao, comme d'habitude, et joua la sourde quand Carole demanda timidement, une tasse de Milo chaud, Mère ?

assise à l'extrémité du canapé, visage et silence de pierre, Bummi continua de renifler et de s'essuyer les yeux, jusqu'à ce que sa fille quitte la pièce

par la suite Carole évita de croiser sa mère, se contentant de lui crier bonne nuit à travers la porte quand elle rentrait tard, à quoi Bummi ne répondait pas, poursuivant sa lecture de *The Joys of Motherhood*, de sa compatriote Buchi Emecheta, un roman que Sister Flora, son amie d'église, lui avait recommandé quand elle lui avait raconté ses malheurs

la mère du roman, Nnu Ego, lui avait dit Sister Flora, était une infortunée elle aussi, lisez-le, Sister Bummi, et vous vous sentirez mieux

elle entendait Carole traverser la cuisine sur la pointe des pieds, entrer dans la salle de bains, puis dans sa chambre dont elle refermait la porte doucement

Bummi espérait que chaque nuit elle s'endormait en pleurant

puis un matin

alors que Bummi, dans la cuisine, ôtait les mauvais grains d'un maxi-sac de riz basmati qu'elle achetait à la supérette bangladeshie de la grand-rue, vingt fois moins cher que les miniminipaquets vendus dans le supermarché des riches à côté de chez elle

Carole entra avant de partir travailler, si *anglaise*, dans son imperméable bleu marine ultra-serré pour souligner sa taille amincie, les cheveux lissés en chignon, le collier de perles autour du cou

tu seras contente d'apprendre, Mère, que je vais emménager chez Freddy, comme ça tu ne me reverras plus jamais

elle restait là, s'attendant à ce que Bummi fasse semblant de ne pas l'entendre, sauf que quelque chose bascula à cet instant et que Bummi ressentit la nécessité de lui donner un billet de retour, ç'avait été dur de ne pas lui parler, les semaines se prolongeant en mois, deux et bientôt trois, sa douleur s'était creusée et elle avait peur de ce qui pourrait sortir de sa bouche

je suis tant offensée je peux pas parler

elle ne voulait pas renier sa fille

la seule personne qu'elle aimait au monde

regarde, dit Bummi, montrant le sac de riz, les Anglais aiment dépenser leur argent dans des supermarchés très chers pour des produits hors de prix dans des emballages chic, et ensuite dans la queue pour l'autobus ils se plaignent en me jetant *à moi* des regards noirs que l'économie court à la ruine, alors que c'est *eux* qui courent à la ruine avec leur goût pour les publicités extravagantes

vous les Anglais, j'ai envie de dire à ces sales reluqueurs, c'est à *moi* que vous devriez demander comment faire vos courses parce que nous les immigrants nous savons bien mieux les faire que vous, nous refusons de payer des sommes astronomiques pour des épices simplement parce qu'elles sont contenues dans des jolis petits bocaux en verre avec des étiquettes qui annoncent « saupoudrage de gousses de cardamome » ou « jolis filaments de safran »

c'est quoi un « saupoudrage » ? ou une « généreuse pincée » ? une livre, un kilo ? non, c'est une *pincée*, et ces débiles ont le culot de faire la fine bouche devant nos boutiques d'immigrants bonne-qualité-prix où ils n'osent pas entrer des fois qu'ils seraient kidnappés par des terroristes ou attraperaient la malaria

en plus, nous, nous savons marchander pour obtenir les meilleurs prix au marché, pas comme eux qui paient des sommes exorbitantes, d'ailleurs c'est écrit sur leur front, « volez-moi, je suis un imbécile »

qui veut payer une livre pour un demi-kilo de pommes quand tu peux les avoir pour moins en tenant bon et en discutant tellement que le marchand finit pratiquement par te les donner juste pour se débarrasser de toi ?

et à force, avec les économies accumulées, et en marchandant pareil avec le boucher, on peut avoir un poulet entier

un poulet ça peut durer plusieurs repas si tu en fais de la soupe

et que tu surveilles ton tour de taille

mon opinion, c'est que tu es une Nigériane

si lancée dans le monde que tu te croies

si anglais-anglais que soit ton futur mari

si anglaise-anglaise que tu te prétendes être

et de plus, si tu oses m'appeler Mère encore une fois, je te frapperai jusqu'à ce que tu dégoulines de sang et je te pendrai du balcon la tête en bas avec le linge à sécher

je suis ta mama

maintenant et pour toujours

ne l'oublie pas, abi, compris ?

fin de la tirade : des traces de mascara noir marbraient les joues de Carole et quand elles s'étreignirent Bummi eut le bonheur de sentir à nouveau la chaleur du corps de son enfant

l'enfant qui quitta l'appartement en larmes ce matin-là, remerciant *Mama* de s'être remise à lui parler parce que, dit-elle, quand ta propre mère veut faire croire que tu n'existes plus, c'est comme si tu étais morte

Bummi regarda Carole entrer dans l'ascenseur à l'odeur d'urine qui allait la descendre au rez-de-chaussée

sa fille allait bientôt appartenir totalement à ce monde-là.

2

Bummi se rappelle comment sa propre mère drapée dans son boubou s'est enfuie d'Opolo dans le delta du Niger

après que Moses, le papa de Bummi, avait été tué dans une explosion pour avoir raffiné illégalement du gasoil

faisant chauffer des barils de pétrole brut dans les marais, une pratique artisanale dangereuse parce qu'elle obligeait à se tenir trop près des flammes

tout le delta le savait, mais comment survivre autrement sur ce territoire dévasté où les foreuses gargantuesques des sociétés pétrolières pompent à des milliers de mètres sous terre des millions de barils qui fournissent de l'énergie au reste de la planète alors que le sol qui la produit est abandonné au pourrissement

après la mort du papa de Bummi, le lopin de terre qu'il possédait, sur lequel il cultivait du manioc et de la patate douce, fut accaparé en plein jour par sa famille

tu étais sa femme traditionnelle, pas sa femme légale, hurlèrent-ils à Iyatunde en envahissant sa case aussitôt après les funérailles

tu pars de cet endroit maintnant-maintnant, c'est à nous maintnant, on veut plus voir tes jambes, y a plus rien à faire pour toi ici !

Bummi se rappelle la longue marche avec Mama à travers la forêt pour aller chez ses grands-parents

transportant dans deux paniers sur leur tête tout ce qu'elles possédaient

dès leur retour dans la petite-petite case où la vie de Mama avait commencé, le grand-père les informa qu'il avait l'intention de marier Bummi aussitôt qu'elle aurait atteint la puberté

elle va êt prête bientôt, j'aurai l'âgent de la dot, ça résoudâ plein de problèmes pour moi, les poches sont sèches comme ça partout

cette nuit-là, Mama dit à Bummi qu'elle ne laisserait pas son grand-père lui imposer son mode de vie traditionnel comme il l'avait fait avec elle en lui choisissant un mari quand elle avait quatorze ans

au matin, avant le réveil du grand-père, enfouissant dans les plis de son boubou le peu d'argent que Moses et elle avaient épargné, Mama prit Bummi par la main et elles s'échappèrent, fuyant les flamboiements orange des raffineries qui vingt-quatre heures sur vingt-quatre embrasaient le ciel humide sur des centaines de kilomètres

fuyant les fumées toxiques qui rendaient la respiration difficile parce que inhaler profondément signifiait mourir lentement

fuyant les pluies acides qui rendaient l'eau impropre à la consommation

fuyant les coulées de pétrole qui empoisonnaient les récoltes, les zones de pêche dans les criques aux eaux troubles d'où les paniers ressortaient alourdis de galettes de mazout

langoustes, crabes, homards – sacrifiés

espadons, maigres, poissons-chats – sacrifiés

barracudas, bongas, pompanos – sacrifiés

elles gagnèrent d'abord Lagos et le faubourg de Makoko où elles partagèrent avec une autre famille une case de bambou sur pilotis, précédée d'une plateforme où l'on pouvait s'asseoir, et une pirogue pour naviguer sur les eaux noires et sales

Mama chercha du travail dans tout Lagos, traînant derrière elle une Bummi qui avait honte de ses vieux vêtements sales et de ses tongs noircies

elle détestait cette grande ville bruyante et pleine de voitures aux tuyaux d'échappement puants, qui essayaient de l'écraser

d'abord Mama essaya de vendre du maïs grillé et des beignets puff-puff dans les rues, mais les autres marchands la chassèrent, le marché il est à nous, tire-toi !

Bummi vit sa mama s'humilier en mendiant du travail, elles finirent par arriver dans une scierie où les arbres coupés étaient ligotés pour former une forêt flottante qu'on remorquait sur le fleuve jusqu'à la ville

sa mama trouva le contremaître, Labi, se dirigea hardiment vers lui, lui dit qu'elle était aussi forte qu'un homme, elle avait travaillé à la ferme, il n'avait qu'à regarder ses bras

Oga, faites manger mon enfant, je suis bonne pou ce travail, je vais nulle part ailleurs, donne-moi du travail, je te prie

Mama travailla six jours par semaine dans le vacarme et la poussière de la scierie où les hommes s'habituèrent à elle une fois qu'ils eurent constaté qu'elle bossait plus dur qu'eux

puis un jour Labi lui dit qu'elle n'avait plus besoin de transporter des planches de bois sur sa tête, c'était un boulot d'âne pour des idiots, or elle n'était pas idiote, elle pouvait aider à manier la scie

au début Mama fut contente, jusqu'au soir où elle rentra à la maison en secouant la tête, cet homme, dit-elle, il me dit qu'il y a pas rien pour rien

je vais nous donner une vie meilleure et nous sotir de cette souffrance

on va suvivre, ma pikin

les jours de semaine, une pirogue venait chercher Bummi et l'emmenait à l'école flottante dans le lagon, où chaque enfant devait payer le maître en arrivant sinon il était renvoyé chez lui

ce qui ne se produisit jamais avec Bummi parce que Mama se serait privée de manger plutôt que de voir sa fille manquer un seul jour de classe

elle dit à Bummi que ce transport c'était pour qu'elle ait de l'instruction, qu'elle trouve un mari instruit et un travail bien payé de personne instruite assise derrière un bureau comme ça si son futur mari mourait elle pourrait subvenir à ses besoins et à ceux de ses enfants

et puis l'impensable se produisit alors que Bummi avait quinze ans

Mama glissa en essayant de réparer une scie à vapeur capricieuse à la fin de sa journée de travail et ne recula pas assez rapidement quand les dents se remirent à tourner

Labi vint à l'école annoncer la mauvaise nouvelle à Bummi

elle se rappelle s'être effondrée sur le plancher en bambou de l'école et avoir sangloté dans l'eau qui bouillonnait au-dessous, elle se rappelle être remontée dans la pirogue qui l'a ramenée dans sa case où elle s'est enroulée en boule sur elle-même

elle se rappelle Labi lui disant qu'il avait payé un mois d'avance de loyer et de frais d'école et qu'il recherchait sa famille, non pas à cause de ta mama, c'est juste pour toi que je fais ça

il dénicha une lointaine cousine, tante Ekio, qui lui proposait de s'occuper du ménage et des enfants en échange du logement et de la scolarité

Bummi fut soulagée de ne plus avoir à survivre à ses propres frais à Lagos

quand elle faisait ses courses seule au marché les hommes s'approchaient d'elle

y compris un gros oga avec un gros ventre dans une grosse voiture qui lui proposait de la prendre comme concubine

tout en lui soufflant la fumée de son cigare dans la figure

contrat exclusif uniquement

Tante Ekio vint ouvrir la porte de sa maison en béton à Bummi qui, rongée par le chagrin, se prosterna sur le sol pour la saluer avec respect, et fut bouleversée de ne recevoir en échange aucun signe de bienvenue pour un membre de la famille perdu de vue depuis si longtemps

tu devrais m'être reconnaissante de t'avoir recueillie, dit tante Ekio, en guidant Bummi sur les trois niveaux, la première fois que Bummi entrait dans une maison qui n'était pas en bambou, avec des pièces qui débouchaient sur d'autres pièces

l'une, par exemple, appelée nursery où les enfants pouvaient s'amuser avec leurs jouets

une autre appelée le « dressing-room » de Mrs Ekio

Bummi constata vite que sa tante passait ses journées à lire des magazines de mode, à fréquenter l'institut de beauté, à « déjeuner avec des dames », à cuisiner quand il le fallait et à regarder des vidéos

Bummi était aux ordres avant et après l'école

Boomeee !!! criait tante Ekio pour qu'elle lui apporte son thé au lit, ou si les meubles n'étaient pas assez cirés, ou si les enfants s'étaient salis, ou si elle voulait de l'aide à la cuisine, que Bummi lui trouve une autre chaîne de télévision, ou qu'elle aille lui faire une course

Boomeee !!! hurlait tante Ekio quand elle s'était cassé un ongle, apporte-moi la lime, *maintenant-maintenant*, même si Bummi était en train de manger, ou d'essayer de vider son ventre dans les toilettes, ou de faire ses devoirs, ou de s'assurer que les deux garçons ne se tuaient pas en prenant leur bain elle-même devait se laver avec le tuyau d'arrosage dans le jardin

Boomeee !!! entendait-elle alors qu'elle crachait dans la tasse de thé de sa tante en marmonnant « tu me le paieras, madame, tu me le paieras », avant de la lui apporter sur un plateau, posée sur un joli napperon en plastique

Boomeee !!! entendait-elle quand elle allait au marché, se rendant compte que c'était un écho qui courait dans les coursives de sa tête, pour se faire accueillir en rentrant par un pourquoi tu as été si longue ? tu me prends pour une nunuche ? tu papotais avec les garçons ?

Boomeee !!! hurlait-on dans son sommeil au milieu des cauchemars où elle se voyait perdre cette maison comme elle avait perdu avant celles de Lagos et d'Opolo

Boomeee !!! entendait-elle dans le bus qui la menait à l'université d'Ibadan quand elle commença à étudier les mathématiques dans un amphithéâtre bondé

les étudiants assis par terre dans les travées

où elle s'était effondrée endormie pendant le premier cours

tirée du sommeil par un jeune assistant diplômé qui était entré dans l'amphi vide pour préparer le cours suivant

un jeune homme nommé Augustine Williams

Augustine

qui l'invita à déjeuner ce même jour, lui disant qu'elle était très jolie alors qu'elle savait pertinemment que ce n'était pas vrai

Augustine

qui par la suite venait la chercher à l'heure du déjeuner et l'emmenait s'asseoir à l'ombre d'un arbre sur le campus pour manger de la salade abacha et ugba ou des escargots poivrés, des grillades de suya ou du moi-moi

ils se retrouvèrent bientôt attirés dans un champ de gravité qui les coupait du brouhaha environnant, comment ces choses-là arrivent-elles ? deux personnes qui se rencontrent par hasard et ont l'impression de s'être toujours connues ?

il remarquait de la tristesse sur son visage au repos, lui dit-il, ce qui la rendait mystérieuse et séduisante

elle s'étonna qu'il essaie de comprendre ce qu'il y avait en elle, que quelqu'un même essaie de comprendre, était-elle devenue mystérieuse et séduisante ? plantée devant la glace elle essaya ce soir-là de se regarder sous tous les angles et de se voir comme lui la voyait

contrairement aux garçons à la fac qui traitaient les femmes comme des chiottes, il attendit longtemps avant d'essayer de l'embrasser – un petit baiser rapide sur la joue gauche qu'elle ne se lava plus pendant trois jours

avec Augustine dans sa vie, Bummi ne se sentait plus seule

ils formaient deux moitiés d'un cercle qui visait à se refermer

Augustine avait grandi entre son père travailleur social et sa mère dactylo dans la maison que ses parents habitaient depuis le jour de leur mariage, avec leurs propres parents vivant aux alentours, ainsi que son frère et ses sœurs, les tantes et les oncles, qui tous débarquaient les dimanches après-midi pour déguster le buffet – soupe de gombo au fufu, ragoût de thon, ragoût d'épinards et de sésame à l'huile de palme, patates douces, poulet frit et salade

lorsqu'il demanda à Bummi de l'épouser, il lui affirma que ses parents l'accepteraient même si elle n'avait pas de proche famille pour répondre d'elle, ils croyaient que le mariage était une affaire d'amour et de compatibilité avant toute autre considération

ils se vantaient d'être progressistes

avant de franchir le seuil de la maison d'Augustine, Bummi s'était fait tirer les cheveux au fer chaud, elle portait une robe de dentelle blanche qui lui couvrait modestement les genoux et des sandales Bata nouvellement blanchies

tu es la bienvenue, lui dit Mrs Williams, en la faisant entrer dans le living où des rideaux à fleurs empêchaient le soleil de midi de pénétrer

Mrs Williams portait un élégant boubou imprimé d'oiseaux bleus en vol

elle rejoignit Bummi assise très raide sur le canapé en osier, où elle regardait les nombreuses photos noir et blanc encadrées qui pointillaient la bordure du haut du mur

Mrs Williams prit la main de Bummi dans les siennes, dont la douce tiédeur émerveilla Bummi, tant celles de sa mère étaient dures et rêches

Mrs Williams lui dit qu'elle voulait que son fils se conduise en personne honorable et responsable, n'est-ce pas tout ce qu'une mère pouvait désirer ?

nous ne voulons pas de dot, tu as notre bénédiction, désormais tu seras notre fille

Bummi se dit qu'elle avait beaucoup de chance

Augustine s'estimait moins chanceux, il s'en plaignait au cours des longues promenades qu'ils faisaient le dimanche après-midi, des kilomètres à travers les champs de maïs sous un soleil voilé

sa famille n'avait pas les relations qu'il fallait pour lui procurer un job dans un ministère ou dans les affaires approprié à son doctorat en sciences économiques

s'il partait vivre en Angleterre, il était sûr d'y trouver un emploi d'homme d'affaires ou de consultant qui le ferait voyager autour du monde

à force, il finirait par acquérir des biens à New York, Los Angeles, Genève, Cape Town, Ibadan, Lagos et Londres, bien entendu

il réussirait, oui, il réussirait

par la grâce de Dieu.

3

Par la grâce de Dieu

Bummi et Augustine émigrèrent en Grande-Bretagne où, de nouveau, il ne trouva pas d'emploi approprié à ses qualifications

il s'installa au volant d'un taxi dans l'idée d'épargner assez d'argent pour se lancer dans les affaires (import-export)

et prospecta les possibilités commerciales entre la Grande-Bretagne et l'Afrique occidentale via les ateliers clandestins en Turquie, Indonésie et Bangladesh malheureusement, Londres était une ville plus coûteuse qu'il ne l'avait imaginé, mettre de l'argent de côté se révéla impossible, et quand l'économie nigériane tomba en récession il dut transférer des fonds chez lui

Bummi et Augustine reconnurent qu'ils avaient tort de croire que, en Angleterre, du moins, travailler dur et rêver d'un grand avenir vous menait à deux doigts de la réussite

Augustine disait en plaisantant qu'il était en train de passer un deuxième doctorat en raccourcis, bouchons, rues à sens unique et impasses

tout en transportant des passagers qui s'estimaient bien trop supérieurs pour daigner lui parler d'égal à égal

Bummi se plaignait de ce que les gens voyaient en elle un stéréotype (la femme de ménage) et non ce qu'elle était (une femme instruite)

ils ignoraient qu'elle portait sur elle le certificat attestant qu'elle était diplômée du département de mathématiques de l'université d'Ibadan

tout comme elle ignorait, en montant sur le podium devant des centaines de personnes pour recevoir son parchemin enrubanné et serrer la main du président de l'université, que son diplôme avec mention d'un pays du tiers-monde n'aurait aucune valeur dans son nouveau pays

surtout avec le nom et la nationalité qui y étaient attachés

et que les refus d'emploi arriveraient par courrier avec une telle régularité qu'elle les brûlerait rituellement dans l'évier de la cuisine en observant les cendres s'engouffrer dans le siphon

raison pour laquelle lorsque leur fille naquit ils la baptisèrent Carole

sans deuxième prénom nigérian

Augustine travaillait la nuit, s'effondrait tout habillé sur leur lit, répandant l'odeur des cigarettes qu'il fumait à longueur de journée et de la canette de bière brune qu'il buvait en rentrant

au moment où Bummi se tirait péniblement du lit

pour rejoindre sa tribu de travailleurs aux yeux larmoyants qui émergeaient à la lueur des réverbères et grimper dans les bus rouges à impériale qui se traînaient dans les rues vides

elle s'asseyait silencieuse et ensommeillée comme tous ces gens qui avaient espéré une meilleure vie dans ce pays, pelotonnée dans sa doudoune en hiver, chaussée de bottes matelassées, rêvant de dormir, craignant de manquer l'arrêt desservant l'immeuble de bureaux où elle grattait les matières fécales durcies des cuvettes de toilettes et désinfectait tout ce qui entrait en contact avec les déchets humains

où elle aspirait les moutons duveteux de cellules de peau morte, balayait et cirait les planchers, vidait les corbeilles à papier et les poubelles, nettoyait les claviers et dépoussiérait les écrans, cirait les bureaux et les étagères, bref s'assurait que tout était impeccable

s'efforçant d'être la meilleure dans un travail qui ne l'était pas

le moins qu'il pouvait faire, disait Augustine, c'était d'être un bon père pour Carole, ce que sa mère lui recommandait lettre après lettre ne sois pas distant, autoritaire et renfermé, mon fils, si tu sais être proche de ta fille pendant qu'elle est petite, tu le resteras quand elle aura grandi

Bummi adorait voir Augustine chahuter avec Carole, lui le cheval, elle sur son dos, pendant des heures

hue, Papa, hue

lui fabriquer une maison de poupée avec des cageots rapportés du marché, puis la peindre, la meubler de meubles en carton, fabriquer les poupées avec des pinces à linge – c'était un homme si exceptionnel

un jour il lui dit, et elle en fut si triste – si nous ne réussissons pas ici, peut-être que notre fille y arrivera

Augustine

Augustine chéri, qui mourut d'une crise cardiaque au volant en traversant le Westminster Bridge, il transportait de joyeux fêtards ivres aux premières heures du premier de l'an

après trop de nuits de conduite ininterrompues et à ne manger que des saloperies

pour doubler son salaire durant la période la plus affairée de l'année tout en réduisant de moitié la durée d'une vie qu'il ignorait marquée par une maladie cardiaque chronique d'origine génétique

Bummi perdit la foi à la minute où elle entra dans la chapelle du Repos et vit son bien-aimé Augustine couché là, du moins son corps

d'où la vie s'était écoulée, le teint brun nuancé de gris

la bouche fermée de force, les mâchoires crispées, comme si on les avait épinglées l'une à l'autre il n'ouvrit pas les yeux pour la regarder amoureusement

il ne l'entendit pas lui parler, ne la soutint pas et ne l'apaisa pas quand elle se mit à sangloter

elle décréta qu'il n'existait aucun Esprit tout-puissant susceptible de veiller sur elle, de les protéger elle et les gens qu'elle aimait

Bummi continua de se rendre au temple, l'église du Ministère-de-Dieu, comme il se devait, elle y trouvait du réconfort auprès de ses amies

mais elle ne croyait désormais plus une seule des paroles qui sortaient de sa bouche pour la prière, les psaumes ou les cantiques

l'espace naguère occupé par Dieu n'était plus qu'un creux, et, sans promesse divine d'un salut éternel, c'était encore plus dur de constater qu'elle ne pouvait compter que sur elle-même

qu'elle et Augustine étaient restés piégés dans un désespoir qui avait paralysé leurs capacités de s'en sortir, terrassés par un rejet qui ne figurait pas dans leurs rêves d'émigration

et, se demandait-elle, comment m'élever au-dessus de ma situation afin d'élever mon enfant avec un seul salaire ?

et, se demandait-elle, n'ai-je pas obtenu un diplôme en mathématiques ? alors, n'ai-je pas l'intelligence suffisante pour obtenir un diplôme avec mention, sans même avoir eu besoin de coucher avec le professeur ?

est-ce que ça ne m'amuse pas de devoir résoudre un problème ?

plus elle se posait de questions, plus elle comprenait qu'elle devait faire ce qu'Augustine avait été trop faible pour accomplir

elle allait devenir la personne qui emploie les autres plutôt que celle qui attend qu'on veuille bien l'employer

elle allait devenir propriétaire de sa société de nettoyage, dans la catégorie des employeurs équitables, comme toutes les autres sociétés de nettoyage

si seulement Augustine était là pour rire de la plaisanterie avec elle

cette nuit-là elle rêva d'engager une armée de femmes de ménage qui sillonneraient la planète avec pour mission de nettoyer les dégâts causés à l'environnement

elles arrivaient de toute l'Afrique, d'Amérique du Nord et du Sud, elles arrivaient de Chine, d'Inde et de toute l'Asie, elles venaient d'Europe et du Moyen-Orient, d'Océanie et de l'Arctique

elle les imagina débarquer par millions dans le delta du Niger et en chasser les compagnies pétrolières à coups de torchon et de manche à balai, transformés en lances, épées à la pointe empoisonnée et mitraillettes

elle les imagina détruisant tout l'équipement servant à la production pétrolière, y compris les torchères qui s'élevaient dans le ciel pour brûler le gaz naturel, sous lesquelles ces femmes déposaient des charges que Bummi regardait exploser de loin

elle imagina les acclamations des populations locales, fêtant la chose avec des danses, des tambours et des poissons grillés elle imagina les chaînes de télévision internationales filmant l'événement – CNN, BBC, NBC

elle imagina le gouvernement incapable de mobiliser ses propres milices sous-payées, terrifié par le seul nombre de son Armée Mondiale des Femmes de Ménage

susceptibles de les pulvériser grâce à leurs pouvoirs surhumains

après quoi, elle imagina les légions de femmes tamiser en chantant les rivières et les ruisseaux pour en enlever les épaisses couches de lubrifiants qui les avaient pollués, et creuser le sol jusqu'à en extirper les sous-couches toxiques

elle imagina les cieux s'ouvrant une fois le travail terminé et l'eau pure se déversant des nuages désormais sains le temps qu'il faudrait pour que toute la région redevienne totalement propre et reconstituée

elle imagina son père, Moses, simple pêcheur, dirigeant sa pirogue dans les eaux transparentes des criques, un homme qui faisait vivre sa famille selon la digne tradition de leurs ancêtres

elle imagina sa mama, en bonne santé, vivant tranquillement pendant que des ouvriers agricoles s'occupaient de leur terre

qui ne leur avait pas été volée par la famille parce que Moses n'était pas mort

elle imagina Augustine, Financier de l'Économie verte, remontant le sentier de leur jardin, dans son costume d'homme d'affaires, sa serviette chic à la main

revenant de la Conférence économique et environnementale qu'il avait présidée à l'ONU de Genève ou de New York

Bummi avait besoin d'une injection de liquidités pour se payer des leçons de conduite et couvrir d'autres frais de démarrage ; comment faire quand tous les gens qu'elle connaissait survivaient au jour le jour

sauf l'évêque de son église, Aderami Obi

qui se comportait différemment avec elle depuis la mort d'Augustine

qui se gorgeait visuellement de son corps chaque fois qu'il la rencontrait, comme si elle était l'entrée, le plat et le dessert mélangés

quand il parlait, il s'adressait à la généreuse poitrine qu'Augustine avait adorée

quand après le service il l'entourait d'un bras rassurant, il faisait glisser légèrement la main vers le bas de son dos, en balayant si sournoisement les fesses que personne ne le remarquait

quand elle essayait de l'écarter, il se pressait encore plus contre elle

l'évêque Obi était un homme riche, un homme puissant, sa congrégation de deux mille âmes lui conférait l'omnipotence pour accomplir l'œuvre de Dieu sur Terre

et puisqu'il se comportait comme s'il avait le droit de harceler ses paroissiennes, elle avait le droit de lui demander de lui prêter de l'argent pour démarrer son affaire

n'avaient-ils pas versé pendant des années une dîme de 10 % sur leurs revenus mensuels conjoints dans son bol à offrandes ?

Augustine avait cru ce que disait le pasteur dans ses sermons, qu'investir financièrement dans son église c'était investir en Dieu, et qu'investir en Dieu procurerait une prospérité inestimable et un siège réservé au premier rang du paradis

Bummi, elle, prenait le discours pour ce qu'il était, une affaire très lucrative pour un homme très intelligent

son mari aussi était un homme intelligent, sauf que son cerveau se bloquait dès qu'il s'agissait de ne pas croire les paroles qui sortaient de la bouche de l'évêque

il n'en démordait pas, même quand l'évêque avait acheté un jet privé et une île aux Philippines

avec l'argent de ses paroissiens

un lundi soir qu'il n'y avait pas de service religieux prévu, le pasteur la fit venir pour parler de son prêt et la reçut à l'arrière de la vieille salle de bingo qui lui servait maintenant de méga-église

elle le laissa la déshabiller de ses mains avides

elle le laissa caresser avec gourmandise ses seins libérés de leur bonnet taille C – comme si c'était Noël

elle le laissa lui baisser sa culotte neuve en dentelle (dix pour le prix d'une)

elle haleta et gémit comme en extase quand il la pénétra, il lui fallut du temps pour expulser ses petits démons dans le fourreau de plastique noir qui la pompait et s'écrier bénie soit Sa Sainteté ! béni soit Son Saint Nom ! Ô Dieu continue de donner sa place à tous dans ce monde et des jours doux à tous, alléluia ! Sister Bummi, alléluia !

Bummi sourit modestement au pasteur qui venait d'atteindre son but et, vite, se reprit se réenroula dans sa tenue bleu et pourpre et renoua son foulard de tête tandis qu'il zippait son pantalon et reboutonnait sa ceinture

elle était désormais une femme d'affaires

c'était sa première transaction

elle détourna discrètement les yeux quand il retira une enveloppe de la poche de sa veste, un prêt à faible taux, remboursable en deux ans

il lui aurait fallu deux fois plus de temps pour épargner un quart de cette somme sur son salaire

merci, sah, dit-elle humblement, avec une petite révérence, Dieu a mis du beu sur mon pain

elle rentra chez elle, versa des sels dans son bain, y resta plongée pendant des heures, rajoutant des sels à intervalles réguliers, voulant exsuder cet homme de sa peau

personne ne saurait jamais ce qu'il lui en avait coûté pour s'élever elle et sa fille dans la société

chaque fois qu'elle fermait les yeux, elle sentait sa langue dure, chaude et vorace lui lécher les oreilles, elle entendait ses lèvres lui dire qu'elle était sa sale putain, ses grosses joues pressées contre les siennes, ses grandes mains lui pétrissant les fesses, son énorme ventre poussé contre le sien

cependant qu'il transperçait la partie la plus sacrée de son corps.

4

Devenue directrice générale de BW Services de Nettoyage Internationaux, Bummi plaça une petite annonce au supermarché du coin, récolta quelques employés et quelques clients, travaux ménagers et bureaux, ne mit pas longtemps à constater qu'ils pouvaient tous la laisser tomber à la dernière minute

ça n'allait pas être une aventure de tout repos, mais la vie n'est pas une aventure de tout repos, n'est-ce pas ? elle ne pouvait compter que sur une seule personne, elle-même

démarrant toute petite, elle grandirait, en cas de nécessité elle autoriserait Sister Flora, qui ne pouvait pas avoir d'enfants et en désirait, à s'occuper de Carole, et elle se déléguerait elle-même sur les lieux de travail

sa première cliente fut une dame nommée Penelope Halifax

qui habitait l'une de ces grandes demeures de Camberwell avec chambres sous les combles pour les serviteurs de l'ancien temps

à présent, tout ce que ces gens pouvaient s'offrir c'était une femme de ménage une fois par semaine

quand Bummi entra dans la maison – porte principale avec vitraux, hall d'entrée au sol carrelé à l'ancienne, hauts plafonds, larges fenêtres, plusieurs volées d'escaliers, elle découvrit l'étroitesse du monde qui était le sien depuis son arrivée en Angleterre

personne autour d'elle ne vivait comme ça, pas même ses amis nigérians de l'église qui possédaient leur propre logement

Penelope était une grande femme, enseignante à la retraite, avec un beau visage et ce genre de cheveux teints ni blonds, ni gris, ni blancs

elle dissimulait sa volumineuse féminité sous des vêtements mal coupés

Bummi ne comprendrait jamais pourquoi les Anglaises n'exposaient pas la plénitude de leurs formes, plus c'est plein mieux c'est, à condition de le faire avec bienséance

dans sa culture ancestrale une femme volumineuse est une femme désirable

Penelope avait enseigné dans l'école de Carole, Bummi remarqua, encadrée sur le mur du hall, une carte d'adieu envoyée par les élèves

elle souhaitait en parler à Penelope, développer avec elle une relation de travail amicale parce que si vos clients vous aiment bien ils sont plus enclins à vous garder

mais vous êtes ici pour travailler, lui dit la dame, pas pour tenir un discours social, puis elle lui enjoignit de ne jamais ouvrir les tiroirs, les placards ou les penderies

ni de regarder dans les poches ou dans les sacs

Bummi l'aurait bien mordue à pleines dents jusqu'à la décapiter, elle se mordit la langue à la place

or Penelope ne tarda pas à enfreindre son propre règlement, parlant à jet continu tout en suivant Bummi dans toute la maison, pestant contre son abominable premier mari, Giles, un ingénieur, un connard sexiste moyenâgeux, et son immonde deuxième mari, Phillip, un psychologue, une espèce de chien galeux qui pourchassait toutes les putes lubriques quand elle avait le dos tourné sophistiquée à l'extérieur, grossière à l'intérieur, voilà ce qu'était cette femme, pensa Bummi

mais aussi très esseulée, quittée par ses enfants depuis longtemps

Bummi avait pitié d'elle et elle prit l'habitude, chaque semaine, de faire disparaître discrètement le stock de bouteilles de vin vides laissées près de la poubelle de la cuisine

lorsqu'elle eut trouvé plusieurs clients réguliers, Bummi entreprit de recruter du personnel et rédigea une description du travail afin de prouver aux candidats que c'était du sérieux

recherche personne :

1/ ayant de grandes compétences pour nettoyer, vider les poubelles et éliminer les déchets de zones délimitées

2/ ayant une bonne connaissance des appareils ménagers et des produits chimiques en matière de nettoyage

3/ sachant manipuler sans danger les détergents et les produits chimiques, se servir habilement des aspirateurs, pouvant attester de ses capacités pour balayer, épousseter à la main, astiquer, essuyer

4/ capable de stériliser les fontaines à eau

5/ possédant une compétence réelle pour épousseter les luminaires et astiquer les objets en métal

6/ une précision et une attention sans faille aux détails

7/ reconnaissant l'importance de porter des tenues protectrices et de prendre soin de soi elle eut bientôt engagé quatre Nigérianes, deux Polonaises et un Pakistanais

qui suivirent un programme de formation pour répondre à ses critères professionnels

elle-même suivit un cours du soir en bibliothèque pour se familiariser avec les ordinateurs et Internet, et engagea un comptable parce qu'elle ne voulait pas finir à la prison de Holloway pour fraude fiscale

quand Carole entama sa carrière de banquière à la City, Bummi avait dix employées

dont la plus agréable et la plus travailleuse était une femme de sa paroisse, Sister Omofe

que son mari, Jimoh, avait quittée pour prendre une deuxième épouse là-bas, au pays, à Port Harcourt où il dirigeait un magasin de téléphones mobiles, la laissant seule avec leurs deux fils, Tayo et Wole

lavant les sols et cirant les bureaux côte à côte, Bummi et Omofe devinrent vite amies

tu vois cet homme, mon mari ? disait Omofe, j'espère que sa queue attrapera une maladie, se ratatinera et l'empoisonnera de l'intérieur

je suppose que tu ne t'es pas mariée pour devenir première épouse ?

non, je suis une femme moderne et je verserai de la mort-aux-rats dans son ragoût la prochaine fois qu'il viendra en Angleterre en espérant rester avec moi et, dès qu'il aura déposé ses bagages et mangé ma nourriture, aller boire de la Guinness dans ces night-clubs pleins de filles jeunes et presque nues

Sister Omofe, j'ai vu ça de mes propres yeux dans le métro quand je vais travailler les vendredis et samedis tard dans la nuit et qu'elles vont faire la fête, les jeunes filles de ce pays s'habillent comme des prostituées

c'est ce qu'elles sont, Sister Bummi, elles n'ont aucun respect d'elles-mêmes, c'est comme mes deux fils, ils deviennent des sauvages sans un père pour les discipliner, ils font du raffut, hier encore deux policiers ont sonné à ma porte en disant que mes fils étaient soupçonnés d'avoir dérobé le porte-monnaie d'une femme dans le bus, à l'impériale, avec d'autres petits voyous en rentrant de l'école, je leur avais pourtant dit de rester en bas avec les gens respectueux de la loi

quand je les gifle, ils envoient valdinguer mes mains

quand je les menace d'un couvre-feu, ils s'en fichent

et le jour où j'ai caché leurs ordis dans ma chambre, ils ont cassé la porte

ou bien ils finiront tués dans une fusillade entre bandes ou bien enfermés dans une prison, et je passerai le reste de ma vie à aller voir leurs tombes ou à aller les voir en taule une fois par semaine

est-ce que c'est ça mon destin ?

Sister Omofe, tu devrais les renvoyer au Nigéria, c'est une solution éprouvée

tu es une femme de solutions, Sister Bummi, répliqua Omofe en lui pressant la main entre les siennes

quelques mois plus tard, Omofe informa ses fils qu'ils partaient en vacances au Nigéria et dès leur arrivée ils furent conduits dans un internat très rigoureux d'Abuja, payé grâce à un emprunt bancaire

maintenant, moi aussi je suis seule, dit Omofe à Bummi, alors que les deux femmes étaient assises sur un très chic canapé de cuir rouge dans la salle d'accueil vide d'un immeuble de bureaux vide donnant sur une rue vide à trois heures du matin

en train de manger la salade de riz et poulet que Bummi avait préparée

Bummi attendait avec impatience les moments de retrouver Omofe, au travail ou à l'église, elle lui manquait dès qu'elles étaient séparées et elle constata qu'elle rêvait de toucher sa nouvelle amie d'une façon inacceptable

elle imagina Omofe et elle-même allongées côte à côte comme mari et femme

et au lieu de trouver ça mal, elle se sentait bien

Omofe invita Bummi à venir dormir chez elle, un appartement dans une tour de New Cross, un matin qu'elles avaient fini de travailler et attendaient le bus pour rentrer

les pieds endoloris, les yeux rouges de sommeil, les aisselles en sueur

le bus arriva, déversa ses hordes d'employés, sentant l'eau de Cologne et le parfum, le shampooing, le café et même la pâte dentifrice, Omofe et Bummi y montèrent et s'installèrent confortablement serrées l'une contre l'autre

Bummi sentait son corps parcouru de picotements se fondre dans celui d'Omofe

mon appartement est un nid vide, dit Omofe, nous pouvons nous y tenir compagnie l'une l'autre

sur le point d'aller dormir, après qu'elles eurent pris leur bain, Omofe se dirigea vers sa chambre, disant j'ai préparé un lit pour toi dans la chambre de Tayo et Wole, seulement comme c'est une couchette, ça convient mal à une femme de ta taille

alors tu peux venir dormir dans mon grand lit

c'est comme ça te chante

Omofe s'avança pieds nus sur l'épaisse moquette de sa chambre, enroulée dans une serviette de bain beige, le haut des fesses brunes et rebondies et les mollets miroitaient, elle avait ôté sa perruque, ses cheveux bruns et courts luisaient

c'est comme ça te chante, répéta-t-elle, et lorsqu'elle atteignit son lit, le dos tourné à Bummi, elle laissa tomber la serviette

Bummi la suivit dans la chambre dans un état de transe, comme si elle ne pouvait rien faire d'autre que laisser Omofe explorer son corps chaud et détendu par le bain

elles avaient toutes les deux une chair et des seins plantureux

Bummi s'épanouit sous les caresses expertes d'Omofe, qui lui procuraient un plaisir d'une intensité

qu'elle voulut offrir en retour, sa langue s'aventurant partout où elle le voulait jusqu'à ce qu'Omofe crie d'extase

Bummi passait la nuit chez Omofe aussi souvent qu'elle le pouvait

reconnaissant qu'elle avait besoin de sexe depuis longtemps, mais voulait l'ignorer parce qu'il n'était pas question qu'elle trouve un autre mari

remplacer quelqu'un d'aussi irremplaçable était impossible

mais en l'occurrence c'était différent, Omofe était une femme

Tayo et Wole revinrent du Nigéria au bout de plusieurs années, transformés en adolescents civilisés, furieux contre leur père qui n'était venu les voir que deux fois et contre leur mère qui les avait trahis

les deux femmes poursuivirent leur relation chez Bummi, qui, néanmoins, éprouvait un sentiment mélangé de se retrouver dans la chambre qu'elle avait partagée avec Augustine et dans l'appartement qu'elle partageait avec sa fille, la fille à qui elle ne confierait jamais la chose innommable à quoi elle se livrait

la honte qu'elle avait essayé d'éliminer revenait la hanter

elle ne voulait pas devenir cette sorte de personne

qui n'était pas elle

Bummi ne parvenait plus à se détendre assez pour prendre du plaisir, elle se retournait et s'endormait, ne répondait plus aux gestes de plus en plus timides d'Omofe

dis-moi, Bummi, ce que je peux faire pour que tu aies du plaisir ? j'agirai différemment

Bummi ne savait pas quoi suggérer puisque le problème n'était pas Omofe

elle cessa d'inviter son amie à venir chez elle, et le jour où Omofe s'invita d'elle-même, Bummi refusa

elle ne prit plus les mêmes heures de travail qu'elle, cessa d'aller au marché avec elle, se mit même à l'éviter à l'église

Omofe, fatiguée de ne pas recevoir de réponses à ses questions, coupa tout contact puis alla travailler pour une autre société de nettoyage

plus tard, elle apparut à l'église en compagnie de Sister Moto – *tiens donc*

Sister Moto, ex-mannequin grande taille, qui adulait sa propre personne, s'habillait en tenue traditionnelle et se prenait pour la reine de Peckham

elle possédait son salon de coiffure, sur les murs duquel étaient placardées ses vieilles photos de mode, et qu'elle avait baptisé Centre de la Communauté des Femmes Nigérianes, Section de South East London

ce que Bummi jugeait arrogant et ridicule

Sister Moto suscitait des présomptions ou de la pitié parce que, à la connaissance générale, elle n'avait jamais eu ni amant, ni fiancé, ni mari, ni aventures avec les maris de ses copines, ni même n'avait flirté avec les hommes qui la désiraient

ce qui était le cas de la plupart

Bummi prit soin de s'asseoir derrière les deux femmes

Sister Moto, au maintien typiquement droit et fier, son boubou d'un vert clair faisant ressortir la clarté de sa peau

Omofe, plus petite, la peau plus sombre, les épaules joliment rondes et les bras agréablement charnus que Bummi aurait aimé toucher et caresser, ainsi que ses cuisses potelées et ses hanches larges et somptueuses

où les marques de vergetures, selon Bummi, faisaient penser à des signes d'alphabet braille les deux femmes restaient silencieuses tandis que l'église se remplissait, comme si elles ne se connaissaient pas

cependant il émanait d'elles une sorte d'intimité, et Bummi se demandait si les autres avaient ressenti la même chose quand Omofe et elle étaient assises côte à côte

lorsque l'assemblée se leva pour chanter, elle remarqua que les deux corps se penchaient instinctivement l'un vers l'autre

Bummi fut étonnée de la rapidité avec laquelle Omofe était passée à autre chose

elle fut étonnée d'en être si bouleversée.

5

Kofi

l'un de ses salariés, tailleur ghanéen à la retraite qui voulait arrondir sa pension

bien que plus âgé que la plupart des autres employés, il travaillait plus dur et ne se plaignait jamais

il était veuf, avait cinq enfants adultes et de nombreux petits-enfants, un logement social de quatre pièces dans Herne Hill qu'il avait loué pendant des années avant qu'on l'autorise à l'acheter

il s'accrochait aussi aux poils restant d'une toison grise au-dessus des oreilles et en couronne autour de la tête

elle voulait lui dire de les raser

il était chauve, qu'est-ce que ça pouvait lui faire ?

Kofi

l'invita à une « nuit intense de musique ghanéenne » au bar du Ritzy, un cinéma de Brixton

en dehors de l'église, c'était la première fois qu'elle écoutait de la musique live en Angleterre

elle n'aima pas ce que produisait le groupe composé d'un chanteur, d'un batteur et d'un guitariste, mais elle apprécia l'ambiance et la lumière douce, et les toutes petites-petites tables où ils purent manger des amuse-gueules, boire de la limonade (pour elle) et de la bière blonde (pour lui) en tête à tête

le reste de l'assistance était du genre miteux bohème et dépenaillé

toutes les races se mélangeaient bon gré mal gré, elle remarqua même deux messieurs gays qui se tenaient les mains, ce qui ne semblait déranger personne, bizarrement

Kofi semblait à l'aise dans cet environnement, il tapait des pieds au rythme de la musique, saluait et rendait leurs sourires à des étrangers, en dépit du fait qu'avec son costume gris et sa cravate il détonnait autant que Bummi avec son boubou traditionnel orange vif et son turban

elle aimait la façon dont Kofi la regardait à travers la table, comme si elle était la plus belle femme du monde

il l'interrogea sur sa vie, elle haussa les épaules, qu'y avait-il à dire ?

une fille, une affaire, un mari mort

quand tu voudras parler, je serai là pour écouter, dit-il

il l'invita à fréquenter son église pentecôtiste – elle refusa

il l'invita à venir voir son petit-fils jouer un match de foot à l'école – elle accepta

il l'invita au mariage de sa plus jeune fille – elle trouva que c'était prématuré

il l'invita à déjeuner chez lui, ce qu'elle accepta, et elle apprécia sa soupe banga, ses boulettes de pâte de maïs fermentée, les côtelettes d'agneau au chou

elle aimait qu'il fût un homme sachant cuisiner

qui plus est, voulant cuisiner pour elle

après lui avoir fait la cour pendant un laps de temps convenable, Kofi laissa entendre qu'il souhaitait prolonger leur relation dans son lit, ce qui signifiait qu'elle devait décider s'ils allaient devenir plus que des amis, et si oui, avec un Ghanéen ?

elle se demanda si c'était bien ce qu'elle voulait

et parvint à la conclusion que c'était ce qu'on lui offrait

c'est une perle, Mama, dit Carole après l'avoir rencontré, ne crois-tu pas qu'il est temps pour toi d'enlever ton alliance ?

elle mit un quart d'heure pour s'en libérer, avec du liquide à vaisselle

il l'invita à passer des vacances dans son appartement en multipropriété de Grande Canarie, je dormirai sur le canapé, dit-il, tu prendras le lit

chaque matin, assise sur le balcon au dernier étage avec vue sur les toits ondulés couleur ocre, elle regardait en bas la piscine où Kofi faisait quarante allers-retours, environné de palmiers identiques à ceux de son pays d'origine pour la première fois, Bummi goûta des cocktails et elle trouva ça bon, particulièrement les margaritas, qui ne semblaient pas alcoolisées, sauf qu'elle se mettait à glousser comme une gamine

le soir, ils marchaient le long de la digue, bras dessus bras dessous, sous l'arcade des palmiers, la mer léchait les rochers noirs

elle lui raconta les débuts de sa vie – l'eau et le pétrole du Delta, l'eau et les planches du lagon

Kofi lui proposa de retourner avec elle à Opolo, visiter sa famille, elle ne pouvait s'y résoudre, lui dit-elle, la situation là-bas ne s'était pas améliorée, elle avait même empiré, et les parents qui y demeuraient encore lui étaient inconnus

trop de gens autour d'elle étaient morts jeunes, dit-elle aussi

elle lui confia que chaque fois qu'il s'éloignait d'elle, elle s'attendait à ne plus le revoir – un accident de voiture, une explosion, un accident vasculaire dans la piscine, une crise cardiaque dans la salle de bains pendant qu'elle dormait

il lui assura qu'il n'était pas question qu'il meure, avant de longues années en tout cas, son propre père vivait toujours à quatre-vingt-quatorze ans

et lui-même avalait des tas de vitamines et de l'huile de foie de morue chaque matin

elle lui parla de Carole, qui travaillait dans une banque de la City, et de Freddy, issu de la haute société

lui avoua combien elle avait été bouleversée en apprenant que Carole allait épouser un homme blanc, c'était le début de la fin d'une pure lignée nigériane leurs enfants seront des métis, et ils auront l'air de Blancs

être balayés en deux générations

c'est pour ça que nous sommes venus en Angleterre ?

Bummi s'était préparée à haïr Freddy rien qu'en le voyant

la première fois que Carole l'amena à l'appartement, il bondit quasiment dans l'entrée, ses cheveux blonds tombant sur les épaules, un grand échalas dont les jambes occupaient tout l'espace, plein de gaieté, ni condescendant ni hautain à la vue de son humble demeure, c'était si chaleureux, lui dit-il

je suis si content de faire enfin votre connaissance, vous paraissez trop jeune pour être la mère de Carole, maintenant je sais d'où elle tient sa beauté

Freddy aime regarder les films de Nollywood avec Bummi, il se présente comme un Nigérian honoraire et il *adore* sa cuisine, particulièrement le porridge d'igname qu'elle prépare pour le petit déjeuner quand ils couchent chez elle, Carole s'est même mise à en remanger, un vrai miracle

Freddy, dit-elle à Kofi, a transformé Carole en une personne détendue et joyeuse

Freddy organisa une rencontre entre ses parents et Bummi dans un restaurant londonien, qu'elle attendit avec impatience

mais, la prévint-il, même s'ils avaient accueilli chaleureusement Carole après avoir constaté sa classe, sa façon élégante de s'exprimer, le succès qu'elle rencontrait dans son travail (et, plus important pour sa mère, sa minceur et sa beauté) ils n'en demeuraient pas moins des snobs à l'ancienne

Mark, le père de Freddy, semblait mal à l'aise, il ne dit quasiment pas un mot pendant le repas, et Carole resta figée tout le temps que ça dura, un faux sourire plaqué sur le visage

Pamela, la mère, souriait à Bummi comme si elle avait devant elle une victime de la faim, et entreprit d'expliquer la signification du mot *hors-d'œuvre*, sur quoi Freddy lui intima d'arrêter, ça suffit, Mummy

elle offrit à Bummi une bouteille de vin de leur cave, « qui a vraiment besoin d'être dépouillée de son vieux bouchon décomposé avant de devenir sédimenteuse plutôt que liquide »

Bummi accepta le cadeau de bonne grâce, tout en se demandant ce que les Anglais trouvaient de si extraordinaire à un vin vieux, probablement toxique, pour ne pas dire imbuvable

elle-même avait apporté un beau cadeau à Pamela, cinq mètres de tissu *aso oke*, de toute première qualité, couleur indigo

Bummi espéra ne plus revoir ces gens de toute sa vie, sauf en une seule occasion – le mariage

mais Carole et Freddy se marièrent à l'état civil sans prévenir qui que ce soit parce que, dirent-ils, l'idée d'organiser un mariage conventionnel leur semblait aussi effrayante que de franchir une montagne criblée de mines

Bummi aurait dû être furieuse

elle fut au contraire soulagée.

6

Bummi est allongée dans la chaise longue verte du jardin de la maison de Herne Hill qu'elle partage avec Kofi

le soleil implante sa vitamine D directement dans sa peau

dans la cuisine, derrière elle, Kofi prépare le repas du soir

eux aussi se sont mariés au bureau de l'état civil et sont allés passer une semaine de lune de miel aux îles Scilly, qu'ils ont adorées – les habitants si aimables et amicaux

Omofe lui manque encore plus maintenant que lorsqu'elles ont rompu

l'idéal pour Bummi serait d'avoir les deux, Omofe et Kofi, dans sa vie – un rêve chimérique parce que seuls les hommes ont le droit d'être polygames

à présent, Omofe travaille dans le salon de coiffure de Sister Moto et, selon la rumeur, elles vivraient ensemble

comme Bummi a déserté depuis longtemps l'église du Ministère, leurs chemins ne se croisent plus, à l'exception du jour où, de retour à Peckham, elle est passée devant le salon de Sister Moto et a regardé par la vitrine

Omofe se tenait à la réception, près de la fenêtre, et l'a fusillée du regard l'air de dire, qu'est-ce que tu *fabriques* ici ?

une glycine lilas recouvre l'abri au fond du jardin

devant lequel s'étale un carré de hautes herbes, que Bummi appelle leur prairie, qui envahissent leur pelouse longée sur la gauche par des pommiers qui constituent leur verger

et puis le petit bassin qu'a creusé Kofi et qui n'est rien d'autre qu'une grosse flaque, dit Bummi pour le taquiner

il insiste pour le baptiser lac Kofi

Carole et Freddy viennent déjeuner presque tous les dimanches

Freddy apporte des fleurs et des chocolats, hello Mum, c'est bon de te voir, tu es superbe comme d'habitude, dit-il en l'étreignant et en l'embrassant

parfois les enfants et les petits-enfants de Kofi se joignent à eux

Bummi se renverse dans sa chaise longue et sirote la limonade que Kofi lui a préparée avec des citrons frais

si seulement sa mère vivait encore pour se réjouir de cette nouvelle existence

regarde-moi, Mama, regarde ce que je suis devenue.

LATISHA

1

LaTisha KaNisha Jones
traverse le rayon fruits et légumes du supermarché dont elle est responsable, un quart d'heure avant l'ouverture des portes
Salope de Cheffe en maraude
ou la Générale Maman
comme l'appellent ses enfants

elle s'est déjà entretenue avec les assistants shopping qui ont ratissé les travées pendant la nuit pour noter les commandes à passer en ligne, afin de reconstituer les stocks

elle s'est rendue dans l'entrepôt afin de vérifier les livraisons, et elle constatera bientôt qu'il manque les six cents kilos de pommes de terre King Edward que le fournisseur leur a pourtant déjà facturés (criminel !)

en tout cas, elle ne va pas aujourd'hui signaler un niveau de stock négatif, qui figurerait demain comme un déficit inexpliqué sur son bulletin d'évaluation par ailleurs (presque) impeccable

elle a scanné le taux de rotation des produits, vérifié qu'ils sont correctement placés sur les étagères, les plus vieux sur le dessus

s'est assurée que les étals sont arrangés comme il convient, les fruits d'une forme parfaite et sans tavelure, selon le désir de la clientèle, qui ne comprend pas que la plupart des fruits dans leur état originel et naturel sont tout sauf d'une texture, d'une taille et d'une couleur standardisées

ainsi qu'elle l'a appris en centre de formation des supermarchés

ou que les carottes étaient pourpres, jaunes ou blanches jusqu'à ce qu'au dix-septième siècle des fermiers hollandais se mettent à cultiver la variété orangée qu'on connaît aujourd'hui

ce qu'elle aime raconter à ses enfants, Jason, Jantelle et Jordan, afin de leur rendre la scolarité plus séduisante, vu qu'ils n'ont pas d'autre choix que de réussir leurs examens

s'ils ne veulent pas se retrouver enchaînés dans la cave sans nourriture, sans eau ni toilettes

pendant vingt-quatre heures

comme elle les en menace

fréquemment

LaTisha

porte son uniforme – pantalon bleu marine avec pli sur le devant, gilet bleu marine, chemise blanche fraîchement repassée – et ses cheveux plaqués au gel avec une raie sur le côté très chic et professionnelle, parce que c'est ce qu'elle est maintenant, après avoir émergé du film d'horreur qu'a été son adolescence

et s'être hissée sur les hauteurs vertigineuses du commerce de détail

gagnant le titre de Collègue du Mois six fois en trois ans

et de Superviseur du Mois trois fois en six mois

pour un gain de merde, juste une livre supplémentaire par heure pour une putain de responsabilité supplémentaire et elle continue de travailler par roulement, les week-ends compris

ce qui signifie du moins qu'elle progresse, qui sait, elle pourrait finir directrice de magasin un jour si elle travaille dur, lèche les bottes de ses supérieurs, n'emmerde pas (pas trop) ses collègues et garde le cap sur son objectif, ce qui signifie rester célibataire

LaTisha a commencé à travailler pour le supermarché à sa sortie de l'école, insupportable merdeuse ergoteuse sans aucune qualification et n'acceptant d'ordre de personne

par exemple de l'école qui essayait d'imposer ses règlements absurdes

à quoi ça servait d'étudier puisque ça ne rendait pas heureuse (les bûcheuses étaient malheureuses et incapables de s'habiller comme il faut), et puis trop d'études épuise la cervelle (scientifiquement prouvé)

comme elle le disait à ses profs

spécialement Face de Cul Mrs King qui avait l'habitude de l'aborder dans les couloirs – tu n'es pas stupide, LaTisha, si seulement tu voulais t'appliquer à quoi elle répliquait, ça tombe sous le sens de vouloir conserver sa force mentale, Mrs King, de la pure insolence, l'un de ses rares talents, selon les profs

les cellules de notre cerveau meurent tout le temps et je vais épuiser mes ressources – comme notre planète, Mrs King, si j'en utilise trop durant ma jeunesse, je pourrais même finir gaga plus tard, disait-elle, tout en lançant un regard qui signifiait, tout comme vous, Face de C

Mrs King peinait à répondre et juste au moment où elle semblait avoir trouvé les mots convenables et allait les prononcer

LaTisha s'éloignait

(but !)

même chose avec le sport, qu'elle laissait tomber le plus souvent possible, ses règles pouvant durer du début à la fin du mois

lui demanderaient-ils de leur montrer ses tampons périodiques ?

elle envisagea même de lancer une campagne École sans Sport parce que les exercices à haute dose allaient épuiser les corps et que personne ne disait la vérité aux filles

comme elle le reprocha à *Misses* Robertson, sa prof d'éducation physique, qui elle aussi l'abordait dans « le couloir des professeurs avec rien de mieux à faire que de harceler les innocents » pour lui dire qu'elle avait besoin de faire du sport afin de rester en forme et en bonne santé

si c'est comme ça, Missssss, répliquait LaTisha, comment vous expliquez que les danseuses de ballet finissent estropiées quand elles sont vieilles ? et les gymnastes avec des prothèses de hanches ? et les coureurs qui se bousillent les genoux ?

et vous me dites que le sport est bon pour moi ?

Missssss Robertson elle aussi peinait à répondre (deuxième but !)

elle s'imaginait clamer tout ça pendant des meetings, debout sur un podium, prêchant dans un mégaphone l'évangile du sens commun aux adolescents de sa génération, incitant à la rébellion les enfants du monde, causant un chaos total

celui qu'elle a ressenti après le départ de Daddy

Daddy travaillait à la mairie au service de lutte antiparasitaire, un emploi qui lui donnait une grande satisfaction, il n'y a jamais deux jours pareils, disait-il à la table de la cuisine où ils prenaient leur thé – nuggets de poisson et salade –, mon rôle consiste à tuer la diabolique vermine qui empoisonne la vie des gens et leur donne des cauchemars, et ensuite à soigner leur traumatisme avec des paroles rassurantes

c'est une vocation, ma contribution à la marche du monde, pigez ?

les yeux de Mummy roulaient dans leurs orbites, LaTisha et Jayla gloussaient, même si elles l'avaient déjà entendu dire ça avant, mais il était toujours drôle, bêtement

les week-ends, il complétait son revenu en étant videur dans une boîte de nuit chic, genre Casque bleu de l'ONU, mais à plus petite échelle, pigez ?

les yeux de Mummy roulaient de plus belle

Daddy portait de longues dreadlocks noires, il mesurait un mètre quatre-vingt-quinze en hauteur et presque autant en largeur c'est que du muscle, pas de graisse, touche, disait-il à LaTisha, bandant les énormes biceps acquis grâce aux séances de bodybuilding à la salle de sport

presse-les, elle ne pouvait même pas laisser une empreinte ni les entourer de ses deux mains quand il lui demandait d'essayer

et quand Jayla demandait à essayer elle aussi, il était trop occupé à manger lui disait-il, pas maintenant, plus tard, Jayla, plus tard

sauf que ce plus tard n'arrivait jamais

il aimait côtoyer les footballeurs célèbres, qui donnaient de gros pourboires et pariaient gros en secret parce qu'ils gagnaient trop et trop tôt pour de trop petites têtes, alors ils savent pas la valeur de l'argent

il y avait une arrière-salle au club où ils perdaient plus de cash que la plupart des gens n'en gagnent de toute leur vie ; ils suppliaient, plastronnait-il à la table de la cuisine, qu'on les prenne en photo avec lui, le légendaire Glenmore Jones, roi des videurs

ce serait plutôt l'inverse, disait Mummy

Daddy prenait un air outragé

les footballeurs proposaient de l'engager comme agent de sécurité ; il refusait parce qu'il aimait passer l'heure du thé à la maison

je veux être avec vous, les filles, mes enfants + ma femme = ma vie

il travaillait de nuit au club un week-end sur deux

rentrait à la maison les samedi et dimanche matin

leurs parents les emmenaient Jayla et elle dans tous les musées gratuits de Londres les enfants qui réussissent dans la vie, disait Mummy, ont des parents qui les conduisent au musée, et il n'y a pas besoin d'être riche pour ça

à l'intérieur, ils les laissaient prendre l'initiative, en l'occurrence c'était LaTisha qui imposait son choix, plutôt que sa sœur, plus timide et réservée

si LaTisha voulait rester une éternité devant les terrifiants dinosaures, c'était accepté

elle resta plantée là pendant des années, rêvant de grimper à l'intérieur des squelettes

jusqu'au jour où elle eut marre de leur bizarrerie préhistorique – je suis contente, dit Mummy, que cette phase soit terminée

remplacée par celle des requins de l'Aquarium de Londres qui étaient vraiment dangereux, même si on pouvait presque les toucher derrière la vitre

nageant au milieu d'un tas de petits poissons, avec leur forme effrayante et leurs yeux torves

en les observant elle se croyait dans un monde fantastique

ne parvenait pas à croire qu'ils existaient bel et bien

une fois par an, ils allaient en vacances à Skegness, au village vacances Butlin

ils n'avaient pas les moyens de se rendre en famille aux Caraïbes visiter les parents, ce qui aurait dû être leur principale destination de vacances

un jour nous prendrons un paquebot, disait Mummy, avec piscine et cinéma à bord

on commence cette semaine à économiser pour ça, Daddy est d'accord

Mummy avait quitté Sainte-Lucie à l'âge de deux ans

avait grandi à Liverpool, suivi l'enseignement d'une école religieuse de bonne réputation, et préparé aussitôt après un diplôme de travailleuse sociale

Daddy était arrivé de Montserrat à treize ans, l'air d'un étranger et maniant une drôle de langue, comme il l'avait raconté à ses gosses un million de fois

quand il se plaignit du froid, les profs dirent qu'il avait des problèmes comportementaux

quand ils l'entendirent parler patois, ils le prirent pour une gourde et le placèrent dans une classe pour enfants d'un an plus jeunes, alors que chez lui au pays il était le meilleur de sa classe

quand il se bagarra avec ses camarades blancs, c'est lui seul qu'on cibla et qu'on envoya au placard

quand il protesta furieux contre toute cette injustice, ils le traitèrent de gamin grossier

quand il sortit en trombe de la classe pour relâcher la pression, ils l'accusèrent d'agressivité

alors il décida d'être agressif, balança une chaise à la tête d'un prof, le manqua de peu la première fois

mais pas la deuxième

ils l'envoyèrent à Borstal pour ce crime, tu sais, LaTisha, c'était une sorte de prison pour mineurs délinquants, où il purgea sa peine en compagnie de jeunes meurtriers, violeurs et pyromanes

je voulais pas devenir comme eux alors j'ai fait le gros dos, heureusement j'étais balèze alors ils m'ont laissé tranquille

quand ils m'ont relâché, je me suis corrigé et j'ai construit ma vie ici dans c'pays, LaTisha, il s'adressait à elle seule, alors que Jayla était à table avec eux

Jayla l'accusait d'être la favorite de Daddy

c'était vrai et ça lui plaisait
inutile de le nier

toute ma rage je l'ai canalisée en faisant du body-building, j'ai plus jamais perdu mon sang-froid avec personne, voilà pourquoi le papa que vous connaissez est quelqu'un de si paisible et si agréable, pas vrai, Pauline ?

oui, c'est vrai, les filles, je trouve votre papa très agréable, et ils riaient comme s'il s'agissait d'une plaisanterie entre eux deux

ainsi il y a eu un temps où ils étaient une famille heureuse, avec des blagues et tout, puis le mois de septembre où elle est entrée dans le secondaire, il est parti

ne leur faisant même pas savoir qu'il partait, comme si ça l'avait pris brusquement, il est parti pendant que les filles étaient à l'école et Mum au travail, laissant un mot sur la table disant qu'il était désolé

est-ce que c'était possible ? est-ce qu'il parlait pour de vrai ou c'était encore une de ses plaisanteries ?

Mummy s'effondra, essaya de le contacter – quand le téléphone de Daddy sonna elles se rendirent compte qu'il se trouvait dans l'appartement, il l'avait laissé sous son oreiller

elle appela tous les gens qui le connaissaient et finit par découvrir qu'il était parti à l'étranger

LaTisha s'installa dans le living près de la fenêtre attendant qu'il revienne, Jayla resta dans sa chambre

toute la nuit de lundi LaTisha la passa au même endroit, s'endormant par à-coups, se réveillant quand les chiens se bagarraient, que la voiture d'un voisin s'arrêtait ou que des gens passaient en parlant fort

puis le mardi tout entier, la nuit aussi, puis tout le mercredi

Mummy ne les obligea pas, elle et Jayla, à aller à l'école parce qu'elle était complètement paumée elle aussi, elle prit un congé pour raisons personnelles, sa sœur, tante Angie, débarqua et se chargea de la cuisine, des gestes de consolation, obligea LaTisha à prendre un bain, manger, se laver les dents, la força à aller se coucher la quatrième nuit où elle voulut s'asseoir près de la fenêtre

cette nuit-là LaTisha prit le peignoir de Daddy accroché derrière la porte de la salle de bains et dormit dedans, humant sa sueur et son déodorant, sentant ses bras l'entourer

des semaines plus tard, Mummy le joignit au téléphone et se mit à hurler

il n'avait pas pu lui fournir une excuse valable, expliqua-t-elle ensuite à tante Angie, qui lui dit qu'il y avait évidemment une autre femme, c'est pour ça que les hommes quittent leur famille en général

il a affirmé qu'il ne reviendrait pas, Angie, ni maintenant ni jamais, je le prenais pour un gros mollasson, je me rends compte que je ne le connaissais pas

Angie fouina un peu et découvrit qu'il était parti vivre dans le New Jersey avec Marva, une des copines de travail de Mummy, qui avait grandi là-bas

et que Tinnah, l'adorable petite de quatre ans, était sa fille à lui

Mummy détruisit toutes ses photos, brûla les vêtements qu'il avait laissés, jeta ses objets favoris, son mug, son savon Imperial Leather, son vieux molleton

interdit désormais à LaTisha et à Jayla de parler de lui, il n'existait plus

sauf que son fantôme existait toujours, LaTisha le voyait, le sentait partout

à la table de la cuisine où il leur racontait les histoires que leur mère qualifiait d'exagérations voire d'affabulations pures et simples

dans le hall du rez-de-chaussée où il arrivait en criant Daddy est rentré ! sachant que ses filles lâcheraient ce qu'elles étaient en train de faire pour venir les premières lui sauter au cou

dans le living, dans son fauteuil spécial avec repose-pied électronique, où il ronflait et se réveillait en sursaut quand elles le chatouillaient

dansant tous ensemble, au son de la soul et des albums de la Motown aux fêtes d'anniversaire et à Noël, au rythme du reggae les dimanches soir

sa corpulence occupant la largeur du couloir, LaTisha et Jayla jouant à lui passer en courant sous les jambes avant qu'il puisse les étouffer dans ses bras

entendant sa voix tonitruante monter d'en bas jusqu'à l'étage

même les coups qu'il donnait sur la porte des toilettes lui manquaient, quand il leur braillait de se dépêcher, pourquoi est-ce que je dois vivre avec trois bonnes femmes à qui il faut un si foutu temps pour faire leurs affaires ?

leur mère se mit à trop manger, descendant en douce au milieu de la nuit pour vider le frigo, versant du gin dans son verre d'eau dès le petit déjeuner, croyant qu'elles ne le remarquaient pas, ne voyaient pas le niveau de la bouteille baisser

ou la bouteille neuve dans son sac à provisions

tous les deux jours

puis Mummy les installa de chaque côté d'elle sur le canapé du living et leur dit qu'il était temps qu'elles sachent la vérité

Jayla, ton père est un de mes anciens petits amis appelé Jimmi, qui est devenu violent, le jour où il a essayé de me jeter du haut des escaliers j'ai pris aussitôt le train de Liverpool pour Londres

il n'a jamais su que je portais son enfant et je ne l'ai jamais revu

elle était tombée amoureuse de Glenmore à la fin de sa grossesse

il lui dit qu'il aimerait cet enfant comme le sien

Jayla refusa de parler de ça avec LaTisha, elle se terrait dans sa chambre encore plus qu'avant, jouait sur son ordinateur quand elle n'était pas à l'école, et si LaTisha venait s'asseoir sur le bord de son lit pour bavarder comme elles en avaient l'habitude, elle s'entendait ordonner – referme la porte derrière toi en sortant – par Jayla qui ne levait pas les yeux de son écran

un matin qu'elles prenaient toutes ensemble le petit déjeuner, Jayla dit qu'elle voulait connaître son père, l'homme dont tu m'as écartée toute ma vie, Mummy

– tu avais fait disparaître l'adresse de ses parents, tu ne devrais pas y aller, Jayla, c'est un moins-que-rien

tante Angie emmena Jayla à Liverpool, elles sonnèrent à la porte de la maison où il avait grandi, la mère resta médusée en apprenant qui était Jayla, dut admettre qu'elle était le portrait craché de Jimmi

on voyait bien que ça ne lui faisait pas plaisir

elle sortit dans le couloir téléphoner à Jimmi, lui dit de venir faire la connaissance de sa fille, *encore* une, l'entendit chuchoter Jayla

il peut pas te voir, dit-elle en revenant dans la pièce, il a assez d'enfants, pas besoin de plus

tu t'en sortiras mieux sans lui dans ta vie

oublie-le, lui dit LaTisha quand elle revint bouleversée à la maison, c'est jamais qu'un salopard de plus, comme Daddy

quand Daddy appela LaTisha pour son anniversaire, près d'un an plus tard, il pleura au téléphone, il avait fait ça parce qu'il avait compris qu'il aimait plus Marva que Pauline

ça veut pas dire que j'vous aime pas Jayla et toi, tu piges ?

elle lui raccrocha au nez.

2

La perte de son papa dans ces conditions est une chose dont LaTisha ne parlait jamais ; à ceux qui lui posaient des questions, elle répondait qu'il était mort d'une crise cardiaque c'était plus facile que d'expliquer ce qui s'était passé, les gens auraient pensé que quelque chose clochait dans sa famille

sinon pourquoi serait-il parti ?

elle devint sauvage, détesta l'école, ne pouvait plus se concentrer, même Mummy n'arrivait pas à la maîtriser pourtant elle était travailleuse sociale, je vais t'envoyer chez moi en Jamaïque où ils te mettront du plomb dans la tête, LaTisha

sûr, des vacances aux Caraïbes, j'pourrais faire avec

et puis, à treize ans, elle a donné cette fête devenue légendaire, sauf que sa mère est rentrée tôt le lendemain matin alors qu'elle était censée ne revenir que dans la soirée

où elle aurait trouvé la maison propre, alors qui est la vraie fautive ?

LaTisha dormait dans son lit avec un garçon (son nom ? impossible de me le rappeler)

les meubles renversés, des taches de boissons et de vomi, des marques de brûlure, un rideau déchiré, une lampe cassée, des tasses en plastique, de la cendre et des mégots répandus partout parce que, la fête se prolongeant au cœur de la nuit, avec des tas d'étrangers qui débarquaient, elle avait renoncé à obliger les gens à se tenir correctement

et puis merde

elle avait fait comme eux

putain ! elle a reçu la raclée de sa vie ce jour-là

sa mère, qui théoriquement ne croyait pas à la valeur des punitions corporelles, a foncé sur elle comme une cinglée avec une ceinture *plus* une casserole *plus* une chaussure *plus* un fer à repasser qui lui a entaillé le menton, à cet instant elle a compris qu'elle se trouvait en zone dangereuse et s'est enfuie en trombe

jusqu'au parc où elle a passé le reste de la journée assise sur les balançoires

à supporter la curiosité des gens, ça va petite ? y compris celle de l'homme qui vivait seul un peu plus bas dans la rue et n'adressait jamais la parole à qui que ce soit

qui l'invita à venir chez lui prendre une tasse de thé avec du gâteau

comme si elle était une pauvre débile

ce fut ce que maman appela plus tard un « tournant » dans leur relation

et LaTisha un « préjudice corporel grave », mais elle garda ça sagement pour elle, promit de se comporter convenablement à l'avenir, ce qu'elle fit, à la maison, ne voulant pas se retrouver mutilée à vie, ou même sans vie

mais pas à l'école, toujours aussi merdique, où elle put compter sur Chloe et Lauren pour la plupart des conneries, mais aussi pour les crises de rire

sur Carole, aussi, jusqu'à ce qu'elle commence à leur battre froid

à ne plus traîner avec elles comme avant pour finir par ne plus traîner du tout, point barre, comme si quelqu'un lui avait dit que l'école c'est fait pour travailler dur et être malheureuse

l'exact opposé de ce que LaTrisha et sa bande proclamaient

Carole devint la plus bûcheuse des gratte-papier, gagna des prix, une vraie Tête de Nœud qui pétait plus haut que son cul

Lauren est tombée sur Carole dans le métro il y a quelques années, à l'heure de pointe, qui a fait celle qui ne la voyait pas, sur la tête de ma mère, LaTisha, j'étais nez à nez avec elle et son regard me traversait

LaTisha a trouvé Carole sur Internet l'autre jour : vice-présidente d'une banque (vos gueules !)

elle avait l'air vraiment professionnelle et contente d'elle

ce n'était pas la Carole qu'elle avait connue jadis

c'était quelqu'un d'autre

ça fait longtemps que LaTisha souhaiterait montrer à Carole qu'elle n'est plus la loubarde de jadis, la sauvageonne qui n'était pas digne d'être son amie.

3

Comme le chef du rayon des plats cuisinés est en retard, LaTisha se dirige vers la rôtisserie pour jeter un coup d'œil

tout est en ordre et convenable, et Rupa, qui d'habitude tient le rayon poissonnerie, remplace Tammy qui a été renvoyée la semaine dernière, saisie par la caméra cachée que la sécurité a installée dans la réserve, parce que le montant de sa caisse ne concordait pas avec la somme enregistrée

saisie en train de manger des ailes de poulet à la sauce piquante, preuve irréfutable, allez du balai, virée pour avoir chipé des ailes de poulet après sept ans à ce poste

à quoi pensait-elle ?

chacun prit ça pour un avertissement, même si le magasin souffre chaque année d'une perte de près d'un million de livres causée par le chapardage des employés, le vol à l'étalage, les erreurs de caisse et de gestion, etc.

c'est le risque encouru par la grande distribution malgré l'amélioration des technologies de surveillance que LaTisha suit de près en vue de sa prochaine promotion

travailler dur ?

lire des documents assommants ?

elle adore !

elle bénit la Providence de s'en être tirée à ses débuts quand, chargée de remplir les rayonnages, elle faisait bien pire que Tammy, mais son excuse était bien plus valable

qu'elle présentait ainsi

elle avait eu Jason, son premier enfant, de Dwight, un accident, il ne voulait pas de préservatif, affirmant qu'il se retirait, à l'évidence pas à temps (des tas de fois pas à temps)

quand elle l'a su, c'était trop tard

Dwight était agent de sécurité dans le magasin, ils s'étaient rencontrés pour la première fois à la cantine où elle pérorait sur des choses profondes et sensées

il s'était penché sur elle en murmurant, t'es en forme, LaTisha

ça lui avait suffi

et puis aussi le Big Mac et le milkshake à la fraise qu'il lui avait payés après le travail, tout en lui susurrant à l'oreille des LaTisha-baby, LaTisha-baby

comme s'il versait du miel sur son corps nu et le léchait

ce qu'il disait vouloir faire, tu me fais bander rien qu'à te regarder

il la fit entrer en douce dans le garage transformé en appartement au fond du jardin de la maison familiale

pendant que sa mère regardait la télé dans la maison principale

la fit sortir en douce le lendemain matin, avant que sa mère se réveille, elle lui avait interdit d'amener des filles

LaTisha se demanda s'il y en avait eu d'autres, mais ça n'avait pas d'importance, il était à elle maintenant, et elle se sentit de plus en plus proche de lui, surtout parce qu'il aimait discuter après l'amour

les garçons qu'elle avait eus avant ne voulaient que de l'orgasme, pas de conversation, encore moins d'une relation suivie

ce qui exista entre eux pendant sept mois, ils allaient au concert et au cinéma, les choses normales entre garçon et fille, quoi

il fut la première personne à qui elle dit la vérité sur la disparition de son père, sur la souffrance et le sentiment de rejet qu'elle avait éprouvés, allant jusqu'à pleurer plusieurs fois devant lui, ce qu'elle n'avait fait avec personne

ton p'pa n'aurait jamais dû faire ça, disait Dwight en lui caressant le dos, c'est pas pour ça qu'il est mauvais, c'est juste un faible, y a plein d'hommes comme ça

elle n'y avait jamais pensé

ainsi Daddy était un faible ?

il apparut que Dwight en était un lui aussi

une nouvelle fille débarqua au boulot, notée dix par les garçons (trois par les autres filles) qui se frotta contre lui comme une dépravée et soudain – LaTisha, vous avez dit LaTisha ?

elle essaya de lui parler, il répondit qu'il était passé à autre chose

quelle autre chose ? qu'est-ce qui n'allait pas entre nous ?

tu me rendais claustrophobe, baby, tu es trop intense, il te faut trop, trop vite, je suis pas prêt à me fixer, tu piges ?

comment ça trop, trop vite ? je ne t'ai *rien* demandé

LaTisha déblatéra sur lui au téléphone avec ses amies jusque tard dans la nuit, pour finir par sangloter parce qu'elle l'aimait encore, comment avait-il pu lui faire ça ?

j'avais confiance en lui, et il a chié dessus

elles compatirent, c'est un chien, LaTisha, tu peux trouver mieux que lui, il te mérite pas, oublie-le, ce qu'elle essaya de faire jusqu'au moment où elle découvrit que son ventre arrondi ne devait rien aux rondeurs de l'enfance

elle était enceinte

enceinte de sept mois, comme les filles à l'école qui vont aux toilettes pour chier et constatent qu'elles sont en train d'accoucher, oh putain, c'est quoi ce bordel ? je savais même pas que j'étais enceinte et

tu es le père de ce bébé, Dwight, celui qui est là-dedans, dit-elle en se tapotant le ventre

ils se tenaient à l'extérieur du magasin juste avant le changement d'équipe, elle était folle de rage

tu vas te conduire comme un homme, Mr D ?

elle lui dit qu'il était responsable

il dit que non

comment ça ?

comment ça, alors qu'il avait refusé de mettre des préservatifs, disant que les hommes véritables ne mettent pas de préservatifs, ça ne se fait pas

tu aurais dû mieux te renseigner

toi aussi

Mummy explosa, littéralement, comme une fusée elle traversa le plafond de la cuisine, puis celui de la salle de bains au-dessus, puis le toit, jusqu'au ciel pour finir par se calmer suffisamment et retomber sur Terre avec un bruit sourd

pourquoi est-ce à moi que ça arrive ? pleurnicha-t-elle

ce n'est pas à toi que ça arrive, rétorqua LaTisha

qui reçut une telle claque qu'elle faillit s'envoler à travers la pièce et s'encastrer dans le mur – bras et jambes écartelés

comme dans les BD

dans sa fureur Mummy dit à LaTisha que ce serait à elle de payer pour élever son enfant, la jeta dehors après une nouvelle engueulade, fulminant contre cette fille qui déshonorait la famille, je me pince pour y croire, jacassait-elle, ma fille est une *fille-mère*

tu sais de quoi tu parles, répliqua LaTisha

que Mummy poussa dehors si violemment qu'elle tomba sur le trottoir et faillit se fendre le crâne

LaTisha hurla à son tour, trouva une brique tombée du mur de leur jardin et la balança à travers la fenêtre du living

elle était censée briser la vitre, pas la réduire en miettes

de toute façon, Jason était en sécurité dans la cuisine

pourtant Mummy brailla qu'elle allait appeler la police

LaTisha savait qu'elle ne ferait jamais ça, n'est-ce pas ?

sur quoi sa mère flanqua toutes ses affaires dehors, Jason y compris

je travaille toute la journée avec des filles comme toi, j'en veux pas une quand je rentre chez moi

elle lui donna un numéro de téléphone d'urgence

dont elle ne se servit jamais

LaTisha aboutit dans un lieu d'hébergement d'urgence pour jeunes mamans, comment la sienne pouvait-elle lui faire ça, alors qu'elle avait un bébé sur les bras, et personne d'autre pour lui montrer comment s'en occuper ?

Dwight, du moins, se conduisit en homme pendant quelques secondes

il s'assura que leurs périodes de travail se recoupaient afin qu'elle puisse se procurer tout ce dont elle avait besoin pour le bébé sans se faire prendre

voler ne lui plaisait pas, mais elle se convainquit que ça ne signifiait rien pour le supermarché qui faisait des milliards de bénéfices et exploitait les pauvres travailleurs ils n'avaient qu'à mieux la payer, de toute façon comment faire autrement puisqu'elle devait élever seule son enfant ?

une semaine plus tard, Mummy débarqua et la ramena à la maison, non sans la traiter de foutue idiote, il fallait que je te donne une leçon, et ce bébé mourra si on te laisse t'en occuper seule, d'ailleurs on ne choisit pas sa famille, n'est-ce pas ?

LaTisha l'embrassa comme jamais, je t'aime tellement, mercimercimercimummy

par chance Jayla n'avait pas trouvé d'emploi depuis qu'elle avait quitté l'école à seize ans alors elle s'occupa de Jason pendant que LaTisha travaillait

Jayla adorait les enfants, mourait d'impatience d'en avoir un à elle

LaTisha se demandait comment elle allait s'y prendre alors qu'elle jouait sur son ordi toute la journée, ne sortait que pour emmener Jason au parc et que les rencontres via Tinder ne donnaient jamais rien

elle rentrait tôt après le premier rendez-vous en disant c'était pas le bon

disposant de deux personnes pour l'aider à élever Jason, LaTisha se sentait déchargée du fardeau

même si Mummy geignait – je ne sais pas s'il me reste encore de l'amour à donner

mais quand LaTisha l'observait en compagnie de Jason, il était évident que son amour pour lui était infini

il la faisait sourire plus qu'elle ne l'avait jamais fait depuis le départ de Daddy donc vous aviez LaTisha KaNisha Jones, dix-huit ans, caissière de supermarché, célibataire, et mère célibataire, devant qui du coup les garçons ne faisaient pas la queue avec des idées sérieuses dans la tête

quand elle rencontra Mark, dans le night-club où elle allait une fois par mois avec Lauren et Chloe

il était électricien, possédait son propre appartement à Streatham, était *carrément canon*, et ne pressait pas contre elle son membre en érection quand ils dansaient

ils convinrent d'un rendez-vous incluant cinéma, pizza et bar à vin – la première fois qu'elle entrait dans ce genre d'endroit, où il lui offrit du champagne, et il lui tint les portes ouvertes partout où ils se rendirent

elle n'en croyait pas sa chance, avec en plus ces yeux langoureux qui la faisaient se sentir sexy, l'alcool qui la rendait romantique, elle se donna le soir même, sans protection, à l'arrière de sa voiture sur un parking vide

pendant qu'ils baisaient il murmurait – j'ai su à la minute où je t'ai vue que nous étions faits pour être ensemble, je mourais de me fondre en toi

ce fut le plus extraordinaire des moments, et elle était si désireuse d'avoir un homme dans sa vie qui pût être un père pour Jason

dont le seul résultat fut Jantelle, qui ne connaît toujours pas son père, parce que lorsque LaTisha appela Mark

le numéro qu'il lui avait donné n'était pas attribué

donc maintenant elle a dix-neuf ans, deux gosses, pas d'homme, et se sent accablée par le gâchis absolu qu'elle a fait de sa vie si reconnaissante de l'aide que lui apportent Mummy et Jayla parce que ses amies qui sont toujours libres se sont éloignées d'elle justement parce qu'elle ne l'est pas

il était clair qu'elles ne voulaient pas s'encombrer d'une amie proche devenue mère célibataire et qui allait se trouver ligotée à ses deux gosses pendant encore seize bonnes années

ce qui du coup signifiait

qu'elles-mêmes le seraient aussi.

4

Trey fut le père de l'enfant numéro trois

frère aîné d'une ancienne copine de classe et un cran au-dessus de ses prédécesseurs parce qu'il était prof de sport, dans son ancienne école (quelle probabilité ??!!!)

elle se le rappelait, le jour de sa fameuse fête où il avait fait sensation en débarquant avec sa bande

dès qu'il avait franchi la porte, LaTisha l'avait remarqué ; avant qu'elle ait pu même s'en approcher, elle avait vu Carole partir avec lui, si titubante qu'elle pouvait à peine se tenir debout

le lundi suivant à l'école, LaTisha lui avait demandé si elle se l'était fait, et Carole avait répondu, ça va pas la tête, tout en évitant de la regarder en face, signe évident qu'elle mentait (*crois-moi*)

Trey l'invita à sortir via Facebook, peut-être se souvenait-il d'elle, peut-être pas, en tout cas pas découragé par la cargaison de photos de ses gosses qu'elle avait postées sur le site

ce qui, pour la plupart des mecs, signifiait probablement qu'elle était hors jeu

sur sa photo de profil il se montrait torse nu, tâchant de paraître le vrai dur, sauf que LaTisha voyait bien que c'était bidon, à cause de la douceur du regard

sur toutes les autres photos, il n'y avait que lui et sa bande, aucune fille, signe qu'il ne cherchait pas à s'amuser, qu'il ne s'engagerait pas avant de trouver celle qui lui était destinée

pour leur premier rendez-vous, elle portait une robe pailletée moulante et des sandales à talons, déterminée à ne pas céder avant la *dixième* sortie

et à exiger un préservatif

il vint la chercher chez elle en voiture, ce qui faisait très gentleman, au lieu de la retrouver au restaurant caribéen de la grand-rue comme prévu

en roulant ils discutèrent librement sans contrainte, ils avaient Peckham, leur école, en commun, se moquèrent de Mrs King, toujours en place, toujours aussi détestée et surnommée F(ace) de C(ul)

sauf qu'au lieu de la conduire au restaurant il l'emmena chez lui, pour un dîner *privé* romantique, dit-il, mieux que ce restaurant bruyant avec tous ces types qui allaient la lorgner

argument irréfutable, non ?

elle découvrit qu'il vivait dans une chambre d'un logement en colocation, avec un lit, une armoire et un lavabo, elle voulut repartir sur-le-champ mais – je rêve de danser avec toi LaTisha, dansons, LaTisha, dansons, lui dit-il ensuite je commanderai chez l'Indien d'à côté

il mit un disque de John Legend, l'attira vers lui, bon, pensa-t-elle, la danse c'est inoffensif, sauf qu'il avait des mains très baladeuses et qu'entre eux ça devint vite torride

ça faisait un an qu'elle avait accouché et

depuis la devise était du genre

PAS DE SEXE

elle n'irait pas jusqu'au bout, elle voulait juste s'amuser un peu, sauf que Trey ouvrit sa braguette pendant qu'ils dansaient, lui saisit la main et l'inséra dans son pantalon

bon, Trey, dans ces conditions, je m'en vais, peux-tu me ramener chez moi, s'il te plaît, ou plutôt non, je vais prendre le bus, je dois vraiment rentrer pour être avec mes gosses, et ne pas me fourrer dans un nouveau pétrin

dit-elle

dans sa tête

tout en le masturbant sur le lit et avant qu'elle ait pu protester il la pénétrait et ce n'était même pas un vrai premier rencard encore moins un dixième et elle ne s'y attendait pas et il poussait poussait et il lui faisait mal et elle se débattait pour se débarrasser de ce qui ressemblait à un bloc de béton je ne veux pas, pas si tôt, sors de moi, s'il te plaît, Trey, dit-elle

mais ça tombait dans l'oreille d'un sourd

alors elle abandonna

ne pouvant l'arrêter

elle le guida

le laissa continuer

jusqu'à ce qu'il gémisse

en éjaculant

reste couché sur elle

lui écrasant les côtes

tombe endormi

elle ne voulait pas le déranger en bougeant

elle voulait rentrer chez elle

devait vraiment rentrer retrouver Jason et Jantelle et Jayla et Mum

quand il roula sur le côté laissant assez d'espace pour qu'elle puisse s'échapper elle partit sans faire de bruit au cas où il se réveillerait et commanderait chez l'Indien

elle marcha jusqu'à trouver un arrêt de bus, qu'elle attendit une éternité, dut changer deux fois de bus, elle mit trois heures à arriver chez elle

où elle se planta longtemps sous la douche

se demandant s'il était coupable ou si c'était sa faute à elle

elle aurait dû rester et en parler avec lui

il aurait peut-être dit qu'il ne l'avait pas entendue refuser

ou que ça l'avait rendu fou de désir

ce qui était plutôt flatteur

et qu'il n'avait pas pu

s'arrêter

elle espéra un peu qu'il l'appellerait la semaine suivante, hello, tu es partie avant que j'aie pu te dire que j'ai passé une soirée géniale avec toi, ça te dirait d'aller voir un film le week-end prochain ?

elle attendit un coup de fil qui ne vint jamais, la seule chose qui vint fut Jordan

elle avait donc maintenant trois enfants, Jason, Jantelle et Jordan, et pas encore vingt et un ans trois enfants qui grandiraient sans père

LaTisha commença à faire de longues marches pendant sa pause-déjeuner au travail, pour échapper au cauchemar d'Old Kent Road avec le vacarme des véhicules et leurs vapeurs d'essence

elle s'efforçait de comprendre tout ce qui lui arrivait, de se comprendre elle-même

elle se traitait d'idiote, oui, d'idiote

Mum balançait entre reprocher à LaTisha d'être un objet inutile et se reprocher d'avoir si mal élevé un enfant qui l'était devenu.

5

LaTisha a fini sa ronde matinale du supermarché

elle s'apprête à laisser entrer les lève-tôt qui aiment pousser leurs chariots dans des travées vides sans risquer de heurter de vieilles dames ou de jeunes enfants

ensuite, elle filera à l'étage dans le bureau vérifier ses e-mails, voir qui se prétend malade, un procédé qui est une porte ouverte aux abus parce qu'on peut tirer au flanc pendant une semaine avant de devoir fournir un mot du médecin

elle qui a abusé du système plus que la plupart des gens, *elle sait*

maintenant qu'elle est devenue une bonne citoyenne, elle est bien décidée à pincer ceux qui ne le sont pas, comme Carter, qui lui a demandé un congé de vacances deux semaines avant Noël et qui, se l'étant fait refuser, a téléphoné qu'il était malade depuis la Thaïlande

a fourni un certificat *dix jours* plus tard, d'un médecin étranger louche, sans aucun doute, et a fait tout un foin parce que LaTisha ne voulait pas l'accepter, c'est trop tard Carter, et la Thaïlande n'est même pas dans l'Union européenne donc ce certificat est irrecevable quoi qu'il en soit, lui dit-elle calmement tandis qu'il braillait à l'autre bout du fil qu'il allait porter plainte contre elle

tu peux faire ce que tu veux, Carter, c'est ton droit

ce disant elle s'est sentie très fière d'avoir éliminé l'ancienne LaTisha qui aurait rétorqué en braillant – et tu verras où ça te mènera, espèce de connard

telle est la Nouvelle LaTisha

celle qui a passé avec succès deux examens de fin d'études secondaires à l'école du soir

elle s'est vraiment pris la tête, son cerveau bouillonnait à force de penser et de mémoriser, ses yeux lui faisaient mal à force de lire

elle a perdu la moitié de ses neurones à suivre ces cours, vraiment

l'autre moitié elle s'en sert pour obtenir un diplôme de gestionnaire de vente en suivant l'enseignement de l'Université ouverte

déjà deux ans de cours à temps partiel, il lui en reste quatre

telle est la Nouvelle LaTisha

bientôt trentenaire et qui s'est installée dans le célibat jusqu'à ce qu'elle rencontre l'homme qui sera fait pour elle et ses gosses apparemment Tyrone, gestionnaire du rayon électronique et appareils ménagers, en pince pour elle, elle observe son comportement afin de s'assurer qu'il ne court pas après toutes les femmes, jusqu'ici ça va

il est célibataire, pas marié, sans enfants

elle va le tenir à l'œil, pas question de se précipiter

un jour peut-être ou bien jamais

sa plus longue liaison, avec Kamal, a duré neuf mois, ils sortaient ensemble normalement, elle a rencontré ses amis et sa famille, il passait du temps avec la sienne

Mum le trouvait OK, Jayla l'aimait bien parce qu'il jouait sur l'ordinateur avec elle, les gosses l'avaient adopté parce qu'il les gavait de bonbons

tous les cinq ils ressemblaient à une famille sur sa page Instagram

ils ont rompu parce que, même s'il aimait ses enfants, il en voulait un à lui

et même si elle l'aimait, elle en avait soupé d'être une machine à faire des gosses

le temps était venu de se séparer, ont-ils décidé d'un commun accord, face à face, en adultes

ni mensonge, ni tricherie, ni méchanceté de sa part à lui

après lui elle est sortie avec deux types rencontrés à des soirées, découvrit que l'un des deux la trompait avec une autre femme qui était venue l'accoster un matin devant chez elle

l'autre semblait en avoir plusieurs sur le gril à en juger par ses textos sur Tinder, WhatsApp et Facebook

qu'elle lisait pendant qu'il dormait

les deux hommes furent largués sans cérémonie avec effet immédiat

telle est la Nouvelle LaTisha

qui vit toujours avec Mum et Jayla dans la maison, plus Jason (douze ans), Jantelle (onze ans) et Jordan (dix ans)

elle partage une chambre avec Jantelle, les garçons occupent le grenier aménagé, Jayla et Mum ont chacune sa chambre

Jason est l'aîné et le plus intelligent, il aime les études plus que les deux autres, peut-être parce qu'il se sent plus responsable

du coup elle a un faible pour lui, incroyable qu'il ait pu passer tant de mois à grandir en elle sans qu'elle le sache

ce qui la rend très triste, il aurait pu se sentir abandonné puisqu'elle ne lui parlait pas et ne se caressait pas le ventre, comme elle l'a fait avec les deux autres

Jantelle est à part, seule fille des trois, elle lui ressemble, c'est moi en petit, la plus attentionnée, quand elle voit bâiller sa mère à son bureau, elle s'approche et lui dit – il est temps de faire un petit somme, Mummy, veux-tu que je t'apporte du lait chaud avec du miel ?

Jordan ressemble à Trey, elle soupçonne qu'il a hérité aussi ses traits de caractère

il a déjà été exclu de l'école, il cause des tas de problèmes à la maison, refuse d'aller au lit, ou d'y rester quand on l'oblige à le faire, vole de l'argent, se bagarre avec ses aînés, et file en douce quand il est privé de sortie elle l'a surpris récemment en train de regarder du porno sur l'ordinateur familial

les gosses ont trois mères

LaTisha est la plus stricte et la plus fasciste : devoirs, obéissance, bonnes manières

Mum est la plus douce et tolère la mauvaise conduite de ses petits-enfants bien plus qu'elle ne tolérait la sienne

Jayla est la plus folle, elle ne quitte plus désormais la maison, refuse de voir un psychiatre, est vraiment pâle à cause d'un manque de vitamine D et reste collée à son ordi à faire Dieu sait quoi

et puis Daddy a débarqué il y a trois semaines sans prévenir

LaTisha l'a trouvé en rentrant assis dans son vieux fauteuil du living comme s'il ne l'avait jamais quitté

toujours aussi monumental, ses dreadlocks plus grises que noires, un gros ventre en plus

quand elle a traversé la pièce, il l'a regardée avec admiration, avec amour

ça n'avait pas marché avec Marva, et sa vraie famille lui manquait

Mum ne donnait pas l'impression de vouloir le flanquer dehors dans l'immédiat, on aurait dit que son amour pour lui revenait l'irradier par vagues incontrôlables

Jason et Jantelle se tenaient perchés sur le bras du canapé, incertains de ce qu'il convenait de faire de ce géant qui était leur grand-père

Jordan, lui, avait déjà décidé, et s'avançait vers son grand-père qui tendit le bras et le lui passa autour de la taille quand il fut assez proche pour qu'il pût le câliner

Jordan rayonna et leva les yeux sur son grand-père, avec une expression si angélique

qu'elle comprit que c'était de son père à elle que son fils avait besoin pour vivre.

CHAPITRE III

SHIRLEY

1

Shirley

(pas encore Mrs King)

arrive à Peckham, l'école pour filles et garçons

ancien hospice de l'époque victorienne prolongé à chaque extrémité par deux blocs de béton rectangulaires incongrus

auquel on accède par ce qu'on appelait jadis le Chemin des Indigents

et qui mène à des portes dignes d'un château

elle est vêtue d'une jupe droite et d'une veste gris clair, un chemisier bleu ciel, une cravate grise, des escarpins de cuir verni noir, sa fierté

et franchit les formidables portes qui ouvrent sur le hall d'entrée lambrissé de bois

d'où partent deux larges escaliers menant aux étages supérieurs

de longs couloirs s'étirent de chaque côté

elle est beaucoup trop en avance, alors elle erre dans l'école vide, explore les salles de classe baignées de lumière, imagine la quintessence de l'école se déverser dans son âme, oui son âme

elle ne sera pas une bonne mais une grande enseignante

celle dont des générations d'enfants de la classe ouvrière se rappelleront comme la personne qui les a fait se sentir capables de réussir toutes choses dans leur vie

une fille du coin revenue généreusement leur transmettre son savoir

ses parents, Winsome et Clovis, sont fiers qu'elle soit allée à l'université pour y étudier l'histoire et ensuite passer une licence en sciences de l'éducation

une réussite qui n'est pas celle de ses frères aînés

à qui n'incombait pas le moindre des travaux ménagers, pas même le lavage de leurs vêtements, alors qu'elle consacrait ses samedis matin à faire les deux

qu'on servait les premiers de plats qu'ils ne cuisinaient jamais, et qui avaient droit à des portions supplémentaires parce que « ces garçons sont en pleine croissance », y compris des méga-parts des desserts les plus alléchants

qui pouvaient dire tout ce qu'ils pensaient sans être punis alors qu'elle était envoyée dans sa chambre au moindre signe de rébellion, garde tes idées pour toi, Shirl

et s'il est vrai qu'ils se faisaient fouetter et pas elle – pour être sortis sans permission ou ne pas rentrer à l'heure de l'école –, c'est seulement parce qu'elle n'enfreignait jamais les règles

tout le monde était persuadé que Tony et Errol étaient de futures stars du football, des Pelé en herbe, à une coudée de la Coupe du monde

jusqu'à ce qu'ils atteignent leurs seize ans sans avoir transformé leur talent précoce en talent professionnel, et trop âgés pour reprendre une licence junior

ils quittèrent le lycée avant la fin et devinrent des gratte-papier poussant leur plume

au lieu de frapper un ballon à Wembley

c'est elle la Réussite de la Famille

Shirley passe devant des laboratoires remplis de boîtes de Petri, de dessiccateurs, de microscopes et de pipettes

elle longe des salles de dessin exposant de très bonnes peintures et un atelier spacieux de travail du bois avec des établis (pour garçons uniquement)

longe une classe dévolue aux arts ménagers avec comptoirs en acier et cuisinières à gaz, prêts à éduquer la prochaine génération de femmes au foyer à plein temps pour un job à plein temps, triste dégradation du MLF

ce qui ne sera pas son cas

une fois mariés, Lennox et elle en ont ainsi décidé, lui fera la cuisine, elle le ménage, il fera les courses, elle le repassage

elle n'a même pas dû bagarrer pour obtenir cet accord

elle a de la chance d'être tombée sur lui

les murs des salles de classe croulent sous les graphiques et les diagrammes, les dessins anatomiques, les planètes tournant autour du Soleil, affiches de mammifères disparus et une carte du monde où la Grande-Bretagne rivalise de taille avec l'Afrique, testament des cartographes coloniaux qui se sont permis ça pendant des siècles, encore maintenant, semble-t-il, alors qu'elle s'approche de sa propre salle de classe à l'étage, avec la ribambelle de rois et de reines étalés sur ses murs

ainsi qu'une affiche du masque en or de Toutankhamon datant de l'exposition du British Museum où elle avait fait la queue pendant des heures avec sa classe pour entrer

le beau jeune pharaon qui vivait treize cents ans avant le Christ

dont toutes les filles de sa classe étaient amoureuses, pâmées devant leur béguin de l'Égypte ancienne

il y a aussi une affiche des monolithes de Stonehenge, ces mystères des plaines du Wiltshire sur fond de soleil couchant, autre voyage scolaire inoubliable

tandis qu'entre les hautes fenêtres qui donnent sur les terrains de jeux Neil Armstrong marche sur la Lune avec la légende : un petit pas pour l'homme, un pas de géant pour l'humanité

comme elle

chacun de ses pas élèvera ces enfants au-dessus de leur condition, elle n'en laissera aucun à la traîne, se dit-elle

alors qu'elle lisse sa jupe, fait bouffer son nœud de cravate et ses cheveux permanentés, les bureaux de bois sont bien alignés, le tableau noir propre, la craie blanche dans la rainure en bois attendant qu'elle s'en serve pour animer les classes hétérogènes de cette école polyvalente d'un quartier multiculturel alors que les petits anges affluent dans la salle ensoleillée en cette première journée de la nouvelle année scolaire, leurs voix babillardes pleines d'excitation à l'idée de faire la connaissance de leur professeure d'histoire, pas beaucoup plus âgée qu'eux, qui en cet instant sent son cœur éclater de joie

alors que le soleil émergeant des nuages vient la frapper de face, l'emplir de son énergie et de sa bonté

alors qu'elle fait l'appel de chaque nouvelle vague qui entre dans la salle, bien décidée à mémoriser vite les noms, sachant l'importance de la touche personnelle de l'enseignant pour nouer des rapports

Danny, Dawna, Decima, Devonne, Doreene, David

Janet, Jenny, Jackie, Jazil, Chris, Mark, Monica, Matthew

Rosemary, Lenny, Lloyd, Keith, Kevin, Helen, Ian

Sharon, Yasmin, Jasmine, Jasvin, Marlene, Merline, Ekow

Glenford, Garry, Gerry, Tim, Tom, Trevor, Tony, Terry

Kweku, Kwaku, Kwame, Winston, Smita, Leah, Akua

Julia, Jules, Julie, Juliette, Beverley, Brenda, Chaz, Maz, Rory

Remi, Yemi, Abi, Aarti, Eddie, Carlton, Kingley, Shabnam

Dieu les bénisse tous, elle vient de débuter sa mission – rendre l'histoire *amusante* et *pertinente*, parce que nous devons éviter les erreurs du passé et améliorer notre compréhension de nous-mêmes, le genre humain, que nous sommes, n'est-ce pas, les enfants ?

asseyez-vous en silence, restez tranquilles, nous ne sommes pas en vase clos, on ne bavarde pas au fond, s'il vous plaît, merci, nous faisons tous partie d'une continuité, répétez après moi, le futur est dans le passé et le passé est dans le présent

leurs visages intelligents rayonnants tournés vers elle, un peu boutonneux, un peu graisseux, trop de maquillage interdit chez certaines des filles les plus âgées, mais ils sont obéissants, font ce qu'on leur dit, encouragés, sans aucun doute, par sa passion et sa personnalité à laquelle on peut s'identifier

même les petits bougres comme Kevin, Keith et Terry qui sont arrivés avec des images de svastikas collées sur leurs boîtes à crayons et des badges du National Front effrontément affichés sur leurs blousons

qu'elle traite en leur apprenant ce qu'a été la Solution finale de Hitler, en leur montrant des photos du camp de concentration de Bergen-Belsen au moment de sa libération par les Américains

le choc déclenche une centaine de questions

miss ! miss ! miss !

non, ce ne sont pas des squelettes ambulants mais des prisonniers de guerre et ils sont vivants, oui, et ça ce sont les chambres à gaz, et ça c'est une fosse commune pleine de cadavres, et voici un dessin de femmes qui ont travaillé si dur dans les camps qu'elles ont été éventrées, comme vous pouvez le voir

faites circuler les photos et regardez bien

ou quand des bagarres raciales ont éclaté dans la classe

regardez cette photo d'un lynchage dans le Mississippi en 1965, oui, ces enfants applaudissent et clament de joie à la vue du corps d'un homme noir pendu à un arbre, la nuque brisée, son crime étant, apparemment, d'avoir regardé avec insistance une femme blanche

miss ! miss ! miss !

non, il n'y a pas eu de procès, les suspects furent empoignés dans la rue et pendus, fusillés, battus à mort ou brûlés

ceci, les enfants, c'est ce qui arrive quand les préjugés échappent à tout contrôle

elle obtenait leur attention et, à la fin de chaque trimestre, leur dévotion, qu'ils exprimaient par tant de présents – cartes postales et gâteaux faits maison, œufs de Pâques en chocolat, cadeaux de Noël et paniers de fruits – qu'elle se sentait gênée d'entrer les bras surchargés dans la salle surpeuplée des professeurs (façon assurée de se faire des ennemis) et les portait directement au coffre de sa voiture

Shirley

reçut les éloges de Mr Waverly, le directeur, pour ses qualités innées d'enseignante, qui instaure un rapport facile avec les enfants, outrepasse l'appel du devoir, obtient d'excellents résultats aux examens grâce à ses talents exemplaires de professeure et fait honneur aux siens

selon l'évaluation à la fin de sa première année d'enseignement Shirley se dit qu'elle se doit maintenant d'être une grande professeure *et* une ambassadrice

pour tous les Noirs de ce monde.

2

La salle des professeurs est bourrée de canapés, tables, fauteuils, portemanteaux et panneaux en liège où sont punaisés l'agenda des tours de surveillance des récréations, des cartes postales, les instructions d'évacuation en cas d'incendie, et une affiche d'une fille aux seins nus, seize ans à peine

les professeurs entrent et sortent, les élèves frappent à la porte pour telle ou telle question, à quoi répond l'un ou l'autre membre énervé du personnel enseignant, qu'est-ce qu'il y a *encore*, Moira-Billy-Mona-Ruthine-Leroy ?

ne pourrions-nous pas déjeuner en paix *pour une fois* ?

Shirley supporte l'odeur nauséabonde de la fumée de cigarette sans se plaindre, même si ses yeux piquent et ses cheveux puent tant qu'elle doit les laver chaque soir

quelle bande de miteux, ces professeurs, pense-t-elle, impeccable dans ses jupes coquettes et ses chaussures à talons, en les regardant manger leurs sandwichs au fromage et à la tomate ou leur quiche au porc ou leur chausson à la viande, au lieu de l'espèce de gadoue servie à la cantine

tandis qu'elle-même mange son mélange de poisson salé, de plantain et de petits pains au levain

avec l'espoir que personne ne le remarquera, elle déteste devoir s'expliquer

à sa gauche il y a Margo (prof de géo) avec ses robes fluides à fleurs et ses longs cheveux de hippie noués en deux minces nattes qui lui font comme un halo autour du front

elle enseignera le temps qu'il faudra pour se payer un voyage spirituel par la route vers un ashram de Goa, où elle pourra se trouver elle-même (d'abord) et trouver un mari (ensuite), et laisser tout ça, *tout ça*, gesticule-t-elle

elles ont commencé à enseigner la même année, se sont alliées contre les Vieux, dont la plupart ne savent même pas ce que signifie le terme pédagogique

Shirley aime bien Margo parce que Margo la Flower Power l'aime bien et l'accepte telle qu'elle est

à la droite de Shirley il y a Kate (littérature anglaise), son autre amie, déterminée à devenir directrice d'école avant ses trente-cinq ans, ce qu'elle exprime avec tant de conviction que Shirley et Margo ne peuvent que hocher la tête, *bien sûr* qu'elle le deviendra, étant donné l'éducation qu'elle a reçue de parents politiciens qui affirmaient *tout* avec conviction, raconte Kate, qui n'avait pas d'autre choix que d'égaler leur aplomb ou de se laisser broyer par lui

l'espèce d'ours John Clayton (maths) est assis en face d'elles, arborant une barbe qui pourrait abriter une légion de poux, une veste en denim d'aspect malpropre, un pantalon en velours élimé et des sandales usées à ses énormes pieds

pas le genre d'exemple à donner à des enfants, même si Shirley l'aime bien – foutraque, contrit, gentil avec elle, après tout c'est suffisant

abrité derrière les cendriers et les mugs sales posés sur la table basse, il est en train de lire un journal, dont la une est illustrée par la photo d'identité d'un jeune Noir l'air sauvage et menaçant

elle aimerait qu'il le pose, elle y voit une référence personnelle, embarrassante

elle veut en parler avec Kate et Margo, se montreront-elles intéressées, compatissantes, ou même comprendront-elles ? elles semblent ne pas avoir remarqué la couleur de sa peau, en tout cas elles n'y ont jamais fait allusion

elle veut leur dire qu'elle a l'impression d'être attaquée personnellement par les médias

que les femmes agrippent leur sac nerveusement quand elles la dépassent dans la rue ou qu'elles s'assoient à côté d'elle dans le bus, alors qu'elle n'a jamais volé ne serait-ce qu'un penny dans la bourse de sa mère, rite de passage pour la plupart des gosses, ni un crayon dans l'armoire à fournitures de l'école, encore moins du papier dans les toilettes d'endroits publics, crime banal à l'université, des rouleaux entiers fourrés sous leurs pulls ou dans leurs sacs par des colocataires qui n'étaient, leur reprochait-elle tandis qu'elles étalaient leur butin sur la table de la cuisine, que de simples et vulgaires *voleuses*

Shirley s'efforce de ne pas succomber à la paranoïa suscitée par l'idée que toute réaction négative à son encontre est due à la couleur de sa peau

sa mère lui a dit qu'elle ne saura jamais avec certitude pourquoi des gens ont une dent contre elle s'ils ne l'expriment pas, ne t'imagine pas que les gens ne t'aiment pas à cause de ta couleur de peau, Shirl, peut-être ont-ils eu une journée difficile ou sont-ils de mauvaise humeur

Shirley poursuit une offensive de charme, même envers celles de ses collègues qui la prennent en grippe comme Tina Lowry (EPS) qui s'écarte chaque fois que Shirley s'assoit à côté d'elle

et Roy Stevenson (physique) qui lui a claqué la porte au nez à trois reprises afin qu'elle comprenne bien que c'était intentionnel

et Penelope Halifax (biologie, professeure principale des troisième) qui fait semblant de ne pas voir les salutations (de moins en moins nombreuses) de Shirley dans les couloirs de l'établissement et la dépasse avec autant de hauteur qu'une grande-duchesse douairière de la Russie impériale dépassait un humble paysan

Penelope

la seule femme à élever la voix en réunion quand tout le personnel enseignant est assis en cercle dans la grande salle qui sert aussi de gymnase et de cantine, où règnent des odeurs de sueur fraîche et de chou ranci

dont la voix exceptionnelle perce le rugissement des profs mâles alpha

qui aiment se renvoyer des balles à la figure avec la férocité de joueurs de tennis professionnels, et qui, lorsque Shirley et les autres femmes tentent d'en placer une, leurs voix moins assurées devant lutter pour se faire entendre, les interrompent avant qu'elles aient fini d'énoncer leurs arguments

même Kate, volubile par ailleurs, est réduite au silence

Shirley déteste que les femmes se résignent ainsi à laisser les hommes, et Penelope

prendre les décisions à leur place

en cette fin d'après-midi du mois de mai

une fois que s'est éteint le bruit de milliers de paires de pieds quittant l'établissement et suivant l'allée, laissant l'école dans un silence post-traumatique

Penelope s'attaque au problème des piètres résultats de l'établissement aux examens, déclarant que la moitié des gosses ont l'esprit si bouché et se comportent si mal qu'on devrait les exclure temporairement ou les renvoyer

chacun sait à quelle moitié elle fait allusion

chacun sait que Penelope punit de retenue tous les Pete Bennett de ce monde, mais d'exclusion temporaire les Winston Blackstock

première étape vers le renvoi définitif

on devrait l'obliger à prendre sa retraite, d'après Shirley

dehors les Vieux

place à la Nouvelle Règle

aux jeunes loups

à elle

Shirley décide que le moment est venu pour elle de s'exprimer

je ne suis pas d'accord, Penelope, nous ne devons pas les radier, dit-elle, la bouche de plus en plus sèche tandis que les mâles alpha commencent à s'agiter sur leurs sièges

je crois que nous devons fabriquer une société plus égalitaire pour nos enfants, poursuit-elle laborieusement, refusant d'entendre les toussotements qui lui signifient d'accélérer ou de la fermer

nos enfants, souligne-t-elle (possibilité d'une possession partagée), s'entendent dire qu'ils sont des incapables, des esprits bouchés, selon vos termes, avant même qu'ils puissent prouver le contraire

les examens sont une bonne chose mais tout le monde n'est pas capable de supporter la pression ou de manifester son intelligence dans son jeune âge, ça peut s'acquérir plus tard, si nous les éduquons, nous devons être plus que des professeurs, nous devons veiller sur eux, croire en eux

si nous ne les aidons pas, qui le fera

Penelope ?

un silence électrique, souffles retenus, aiguillonne la salle

Penelope ne les déçoit pas, primo, je ne suis pas une assistante sociale, réplique-t-elle sur un ton qui laisse entendre la véritable préoccupation que lui causent la naïveté et la simplicité d'esprit de Shirley, et je crois sincèrement qu'il vous faudrait plus de deux trimestres de pratique professionnelle pour vous permettre de défier quelqu'un ayant quinze ans d'expérience

quelqu'un qui sait vraiment de quoi elle parle

à présent

ainsi que

je

vous

le disais.

3

Ce soir-là Shirley fulmine contre Penelope la dominatrice, raconte – ce ne sera pas la première fois – ce qui s'est passé à Lennox qui prépare dans la cuisine un curry de poulet thaï au lait de coco, tandis qu'elle reste assise à la mini-table pliante installée près de la porte qui donne sur leur petite cour surplombée par les fenêtres d'appartements mitoyens aussi exigus que le leur

une odeur s'échappe du faitout où échalotes et ail haché grésillent

quand ils ont emménagé dans l'appartement en location, le couple du dessus s'est plaint de n'avoir jamais senti en soixante-dix ans une odeur aussi dégoûtante

eh bien maintenant c'est fait, a pensé Shirley, en refermant la porte sur eux

l'intelligence n'est pas innée, Lennox, elle s'acquiert, malgré ce que croit Penelope, s'en prendre à moi comme elle l'a fait devant tout le monde, et elle ose se prétendre féministe ?

Shirley avale une gorgée de son Lucozade bien frais, il fait beaucoup trop chaud pour une soirée de mai

je ne suis pas snob, comme tu le sais, je suis allée au lycée public, je viens de la classe ouvrière et je crois en l'égalitarisme *über alles*, ne pas me prendre pour une communiste, bien sûr, j'en sais assez sur Staline et Mao pour avoir perdu toute illusion dans ce domaine

en même temps, la vérité est que le pouvoir et les privilèges demeureront aux mains de l'élite, tout historien le sait, c'est inhérent à la nature humaine, à toutes les sociétés, à toutes les époques et dans le règne animal, donc je ne peux pas prétendre qu'il en aille différemment mon boulot en tant qu'enseignante consiste à aider les désavantagés

Lennox incorpore la pâte de curry rouge et le gingembre râpé

elle admire son dos bien droit, sa chemise bleue, col toujours boutonné, la ceinture aux mesures exactes qui lui serre agréablement le ventre, le reste du corps galbé là où il faut : épaules, biceps, fessier, cuisses, mollets, grâce à la fréquentation régulière de la salle de sport

elle avait voulu un homme ayant l'air capable de la soutenir, physiquement, pas métaphoriquement

elle avait voulu un homme qui la traiterait en égale, un homme responsable ayant bâti un plan de carrière intelligent (avocat), qui ne buvait pas (beaucoup), ne fumait pas (jamais), ne se droguait pas (sauf une fois) ou ne jouait pas (même pas au loto sportif)

Lennox trempe les morceaux de poulet dépiautés dans la sauce de citronnelle, feuilles de citron vert et lait de coco, le plat sera délicieux, il l'est généralement car Lennox suit les recettes de A à Z

il ne croit pas utile de prendre des risques, elle non plus

les lycées publics ont du moins essayé de garantir une égalité des chances, Lennox, continue-t-elle, et de faire en sorte que les élèves les plus brillants reçoivent une meilleure éducation sinon les garçons des établissements privés continueraient de tenir les rênes comme si l'on était dans les années 1890 et non les années 1980

Lennox puise du riz basmati dans le sac qu'ils conservent au garde-manger et le plonge dans une casserole d'eau bouillante à l'émail écaillé posée sur l'un des deux feux de la cuisinière

le cas d'espèce est fourni par la *commandante en chef* de notre pays qui autrement ne serait jamais parvenue au sommet de la trajectoire politique, qu'on l'aime ou qu'on la déteste, c'est du principe de mobilité sociale que je discute

Lennox hache des tiges de coriandre et en saupoudre leurs assiettes fumantes, il s'essaie à des plats internationaux différents presque chaque soir, ce qui est le seul moyen de voyager qu'ils peuvent s'offrir tout en épargnant de quoi souscrire un emprunt

ils ont voyagé autour de la Méditerranée et au Moyen-Orient, récemment ils ont fait un saut jusqu'en Asie du Sud-Est

elle a hâte de sentir dans sa gorge l'onctuosité du curry

ils feront l'amour cette nuit, et lorsqu'ils seront devenus propriétaires, ils feront des bébés

leurs hanches se sont apprivoisées en dansant sur la musique de Ken Boothe et de John Holt qui tournait sur la platine d'une cave de Chapeltown, avec des haut-parleurs tout autour, un curry de chèvre mitonnant dans la cuisine, et bondée de tous les jeunes Afro-Caribéens que les videurs des clubs de la ville n'auraient pas laissés entrer

et même s'ils y étaient entrés, ils n'auraient pas entendu la musique qu'ils aimaient ils ont appris à se connaître au cours des mois suivants

il lui raconta que ses parents guyaniens, immigrés de fraîche date, l'avaient envoyé vivre tout jeune à Harlem, tandis qu'ils faisaient leur trou à Leeds

il avait été élevé par sa grand-tante Myrtle, journaliste dans un magazine, qui l'avait poussé à travailler dur à l'école, même si ça devait le rendre impopulaire auprès de ses camarades de classe

étudie maintenant, et tu en récolteras les bénéfices le reste de ta vie, disait-elle

pendant ce temps, sa mère améliorait sa situation en passant de la fabrique de biscuits et caramels Barney derrière la gare routière de Vicar Lane, où elle nettoyait les cuves, au Centre de vente par correspondance Morrison de Marshall Street où elle emballait les produits

son père, lui, passait de l'aciérie Robinson, où il travaillait les soirs et les week-ends pour gagner juste de quoi vivre, à la poste de Leeds, qui offrait de meilleurs horaires et un meilleur salaire

dès qu'ils gagnèrent assez d'argent, ils le firent venir

et eurent trois autres enfants

Lennox revint à Leeds persuadé qu'il pouvait réussir mieux que ses parents

bon élève au collège, il comprit très vite qu'il passait pour un sale gamin à l'extérieur de l'établissement

un ennemi de la nation à cause de la couleur de sa peau

susceptible d'être arrêté et fouillé par les flics dès ses douze ans, il en paraissait quinze, terrifié quand ces hommes le brutalisaient dans la rue devant tout le monde, il essayait de ne pas pleurer, parfois c'était plus fort que lui

leur flèche du Parthe, tire-toi, Banania, tu as de la chance pour cette fois

on se sentait effrayés, terrorisés, châtrés, dit-il à Shirley la première fois qu'il baissa sa garde et se confia à elle, chaque fois que ça se produisait j'étais soulagé de ne pas avoir été tabassé ou tué dans un fourgon de police ou en cellule

j'étais un bon garçon, je ne me mêlais pas aux voyous et ne me bagarrais pas

j'ai commencé à porter des costumes à l'extérieur du lycée, même si mes copains se moquaient de moi et d'autres pensaient que j'allais devenir témoin de Jéhovah

j'étais un bon garçon qui se rendait à la bibliothèque centrale de Leeds tous les samedis après-midi pour prendre son lot de livres de la semaine parce que je voulais être cultivé

grand-tante Myrtle m'avait enfoncé dans la tête que je devais être une personne de savoir et pas seulement d'opinions

et j'ai décidé de devenir avocat, peut-être même pénaliste

maintenant quand la police essaie de m'embêter, je leur dis que je suis avocat et ils réfléchissent à deux fois avant de poser leurs sales mains où elles n'ont rien à faire

les frères de Shirley eux aussi avaient été harcelés par la police depuis leur jeunesse, ce qui la mettait hors d'elle les Noirs devaient apprendre à gérer ça, tous les Noirs devaient apprendre à résister

et quand la police tuait ou tabassait l'un des leurs, ils avaient le droit de mener leur propre enquête et ils disculpaient les accusés

de sorties hebdomadaires sa relation avec Lennox évolua jusqu'à la cohabitation en dernière année d'université ; leurs diplômes en poche, ils déménagèrent à Londres

où Miss Shirley Coleman deviendrait Mrs Shirley King

les samedis soir ils pouvaient aller voir un film et, vers minuit, se rendre dans une soirée ou dans un club où ils dansaient jusqu'à l'aube au rythme du reggae, du lovers rock, de la musique soul, du funk

deux fois par an ils faisaient les soldes pour acheter l'essentiel de leur garde-robe, une fois tous les quinze jours environ elle retrouvait son groupe d'amies de l'université

sa meilleure amie, Amma, restait à l'écart de ce rituel

leur amitié remontait aux années du collège pour filles de la New Cross

sas d'accès à l'enseignement professionnel de Blackheath et aux codes postaux plus chic de Greenwich, Brockley et Telegraph Hill, plutôt qu'au quartier pourri de Peckham

gamines de onze ans elles subissaient la force gravitationnelle que constituait le fait d'être les deux seules Noires de leur classe, ce qui les obligeait à se distinguer

Amma était la plus timide des deux et Shirley se sentait un devoir de protection envers elle ; à l'adolescence, Amma, dont les parents étaient des socialistes instruits (contrairement à ceux de Shirley qui n'avaient ni culture ni éducation politique), s'engagea dans la troupe de théâtre des jeunes du quartier, s'affirma, suivit la pente des marginaux, lutta contre le système

à seize ans, Amma révéla son lesbianisme à Shirley

qui trouva ça au début vraiment dégoûtant

la trahison en quelque sorte de leur amitié, même si Shirley ne le lui dit jamais franchement pour ne pas lui faire de peine

heureusement, Amma ne se mit pas à porter des caleçons d'hommes ni à reluquer les filles dans les douches, n'essaya pas non plus d'entraîner Shirley, qui commençait à prendre conscience de son propre corps dans le voisinage de son amie et, pendant un temps, redouta de partager le même lit quand elles passaient la nuit chez l'une ou chez l'autre

le temps passant, elle décida que, tant qu'Amma ne se toquait pas d'elle (rien ne le laissait croire) et qu'elle ne parlait de ça à personne, évitant ainsi d'affubler Shirley d'une réputation de lesbienne par association, c'était OK

aucun risque

au sortir de l'école, Amma se mit à crier sur tous les toits qu'elle était lesbienne comme si c'était une chose dont il fallait être fière

sa *raison d'être*, proclamait-elle (en français), était de lutter contre toute orthodoxie dominante et d'essayer de la réduire en miettes

la chose étant impossible, à quoi ça rimait ?

ou bien Shirley accepte son amie et sa revendication d'identité ou bien elle perd leur amitié, or elle ne peut pas imaginer sa vie sans Amma
elle l'aime
comme une *amie*

et puis
Shirley ne rencontre pas beaucoup de personnes nouvelles, ses relations proviennent de l'université, des collègues enseignants, tandis qu'Amma se fait de nouveaux amis dans le monde artistique pratiquement chaque jour, lesquels deviennent des amis de Shirley, en quelque sorte
la plupart gays, et même si elle a du mal à les comprendre, leur non-conformisme l'intéresse assez pour qu'elle se plaise en leur compagnie
du moment qu'ils sont aimables avec elle, et la plupart d'entre eux le sont
ils sont fascinants, un contrepoint artistique et radical à mon existence où le sens pratique et la responsabilité l'emportent, explique-t-elle à Lennox
qui lui reproche de vouloir tout analyser

Lennox et Amma s'adorent, il dit que c'est une belle personne, ce qui incite Shirley à penser qu'elle n'en est pas une
il s'anime en sa compagnie, se livre à des joutes verbales, jovial et extraverti
ils taquinent Shirley l'accusant de se vouloir un modèle de vertu (comme si Lennox n'en faisait pas autant), il se contrefiche de la sexualité d'Amma, à l'en croire sa grand-tante Myrtle en était une

elle avait vécu pendant des années avec Gabrielle, une très chère amie, dont, après sa mort, elle avait gardé une photo sur sa table de nuit

il se rappelle avoir fouillé, gamin, dans un placard et avoir trouvé une boîte qui contenait des photos de Myrtle et de Gabrielle, dans les années 1930 – portant monocle, nœud papillon, veste d'équitation, culotte de golf, et fumant le cigare

il avait cru qu'elles s'étaient déguisées pour une fête

il espère que grand-tante Myrtle s'est sentie libre d'être elle-même, il a appris sa mort peu après son retour en Angleterre, si elle vivait encore, il irait la voir et lui soutirerait la vérité, lui dirait qu'il l'approuve, si c'est le terme qui convient

Shirley apprécie son ouverture d'esprit, même si elle n'est pas d'accord

non qu'elle soit rétrograde ou antigay, c'est plutôt une réaction instinctive à une chose qui semble contre nature

même quand elle tente de se raisonner, d'analyser sa réticence.

4

Le temps passant, Shirley devint une enseignante expérimentée, toujours aussi engagée à fournir aux enfants une chance de s'en sortir

étant donné qu'ils avaient tout contre eux – les classes surchargées, le manque de ressources des parents bien incapables de les aider à faire leurs devoirs

ces parents qui avaient quitté l'école prématurément pour travailler en usine ou apprendre un métier ou se voir assigner une couchette dans une maison de redressement

elle était l'opposé des lourdauds de sa profession, disait-elle fréquemment à Lennox, qui en font le moins possible et méprisent ouvertement leur responsabilité comme si c'était un inconvénient plutôt que la raison d'être de leur boulot

la situation s'aggrava quand le gouvernement Thatcher mit en œuvre son Plan d'orientation pour l'éducation

on assista à une débâcle des enseignants avec des batailles pour le salaire et des grèves de trois jours

et quand l'État perdit patience le *Troisième Reich* l'emporta et imposa avec la force d'un rouleau compresseur le redoutable Socle national d'enseignement, un programme qui restreignait les libertés pédagogiques dont Shirley bénéficiait et qui produisaient d'excellents résultats

merci beaucoup

Socle d'enseignement entraînant dans la foulée les Tableaux de classement et une cascade de saisies de données, formulaires à remplir, statistiques, inspections, réunions inutiles et obligatoires du personnel enseignant *deux fois par semaine*, même quand il n'y avait rien à discuter

puis le quartier général de la Gestapo imposa des plans de cours, un nouveau gros mot qui vint enrichir le catalogue de Shirley : socle d'enseignement ! tableaux de classement ! plans de cours !

qui supprimaient la possibilité de prendre en compte les besoins fluctuants d'une classe d'êtres vivants, respirants, individualisés ou de rédiger en toute liberté et avec plaisir les rapports dans lesquels elle commentait les progrès de ses élèves, et qui permettaient aux parents de se rendre compte qu'elle s'occupait de leurs enfants

au lieu de quoi elle devait cocher les cases d'une liste de propositions

elle ne pouvait plus dire, par exemple, que l'écriture de l'enfant s'était améliorée, ce qui rendait ses devoirs plus lisibles et méritait par conséquent de meilleures notes, parce qu'elle l'avait encouragé à se tenir droit, rester concentré et écrire plus lentement

ou bien que tel enfant n'était plus le clown fauteur de troubles de la classe mais qu'il avait canalisé ses talents comiques en rejoignant le groupe théâtre de l'école, à sa suggestion, et avait fait une apparition dans une représentation de *Blanche-Neige et les Sept Nains*

sauf si une telle proposition figurait dans la liste

ce qui n'était jamais le cas

quand la Gestapo exigea que chaque élève présente chaque année un Dossier de Bon Travail, soigneusement rédigé à la main, à partir des devoirs faits en classe ou à la maison, ce qui confisquait des heures d'enseignement utile et angoissait terriblement les élèves, destiné à figurer dans un classeur pour le cas où un parent ou la nouvelle école de l'enfant demanderait à le voir

devinez ce qui se passa ?

personne ne s'y attela

pour qui la prenait-on ?

un Engrenage de la Folie bureaucratique ?

le matin quand Shirley arrivait en voiture à proximité de l'école

avant que les détenus foncent sur le Chemin des Indigents pour détruire tout sens de l'équilibre

les proportions monstrueuses de l'établissement lui pesaient sur l'estomac

comme du plomb

et alors que les années 1980 entraient dans l'Histoire et que les années 1990 brûlaient d'impatience de débuter, apportant plus de problèmes que de solutions

plus d'enfants scolarisés venant de familles luttant pour faire face

plus de chômage, de pauvreté, de toxicomanie, de violences familiales

plus d'enfants dont les parents étaient « internés » ou auraient dû l'être

plus d'enfants à qui l'école devait fournir des repas gratuits

plus d'enfants inscrits sur les registres de l'aide sociale ou des services consultatifs

plus d'enfants ensauvagés (elle n'était pas dompteuse d'animaux)

quand le nouveau millénaire arriva, on commença à découvrir, à l'occasion d'inspections ponctuelles, dans les sacs des élèves des couteaux assez grands pour éventrer des rhinocéros

des pistolets cachés dans les chaussettes

des agents de recrutement des gangs, ou tout comme, traînaient aux abords de l'école

un marché de la drogue en pleine ébullition sur le terrain de l'école remplaça le stand de confiseries les agressions sexuelles augmentèrent et les filles furent de plus en plus nombreuses à mettre des enfants au monde alors qu'elles n'étaient encore elles-mêmes que des enfants

l'école installa un détecteur de métaux et des agents de sécurité à l'entrée, des codes à toutes les portes, les caméras firent leur apparition dans les couloirs

dans les classes terminales, plutôt que de donner des conseils sur les heures de visite à leurs parents emprisonnés comme on l'en pressait, elle préféra les encourager à poursuivre leurs études

spécialement les minables, un peu braques, au QI au-dessous de 70 (eugénisme ? j'adore !), les tueurs en série potentiels et autres psychopathes qui s'installaient au fond de la classe et faisaient un tel raffut qu'elle, oui elle, devait hurler pour se faire entendre

elle qui, à une époque, possédait une maîtrise si exceptionnelle sur ses élèves qu'on lui demandait d'instruire les jeunes enseignants dans l'art de pratiquer une tranquille autorité

une autorité qui se fondait sur un mot, Dieu, maintenant quand les gosses la faisaient chier, elle les faisait chier

à cause de *votre* comportement, toute la classe sera en retenue après la fin des cours

maintenant elle craignait que l'un des éléments dignes des QHS en taule ne la poignarde ou ne tire sur elle quand, au-delà des haies, elle marchait seule sur le parking par un sombre après-midi d'hiver

le pire étant l'élève de seconde, Johnny Ronson, promis plus que tous les autres à la perpétuité, dont le seul but était de démolir son autorité chaque fois qu'elle le mettait à la porte parce qu'il perturbait la classe

tel ce jour où il se frottait l'entrejambe si bien que sa bite se dressait sous son pantalon

c'était parole contre parole, celle de Shirley contre celle de Johnny

ni preuve ni témoin

le petit salopard

si seulement elle pouvait renvoyer ces morveux à l'époque où l'école était une maison de correction, qu'ils passent une journée ou deux à broyer des pierres pour faire des routes ou des os pour faire de l'engrais

un travail d'esclave douze heures par jour afin d'avoir du pain, du gruau et un sol dur, sans couverture, en guise de lit

combien de fois leur a-t-elle raconté comment des générations de réformateurs et de militants, syndicalistes et ecclésiastiques, bienfaiteurs, écrivains, représentants de la Chambre des communes et pairs de la Chambre des lords se sont battus pour leur droit de vivre mieux grâce à l'éducation ?

écœurée de l'avoir tant répété

ça ne leur est

jamais

entré

dans la tête

bien plus, après des décennies passées à corriger religieusement les devoirs cinq nuits par semaine, elle a cette tâche en horreur des piles de *conneries* entassées sur son bureau produites par une majorité de semi-analphabètes qui font de sa vie à l'école un enfer

des classes hétérogènes d'enfants aux capacités différentes ? dire qu'elle y a cru – non seulement ça n'a pas relevé le niveau, ça l'a abaissé

un constat qu'elle partage avec Penelope Halifax

la chose étrange étant qu'après tant d'années passées à s'éviter elles se sont liguées face à l'indifférence que manifeste à leur égard la nouvelle vague d'enseignants qui tiennent les rênes

rassemblés dans la salle des professeurs, jeunes de toutes les origines pleins de suffisance, les considérant toutes les deux comme des antiquités négligeables

en dépit du fait que Penny est *considérablement* plus âgée que Shirley

elles détestent particulièrement les jeunes diplômés naïfs qui débarquent au début de chaque trimestre doctorat en poche et friment avec leurs théories d'enseignement « constructivistes »

que de l'idéologie, aucune expérience – des *branleurs*

branleurs – branleurs – branleurs, marmonnent entre elles Penny et Shirley, jubilant en pensant à tous ces débutants qui au fil des années ont quitté le métier ou se sont fait pomper toute leur énergie

elles adoraient voir l'un de ces bleus de vingt-deux ans, baraqué, fou de mode, déambuler péniblement dans son pantalon à taille élastique

bienvenue au club, mon chou ! chuchotait Penny à Shirley, et elles s'écroulaient de rire, ignorant les regards étonnés de leurs collègues qui se demandaient ce qui amusait tant ces deux reliques

assises avec leurs sandwichs Penny et Shirley gémissaient en se rappelant ce bon vieux temps où l'enseignement n'était pas surbureaucratisé et les gamins ne se livraient pas des guerres de clans meurtrières

quand Penelope prit sa retraite, Shirley perdit sa meilleure alliée

elle voulut quitter le secteur public pour le privé, un établissement de filles peuplé de fillettes de la classe moyenne (moins de treize ans, de préférence), respectueuses, qui savent dire s'il vous plaît et merci et ne sont pas assez bêtes pour figurer sur la liste noire des profs

elle voulait des élèves-bonheur de l'enseignant, voilà la vérité

qui ne manient pas d'armes, ne mâchent pas du chewing-gum, ne sniffent pas de coke, ne sont pas en cloque, ne sont pas des enfoirées de voyous

elle voulait des filles tellement aidées par leurs parents qu'on les prend pour des enfants prodiges, la grande arnaque de la classe moyenne que Lennox et elle ont pratiquée avec leurs deux filles

ce qu'elle est désormais, une personne de la classe moyenne

dans ces conditions, la classe moyenne *über alles* !

la pierre d'achoppement c'est la loi sur l'éducation de 1944, conquise de haute lutte, prévoyant la gratuité de l'école secondaire pour tous les enfants et dont elle avait fait son sujet de thèse à l'université quand les difficultés sont arrivées, elle ne s'est pas résolue à laisser tomber

contrairement à ses collègues qui se sont carapatés vers le privé pour revenir se vanter des remarquables rapports qu'ils obtenaient et de leur position étourdissante dans les tableaux de classement

des lycées avec des clubs d'équitation, d'aviron et de lacrosse, des équipes de rugby et de squash

des piscines olympiques, des entraîneurs de niveau olympique et des théâtres entièrement aménagés

des collègues qui organisaient des voyages scolaires dans l'Himalaya, les Pyrénées, au Chili, même aux Maldives « pour étudier la vie marine » (oh, *s'il vous plaît* !)

qui vantaient le plaisir d'enseigner dans un beau bâtiment classé où planait la senteur du mobilier en pin ciré plutôt que le mélange d'odeurs d'adolescents, d'urinoirs et de désinfectants industriels (sans danger pour la santé !) qui brûlent la gorge et les yeux

grâce au Ciel, ils avaient échappé à la pire école de Londres, disaient-ils, en la regardant bien en face, sans cacher leur apitoiement

alors, quand vas-tu quitter ce trou à rats, Shirley ?

elle envisagea vraiment de postuler pour un établissement public de meilleur niveau, au lendemain d'un merveilleux rêve où elle s'était vue mitrailler la totalité du conseil des élèves (l'inquiétant, c'est que ce n'était pas un cauchemar) et sortir, sa mitraillette traînant dans la poussière, telle une Clint Eastwood noire aux jambes arquées

mais quand elle s'installa à son bureau une nuit pour remplir un formulaire, elle ne dépassa pas la case prénom-nom

Shirley King
anticipant l'entretien d'embauche par un panel d'étrangers qui scruteraient son intellect, ses talents, sa philosophie de l'enseignement (*chacun* se doit d'en avoir une de nos jours), sa personnalité (ha, ha, ha), ses vêtements, son langage corporel, son allure (quelle allure ?)
imaginant la lettre de refus

« Chère Mrs King,
Nous avons eu à choisir parmi un nombre exceptionnel de candidats pour ce poste et malheureusement pour vous nous avons décidé de l'offrir à une personne plus jeune, plus jolie, plus mince, moins expérimentée, plus enthousiaste, une personne crédule et souple
par opposition à un vieux cheval de bataille comme vous qu'on devrait donc envoyer paître !
Très sincèrement vôtre »

Shirley se rendit compte que tout ce qu'elle avait désiré, elle l'avait obtenu, ce qui ne l'avait pas préparée à un rejet
elle avait été admise à l'université à une époque où seuls les jeunes les plus brillants l'étaient
elle avait obtenu le premier poste d'enseignante pour lequel elle avait postulé, et aimé l'établissement avant qu'il ne périclite
ils avaient acheté une maison dans Peckham Rye quand le quartier n'était encore qu'un dépotoir abordable financièrement, maintenant il est hors de prix, et ils ont fini de rembourser leur emprunt
elle avait trouvé le mari qu'elle voulait quand elle était toute jeune, s'épargnant des années d'inquiétude sur la possibilité de découvrir un jour Mister Parfait

ses parents ont adoré Lennox à la minute où il est entré chez eux

ont déclaré que Shirley pourrait l'amener autant qu'ils le souhaiteraient tous les deux

c'est à peine si sa mère remarquait sa présence à elle quand il était là, et son diplôme d'histoire, qui l'avait jusque-là hissée au-dessus de ses frères, faisait pâle figure comparé à la licence en droit de Lennox

qui n'avait aucun tort, aux yeux de sa mère

ni aux siens, il demeurait le mari conforme à ses souhaits comme au temps de leur première rencontre, toujours aussi loyal et fidèle

il continue de faire les courses, mais ne cuisine que le week-end, en semaine ils mangent des plats tout prêts et à emporter, ils ont une femme de ménage

elle continue de retrouver des amies pour déjeuner, aller voir un film, ou à l'occasion de cocktails

le vendredi soir, après le travail, Lennox va boire des verres avec ses jeunes collègues dans des bars à vin à la mode près de Covent Garden, rentre heureux et tard à la maison, empestant la fumée de cigarette et le vin rouge, des traces de graisse sur le menton laissées par le kebab qu'il a acheté en revenant de la gare

il est toujours avocat, spécialisé dans les dommages corporels et les négligences médicales, il n'a même pas essayé de devenir pénaliste, c'est trop stressant et sous-payé

il a fait le bon choix

ils font l'amour le dimanche matin après qu'il lui a apporté son café au lit et avant de se mettre à lire les journaux ils le font avec une sorte de gravité, la tendresse a remplacé un acte jadis rapide et athlétique

ils ont toujours envie l'un de l'autre, après trente et quelques années de plaisir

ces derniers temps il s'absorbe dans l'observation des oiseaux, il a rempli leur jardin de mangeoires convenant aux petits oiseaux qu'il préfère – les chardonnerets, roitelets, mésanges bleues et rouges-gorges effrontés qui sautillent sur le sol

malheureusement, des graines tombées des mangeoires ont aussi attiré les pigeons qui viennent chier sur leurs meubles de jardin et se pavanent comme de petits voyous nazis

sans compter les souris qui se comportent comme si on les invitait à dîner

Lennox les a piégées et relâchées dans les bois à quelques kilomètres parce qu'il ne se décidait pas à les empoisonner

elle l'a prévenu qu'à la vue du premier rat

elle se procurera un fusil de chasse

Lennox est un toqué de foot, il va aux matchs avec ses amis, et en regarde des quantités à la télé – c'est son seul vice

le principal exutoire pour ses sentiments, se dit-elle, assise dans la pièce à côté et l'entendant grogner, brailler, s'exclamer, applaudir, huer le comportement des joueurs sur le terrain, surtout quand il s'agit de Leeds United

il a été un père merveilleux pour leurs deux filles Karen et Rachel qui ont deux ans d'écart et sont devenues les stars de cinéma de leur vie ç'a été dur de concilier le travail et les bébés, la mère de Shirley en particulier s'y est collée, Lennox se retroussait les manches le soir et les week-ends, mais, s'il ne rechignait pas à changer les couches, il refusait de donner le biberon au milieu de la nuit

il dormait tranquillement dans la chambre d'amis

les filles une fois sevrées, il les emmenait le week-end au bord de la mer accompagné de sa propre mère pour permettre à Shirley de souffler

elle pouvait dormir tout un week-end d'affilée, reconnaissante à sa mère du soutien qu'elle lui apportait

Amma jouait les baby-sitters de Karen et Rachel de temps à autre, elle était en général trop occupée, sans compter que Winsome se méfiait, craignant qu'elle ne boive ou ne fume à côté des petites

d'un autre côté, Shirley est devenue la baby-sitter numéro un de Yazz, Amma n'imaginant pas qu'un bébé supplémentaire dans la famille de Shirley pouvait représenter un fardeau

il est d'ailleurs exact que Karen et Rachel ont considéré Yazz comme leur sœur

Yazz était un vrai bonheur au stade préverbal, un peu moins quand elle a découvert le pouvoir des mots

Lennox et Shirley sont allés dûment à l'église chaque dimanche pendant *cinq ans* afin de pouvoir inscrire leurs filles au lycée, la Grey Coat Hospital School de l'Église d'Angleterre, à Westminster

une dure épreuve parce que, même s'ils sont chrétiens tous les deux, ils ne sont pas pratiquants

Karen est maintenant pharmacienne, Rachel informaticienne

Shirley s'est aventurée assez loin pour une deuxième génération

ses filles ont déjà dépassé ce stade.

5

Shirley passe ses vacances avec ses parents dans le bungalow qu'ils ont fait construire sur un bout de terrain familial, où ils vivent royalement grâce à leurs pensions de retraite britanniques

installée dans son fauteuil en rotin favori, sur la véranda, elle sent avec soulagement s'évaporer l'année scolaire, cette *annus horribilis*

elle va pouvoir dévorer le dernier roman de Dorothy Koomson à la lumière de la lampe

tandis que la lune brille au-dessus de la mer caribéenne

que tout le monde dort, y compris Lennox dans leur grand lit garni de draps blancs frais que sa mère change deux fois par semaine

c'est bon pour elle de recevoir la famille, ça la maintient active et lui donne le sentiment qu'on attend qu'elle fasse ce qu'elle sait le mieux faire, s'occuper des gens, spécialement de sa fille unique

Shirley vit dans l'attente de ce moment, chaque été, quand le taxi les dépose sur la côte et qu'ils longent l'étroit chemin qui mène à la maison de ses parents, traînant leurs valises derrière eux

et la contemplent dans tout son charme, peinte en rose et entourée des fleurs que Winsome soigne avec amour

tout comme elle soignera Shirley avec amour

elle dispose de six semaines merveilleuses avant de retourner dans ce Lycée Infernal pour les Nuls, où elle sélectionnera de nouveaux élèves à qui elle servira de guide

comme elle l'a fait chaque année depuis le départ de Carole

Carole

issue d'une famille monoparentale (n'est-ce pas leur cas à tous ?)

elle faisait montre d'une telle compréhension pour les maths durant les deux premières années qu'ils la mitonnaient en vue de la présenter au brevet deux ans avant l'âge

sur quoi elle dérailla, d'après ce qu'on entendit dire

entraînée par trois filles, fléau de l'existence de tout enseignant

LaTisha Jones, pas moins intelligente qu'un enfant normal, cheffe de la bande et reine de l'impertinence, qui rétorquait à chaque directive : pourquoi je devrais obéir ?

qui quittait toujours la classe avant l'heure parce que j'ai mes règles / je ne me sens pas bien / ma grand-mère vient de mourir, Mrs King

la mort de la grand-mère était une histoire que Shirley devait encaisser depuis ses débuts dans l'enseignement

elle résistait à l'envie de demander, est-ce que ta grand-mère n'est pas déjà morte le trimestre précédent ? alors, continue de rédiger ton devoir, espèce de sale gosse

venait ensuite Chloe Humphries

descendante d'une longue lignée de professionnels du crime et qui prenait déjà le relais, d'après l'assistante sociale

le troisième membre de la bande était Lauren McDonaldson, atteinte d'une MST, selon une source (confidentielle) très fiable (l'infirmière scolaire) en raison de sa promiscuité avec les garçons (plus âgés) du lycée, y compris l'un des jeunes gardiens, s'il fallait en croire la rumeur (les murs des toilettes)

quoi qu'il en soit

ô

surprise

un miracle, on peut l'appeler ainsi, se produisit puisque Carole, quatorze ans désormais, partit à sa recherche (courageuse enfant puisque Shirley était surnommée le Dragon de l'École, au mieux, ou Face de Cul, au pire)

les deux noms scribouillés au tableau noir maintes fois

en attendant son entrée dans la classe

apparemment un collègue idiot avait dit à l'enfant qu'elle trouverait Mrs King dans sa voiture, où elle prenait son déjeuner – *sans être dérangée*

installée sur le siège passager de sa confortable Mitsubishi, dossier incliné en arrière, elle mordait dans ses sandwichs jambon, pickles et tomates, tout en écoutant la musique apaisante de Smooth Radio

quand l'enfant tapa à la vitre

Shirley la baissa tout en se sentant remontée

oui, qu'y a-t-il ?

scusez-moi, j'ai besoin de vous parler

à quel sujet ?

j'veux devenir meilleure, miss, pardon Mrs King, j'veux travailler plus dur et tout et aller à l'université et trouver un bon job et tout ça

Shirley ne découvrit jamais ce qui avait motivé ce changement, d'ailleurs ça n'avait pas d'importance, ce qui comptait c'était qu'une élève autrefois brillante demandait à Face de Cul de l'aider à s'améliorer

applaudissements ! projecteurs ! alléluia !

elle veilla ensuite à ce que l'enfant reçoive tout ce dont elle avait besoin pour réussir dans chacune des matières qu'elle choisissait

y compris des subventions d'œuvres de bienfaisance pour acheter des manuels scolaires supplémentaires, des cahiers, de la papeterie, même un ordinateur

à condition qu'elle suive mensuellement des séances de travaux dirigés avec Mrs King pendant les quatre années restant avant la fin de sa scolarité, afin de s'assurer qu'elle demeurait concentrée sur ses études

ce qui marcha et, grâce à elle, l'enfant intégra l'une des meilleures universités au monde

pour finir, Carole fut l'enfant douée, déchue et sauvée qui raviva en Shirley le feu sacré qui lui avait fait choisir cette profession

le pouvoir de l'éducation de transformer les vies

par la suite elle prit chaque année sous son aile quelques enfants prometteurs, élèves d'une intelligence évidente que ne soutenaient pas leurs familles et qui autrement auraient pu devenir des prostituées, des toxicomanes ou Dieu sait quoi

même quand les résultats sont variables, elle améliore considérablement leurs capacités et presque tous accèdent à une éducation supérieure

de ceux qui n'y sont pas parvenus, l'un par exemple est devenu maçon, un autre plombier, ils gagnent probablement plus que des diplômés, si l'on en croit les journaux

le plus gentil est revenu la remercier, avec des cadeaux

l'activité de tutorat rend l'enseignement légèrement plus supportable, pas assez cependant pour lui faire attendre avec impatience le début de chaque journée

ni se sentir satisfaite chaque soir

Carole, sa plus grande réussite, n'est jamais revenue lui faire un rapport sur ce qu'elle était devenue comme le prescrit le règlement, elle ne s'est pas manifestée une seule fois ni n'a passé un coup de fil ou envoyé une carte postale de remerciements depuis le jour où elle a quitté l'école, il y a dix ans maintenant

Shirley se sent

eh bien, blousée.

WINSOME

1

Winsome

prépare le repas favori de la famille – fruit à pain rôti, friture de poisson volant assaisonnée d'oignon et de thym, accompagnés de courge jaune grillée, aubergine, courgette et champignons poêlés avec une sauce citronnée aux herbes

dans la cuisine où pénètre l'air marin à travers les mailles de la moustiquaire qui arrête l'invasion des mouches le jour et des moustiques la nuit

maintenant qu'elle est rentrée au pays elle redécouvre la valeur d'une nourriture saine, le plaisir de manger des légumes du jardin et des poissons pêchés

qui arrivent de la mer dans sa cuisine

directement

Shirley, Lennox, leur fille Rachel avec sa propre fille Madison sont là

Tony, Errol, Karen et leurs familles arriveront plus tard cet été

Winsome aime avoir les siens autour d'elle, ainsi que leurs amis ; Amma, déjà venue deux fois, pour qui elle éprouve beaucoup d'affection depuis que Shirley et elle se sont connues au collège

toutes les mères veulent que leur enfant ait un.e meilleur.e ami.e

Amma était une enfant paisible avant d'intégrer le club théâtre et de devenir une personnalité extravagante arborant des vêtements excentriques

Winsome avait recommandé à Shirley de ne pas la copier, de s'habiller de façon à ne pas se faire remarquer sinon elle serait prise pour cible

Winsome se trompait, Amma n'a jamais été prise pour cible par qui que ce soit

quand Amma s'est révélée lesbienne à l'adolescence, Winsome s'est inquiétée, la vie de cette pauvre enfant allait être gâchée, elle a craint que Shirley n'attrape le virus et ne soit condamnée à une vie de misère comme Amma

elle se trompait là aussi

les portes-fenêtres surplombent la véranda où Shirley décompresse avec un verre de vin tout en contemplant la mer comme si c'était la plus belle chose qu'elle ait jamais vue

elle se conduit en touriste quand elle est ici, s'attend que tout soit parfait, s'habille tout en blanc : chemisier, pantalon, sandales confortables

je ne porte du blanc qu'en vacances, Mum, c'est symbolique du lavage psychologique que je dois entreprendre

c'est symbolique, aurait bien envie de lui répondre Winsome, de ton désir de ne rien faire ici pour aider

mais elle ne le dira pas, parce que si sa fille est contrariée
on n'est pas sorti de l'auberge

quand elle débarque d'Angleterre, Shirley est blême et crispée, donnez-lui deux semaines et elle aura l'air radieuse, son corps se libérera de la tension extrême de la vie citadine et elle se lancera dans de grandes envolées
la même chose arrive à tous ceux qui séjournent suffisamment longtemps à la Barbade
à la fin de ses vacances, Shirley aura l'allure et la démarche d'un véritable enfant de cette terre, non pas d'une personne élevée sous un climat froid et qui croit que tout se ligue contre elle
ce qui est le cas de Shirley
qui est un tombereau de larmes
ce qui est le cas de Shirley
qui se plaint de ce boulot affreux dans cette école affreuse, et quand Winsome lui conseille de laisser tomber et, peut-être, de devenir conseillère pédagogique, elle lui réplique, je n'ai pas besoin de suggestions, Mum, je veux juste que tu m'écoutes

Shirley
jamais satisfaite de ce qu'elle a : excellente santé, emploi tranquille, mari chouette, filles et petite-fille adorables, belle maison et belle voiture, pas de dettes, vacances de luxe *gratuites* chaque année sous les tropiques
quelle vie difficile, Shirl
comparée à Winsome qui a passé sa vie de travail sur la plateforme d'un bus à impériale

sous la pluie, la neige ou la grêle

grimpant l'escalier un million de fois par jour avec une lourde poinçonneuse accrochée au cou et une sacoche à billets autour de la taille qui devenait de plus en plus lourde au fil du trajet, causant à ses épaules et à son dos des problèmes qui perdurent

devant s'occuper des resquilleurs et des fraudeurs qui refusaient de descendre de *ce bus de merde* et la traitaient de vache débile ou de sale Négresse ou de salope d'étrangère

des hordes d'écoliers qui se bagarraient entre eux pour monter dans le bus, une cavalcade de bétail à l'heure de pointe

des bagarres qui éclataient à l'étage, alors elle sonnait Clovis pour lui dire d'arrêter le bus à côté d'une cabine téléphonique afin qu'elle appelle la police étant donné que les portables n'avaient pas été inventés

le service de nuit c'était encore pire avec les ivrognes enragés, vomissant, les agressions et un jour alors qu'elle était de service quelqu'un a été poignardé à mort

ce n'est pas qu'elle se plaigne, elle appréciait de ne pas avoir de patron sur le dos et quand le trajet se faisait dans le calme, elle aimait bien plaisanter avec les habitués

Winsome sort le poisson du frigo, l'écaille, le coupe en filets avec son couteau de cuisine le plus aiguisé, le passe sous l'eau froide, le trempe dans du vinaigre blanc, le rince de nouveau

elle prépare une marinade dans un bol avec du piment de la Jamaïque, de l'ail, de la coriandre, du thym et de l'huile, en enduit le poisson, l'enveloppe dans du papier d'alu, le remet au frigo

elle saisit le fruit à pain, en coupe la tige parce qu'elle n'a plus la force de l'arracher de ses mains nues

découpe en croix le haut du fruit, frotte d'huile végétale les contours verts et boutonneux

le met au four où il va dorer pendant environ quatre-vingt-dix minutes

il doit en sortir parfaitement cuit pour rassasier et contenter toute la famille

Winsome est une personne reconnaissante

reconnaissante d'être originaire de la Barbade et d'avoir pu y retourner alors que ses amies anglaises ont dû rester en Angleterre et passer leur vieillesse à s'inquiéter du coût du chauffage et à se demander si elles survivront à un méchant hiver

reconnaissante d'avoir senti, dès qu'elle est sortie de l'avion et a fait ses premiers pas dans la fournaise, ses articulations arthritiques cesser de lui jouer des tours

depuis, elle ne s'est pas autorisé un seul mot de récrimination

reconnaissante que la vente de la maison de Londres leur ait permis d'acheter celle-ci près de la plage

reconnaissante que Clovis et elle, octogénaires désormais, disposent d'une pension de retraite raisonnable et n'auront pas à se soucier de questions d'argent jusqu'à la fin de leurs jours, du moment qu'ils seront économes, ce qui est le cas de sa génération de toute façon, qui n'achète que ce dont elle a besoin et non ce qu'elle désire on s'endette pour acheter une maison, pas une nouvelle robe

Winsome chaque jour s'estime heureuse et remercie Jésus de l'avoir ramenée chez elle pour jouir d'une vie plus confortable

elle remercie Jésus d'avoir trouvé de nouvelles amies parmi des femmes qui sont elles aussi revenues de Grande-Bretagne, d'Amérique et du Canada et lui ont demandé de se joindre à leur groupe de lecture

se fichant pas mal qu'elle ait été conductrice de bus

Bernadette, ex-secrétaire à la mairie de Toronto, ne s'est jamais mariée, son ami vient la voir les nuits où il ne voit pas ses autres copines

Celestine, fana de théories conspirationnistes, ancienne employée de la CIA en Virginie, vit avec Josephine de l'Iowa, ce qu'elle n'a aucune raison de dissimuler, pourtant elle le fait

Hazel dirigea le premier salon de coiffure noir de Bristol jusqu'à la mort de son mari, Trevor, atteint de démence précoce, sur quoi elle vendit le salon et revint au pays, elle vit seule

Dora, trois fois mariée, un veuvage, un divorce, un nouveau mariage avec Jason, conseiller en gestion, est la plus intellectuelle du groupe, dans les années 1960 elle fut l'une des premières enseignantes noires de Grande-Bretagne

elles lisent chaque mois un nouveau livre, le premier a été *The Lonely Londoners* de Selvon, l'écrivain de Trinidad, sur des hommes des Caraïbes vivant en Angleterre, qui deviennent méchants et maltraitent les femmes, des femmes à qui l'auteur ne laisse jamais une chance de s'exprimer

tout le groupe a décidé que ces types méritaient une grande claque sur la tête et qu'il valait mieux se concentrer sur les femmes écrivaines des Caraïbes, qui seraient plus mûres et responsables, et en revenir aux types plus tard

maintenant Winsome se sent devenue une femme de lettres, elle a pris l'habitude de lire des livres alors que la majorité de sa vie elle n'a lu que les journaux

ses écrivaines favorites sont Olive Senior de la Jamaïque, Rosa Guy de Trinidad, Paule Marshall de la Barbade, Jamaica Kincaid d'Antigua et Maryse Condé de la Guadeloupe

son livre de poésies favori s'intitule *I Is a Long Memoried Woman*, d'une auteure guyanienne nommée Grace Nichols

nous les femmes / dont personne ne chante les louanges / dont la voix est inaudible

l'autre jour, son groupe et elle ont eu une grosse discussion, non pas une discussion, un *débat*, pour savoir si un poème est bon parce qu'il les concerne, ou parce qu'il est bon en soi

Bernadette a prétendu que c'était aux spécialistes de la littérature d'en décider, parce qu'ils sont les seuls à savoir pourquoi ils aiment ou n'aiment pas quelque chose

Winsome était de son avis, elle n'est pas une experte

Celestine a dit que la poésie est rendue volontairement difficile de façon que seules quelques personnes intelligentes puissent la comprendre et que toutes les autres soient laissées dans le noir

Hazel a affirmé que les romans ont plus de valeur que les livres de poésie parce qu'ils contiennent plus de mots, les livres de poésie sont une arnaque

(Winsome pense que Hazel ne devrait pas faire partie de leur groupe)

Dora a dit qu'il n'existe pas de chose appelée vérité objective et que si vous croyez qu'une chose est bonne parce qu'elle vous parle

Alors

pourquoi Wordsworth ou Whitman, T. S. Eliot ou Ted Hughes ont-ils une signification particulière pour nous gens des Caraïbes ?

Winsome a noté dans sa tête d'aller à la bibliothèque chercher ces noms

quand elle est rentrée chez elle à l'issue de leur réunion hebdomadaire

que le soleil s'élevait plus haut dans le ciel et que les touristes décollaient des plages pour rejoindre leur hôtel ou aller au restaurant

sa tête bourdonnait du bruit de leur débat et elle réfléchissait à la façon de mieux présenter ses arguments à l'avenir

aujourd'hui

elle regarde vers la plage pour voir Lennox et Clovis disparaître au tournant en direction de l'endroit où Clovis a amarré le bateau de pêche qu'il a récemment acheté d'occasion

et qu'il est en train de rafistoler

il avait failli se noyer dans le précédent qui avait pris l'eau, il ne s'était sauvé qu'en écopant avec un seau il a réussi à se hisser sur la plage à bout de forces

et laissé le vieux bateau dériver vers son cimetière marin

les deux hommes portent des shorts et des chemises de coton à manches courtes, il ne leur reste plus beaucoup de cheveux ni à l'un ni à l'autre, ils ont tous les deux un large dos, des jambes fortes (celles de Lennox sont un peu arquées, ce qu'elle continue de trouver très sexy)

ils marchent tous les deux pieds nus à grandes enjambées dans le sable, ils sont de la même taille et ont la même silhouette

Clovis s'est un peu tassé en hauteur, Lennox s'est un peu étendu en largeur

Winsome a toujours envie de lui, Lennox, pas Clovis, et elle dit à Shirley qu'elle a beaucoup de chance d'avoir un tel mari

à quoi Shirley réplique qu'il a beaucoup de chance de l'avoir elle pour femme

ce qui est tout à fait typique de sa part

Lennox passera l'été à aider Clovis à retaper le bateau

ils remplaceront des planches, fixeront un moteur neuf, installeront des sièges et des fenêtres, qu'ils scelleront et peindront

il est plus adroit dans ce domaine que Tony et Errol qui ressemblent davantage à leur sœur

nous travaillons quarante-huit semaines par an, Mum, c'est notre période de récupération, protestent-ils en se goinfrant et en buvant trop de bières

les garçons ont commencé dans des boulots subalternes puis ont gravi les échelons

Tony supervise les dossiers des délinquants pour la police criminelle

Errol est directeur au Service d'aide à l'enfance

ils pourraient encore en vouloir à Clovis des coups qu'il leur donnait quand ils étaient petits, les cicatrices qu'ils portent sur le dos et les fesses en sont la preuve, mais c'était difficile d'élever des garçons dans les années 1970

Clovis devait les protéger des esprits malfaisants qui risquaient de les détruire : la police, les skinheads – et eux-mêmes

les parents devaient leur donner une base solide à partir de laquelle ils pourraient affronter le monde et eux-mêmes

ce qu'elle n'avait pas eu à faire avec Shirley

les filles c'est plus facile

Rachel entre dans la cuisine avec Madison, encore endormie, qui se traîne en quête d'un câlin, je t'aime, grand-grand-mère, dit-elle, Winsome la soulève et hume ses cheveux, presque raides, qui exhalent la bonne odeur du shampooing que Rachel a utilisé hier avant de partir pour l'aéroport

Winsome a appris à Shirley qui l'a appris à Rachel qu'il faut veiller à être bien propre et bien habillé quand on monte en avion

on ne sait jamais ce qui pourrait arriver

vous voulez un verre de salsepareille ? leur demande-t-elle

Rachel va chercher la cruche dans le frigo et l'apporte à table, contrairement à Shirley qui dira oui et attendra d'être servie par *la bonne* tu en veux, Nana ? demande poliment Rachel, c'est la plus attentionnée de ses petits-enfants

Winsome entreprend de trancher les légumes et de rassembler les ingrédients de la sauce, thym, sel, poivre noir moulu, flocons de piment rouge, citron râpé et huile de tournesol

raconte-nous comment toi et grand-papa vous vous êtes connus, questionne brusquement Rachel, tout en caressant le dos de Madison endormie, perchée en équilibre précaire sur son genou

Winsome doit avoir l'air stupéfait parce que Rachel ajoute : je veux connaître votre histoire pour la transmettre à Madison quand elle sera plus âgée, Nana, je veux savoir à quoi tu ressemblais quand tu étais une personne à part entière

Winsome a été à l'écoute de ses petits-enfants depuis qu'ils ont su parler, mais ils ne lui ont jamais posé de questions sur sa vie

elle sait que les jeunes sont totalement concentrés sur eux-mêmes, son rôle à elle est de les réconforter, de les rassurer, de compatir quand leurs parents sont en colère

Winsome apprécie le fait que Rachel se montre curieuse de savoir qui était sa grand-mère avant d'être une mère, quand elle était une personne à part entière, comme elle dit

sauf qu'elle ne l'a jamais été, elle a d'abord été une fille, puis une épouse et une mère, et maintenant elle est une grand-mère et une arrière-grand-mère.

2

J'ai rencontré ton grand-père peu après être arrivée en Angleterre dans les années 1950, Rachel, à une réunion de natifs des Antilles dans un pub de Ladbroke Grove, et voilà que je me trouve assise à côté de qui ? de Clovis Robinson soi-même, de Six Men's Fishing Bay

nos pères étaient pêcheurs, mais nous on se connaissait à peine de vue

il nous a fallu parcourir des milliers de kilomètres pour qu'on entre vraiment en contact, ça faisait deux ans qu'il vivait en Angleterre

il m'a dit, c'est dur ici, tu sais

on s'est fréquentés pendant l'hiver suivant, tandis que j'essayais de m'adapter au climat et au mode de vie

je lui étais reconnaissante d'être là pour me soutenir et me guider, même s'il n'était pas particulièrement beau garçon ni du genre fringant, attributs qui me semblaient nécessaires pour un mari avant que je mûrisse assez pour comprendre qu'il était plus facile de rêver

que de transformer le rêve en réalité

pas une fois Clovis ne m'a abandonnée grelottante dehors, devant nos repaires habituels, l'Odeon Astoria le samedi soir ou Stockwell Park le dimanche après-midi

il n'avait rien de commun avec les garçons de chez nous, ramenards et givrés qui sautaient d'une femme à une autre

qui semaient des métis dans toute l'Angleterre

des bébés qui grandiraient sans père

nous nous sommes mariés et nous avons emménagé dans une chambre d'une maison pleine d'autres locataires à Tooting, on partageait un évier caché derrière un rideau dans le couloir et des toilettes dans une cabine en carton

nous avons commencé à épargner pour acheter une maison parce qu'en ce temps-là à Londres les gens ordinaires pouvaient se payer des maisons quand ils avaient économisé assez longtemps

puis Clovis s'est mis cette foutue idée dans la tête de prendre nos économies et d'aller vivre dans le sud-ouest de l'Angleterre

il avait entendu dire qu'il y faisait plus chaud et qu'il pourrait gagner sa vie comme pêcheur

ce pour quoi il était venu sur Terre, disait-il, et non pas pour être esclave dans une usine à fabriquer des engrais et à inhaler des produits toxiques

ce que nous faisions tous les deux par roulements de douze heures

il disait qu'il mourait du besoin d'être au bord de la mer et de respirer

moi, la dernière chose que je voulais au monde, c'était me retrouver femme de pêcheur, en avoir été la fille m'avait suffi

je me levais à quatre heures du matin pour rejoindre mon père et mes frères sur le bateau, je travaillais sur le marché à vider et écailler les poissons, je passais mes étés à vendre les oursins que mes frères ramassaient en plongeant sur les récifs de corail et me rapportaient ensuite dans les filets – les piquants noirs s'agitaient encore, c'était effrayant je devais les prendre un à un, les ouvrir d'un coup sec et avec une cuiller les vider de leur laitance dorée, que je vendais comme une friandise

qu'est-ce que j'aurais pu dire à Clovis ? en ce temps-là, Rachel, une femme devait obéir à son mari

le divorce était une chose honteuse et il n'était accordé que pour cause d'adultère, même si un mariage ne marchait pas, c'était une condamnation à perpétuité

nous avons pris le train à Paddington pour Plymouth, où il a cherché du travail auprès des compagnies de navigation, et sur les chalutiers

il croyait qu'il trouverait du boulot les doigts dans le nez vu son expérience

je le regardais s'approcher des pêcheurs sur les quais ou sur le rivage, casquette anglaise de drap sur la tête, ses pieds chaussés de grosses bottes anglaises, je le voyais ôter sa casquette pour saluer ces hommes barbus, qui semblaient sortir directement de l'Ancien Testament

quand il revenait, il n'avait pas besoin de dire un mot, je savais rien qu'à le voir marcher, et j'étais désolée pour lui – et pour moi

il était évident que la plupart des gens de ce coin du monde étaient pauvres

pourquoi donneraient-ils du travail à un étranger, lui encore moins ?

un soir qu'on était assis en plein vent sur un mur du port à manger avec les doigts un fish and chips dans du papier journal graisseux, c'est comme ça que les Anglais le mangeaient à l'époque, oui tu peux faire la grimace, c'était une coutume dégoûtante

j'essayais de le convaincre de laisser tomber ses rêves idiots et de retourner à Londres

il m'a dit, Winnie, je veux essayer les petites îles Scilly, plus au sud, où il fait plus chaud, il doit y avoir des tas de possibilités pour un pêcheur

Clovis, si c'est ça que tu veux, pourquoi on ne rentre pas chez nous, au pays ?

Winnie, je me suis dit ça dans ma tête, je veux essayer cet endroit, j'ai un pressentiment

si on avait été vingt ans plus tard, Rachel, je l'aurais plaqué là sur-le-champ

trente ans plus tard, j'aurais vécu avec lui avant de l'épouser, brusquement l'idée m'a traversé l'esprit que je ne connaissais pas vraiment cet homme qui voulait que je le suive partout comme une idiote décervelée

mais bon, j'ai dit, les îles Scilly c'est un joli nom, peut-être que c'est un joli endroit

j'ai noué mon bras au sien pour lui montrer que j'étais de son côté

on va aller voir, ma chérie, a-t-il répondu

nous avons longé la côte en bus et en train, et quand on les manquait, on marchait

imagine-nous, Rachel, il y a soixante ans, un homme et une femme de couleur, Clovis un mètre quatre-vingt-quinze et moi trente centimètres de moins, portant ma plus belle robe, un manteau et des talons hauts parce qu'on devait avoir l'air respectables, chacun sa valise, sur des chemins de campagne où les gens semblaient n'avoir jamais vu de personnes de couleur, par parenthèse les voitures ralentissaient, les passagers étaient bouche bée ou nous balançaient des insultes

on dormait dans les gares quand on nous refusait l'entrée de lieux d'hébergement

on a traversé de beaux endroits dont j'ai noté et mémorisé les noms : Looe, Polperro, Fowey, Mevagissey, St Mawes, Falmouth, St Keverne, le Lizard, Mullion, Porthleven

nous sommes arrivés à Penzance et nous avons pris le bateau hebdomadaire pour St Mary

« la plus grande île de l'archipel des Scilly »

à peine on avait mis pied à terre, on s'est rendu compte que les gens n'étaient pas seulement inamicaux, mais carrément hostiles, qui étaient ces deux singes qui débarquaient sur leur « petite île » ?

la ville entière s'est immobilisée en nous voyant passer dans la grand-rue, j'agrippais le bras de Clovis et je le sentais trembler

il fallait qu'il soit fort pour nous deux

vous ne pouvez pas travailler ici, dirent-ils, quand Clovis posa la question sur le quai

vous ne pouvez pas manger ici, nous a-t-on dit quand nous sommes entrés dans un café

vous ne pouvez pas boire ici, nous a dit le barman d'un pub, tous les regards braqués sur nous

vous ne pouvez pas dormir ici parce que votre couleur déteindra sur les draps, a dit la femme qui avait une pancarte à la fenêtre annonçant « chambres disponibles », les gens étaient à ce point grossiers et ignorants en ce temps-là, ils disaient ce qu'ils pensaient et se fichaient du mal qu'ils faisaient parce qu'il n'existait aucune loi antidiscrimination

la seule chose que vous pouvez faire c'est partir d'ici et ne jamais revenir, nous a conseillé le policier à qui nous sommes allés nous plaindre

nous avons pris le ferry pour Penzance et dormi sur le seuil d'une église, la veille nous avions frappé à la porte du presbytère, des rideaux avaient bougé, personne n'avait répondu

Clovis, je t'avais dit que ça ne justifiait pas tous ces embêtements, maintenant on va retourner tout droit dans la capitale où les gens ont plus l'habitude de voir des gens de couleur

tu me dis pas ce que je dois faire, Winnie, je veux avoir ma propre opinion, je veux donner à Plymouth une deuxième chance, c'est sur la côte, il fait plus chaud qu'à Londres, la campagne est pas trop loin, et quand on aura des gamins ils pourront courir aussi libres qu'à la Barbade, crois-moi

j'ai un pressentiment que ça marchera.

3

Clovis trouva effectivement du travail, un travail pénible de manutentionnaire à Plymouth

il transportait d'énormes barils et des sacs très lourds des bateaux aux entrepôts et des entrepôts aux camions

il sympathisait avec les autres manutentionnaires dont beaucoup étaient d'anciens pêcheurs chevronnés qui ne le prenaient pas pour un Martien ils allaient boire des verres après le travail, il rentrait éméché les bonnes nuits, ivre les mauvaises

après que j'avais couché les enfants, les trois que j'ai eus en trois ans

je restais seule avec les enfants toute la journée et toute la soirée

j'entendais les gens jurer en passant à côté de moi, très peu se montraient gentils

j'étais servie la dernière dans les boutiques, même si j'étais en tête de la queue

les voitures roulaient délibérément dans les flaques d'eau tandis que je poussais Shirley dans son berceau noir, avec les deux garçons tenus en laisse de chaque côté

je suis la femme qui a trouvé un rat mort sur le seuil de sa maison

je suis la femme qui a vécu avec un CASSE-TOI barbouillé à la peinture blanche sur sa porte d'entrée jusqu'à ce que Clovis barbouille par-dessus

je suis la femme qui devait passer ses soirées toute seule terrifiée à la pensée qu'on allait jeter des chiffons imprégnés d'essence à travers la fenêtre

pourtant, Rachel, j'ai appris une chose de cette époque, c'est que si tu restes dans un endroit assez longtemps et que tu te comportes en personne civilisée, les gens finissent par s'habituer à toi

Mrs Beresford, une veuve âgée, qui habitait à quelques mètres, a été la première avec qui j'ai bavardé

elle se penchait sur le berceau pour caresser la joue de Shirley, qui lui agrippait les doigts et ne voulait plus les lâcher les bébés sont innocents, disait Mrs Beresford, ici c'est un endroit agréable, Mrs Robinson, on y vit bien une fois que les gens ont appris à vous connaître

elle tendait des sorbets aux garçons qui les lui arrachaient des mains avant que j'aie le temps de protester, je ne voulais pas qu'ils mangent des sucreries, une autre de ces mauvaises coutumes anglaises

j'ai accepté juste une petite tranche du quatre-quarts que Mrs Berensford avait apporté dès sa première visite

elle m'a présentée à Mrs Wright et à Mrs Missingham, paroissiennes de l'église locale, à l'occasion d'un thé qu'elle a organisé chez elle pour moi et les enfants un jour après l'école

c'était la première fois que j'entrais dans un domicile anglais, je m'en souviens comme si c'était hier, c'était une maison comme ça que je voulais pour ma famille

il y avait un tapis brodé de fleurs sur le plancher du salon, du papier rose aux murs, couverts de peintures, un lourd buffet avec des assiettes disposées en rang comme des ornements, ça m'a paru bizarre, de lourds rideaux aux fenêtres et un canapé somptueux, en tout cas pour moi, et aussi pour Tony et Errol qui n'arrêtaient pas de sauter dessus, il a fallu que je leur ordonne d'arrêter parce que Mrs Beresford était trop polie pour le faire elle-même

elle m'a montré comment faire cuire des crêpes au-dessus du poêle à charbon

comment faire du thé avec du lait véritable et pas condensé

comment verser le lait en dernier et pas en premier

Mrs Beresford

nous a invités à l'église, et quand tous les cinq nous sommes arrivés au bout de l'allée, elle et Mrs Wright et Mrs Missingham nous ont accueillis comme si elles retrouvaient de vieux amis

elles ont pris chacune un enfant par la main

et nous ont fait entrer

même au jardin les mères en ont eu marre de dire à leurs gosses de ne pas s'approcher des miens comme s'ils pouvaient attraper la lèpre

les tout-petits se fichent de la couleur de la peau, Rachel, tant qu'ils ne subissent pas un lavage de cerveau par leurs parents

Tony est entré à l'Everdene Primary School, puis ç'a été le tour d'Errol, et ils revenaient en larmes à la maison parce que les gamins les appelaient Moricaud

les enseignants s'en prenaient à eux, leur flanquaient des coups de canne et les obligeaient à rester debout dans un coin face au mur

on n'avait rien fait, Mummy, pleuraient-ils, on n'avait rien fait

Clovis et moi on leur serinait qu'ils devaient bien se conduire tout le temps

nous savions que nos garçons étaient vifs mais pas méchants

une fois que j'étais allée les chercher à la sortie de l'école j'ai vu deux garçons plus âgés sauter sur Tony qui les a repoussés, mon courageux petit garçon

et comme je me précipitais vers lui, Mr Moray, l'instituteur, est arrivé le premier, il a saisi Tony par le col de son blazer et l'a fait rentrer de force dans le bâtiment les deux petites brutes riaient, ils se sont époussetés, ils ont ramassé leurs cartables et sont partis sans la moindre punition

la même chose s'est reproduite quand Shirley est entrée à l'école primaire, elle est revenue aussi en pleurant à la maison parce qu'on l'avait traitée de Moricaude, et Clovis a eu beau foncer à l'école pour dire à Mr Watson d'ordonner aux enfants d'arrêter de s'en prendre à ses gamins, ça n'a eu aucun effet

et puis une autre petite fille de couleur est entrée à l'école, une métisse appelée Estelle, elle avait la peau claire et des cheveux clairs qui formaient des boucles à la Shirley Temple

c'était le genre d'enfant à la peau rousse que les gens trouvent jolie à cause de ça

sa mère était une de ces beatniks à cheveux longs qui portaient un pantalon noir, un béret, et un blouson de cuir miteux comme Marlon Brando

moi j'étais habillée convenablement : une robe en dessous du genou, un cardigan, un manteau, un collant, des chaussures, un foulard noué sous le menton

Vivienne s'est approchée pour me parler à la porte de l'école, elle était peintre, le père d'Estelle était un métis du Cap exilé à cause de l'apartheid en Afrique du Sud

c'était quoi l'apartheid et un métis du Cap ?

n'aie pas l'air si choquée, Rachel, en ce temps-là les gens connaissaient très mal l'apartheid, de toute façon Vivienne a vite arrêté de vouloir devenir une amie, ce qui était très bien parce que nous n'avions rien en commun – pas même nos filles

les instits qui accueillaient les enfants le matin traitaient gentiment Estelle, mais la plupart d'entre eux feignaient d'ignorer Shirley, qui était trop jeune pour s'en rendre compte

Estelle, qui était incapable de tenir une note, a interprété la Vierge Marie dans le spectacle de l'école sur la Nativité et elle a chanté les solos

Shirley, qui avait une belle voix, a obtenu un rôle de palmier et a été obligée de rester debout au fond de la scène

à côté d'un garçon à bec-de-lièvre

et d'une fille au pied bot

le lendemain j'ai dit à Clovis, tu peux rester ici si tu veux, mais la mère de tes enfants retourne à Londres avec eux.

4

Winsome se laisse distraire par la vision, à travers la fenêtre de la cuisine, des hommes qui remontent de la plage sous la chaleur torride, sans chapeau ni même une crème solaire, bien qu'elle n'arrête pas de les asticoter

avant, il y a des années, les gens à la peau brune croyaient qu'ils étaient immunisés contre les dangers du soleil et finissaient avec un cancer de la peau

et encore maintenant la plupart des hommes ne veulent pas s'embêter avec des crèmes de protection

comme si ça les rendait moins virils

Lennox ressemble plus à Clovis que Winsome ne le voudrait, physiquement et psychologiquement c’est pour ça, estime-t-elle, que Shirley l’a choisi, inconsciemment il lui était familier

c’est peut-être pour ça que Winsome s’est entichée de son gendre

version plus jeune et plus sexy de l’homme qu’elle a épousé

dans quelques semaines, après avoir rendu le bateau navigable

après

avoir remplacé les planches manquantes de la coque, installé le nouveau moteur et la nouvelle hélice

après

s’être reculés pour admirer leur œuvre

après

avoir mis le bateau à l’eau en fracassant une bouteille de rhum contre la coque

les hommes sortiront avant le jour pour capturer des poissons, semant des lignes en cours de route pour attraper des dorades et des orphies, une fois au large ils jetteront des déchets de canne à sucre et de feuilles de palmier qui formeront une sorte d’écran, sous lequel ils balanceront des paniers libérant lentement l’appât, et quand les poissons volants s’assembleront pour prendre leur repas ils se feront ramasser dans des filets, bien que ce soit dur de hisser les filets quand on vieillit, dit Clovis, qui rentre en se plaignant de son dos qu’elle lui massera tout à l’heure

la pêche représente un élément important de sa personnalité, elle lui permet de se sentir vraiment homme, un homme qui part travailler, qui subvient aux besoins de sa famille, même en étant à la retraite

Madison se réveille sur les genoux de Rachel, regarde hébétée autour d'elle pour savoir où elle se trouve, dégringole des genoux de sa mère, se dandine en direction de la porte et court à la rencontre des hommes qu'elle aperçoit remonter vers la maison sur le sable couleur de corail

elle se place entre les deux, ils la prennent chacun par une main et la balancent

c'est un charmant tableau

Rachel remercie Winsome de ses confidences, c'est une formidable histoire, Nana, tu étais une pionnière

on était juste deux personnes dans un pays étranger, Rachel, pas des pionniers

n'empêche je te trouve stupéfiante, et maintenant je vais aller m'asseoir avec Maman, les seuls moments où je ne m'inquiète pas pour elle c'est quand elle est ici, le reste du temps je meurs de peur qu'elle ait une attaque à cause du stress de son boulot

ne t'inquiète pas pour notre Shirl, Rachel, elle aime pouvoir se plaindre de quelque chose

une fois la famille revenue à Londres dans les années 1960, ils se sont installés à Peckham, ont acheté une maison déglinguée par les bombardements, l'ont retapée pendant des décennies

il n'était plus question de filer vers des endroits où on ne voulait pas d'eux

Clovis avait trois préoccupations principales : trouver du travail, élever les enfants, retaper la maison

il découvrit qu'il aimait bricoler, comme la plupart des hommes de sa génération qui y consacraient leurs week-ends portaient des salopettes bleu marine et apprenaient dans les manuels à devenir plâtriers, plombiers, électriciens, maçons, charpentiers

au début Winsome apprécia de pouvoir prédire quasiment à coup sûr le déroulement d'une année, du premier au dernier jour

si on excluait les anomalies comme la fuite d'un toit ou le transport en catastrophe à l'hôpital d'un enfant pour une appendicite

à l'époque ils étaient capables de plaisanter de leurs aventures dans le Sud-Ouest, quand Clovis était jeune et imprudent (il l'admettait) et qu'elle était si fâchée contre lui

ce qu'elle ne pouvait pas prévoir c'est que, une fois son mari domestiqué, elle commencerait à trouver qu'il manquait vraiment de dynamisme

jeune émigrée en Angleterre, Winsome avait désiré sécurité et stabilité, Clovis représentait quelque chose de familier, il se montrait attentif, gentil, elle s'était sentie attirée par lui parce qu'elle avait besoin de quelqu'un

l'attirance s'était transformée en amour, il y avait tant de choses à apprécier et à admirer chez lui – il n'était jamais cruel, ne s'égarait jamais dans le lit d'autres femmes, il l'écoutait, comprenait ses besoins

le problème c'est ce qu'il n'était pas – excitant

quand Shirley amena Lennox à la maison pour la première fois alors qu'ils étaient étudiants, Winsome eut l'impression qu'un des Jackson Five, l'aîné, venait d'entrer chez elle

il était si vigoureux, il était gonflé de jeunesse, littéralement, dans son pattes d'eph moulant

Winsome ressentit pour lui ce qu'elle n'avait jamais ressenti pour Clovis – un désir sexuel débordant, de la passion, appelez ça comme vous voudrez

elle s'efforça de détourner le regard de cette peau couleur chocolat si séduisante, ou du blanc pur de ses yeux intelligents, contrairement au blanc-jaune des yeux de Clovis, résultat d'une enfance passée sous l'éclat du soleil au bord de la mer

Lennox arborait une coiffure afro à la coupe soignée, une chemise ajustée qui soulignait un torse parfait

elle aurait voulu le caresser sur tout le corps, lui masser les couilles, le sentir bander sous ses mains

quand Clovis avait fait entrer ce jeune homme dans le salon ils l'avaient tous regardé bouche bée par-dessus leurs tasses de cacao

les deux jeunes amoureux se tenaient par la main assis sur le canapé, tandis que Clovis et elle blablataient bien droits dans leurs fauteuils

elle remarqua que Clovis prenait une voix plus grave, il voulait impressionner l'étudiant universitaire

il était évident que Shirley était subjuguée par Lennox, qui allait devenir juriste, leur avait-elle appris avec orgueil, ensuite il deviendrait avocat et peut-être même juge

quelle belle prise

Shirley avait de la chance

en un rien de temps, tout le monde s'était retrouvé dans l'entrée avec les habituels on est si contents de vous connaître, merci d'être venus et revenez bientôt

depuis le seuil Clovis et elle les avaient salués de la main tandis qu'ils traversaient Peckham Rye pour se diriger vers King's Cross puis prendre le train pour Leeds

Winsome avait refermé la porte et commencé à monter l'escalier vers leur chambre, j'ai un peu mal à la tête, cria-t-elle à Clovis, qui ne l'entendit pas parce qu'il était déjà dans la cuisine à chercher une station radio pirate de reggae

elle s'allongea sur leur lit

que lui arrivait-il ?

peut-être était-ce l'orée du changement qui rendait les femmes plus émotives, ça passerait avec la ménopause

qui la laisserait avec un taux réduit d'œstrogène

et des ovaires en voie d'extinction

sauf qu'elle ne le voulait pas, alors elle engagea Shirley à revenir plus souvent passer le week-end à la maison, bien sûr tu peux amener Lennox

qui l'embrassait sur les deux joues en entrant

l'entourait affectueusement de ses bras ensuite dans la maison, Shirley était ravie que sa mère et son petit ami s'entendent si bien

elle aimait la façon dont il la tenait par la taille quand les deux couples revenaient en formation du cinéma ou sortaient dîner au restaurant dans les rues sombres de Peckham, Clovis et Shirley devant, Lennox et elle traînant derrière

elle incitait Clovis à faire l'amour plus souvent, elle devait se purger de sa frustration

Clovis, qui avait terminé sa scolarité à quatorze ans, ne supportait pas la comparaison avec Lennox qui utilisait des mots longs, du genre compatibilité, restitution et *quid pro quo* des mots qu'elle devait chercher dans le dictionnaire

Clovis n'avait pas envie de rencontrer des gens en dehors des réunions familiales, il avait arrêté de boire après être revenu à Londres, les films ne l'intéressaient pas et il ne voyait pas l'intérêt d'aller à des soirées et de s'amuser jusqu'à l'aube comme faisaient Shirley et Lennox, qui ensuite restaient tard au lit le dimanche matin en buvant du vrai café fait à la cafetière électrique tout en lisant les journaux, à ce que racontait Shirley, avant de sortir pour un brunch, Maman

Winsome n'avait jamais entendu le mot brunch

elle aurait tant voulu avoir le corps si bien proportionné de sa fille

elle aurait tant voulu bénéficier de l'éducation et des choix qui s'offraient à Shirley, ce qui signifiait qu'elle pouvait séduire un homme à la fois beau mec et ambitieux

qui l'avait épousée et était devenu le père de Rachel et de Karen

que Winsome allait garder beaucoup plus souvent que nécessaire parce que Lennox la raccompagnait ensuite chez elle en voiture

qui parfois lui posait une main sur le genou pour accentuer ce qu'il était en train de dire

dont les baisers d'adieu de ses lèvres pleines s'attardaient un peu trop longtemps

à moins qu'elle ne l'imagine ?

elle se rassurait en pensant qu'éprouver de l'attirance pour Lennox ne signifiait pas trahir Shirley ou Clovis parce que ça ne débouchait sur rien de concret

dans le cas contraire, évidemment ce serait différent

à supposer qu'il débarque chez elle un jour en l'absence de Clovis et qu'il lui saute dessus

elle serait incapable de résister

ce qu'elle ne fit pas

l'après-midi où il sonna à sa porte, sachant qu'elle était de l'équipe du soir et donc chez elle, tandis que Clovis était de l'équipe du matin

il avait pris son après-midi, il ferma la porte derrière lui et l'embrassa comme Clovis ne l'avait jamais fait parce que dès le début de leur relation il avait dit que s'embrasser à pleine bouche était antihygiénique

après quoi elle s'assura que sa langue était toujours dans sa bouche

sa langue qui n'avait encore jamais eu de contact avec un être humain

Lennox dénoua le tablier qu'elle mettait pour faire le ménage (cirer les rampes) et déboutonna la robe d'été qu'elle portait en dessous

il fit glisser sa culotte en Nylon et les bas maintenus par des jarretelles parce qu'elle était vieux jeu et détestait les collants dont le frottement entre les cuisses lui causait des rougeurs qu'elle devait calmer avec de la vaseline

il sembla aimer ce qui s'offrit à sa vue, à en juger par la fouille de ses mains, de son corps forçant le sien

elle mouilla tant que ça dégoulina le long de ses jambes

qui était cette femme qui laissait son gendre user d'elle de toutes les façons ?

qui était cette femme qui le prenait dans sa bouche et en jouissait ? alors que la seule fois où elle l'avait fait avec Clovis elle avait vomi après ?

qui était cette femme qui continuait de réclamer cet homme jeune qui explosait en elle parce qu'il était viril et pouvait continuer éternellement jusqu'à ce qu'elle meure d'épuisement parce qu'elle avait égaré sa tête et n'existait plus que dans son propre corps ?

jusqu'à ce que

le réveil sonne dans la cuisine

lui rappelant qu'elle devait aller chercher Karen et Rachel à la crèche

ils se douchèrent et se rhabillèrent

quittèrent la maison

séparément

lui

en premier

cette nuit-là elle fut incapable de dormir

déclara la guerre à sa morale au nom de ses sentiments

devinez qui fut le gagnant ?

elle approchait de la cinquantaine

elle méritait de posséder cette chose

lui

le dimanche suivant, après le déjeuner familial, elle fit en sorte de se trouver seule avec lui dans la cuisine tout en lavant la vaisselle et ils convinrent d'un rendez-vous dans la semaine

et il en fut ainsi pendant plus d'un an

une fois par semaine, voire deux

et pour les week-ends ils emmenaient Rachel et Karen au bord de la mer pour permettre à Shirley de souffler

pendant que les petites dormaient, ils profitaient du grand lit

ils ne se parlèrent jamais de ce qu'ils faisaient

Lennox avait des pulsions sexuelles, mieux valait le satisfaire que de le laisser quitter Shirley

pour une autre femme

et puis ce fut lui qui la quitta, ou plutôt qui mit un terme à leurs ébats

sans explication, sans discussion, sans excuses, sans compassion

s'était-il dit que c'était déraisonnable de coucher avec une femme d'âge mûr ? se sentait-il coupable de coucher avec sa belle-mère ? est-ce que Shirley faisait de nouveau l'amour avec lui ? et d'ailleurs avait-elle jamais arrêté ?

ou bien avait-il trouvé quelqu'un d'autre ?

Winsome n'obtint jamais de réponse parce qu'elle ne se résolut jamais à poser des questions

pendant longtemps ensuite, Lennox évita de la regarder dans les yeux et même, s'il pouvait l'éviter, de la regarder en face

Shirley remarqua qu'elle était moins copine avec Lennox qu'avant

ne sois pas bête, tu sais que je l'aime beaucoup, Shirl

si seulement, se disait Winsome, il n'avait pas éveillé en elle un désir qu'il ne voulait plus satisfaire il lui avait donné le goût de sa personne puis l'en avait privée

elle ne le haïssait pas pour ça, elle le désirait encore plus à cause de ça

il devint un matériau à fantasmes : ils passaient des après-midi érotiques dans des hôtels exotiques, elle portait des sous-vêtements sexy, paraissait plus jeune que son âge

en imagination tout est possible

encore maintenant, tant de décennies plus tard, la vieille attirance refait surface quand il arrive pour l'été, et qu'elle le voit dans une certaine lumière

Lennox et Clovis sont assis sur le banc blanc de la véranda avec Madison nichée entre eux

Rachel se balance dans le hamac à rayures que Clovis a accroché pour ses propres siestes, ils viennent tous d'éclater de rire à propos de quelque chose, non pas quelque chose qu'a dit Shirley, sa fille n'a aucun sens de l'humour, probablement une chose qu'a dite Madison, une chose adorable, parce que c'est ce qu'elle est

Lennox lève la tête, capte le regard de Winsome braqué sur lui, agite la main chaleureusement, innocemment

pas l'ombre d'un signe de reconnaissance du passé, pendant toutes ces années

Shirley aime à se vanter que Lennox ne la trompera jamais

à quoi Winsome réplique toujours qu'elle est tombée sur un type en or

tu as de la chance, Shirl, beaucoup de chance.

PENELOPE

1

Penelope avait des parents qui étaient des automates bornés et froids rampant vers leur mort

écrivit Penelope dans son journal à l'âge de quatorze ans

c'était regrettable

parce qu'elle-même débordait de vivacité et courait vers la vie merveilleuse qui se présentait magnifiquement devant elle

écrivit-elle aussi

dans son journal

son père, Edwin, était un géomètre, né et élevé à York et, écrivit Penelope, esclave de la routine : levé à l'heure pile, sortant à l'heure pile, revenant à l'heure pile, dînant à l'heure pile, couché à l'heure pile, vivant à l'heure pile

mon père n'a jamais dit quoi que ce soit de vaguement *important*, écrivit-elle, qui ne soit régurgité du *Daily Telegraph* qu'il lit chaque soir en rentrant du travail la seule chose intéressante le concernant, remarqua-t-elle, était aussi la plus minable : une enveloppe épaisse contenant des cartes postales pornographiques cachée dans son coffre à outils, dans le hangar, il ne lui était pas venu à l'esprit que sa fille n'avait pas besoin de posséder un pénis pour clouer ses propres encadrements au mur de sa chambre

Margaret, la mère de Penelope, était aussi une affreuse nullarde, bien qu'issue d'un milieu plus exotique

elle était née dans la toute récente Union sud-africaine, de parents anglais qui cultivaient de l'orge dans le Yorkshire et avaient vendu leur exploitation en faillite pour profiter du *Natives Land Act* de 1913

qui attribuait en toute propriété plus de 80 % d'une terre aux seules personnes capables de s'en occuper, lui avait raconté sa mère

à savoir la race blanche

nous

les indigènes, disait sa mère, avaient dû abandonner leurs terres étant donné le coût inévitable du progrès économique, aux fins de l'amélioration de la société prise dans son ensemble

et comme ils cherchaient désespérément du travail, la main-d'œuvre était bon marché

mon père acheta une ferme pour cultiver de l'orge, Penelope, mais échoua dans sa volonté de réussite à cause de ses ouvriers agricoles, tous paresseux, aigris et voleurs

ses collègues fermiers lui conseillèrent d'attacher les pires délinquants à un arbre et de les fouetter

ce qui servirait d'exemple

ça sembla marcher et quand il entreprit d'appliquer la même punition aux voleurs de récoltes

les journaliers parurent se calmer et reprendre le travail

jusqu'au jour où, alors qu'il faisait sa tournée à cheval, une bande de journaliers rebelles surgit des bois comme une horde d'animaux écumants et lui sauta dessus

avant qu'il ait pu comprendre, il gisait par terre, son fouet se trouvait dans leurs mains et ils s'en servaient contre lui

le pauvre homme n'avait pas l'ombre d'une chance de leur échapper

ton grand-père ne s'en remit jamais dans sa tête, Penelope, il vendit la ferme pour une bouchée de pain, ramena la famille en Angleterre, nous installa chez des parents et ne retravailla jamais plus

je fus soulagée de me réimplanter en Angleterre, loin des indigènes haineux qui avaient fait une chose si terrible à mon père

d'autant que ce n'était pas un endroit pour passer du stade de l'adolescence à celui de femme quand on était blanche

je n'aimais pas la façon dont les hommes indigènes me regardaient

la mère de Penelope atteignit sa majorité dans une Angleterre civilisée, raconta-t-elle, elle aimait danser, s'était fait des amis, randonnait à vélo dans la campagne le dimanche avec certains d'entre eux, y compris quelques goujats qui n'en étaient pas moins drôles, ils pique-niquaient et lampaient gaiement le gin de leurs flasques à minuit elle sortait en catimini pour aller se baigner nue avec eux dans la Foss

remontait ses jupes au-dessus des genoux quand elle se trouvait assez loin de la maison

fumait ouvertement en public à une époque où les femmes qui le faisaient passaient pour vulgaires

seules les *saphiques* décadentes qui se coupaient les cheveux et portaient des habits d'hommes s'en tiraient impunément, Penelope

la rencontre avec ton père m'a prise au dépourvu, il était un peu plus âgé que moi, très bel homme avant d'avoir perdu ses cheveux, passait me prendre tous les samedis soir à dix-neuf heures pile à l'horloge de grand-père dans le hall de la maison

il se mit à fréquenter mon église le dimanche, m'attendait devant la mercerie où je travaillais

j'aurais voulu étudier à l'école normale pour devenir institutrice, l'une des rares professions ouvertes aux femmes alors, mais il y avait l'obstacle du mariage, ce qui signifiait que je devrais arrêter d'enseigner dès que je deviendrais une épouse

à quoi bon suivre une formation que je devrais abandonner ensuite ?

contrairement aux goujats que j'avais connus, ton père était sobre et sensé, ce que je recherchais dans un mariage

mon père à l'époque était mort tragiquement dans un asile

ma famille traversait de nouveau une terrible période et ton père s'est introduit facilement dans ma vie, à la fois compagnon et source de réconfort, il m'emmenait ramer sur la Foss, pas nager ni danser ni boire un verre, il est vrai activités qu'il qualifiait de disgracieuses pour les dames

après trois ans de fréquentation, nous nous sommes mariés

la danse me manque, Penelope, je t'assure, je regrette le plaisir qu'elle me donnait, je pense souvent au passé, à la personne que j'étais

j'ignore où elle est partie

la mère de Penelope s'arrêtait de parler, se remettait à tricoter, coudre, cuisiner, nettoyer, repasser ou telle autre de ses activités qui remplissaient ses journées

laissant la conversation en suspens

Penelope avait du mal à se représenter sa mère en personne si rebelle et sociable

elle trouvait navrant qu'elle ait dû choisir entre une carrière et une famille, une véritable injustice

et tout comme sa mère mourait d'impatience d'échapper aux sauvages d'Afrique du Sud, Penelope mourait d'impatience d'aller à l'université, de construire une carrière et d'abandonner derrière elle la vie corsetée de ses parents

puis arriva le moment où ils l'informèrent qu'elle était le fruit d'un mensonge et toute la compassion qu'elle avait éprouvée pour sa mère disparut sans laisser de trace

pour être remplacée par une lame de fond d'amertume

le mensonge était déjà une méchanceté en soi, même si avec les années elle finirait par comprendre leur mode de raisonnement, mais le lui avoir avoué, c'était ça la cruauté

une cruauté qui révélait les failles qui existaient en eux et en elle, celle qu'elle allait devenir dans la vie

tu n'es pas notre fille au sens biologique du terme, l'informa son père au cours du déjeuner de son seizième anniversaire (c'était le moment idéal)

elle avait été déposée dans un berceau sur les marches d'une église

ils avaient attendu qu'elle soit en âge de comprendre

un abandon mystérieux sans attestation, sans un mot, aucun indice, rien

ils avaient essayé pendant des années de concevoir leur propre enfant, en vain, ils l'avaient trouvée dans un orphelinat, l'adoption était facile à l'époque, ils avaient signé des papiers et l'avaient emmenée chez eux

ce qu'ils n'ajoutèrent pas, c'est qu'ils l'aimaient, une chose qu'ils ne lui avaient jamais dite

ce dont elle avait besoin à ce moment-là, c'était une déclaration d'amour inconditionnel de la part de ces gens qui l'avaient élevée comme leur propre fille

or

ils poursuivirent sur un ton normal, malgré les larmes qui dévalaient son visage

ils restèrent assis sur leurs chaises à haut dossier autour de la table à manger ovale couverte d'une nappe à franges

ils étalèrent leurs serviettes extraites de leurs ronds en bois gravés à leurs noms

ils mangèrent les côtelettes d'agneau, les pommes de terre et les petits pois d'excellente qualité des déjeuners du samedi

se passant la sauce
se passant le poivre
se passant le sel
incapable de déloger la pomme de terre coincée dans sa gorge, Penelope quitta la table sans permission, gravit en suffoquant l'escalier jusqu'à sa chambre où elle s'effondra sur son lit en un petit tas sanglotant, avec l'espoir désespéré que du moins sa mère viendrait s'inquiéter d'elle, elle guetta le glissement des pieds sur les marches, le petit coup hésitant frappé à la porte, qui va s'ouvrir, la caresse sur le dos
un câlin c'était trop demander
au lieu de quoi
elle entendit l'homme qu'elle croyait être son père quelques minutes encore auparavant quitter la maison pour aller jouer au golf avec son frère (qui n'était plus son oncle) comme tous les samedis après-midi
la femme qu'elle prenait pour sa mère installée devant la cheminée à fabriquer au crochet de petits chaussons pour la plus jeune de ses nièces, Linda (qui n'était plus la petite-cousine de Penelope)
on entendait des rires et des blagues émanant de la radio au rez-de-chaussée
pour eux c'était un samedi après-midi ordinaire

ensuite, pendant des mois, Penelope avait sangloté, en privé, à l'écart des deux personnes avec qui elle vivait, qui auraient désapprouvé un comportement si déplacé
à l'écart de ses camarades de classe à qui elle devait cacher un secret si honteux
elle était une orpheline
une bâtarde

non désirée
rejetée

à présent la disparité entre elle et ces personnes était compréhensible

ses parents n'étaient pas ses parents, sa date de naissance n'était pas sa date de naissance

elle n'était pas de leur sang, ne partageait pas leur histoire

de terribles pensées ne cessaient de la torturer

comment ses véritables parents avaient-ils pu l'abandonner ainsi ? jetée sur les marches d'une église comme un sac d'ordures

et si les rats l'avaient chopée les premiers ? ou les renards ? ou le froid glacial d'une nuit ?

comment avaient-ils pu être si cruels ? et d'ailleurs qui étaient-ils ? si elle ne savait pas qui étaient ses parents

comment pouvait-elle savoir qui elle était elle-même ?

il n'y avait aucune trace écrite
elle était une enfant trouvée
anonyme
non identifiée
mystérieuse

après

lorsqu'elle s'étudiait de plus près dans le miroir de sa coiffeuse, il ressortait à l'évidence qu'elle ne ressemblait en rien à *Edwin* et *Margaret*, comme elle les nommait désormais

Edwin était petit, anémique, avec des yeux bleus et des traits aquilins, des traits qui convenaient à un homme dont les émotions ne se manifestaient qu'accidentellement, même ses éclats de rire donnaient l'impression qu'il brisait la règle qu'il s'était fixée de ne jamais s'amuser

Margaret était encore plus petite, dépassait tout juste le mètre cinquante, avec des cheveux clairsemés, des yeux gris, une pâleur grise

d'après sa photo de mariage, elle avait été jolie un temps

maintenant elle semblait juste

lessivée

Penelope, en revanche, avec son mètre soixante-quinze, était grande pour une fille, sa moue naturelle et ses yeux noisette lui valaient à l'école la réputation d'une beauté de star, elle coiffait ses cheveux bouclés blond vénitien à la Marilyn Monroe, avait « un léger saupoudrage de taches de rousseur » autour du nez, et acquérait facilement en été un bronzage jugé *très chic*[1] parce qu'il lui conférait un éclat Saint-Tropez

genre *jet-set*

Penelope décida qu'elle irait à l'université, épouserait un homme qui l'idolâtrerait, deviendrait enseignante et aurait des enfants

le tout destiné à combler le gouffre douloureux creusé au plus profond d'elle-même

le sentiment d'être

sans

1. En français dans le texte.

attaches
non
désirée
non
aimée
non
fabriquée

un
non-
être.

2

Penelope fondit sur Giles peu après avoir senti son identité exploser en fragments épars

elle avait besoin de quelqu'un qui ressoude les morceaux

Giles, dix-huit ans et capitaine de l'équipe de rugby du lycée de garçons, était une sacrée prise – l'allure du Heathcliff d'Emily Brontë et la confiance en soi du champion qui balayait les minus

qui *n'aurait pas* voulu graviter dans l'orbite de Giles le Grand, Giles le Tsar, Giles Ier roi d'York

ainsi qu'elle le nota dans son journal intime

toutes les filles en pinçaient pour lui sauf celles que la rumeur disait *saphiques*

piéger Giles devint l'obsession de Penelope

chaque matin elle rôdait autour de l'arrêt de bus afin de tomber sur lui comme par hasard quand il descendait, et se lançait hardiment à ses côtés en longues enjambées

par chance, la conversation s'instaurait facilement entre eux et elle devint experte dans l'art de barrer la route aux autres filles qui essayaient de s'immiscer, même si elle était ravie quand les copains de rugby débarquaient et qu'ils dévalaient en troupeau la colline

elle, la seule fille au milieu de ces sportifs fringants, machistes et fanfarons

n'importe qui d'autre était intimidé en leur présence

dégageait le passage

ou s'en trouvait écarté d'un bon coup de coude

par elle

Giles et elle commencèrent à se tenir par la main effrontément, perdus au milieu de la multitude de leurs pairs en uniforme vert et blanc

il se mit à l'embrasser en guise d'*au revoir* quand ils se séparaient à la porte de l'école, c'était si excitant devant un tel public

l'un ou l'autre de ces crimes aurait pu lui valoir une convocation devant la directrice et le renvoi de l'établissement

mais quelle importance ? elle était amoureuse, elle allait mettre au monde les bébés de Giles, créer sa propre lignée, elle était fiancée à dix-huit ans

alors que les autres filles de sa classe, paniquées par leurs boutons d'acné et leurs rondeurs, mouraient de peur d'être laissées pour compte

elle était désolée pour elles, c'était si affreux d'être grosse, laide et probablement condamnée à rester seule jusqu'à la fin de sa vie

tandis qu'elle était l'enfant chérie

et honnêtement
elle n'y trouvait rien à redire

Penelope épousa Giles peu après avoir obtenu son diplôme d'enseignante, il travaillait déjà comme ingénieur des travaux publics

une situation presque parfaite, telle qu'elle l'avait rêvée, Giles attentionné, soucieux de son bien-être, des gestes affectueux, une caresse sur la joue, un baiser sur la nuque, elle se sentait importante, désirée

le salaire conséquent de Giles leur permit de s'installer à Londres, à Camberwell, dans une somptueuse demeure de Camberwell Grove, faubourg pauvre par ailleurs

il lui laissa toute liberté pour la décoration : papier mural William Morris, table et chaises scandinaves de chez Uniflex, canapé modulable De Sede, murs de cuisine en similicuir brun, tapis orange à poils longs, salle de bains en plastique couleur avocat

il tolérait ses expériences culinaires, ne se plaignait jamais que les résultats étaient trop salés ou trop sucrés, trop cuits ou pas assez, trop fadasses ou trop conglomérés, trop liquides ou poisseux, ni qu'il fallait un marteau et des ciseaux pour briser la pâte des gâteaux, le pain maison, le rôti

elle tomba tout de suite enceinte d'Adam, ce qui retarda ses débuts d'enseignante, mais elle avait tout le temps devant elle pour bâtir sa carrière

un an plus tard, Sarah gigotait en venant au monde après un travail de douze heures

peu importait à Penelope de rester à la maison avec les bébés, dans les premiers temps, elle les aimait tellement, c'était à ne pas croire

Giles avait comblé le vide dans son cœur avec son amour, mais l'amour qu'elle ressentait pour ses enfants était débordant, illimité

elle adorait éprouver ce sentiment d'amour

toutefois

après trois ans consacrés à nourrir deux enfants qui se gorgeaient à ses mamelles engorgées, elle commença à se sentir totalement desséchée

pour dire la vérité, ça avait un côté un tantinet *vampirique*

Sarah en était encore au stade gargouillis-bredouillis de l'évolution humaine tandis qu'Adam venait (gros soupir) de découvrir le langage et la laissait épuisée en fin de journée par son bavardage incompréhensible

elle s'en voulait d'avoir de telles pensées et avait hâte d'enseigner afin de contrebalancer ce rôle de mère nourricière malgré elle, d'autant qu'elle commençait à se sentir sur la touche, à l'écart de choses bien plus importantes, par exemple ces révolutions culturelles qui, selon les journaux, éclataient dans le monde entier, y compris le mouvement de libération des femmes

pendant qu'elle pataugeait jusqu'aux genoux dans les pipis et les vomis

quand Giles rentrait du travail désireux de discuter des affaires du monde, infatué de sa propre importance parce que maintenant il lisait le *Times* dans les transports en commun, elle était tellement lessivée qu'il y renonçait, mangeait en silence et se retirait dans son bureau

tandis qu'elle mettait les enfants au lit

elle souleva la question d'une reprise de son travail d'enseignante, ce n'est pas comme si on ne pouvait pas se payer une nounou

à quoi il répliqua que c'était difficile de dépendre de deux maîtres : son chef au bureau et son mari à la maison

plaisantait-il ? non, à en juger par l'expression de son visage

au rituel café du matin avec mères et bambins, auquel Penelope s'efforçait de participer essentiellement afin de sortir de la maison, ces femmes que seule ou presque la maternité reliait entre elles échangeaient des conseils sur la façon de s'occuper des enfants, des maris et de cuisiner les derniers plats *incontournables* tels que la quiche lorraine et les spaghettis bolognaise, tout en essayant de maîtriser leurs rejetons qui se tortillaient dans leurs bras tourbillonnants cependant qu'elles surveillaient du regard leurs fardeaux déchaînés pour s'assurer qu'ils ne grimpaient pas l'escalier qu'ils dégringoleraient ensuite tête la première ou ne démontaient pas le pare-feu pour voir l'effet que ça fait de toucher des braises

Penelope nota dans son journal que les cellules de son cerveau éclataient comme des étoiles se volatilisant dans un oubli irrémédiable

quand Mildred, du 63 de la rue, exposa son idée géniale d'organiser la « journée nationale du Vol-au-Vent » pour inciter les gens à organiser davantage de fêtes dans le quartier, Penelope faillit pousser un hurlement comparable à celui des enfants

heureusement

et à point nommé, elle découvrit Gloria, la bibliothécaire du coin, avec qui elle pouvait échanger quelques paroles intelligentes tout en empruntant ou en rendant des livres pour enfants

Gloria qui, secrètement, intelligemment et avec jubilation, avait commandé six exemplaires de *La Femme mystifiée*, de Betty Friedan

et qui, avec une mine de conspiratrice, lui confia

qu'elle recommandait le livre à toutes les jeunes mères à l'esprit ouvert qui venaient à la bibliothèque en semaine, poussant des petits dans leurs landaus ou traînant derrière elles leurs braillards

un signe, dit Gloria, que ces femmes brillantes sont frustrées de ce qui leur échoit

Penelope ne se lassait pas de Mrs Friedan, qu'elle cachait dans le cagibi avec les balais, l'aspirateur et la planche à repasser – rassurée par le fait que Giles n'avait jamais ouvert la porte de son « antre », comme il l'appelait

ça la mettait en rage d'entendre dire que des femmes américaines cultivées se satisfaisaient de leur rôle de mères et de ménagères alors que, en réalité, elles couvaient un mécontentement qu'elles n'avaient pas le droit d'exprimer, pauvres femmes emprisonnées dans leurs pavillons de banlieue, condamnées à la cuisine et au ménage plutôt qu'à découvrir un traitement contre la cécité ou autre chose d'aussi noble

elle comprit que ce qu'elle avait cru jusqu'ici ne concerner qu'elle seule s'appliquait, en réalité, à de nombreuses femmes, des quantités de femmes, que leurs maris obligeaient à rester à la maison alors qu'elles ne demandaient qu'à utiliser leur intellect à des travaux qualifiés, des femmes qui, comme elle, devenaient dingues d'ennui et de banalité afin de retourner travailler elle déclencha une campagne pour convaincre Giles, qui continuait de prétendre la garder à la maison car c'était l'ordre naturel des choses depuis les temps immémoriaux :

moi chasseur – toi ménagère
moi gagner le pain – toi faire le pain
moi faire enfants – toi élever enfants

Giles se moquait d'elle quand il l'entendait exprimer sa rancœur – les femmes de la classe ouvrière en Angleterre avaient le droit d'aller travailler, des centaines de millions de femmes du tiers-monde éprouvaient la satisfaction du travail accompli *et* de la maternité, Giles

si c'est bon pour elles, pourquoi pas pour moi ? répétait-elle en lui apportant chaque matin sa tasse de thé au lit, en le poursuivant à travers la maison pendant qu'il se préparait pour aller travailler, en l'apostrophant à travers la porte des toilettes quand il y passait trop de temps (qu'est-ce que tu *fabriques* là-dedans ?), continuant sa croisade pour la liberté tout en lui préparant ses œufs et ses toasts du petit déjeuner, *et* pendant qu'il les mangeait, *et* tandis qu'il enfilait son manteau parce que, *d'une manière ou d'une autre*, elle le ferait changer d'avis

jusqu'au matin où il cassa du poing la vitre de la porte d'entrée en hurlant qu'elle avait de la chance qu'il ne lui casse pas la figure

et partit en claquant la porte derrière lui

elle conserva la maison (une chose à son actif, admit-elle)

obtint facilement la garde de Sarah et d'Adam (ils constituaient un fardeau pour lui)

elle trouva une nounou et un emploi à l'école mixte de Peckham, un nouveau collège à deux pas de chez elle

elle rencontra son mari Numéro Deux, Phillip, au mariage d'une amie d'université six semaines après avoir reçu l'enveloppe contenant le jugement provisoire de divorce délivrée en main propre par le facteur

ce qui équivalait à reconnaître officiellement
son nouveau statut.

3

Phillip c'était autre chose, une *sacrée* prise, brillant psychologue dont le charme l'avait subjuguée à la réception de mariage de son amie

où ils s'étaient retrouvés en train de se bécoter sur la piste de danse au son d'une musique langoureuse

avant d'aller finir la nuit dans sa chambre d'hôtel

presque aussitôt après cette rencontre, les tumultueuses émotions que la dissolution de son mariage lui avait fait éprouver (regrets, tristesse, solitude, dégoût de soi, fureur d'avoir vu Giles se transformer en un tel macho indécrottable)

se dissipèrent

Phillip, découvrit-elle, était un adepte du clitoris, le sexe avec lui fut une révélation contrairement à ce qu'il avait été avec Giles : un peu à gauche, un peu à droite, un peu plus haut, un peu plus bas, Giles tu es génial !

Phillip savait ce dont il retournait et comment y parvenir sans avoir besoin qu'elle le guide

en outre, c'était un être sensible et attentionné qui désirait permettre aux gens de se sentir mieux dans leur peau

la cérémonie du mariage fut rapide avec seulement deux témoins, elle ne voulait pas de tout le tintouin qui risquait de leur porter la guigne

Phillip mit en location sa grande maison de Highgate et vint s'installer chez elle, dans sa maison de trois étages tout aussi grande, utilisant la pièce de réception comme cabinet de consultation

en un sens, n'était-il pas satisfaisant que ce fût *elle* à présent qui sortît pour aller travailler tandis que le Mari restait à la maison, même si c'était pour travailler ?

satisfaction *symbolique* certes

ce fut aussi un grand soulagement quand les enfants finirent par s'attacher à lui, après quelques mois difficiles y compris les nuits où elle devait bercer Sarah, notamment, à qui son père manquait terriblement

Phillip fit leur conquête en se montrant affectueux, caressant (contrairement à Giles), en leur parlant et en les écoutant (contrairement à Giles), en leur faisant la lecture (contrairement à Giles), en les aidant à faire leurs devoirs (contrairement à Giles) tandis qu'elle corrigeait ses copies

ce qu'il y avait aussi de rafraîchissant avec Phillip, c'était l'intérêt qu'il lui portait, il voulait savoir qui elle était tout au fond d'elle-même, connaître la vraie Penny au-delà de la façade agréable et plaisante, au-delà de son destin de femme et de mère

elle était flattée d'une telle sollicitude

d'autant qu'il n'essayait pas de lui imposer des valeurs démodées comme l'avait fait l'abominable Giles, Brute Tyrannosaure qui croyait à la supériorité de l'espèce masculine

Phillip était un homme en contact avec la modernité

un Homme Nouveau

écrivait-elle dans son journal

tout alla bien

jusqu'au moment où elle constata que l'exploration bienveillante de Phillip tendait à se transformer en interrogatoires importuns quand elle faisait des choses qu'il n'aimait pas ou quand il n'arrivait pas à ses fins

notamment lorsqu'elle exprimait franchement sa pensée, chose qui, de femme libérée à homme libéré, aurait dû être parfaitement admise

essayons de découvrir ce qui suscite ce comportement négatif, veux-tu ? questionnait-il, penché en avant sur la table, entre eux le dîner tout juste entamé, la fixant si profondément dans les yeux qu'elle se sentait, comment dire ? psychologiquement *violée*, voilà le mot

que t'est-il arrivé dans l'enfance, Penny ? demandait-il, il est clair que tu souffres de problèmes d'abandon, essayons d'exhumer ta mémoire inconsciente, veux-tu ?

je préférerais laisser ma mémoire inconsciente là où elle est, répliquait-elle alors essayons de faire surgir tes désirs sexuels réprimés pour voir ce qui te retient et t'empêche d'être une meilleure personne ?

ou bien

je veux que tu creuses profondément, Penny, afin de comprendre pourquoi tu nettoies les toilettes trois fois par jour d'une manière obsessionnelle

je fais ça parce que tu pisses sur le siège, chéri, lui rétorqua-t-elle

tout comme, lorsqu'il voulut savoir pourquoi elle balayait le sol de la cuisine avec une obsession identique, elle lâcha

c'est parce que tu laisses tomber des miettes de toasts et de biscuits qui se baladent ensuite dans toute la maison

quand il lui demanda pourquoi elle ne rinçait pas les verres à vin avant de les ranger sur l'égouttoir

elle lui répondit en les jetant par terre

quand il lui demanda pourquoi elle n'aimait pas ses amis (avec leurs lunettes à monture noire, leurs pull-overs noirs à col roulé et leur prétention intellectuelle), pour être honnête, Phil, ils ne sont pas mon genre, répliqua-t-elle, résistant au besoin d'ajouter, comme toi, je pense, comme toi

quand il lui demanda pourquoi elle désapprouvait son abonnement à *Playboy* alors que, croyait-il, elle approuvait la révolution sexuelle, avait-elle quelque chose contre l'homme libéré ? était-elle une vieille chnoque si vieux jeu ?

elle répondit en emportant dans le jardin une pile de *Playboy* dont elle alimenta le monticule de feuilles d'automne et de fougères en train de brûler puis il l'accusa de trop boire, il y avait deux Penny : la Penny Sobre à l'esprit logique et sa Jumelle Ivre irrationnelle

elle lui dit qu'il était totalement ridicule, une bouteille de vin par soirée ça n'a rien d'exagéré, Phil, pense aux Scandinaves avec leurs vodkas au petit déjeuner ou aux Méditerranéens avec leur vin au déjeuner et au dîner ? autre chose, en quoi est-ce bien pour toi de boire au pub avec tes amis d'un soir et mal pour moi de jouer les continentales dans l'intimité de ma maison ? tu devrais te montrer reconnaissant d'avoir une femme aux manières européennes si sophistiquées

et maintenant passe-moi le pain aux noix, le camembert et le chutney de figues, *chéri*

Penelope en arriva à la conclusion qu'épouser quelqu'un dont on est amoureux n'était peut-être pas une très bonne idée, que mieux valait attendre quelques années (dix, vingt, trente, jamais ?) pour voir si on était toujours faits pour s'entendre une fois la passion disparue et la réalité installée

elle reconnaissait que les choses s'étaient gâtées avec Giles quand leur alchimie sexuelle s'était volatilisée, c'est-à-dire après la naissance de leur premier enfant

le spectacle de ses seins gonflés de lait ou de sa silhouette enrobée n'était pas fait pour l'exciter ; certes il ne le disait pas, mais elle le voyait bien à la façon dont il la regardait (dégoûté) et à son comportement (ne voulant plus la toucher)

après l'accouchement elle avait déploré l'épaississement de sa taille et la perte d'élasticité de ses seins, l'un et l'autre irrémédiables il avait cessé de s'extasier sur sa beauté irrésistible comme il le faisait auparavant plusieurs fois par jour

elle se rendit compte que c'était devenu une dépendance

qu'elle était en manque et que sans ces mots

elle se sentait laide

néanmoins

elle était résolue à ne pas renoncer au Numéro Deux, espérant qu'il ne renoncerait pas à elle (comme Giles) même quand il commença à oublier de jouer sur la gamme étendue de ses désirs sexuels

peut-être avait-il simplement la flemme, quoi qu'il en fût, il recourait à la même banale position du missionnaire que son ex

mieux valait être malheureuse, décida-t-elle, que subir l'humiliation publique de l'échec d'un autre mariage et devenir une exclue de la société

Règle numéro un : les couples n'invitent pas les femmes célibataires à leurs dîners mondains

les enfants apprirent à circuler sur la pointe des pieds autour d'eux, ils se montraient toujours aussi gentils avec Phillip, beau-père qu'ils aimaient, et Penelope culpabilisait à l'idée de leur infliger si jeunes deux échecs matrimoniaux

le temps qu'ils grandissent et s'émancipent, leur mère et leur beau-père s'étaient en réalité créé des existences séparées, n'ayant plus rien à se dire ni même l'occasion de déclencher des disputes terribles

ils partageaient toujours la même maison, mais chacun dans son cantonnement, avec deux télés, deux lignes de téléphone, chacun sa portion de cuisine

jusqu'au jour où, tout aussi banalement, il la troqua pour une version d'elle en plus jeune, l'une de ses patientes, Melissa, une Scandinave de dix-neuf ans

un jour où elle procédait à sa fouille hebdomadaire Penelope trouva des préservatifs usagés dans la poubelle de la cuisine

ce soir-là elle le coinça contre le frigo, une casserole d'eau bouillante à la main

il reconnut qu'il voyait cette Melissa depuis un certain temps, qu'il avait eu peur de lui en parler ; pour Penelope ce qui comptait ce n'était pas qu'il la trompe (elle en était convaincue) mais qu'il le fasse en douce dans leur maison avec une femme plus jeune que sa propre fille

l'âge n'avait rien à voir dans l'affaire, rétorqua-t-il, mais étant donné que Melissa sortait à peine de l'enfance, il lui était plus facile de l'aider à mettre au jour ses souvenirs réprimés, tu comprends, de l'aider à se trouver elle-même

après quoi, elle regretta Giles, lui du moins n'était pas un terrifiant prédateur psychologique

malheureusement il était sur un coup : future Épouse (*indienne*) Numéro Deux, à Hongkong, où il construisait des ponts, et habitait un appart sur l'une des îles tropicales périphériques où nichait une ménagerie d'oiseaux particulière

racontèrent Sarah et Adam

qu'il avait pris l'habitude d'inviter à passer les vacances d'été avec lui depuis que, adolescents, ils savaient tenir des conversations d'adultes

ils adoraient leurs deux très jeunes demi-frères métis indiens, Ravi-Paul et Jimmy-Dev et accusaient Penelope de racisme si jamais elle disait un mot contre eux

ses propres enfants étaient l'exemple même de la folle dérive du politiquement correct.

4

Penelope se retrouva seule après le départ de Phillip le Connard retourné vivre dans son appart de Highgate – et l'envol des enfants devenus grands

elle resta seule dans la maison pendant quelques années, avec l'aide d'une merveilleuse femme de ménage africaine nommée Boomi, qui dépoussiérait tout, ce qui semblait un terrible gaspillage d'argent étant donné que la majorité des pièces étaient inoccupées

Penelope décida de devenir logeuse, convertit les étages supérieurs en studios, les loua à des étudiants japonais

propres, calmes, ordonnés et respectueux

c'était si charmant de les voir s'incliner devant elle en lui tendant le montant du loyer

le célibat lui pesait, elle constata qu'il était difficile de trouver un compagnon à l'approche de la cinquantaine

les hommes ne la remarquaient plus et elle ignorait l'art subtil du flirt pour attirer l'attention si un individu convenable se trouvait dans les parages parce qu'elle n'avait jamais eu à le pratiquer

dans sa jeunesse, les hommes lui tournaient autour et elle se contentait de répondre, gracieusement, avec coquetterie ou (elle s'en rendait compte maintenant) grossièreté

à présent une question essentielle la taraudait : comment convaincre un homme de vous inviter à sortir quand il pense à tout sauf à ça ?

elle a tenté une expérience – la première et la dernière – de rendez-vous organisé, via une agence : dès qu'elle est entrée dans la pièce, le candidat au mariage (sur le papier, du moins) s'est levé et dirigé vers la sortie

pour la première fois de sa vie, elle a failli regretter de ne pas être « de l'autre bord »

elle avait lu un article disant que si les hommes de cinquante ans et au-delà cherchaient des femmes plus jeunes, les femmes âgées voire plus jeunes s'entichaient souvent de femmes cinquantenaires

hélas, il n'y avait pas une once de saphisme dans son organisme

les magazines féminins que Penelope lisait désormais affirmaient que les femmes ne devaient pas se définir en fonction d'un partenaire masculin, que dépendre d'un homme était un signe de faiblesse

à l'opposé des magazines qu'elle lisait dans sa jeunesse, qui conseillaient le contraire

elle s'efforçait de trouver plaisant d'acheter des provisions pour une seule personne, d'être heureuse de dormir seule, heureuse de se réveiller dans un lit vide, heureuse de ne plus se faire siffler par les ouvriers du bâtiment quand elle passait devant eux (dire qu'elle avait jugé ça inconvenant)

heureuse de regarder son corps de femme mûre dans la glace sans faire la grimace, parce qu'il convient d'accepter la silhouette féminine dans ses différentes formes et tailles, n'est-ce pas ?

Penelope désirait pratiquer l'amour de soi et l'acceptation de soi

se débarrasser des miroirs en pied dans toute la maison constituait un bon point de départ

elle devait aussi s'estimer heureuse au travail et considérer la rupture de son premier mariage comme l'accomplissement d'un droit qu'elle détenait

au début elle aimait instruire les enfants défavorisés du quartier dont les parents se transmettaient de génération en génération la volonté de payer des impôts, tout en sachant que la plupart d'entre eux n'iraient pas très loin

caissières de supermarché pour celles qui savaient compter, dactylos pour celles qui savaient compter *et* écrire, une formation continue pour celles qui réussissaient leurs examens dans la bonne moyenne

elle se sentait une responsabilité envers les gens de sa propre espèce, et n'apprécia pas du tout l'évolution démographique de son école avec le déferlement des progénitures d'immigrés

en l'espace d'une décennie l'école passa d'une majorité d'élèves anglais de la classe ouvrière à un zoo multiculturel de gosses venant de pays où il n'existait même pas de mots pour dire s'il vous plaît et merci

ce qui expliquait des *tas de choses*

elle voyait avec horreur le féminisme perdre du terrain et les troupes multiculturelles vociférantes en gagner, elle enrageait continuellement contre les garçons irrespectueux et les professeurs mâles euphoriques qui se comportaient toujours comme si la planète leur appartenait

le genre de ceux qui la traitaient avec condescendance, au point presque de la faire pleurer, quand elle avait commencé à travailler il y avait des années de ça

qui ne la mêlaient jamais à leurs conversations sauf pour regarder ses nichons

il lui fallait demeurer là, silencieuse, réduite à l'état d'objet en compagnie des autres jeunes enseignantes et des affiches de mannequins aux seins nus punaisées sur le tableau de la salle des profs

tout comme les élèves filles se faisaient peloter par les profs hommes et, honnêtement, pouvaient-elles escompter que quelqu'un les prennent au sérieux quand elles se plaignaient que *tel* prof leur avait caressé les seins, que *tel autre* leur avait donné une claque sur les fesses ou que *machin* était allé fourailler sous leurs jupes ?

Penelope connaissait l'histoire de deux hommes qui avaient eu une « liaison » avec leurs élèves filles

puis qui s'étaient barrés en toute impunité, comme ils le faisaient tous

messieurs les profs

allaient boire une pinte au Dragon vert après les classes, sans jamais penser à l'inviter elle ni quelque autre prof doté d'un utérus

messieurs les profs

prenaient leurs décisions avant le conseil de classe si bien que les autres enseignants se voyaient mis devant le *fait accompli* sans le moindre espoir de rattraper des conversations décisives commencées au déjeuner, dans les couloirs ou par téléphone la veille elle mit des années à se rendre compte qu'elle n'était ni lente d'esprit ni stupide, elle apprit à s'immiscer de force dans les débats, à obliger ces hommes à expliquer *exactement* de quoi ils parlaient, à exiger des comptes

elle apprit la manière d'écraser toute tentative d'opposition, notamment celle des jeunes arrivistes comme sainte Shirley la Puritaine des Caraïbes

ainsi qu'elle la décrivait dans son journal

Shirley sortait à peine de sa période d'enseignement probatoire quand elle s'en était prise à Penelope, au cours d'un conseil de classe – à la seule femme de l'école qui osait défier les hommes

pourquoi sainte Shirley n'avait-elle pas attaqué l'un de ces phallocrates qui pontifiaient *ad infinitum* au lieu de s'en prendre à la forte femme qui avait organisé des pétitions pour ce qui allait par la suite devenir la loi « à travail égal salaire égal » et la loi « sur la discrimination sexuelle »

qui avaient amélioré la situation de toutes les femmes au travail

qui devraient valoir à Penelope l'admiration et le respect de ses collègues femmes ?

il lui a fallu du temps pour pardonner à sainte Shirley, mais quand ce fut fait elles sont devenues amies, des amies de travail.

5

Penelope

rentre chez elle chaque soir après l'école retrouver son golden retriever, Humperdinck toujours présent, toujours avide d'un câlin, capable de l'écouter des heures sans l'interrompre, qui pleurniche quand elle sort, lui fait fête dès qu'elle ouvre la porte, lui saute dessus pour qu'elle le serre dans ses bras

elle l'a baptisé Humperdinck du nom de son crooner favori des années 1970, Engelbert Humperdinck, la bombe sexuelle au teint mat qui exsude encore un tel charisme qu'elle a du mal à retenir son excitation quand il apparaît à la télévision, ses dents à la blancheur nacrée de perles

bien plus sexuel, estime-t-elle, que son plus proche rival, Tom Jones, avec son célèbre coup de reins et sa grosse voix des vallées galloises

elle a aussi repris contact avec la Sororité, ses amies de fac qui ont eu la bienveillance d'oublier le fait qu'elle s'était totalement ou presque désintéressée de leur sort du temps de ses mariages

Giles, leur expliqua-t-elle, n'aimait s'entourer que de ses copains ingénieurs très ennuyeux et de leurs femmes (au foyer), quant à Phillip, son milieu était constitué de pseudo-intellectuels et de leurs cuculs d'épouses Sauve-la-Planète

elle admettait qu'elle avait abandonné son *moi* individuel pour se fondre dans le *nous* du mariage, renonçant même à son nom de famille

Penelope Halifax devenue Penelope Owsteby devenue Penelope Hutchinson avant de reprendre son nom de jeune fille

qui n'était d'ailleurs pas vraiment le sien

(une honte qu'elle gardait par-devers elle)

avec ses copines, elle fréquente deux fois par an leur spa favori de Cheltenham pour ce qu'elles appellent des week-ends Detox/Retox

où elles se complaisent dans leur convivialité sororale tout en jouissant de massages, corporels et faciaux, de séances de sauna, et du vin qu'elles ont introduit en douce et qu'elles éclusent

au cours de beuveries dans leur suite la plus à l'écart de la réception et de son équipe collet monté

qui ne supporte pas l'idée que des gens puissent *s'amuser*

Penelope

a appris avec un secret soulagement que le mariage d'une copine s'était soldé lui aussi par un échec, parce que du coup elle ne s'est plus sentie terriblement seule, abominablement seule

elles ont pu aller ensemble au théâtre et au cinéma, au restaurant et aux expos, passer des vacances dans sa maison de campagne *authentiquement* rustique de Provence, entreprendre des thalassos dans les Alpes et en Thaïlande

sa fille s'est muée en soutien inestimable après l'échec du Mariage Numéro Deux

devenant sa meilleure amie, comme Penelope le lui répète souvent, et pas seulement quand elle a bu un verre ou deux et qu'elle lui téléphone à l'aube

Sarah ne lui raccroche jamais au nez, pas une seule fois, je suis là, Maman, et s'il te plaît ne fais pas de bêtise, *s'il te plaît*

Penelope ne possède pas le gène du suicide, et ça la vexe que sa fille puisse l'imaginer

Sarah a eu des petits amis, mais n'est pas encore tombée amoureuse, peut-être parce qu'elle avait vu avec sa mère comment ça finissait

elle parlait d'avoir des enfants et disait, Maman, le jour où j'aurai des gosses sera celui où j'arrêterai de travailler, je ne veux pas être une de ces mères qui travaillent

c'est très bien, la rassurait Penelope, et elle le pensait

tout ce qu'elle voulait pour sa fille, c'était qu'elle s'accomplisse

à ce stade de sa vie, le féminisme politique pouvait bien aller se faire foutre

vous voyez où ça l'avait menée elle ?

Giles ayant assuré leurs dépenses courantes à l'université, les enfants l'avaient élu leur parent favori

et non pas elle qui les avait élevés, ce qui l'avait quand même attristée

une fois diplômé, Adam s'était tiré au Texas pour travailler comme ingénieur dans l'industrie pétrolière, c'était toujours mieux que le boulot au Moyen-Orient qu'on lui avait également proposé

Sarah bossait dans une grande agence artistique du West End, et se plaignait de ces stars qui la traitaient comme leur domestique

c'est beaucoup moins glamour que tu ne le crois, Maman

elle venait déjeuner à la maison un samedi sur deux, quittant sa colocation de Whitechapel (qu'elle ait choisi de vivre dans cet East End cradingue dépassait l'entendement de Penelope, qui continuait d'associer ce quartier aux taudis victoriens et à Jack l'Éventreur) les colocs de Sarah étaient de jeunes actifs, la moitié d'origine asiatique

cultivés et s'exprimant bien

à peine asiatiques en réalité

l'hiver Penelope préparait à Sarah ses plats favoris, brocolis et velouté de panais

avec des croûtons

l'été c'était sa salade préférée de légumes verts, tomates, figues, fleurs comestibles et fromage de chèvre

avec des croûtons

Penelope préfère les nourritures lourdes, telles que pâtes et pommes de terre, épais ragoûts, currys épicés et les plus gluants des desserts saccharinés du genre pudding au caramel collant

elle aime se sentir gavée à la fin d'un repas

l'estomac prêt à éclater

sinon elle ne ressent qu'un vide affectif

Sarah potine sur ses clients, ce que Penelope adore

car elle n'a jamais été aussi proche des célébrités dont parlent ces magazines qui la transportent de la misérable réalité de sa propre existence dans un monde fantasmé de personnages brillants à la vie parfaite

même si c'est une panacée à l'usage des masses crédules, ça a le mérite d'apaiser plutôt que de susciter l'envie

Sarah raconte que lorsqu'un acteur célèbre n'obtient pas un rôle qu'il convoitait il lui en impute la responsabilité, et que s'il obtient ce rôle, que le film est un four et que sa carrière bat de l'aile, il lui en impute aussi la responsabilité tout comme les acteurs obscurs la rendent responsable de leur obscurité

la plupart de ses clients gays prétendent ne pas l'être, quant à ceux qui sont mariés ils se livrent à des trucs insensés, tu n'imagines pas ce que j'entends, Maman, par exemple il paraît que le *truc* d'un acteur célèbre et marié c'est de s'accroupir sur une table en verre et de chier dessus tandis qu'une jolie jeune femme est allongée dessous

crois-moi, les gens du showbiz sont beaucoup plus givrés que la plupart d'entre nous, toi c'est rien en comparaison, non, c'est pas exactement ce que je veux dire, je ne dis pas que tu es givrée, nous le sommes tous, non ?

dit-elle

en plongeant son croûton si profondément dans son assiette de soupe qu'il se noya

et qu'elle eut beaucoup de mal à l'en extraire.

6

Quelques années plus tard la sonnette de l'entrée tinte

Penelope distingue les contours flous de Sarah et de Craig

et entend les gloussements excités de Matty et Molly, les jumeaux

elle ouvre la porte, ils s'entassent dans l'entrée, les enfants lui sautent dessus, Humperdinck saute sur tout le monde, Sarah lui bécote la joue et Craig l'étreint *à l'australienne*, comme d'habitude il travaille pour le cinéma dans le domaine du son, il a rencontré Sarah à l'occasion de la sortie d'un film, une première projection où il réglait l'acoustique et elle chaperonnait une starlette qui venait d'être prise sous contrat

pour le déjeuner Penelope a cuisiné une pizza croustillante avec empilement de pastrami, tomates et fromage (pas d'olives ni de poivrons, que les petits détestent)

et une salade verte à laquelle ils ne toucheront pas (elle non plus)

elle adore voir débarquer Sarah et sa bande, le temps que dure leur visite, elle oublie de s'apitoyer sur son sort, sa préoccupation ordinaire (sois honnête, Pen)

après le déjeuner, les jumeaux deviennent encore plus turbulents au fur et à mesure que les glucides se transforment en sucre et ils se mettent à courir autour du living

Craig, dont le père était géologue minier, a grandi dans le Queensland où il courait nu-pieds avec ses copains aborigènes, il croit que les enfants doivent être élevés en esprits libres, y compris dans le salon de sa belle-mère, apparemment, où ils renversent une tasse de café, se jettent des coussins à la tête, sautent sur le rebord de la fenêtre afin de se balancer aux rideaux, ce n'est que lorsque Molly semble sur le point d'enfoncer un doigt dans une prise électrique que Craig lui braille, recule de là, Molly !

Sarah adresse un sourire d'excuse à sa mère, mais n'intervient pas de peur d'être qualifiée de rabat-joie par Craig

Penelope estime que ses petits-enfants quand ils se déchaînent ainsi méritent quelques claques, qu'elle est toute prête à leur administrer – ce que Craig qualifie de maltraitance infantile

au lieu de quoi

elle les attire sur le canapé en tenant une sucette dans chaque main et une fois qu'ils sont tombés dans le panneau elle en serre un sous chaque bras (sans *ouvertement* les étrangler) et entreprend de leur lire une histoire de train parlant

la petite bande de Sarah habite un appartement au premier étage dans Brixton, où Penelope ne se rend que lorsqu'elle ne peut vraiment pas l'éviter, par exemple la fête d'anniversaire (malheureusement *annuelle*) des jumeaux

les murs blancs sont couverts des dessins rupestres des enfants, les meubles portent des taches de peinture, de stylo-feutre et de restes de nourriture, régurgités ou autre, comprenant des petits pois écrasés et du chocolat fondu

Penelope se tient assise au bord de son fauteuil en évitant de toucher quoi que ce soit, qui lui laisserait les mains collantes ou, plus inquiétant, mouillées

après que Penelope a réussi à endormir les jumeaux de sa voix de conteuse particulièrement soporifique, et qu'ils sommeillent chacun sous une aisselle, Sarah décide de le lui dire, parce qu'il n'y aura jamais de très bonne occasion pour le faire, Maman, nous partons pour Sydney où Craig s'est vu offrir un poste de dirigeant chez Dolby Audio la réaction de Penelope est immédiate, affective, extrême et incontrôlable

peu après, à plat ventre sur son lit double, elle entend la porte de sa chambre s'entrouvrir et la voix de Sarah pressant les enfants, *entrez, entrez*

bientôt elle sent leurs petits corps chauds (et *lourds*) ramper sur elle, enfoncer leurs genoux dans son dos, s'asseoir sur sa tête, essuyant ses joues mouillées de leurs petites pattes collantes

ça va, grand-mère, ça va, ne sois pas triste, grand-mère

l'un des deux trouve que c'est plus drôle de lui souffler des framboises dans l'oreille, tandis que l'autre se sert de son ample postérieur comme d'un trampoline

soudain elle se rend compte à quel point vont lui manquer ces petits singes qu'elle ne verra pas grandir.

CHAPITRE IV

MEGAN/MORGAN

1

Il était absurde que Julie, sa mère, se soit obstinée à la traiter comme si l'on était au dix-neuvième siècle et non dans les années 1990, qui l'ont vue naître

réfléchira Megan quand elle sera en état de s'expliciter clairement l'injustice qui a marqué son enfance compliquée

et de l'analyser grâce à Bibi qui débarquera dans sa vie pour lui ouvrir les yeux et arranger les choses

sa mère reproduisait involontairement des types d'oppression fondés sur le genre, exemple : la petite Megan préférait porter des pantalons, qu'elle trouvait plus confortables que les robes, elle aimait leur aspect, avec ces poches pour mettre les mains et plein d'autres choses, elle aimait ressembler à son frère Mark qui avait trois ans de plus qu'elle

pour une fille de notre époque porter des pantalons n'aurait pas dû constituer un problème, mais sa mère la voulait encore plus mignonne qu'elle ne l'était déjà

la plus mignonne des plus mignons petits anges

elle était déterminée à habiller sa fille de façon à obtenir l'approbation de la société, autrement dit des femmes, qui, d'aussi loin que Megan s'en souvenait, s'extasiaient sur son physique

c'était là le trait déterminant de sa petite enfance – elle n'avait rien à dire ou faire, il lui suffisait d'être mignonne – une fin en soi

qui rejaillissait sur Mum, lui permettant de savourer ce déferlement de compliments et d'y trouver la validation de son amour pour un homme africain

à eux deux ils avaient fabriqué cette admirable enfant

et rendu le monde meilleur

Megan aurait dû se montrer reconnaissante et accepter son statut, quelle petite fille ne désire pas s'entendre dire combien elle est ravissante, exceptionnelle ?

sauf que quelque chose n'allait pas, même si jeune elle se rendait compte que parce qu'elle était jolie elle devait être docile, sinon, si elle se rebellait, elle trahissait tous ceux qui avaient investi dans ce petit être adorable

à commencer par Mum

qu'elle trahit considérablement ce dimanche où elle se jeta par terre et piqua une crise d'hystérie quand on voulut l'obliger à porter encore une de ces ignobles robes roses à volutes

elle ne se calma que lorsque sa mère s'avoua vaincue

une mère par ailleurs large d'esprit dont Megan était le point faible il y a quelque chose qui ne va pas chez Megan, entendit-elle Mum

confier à tante Sue un dimanche

tandis qu'elles prenaient le thé dans le minuscule salon pouvant à peine loger un petit canapé, deux fauteuils et un poste de télé

chez cette enfant si belle, il n'y a pas une trace de féminité

j'espère que ça va lui passer, je me fais du souci

où tout cela la mènera-t-il ?

pendant ce temps, Papa, oncle Roger, ses deux cousins et son frère Mark étaient dans le garage en train de bricoler la Cortina préhistorique que Papa conduisait encore

Papa venait du Malawi où, fanfaronnait-il, tout est réparable : montres, stylos, meubles, vêtements, lampes, vaisselle cassée recollée façon puzzle, et, oui, même sa fille

exécuteur des ordres de sa femme, après l'épisode de protestation de ce dimanche (que Megan gagna puisqu'elle enfila un jean rouge), il expédia sa fille jouer dans sa chambre avec ses Barbie

les Barbie, avec leurs gambettes et leurs seins protubérants, constituaient un autre problème

Megan était supposée passer des heures à les habiller ou jouer au papa et à la maman avec elles, y compris les plus brunes de peau auxquelles elle était censée s'identifier plus facilement

dans un accès de rage elle essaya de commettre un Barbicide, elle les défigura avec des marqueurs de couleur, leur arracha les cheveux, leur extirpa les yeux avec des ciseaux, en démembra quelques-unes

et se retrouva expédiée au lit sans une tasse de thé

les Barbie proliféraient pour Noël et les anniversaires, la famille parlait de son incroyable collection, comme si elle avait réellement choisi de les faire entrer dans sa vie

elles envahissaient son lit, les étagères, le manteau de la cheminée, l'appui de la fenêtre, chacune d'elles la fixant d'un air bizarre, comme dans un film d'horreur, lui susurrant de leurs lèvres boudeuses, eh, on sait que tu nous détestes, mais on est là et on y reste

une nuit qu'elle les avait fourrées sous son lit, sa mère les en extirpa le lendemain matin et les remit à leur place

quand on pense à ce qu'elles coûtent

mais qu'est-ce qui ne va pas, Megan ?

AGM, son Arrière-Grand-Mère du côté maternel, était la seule de la famille qui acceptait Megan telle qu'elle était

AGM les autorisait elle et Mark à courir la campagne autour de la ferme pendant les cinq semaines d'été qu'ils passaient chaque année avec elle

ils descendaient à cheval la colline derrière la maison, faisaient le tour du lac, galopaient à travers champs

jusqu'à l'année de ses treize ans où elle eut ses premières règles et où Mum débarqua le dernier week-end, comme d'habitude, déclarant que Megan devenait une vraie sauvage et qu'elle aurait des problèmes plus tard dans la vie

tu dois la garder près de toi, là où tu peux la surveiller, dit Mum à AGM, nous devons étouffer dans l'œuf ses penchants de garçon manqué

Megan qui écoutait en douce à la porte de la cuisine (mauvaise habitude) entendit AGM répliquer ne sois pas stupide, Julie, moi aussi j'étais déchaînée quand j'étais jeune

Mum menaça néanmoins de supprimer les vacances annuelles de Megan à la ferme

par la fenêtre de l'antique cuisine, Megan regarda Mark partir à dos de poney pour une journée de liberté, dans son sac à dos une bouteille de jus d'orange, des sandwichs, des fruits et son téléphone portable

il se retourna, la regarda à son tour et haussa les épaules, il n'y pouvait rien

AGM consacra le reste de la semaine à apprendre à Megan comment faire une génoise, un gâteau de pêches, un mille-feuille et un cheesecake à l'orange

bon, ça peut pas faire de mal d'apprendre la pâtisserie, disait-elle en présence de la mère de Megan

et, hors sa présence, on joue le jeu maintenant, Megan, l'été prochain tu seras de nouveau libre de t'amuser

faudra être sûres que Mark ne caftera pas

ce qu'il ne fit pas

Mum est infirmière, née et élevée dans le Tyneside

un soupçon éthiopienne parce que AGM était à demi éthiopienne, un poil afro-américaine, à cause de son grand-père, Slim, le mari d'AGM

elle est quasi blanche, dans une famille qui se vantait d'avoir éclairci à chaque génération

jusqu'au jour où elle a tout gâché en épousant Dad, un Africain, infirmier lui aussi à la Royal Victoria Infirmary, qui l'a aimée jusqu'à ce qu'elle décide de l'aimer à son tour du moins est-ce ce qu'ils racontent

Mum affirme qu'elle était daltonienne, qu'en regardant Chimango elle ne voyait pas la noirceur de sa peau mais la clarté de l'esprit qui transparaissait

qui le rendait infiniment supérieur à tous ses rivaux, et crois-moi, Megan, je n'avais que l'embarras du choix

Megan se demandait comment Mum avait fait pour ne pas voir la couleur de Dad car c'était *tout* ce que la plupart des gens voyaient en lui, y compris la propre famille de Mum

qui refuse de sourire sur la photo de mariage

tous plantés comme une rangée de croque-morts

Megan est donc en partie éthiopienne, en partie afro-américaine, en partie malawienne, en partie anglaise

ce qui paraît bizarre morcelé ainsi parce que fondamentalement elle est juste un être humain complet

la plupart des gens la considèrent comme une métisse, pas la peine de les démentir

à l'école les filles roucoulent d'envie sur son bronzage naturel, qu'elles essaient d'égaler en dépensant leur argent de poche allongées dans des cabines de bronzage

même chose avec leurs permanentes qui tentent de reproduire ses boucles blondes

d'après ses copines, les garçons aussi l'aiment bien

et puis son corps s'est mis à afficher des courbes féminines, ce qu'elle ne trouvait pas juste, parce qu'elle ne se sentait pas femme

au point qu'elle détesta s'apercevoir dans les glaces, détesta ces seins qui pointaient sans sa permission deux monticules amphibies qui la narguaient de leurs yeux de tétons

elle pensa qu'elle s'accoutumerait à son corps, mais il commença à lui répugner, à seize ans elle se rasa le crâne pour voir l'effet, elle adora passer ses mains sur sa petite brosse facile à entretenir

elle se sentit libre, légère, elle-même

sauf que tout le monde se ligua contre elle, ses camarades de classe l'implorèrent de laisser repousser ses cheveux

pourquoi t'imposes-tu un truc pareil ? tu es cinglée ?

les filles qu'elle croyait ses amies la laissèrent tomber, embarrassées d'être vues en sa compagnie, AGM la rassura, quand une amitié repose sur une coupe de cheveux, c'est que quelque chose cloche

chagrinée mais déterminée, Megan renonça à feindre la conformité

elle porta des chaussures d'homme, à lacets noirs, apprécia leur confort, le sentiment de puissance qu'elles lui procuraient en marchant, se réjouit de ne plus sentir le regard des hommes braqué sur elle

ce qui signifiait la liberté

à la fin de l'année scolaire, les élections entre élèves lui valurent deux titres : celui de la plus virile et celui de la plus laide fille de sa classe – griffonnés à la craie sur le tableau noir et au marqueur noir sur les murs blancs des toilettes

comme si l'école entière se moquait d'elle

ce jour-là Megan quitta l'enceinte de l'établissement pour la dernière fois, elle laissait derrière elle deux mille gosses assis à leurs bureaux et se préparant un avenir riche d'au moins quelques qualifications

elle était censée s'inscrire à l'université où Mark faisait déjà de sa vie une réussite

elle fut engagée au McDonald's, le premier job auquel elle ait postulé

et, pendant ses pauses, se goinfra de McDo au poulet, au fromage, de frappés au chocolat belge

elle ingurgita des additifs alimentaires jusqu'à sembler prête à éclater comme un ballon hyper-gonflé

telle était sa vie maintenant
McStupide
McFoutue
McCoincée
McÉternité.

2

Megan passa ses soirées à traîner dans Quayside avec les hommes et les femmes qui l'acceptaient pour ce qu'elle était

une outsider comme eux, qui reniflait, se piquait, fumait, avalait tout ce qui se présentait

cocaïne, crack, kétamine, cannabis, LSD, ecstasy, tout ce qui l'expédiait plus haut dans un univers plus heureux

au début c'était à titre d'expérience, puis elle se retrouva condamnée à attendre désespérément le prochain fix et à baiser avec les hommes qui pouvaient le lui procurer debout contre les murs humides des ruelles, derrière les entrepôts des quais, dans des halls d'entrée, derrière des buissons, sur des matelas sales

le soulagement quand le sang tachait ses culottes, quand les tests se révélèrent négatifs

elle coucha avec les femmes qui s'entichaient d'elle

et découvrit qu'elle les préférait aux hommes

ses parents lui firent payer un loyer, compte tenu qu'elle avait gâché sa vie en laissant tomber l'école

elle s'obligeait à se lever chaque matin pour aller travailler, même quand elle était rentrée à l'aube complètement ravagée, la tête pleine de vibrations, un concert de sons métalliques et les neurones fondus avec du vomi

elle se faufilait jusqu'au rez-de-chaussée pendant que ses parents s'activaient dans la cuisine

veillait à claquer la porte d'entrée si fort que le contrecoup faisait trembler la maison

se dirigeait vers un McBreakfast de saucisses bacon et bagels au fromage

à son McJob

une nuit, incapable de dormir, Megan commit l'erreur de retourner sur les réseaux sociaux pour espionner ses anciennes camarades de classe

les unes fêtaient leurs réussites en classes préparatoires et publiaient des commentaires sur les universités où elles comptaient aller

les autres crânaient, vantaient les boulots qu'elles s'étaient trouvés, les demandes en mariage de leurs petits amis, leurs grossesses, les innombrables nuits qui représentaient les meilleurs moments de leur vie passés enboîteenfêtesenfestivalsàsesoûleretsedéfoncer, et être heureusesheureusesheureusesheureuses, leur teint instagrammé frisant la perfection, leurs tailles de guêpe digitales, leurs amis et relations si souriants, et même si elle savait que quelques-unes de ces filles étaient nunuches, boulimiques, déprimées, avaient été harcelées, souffraient de phobie sociale

leurs posts n'en laissaient rien paraître

c'était un coup de semonce

elle décida de ne pas aller traîner sur les quais ce soir-là avec ses *potes*, ses *putos*, qui l'acceptaient comme l'une des leurs, qui ne vivaient que dans l'attente de leur prochaine dose, avec leurs chiens galeux et leurs comportements de petites frappes, qui importunaient les gens normaux fréquentant les bars et les restaurants de Quayside

Megan s'imposa un sevrage brutal quand ses parents partirent en vacances à Majorque

Mark avait pris un job d'été via Camp America (évidemment), elle resta à la maison, coupa son téléphone, regarda les vidéos de ses parents pour se distraire, se doucha plusieurs fois par jour afin d'éliminer les toxines puantes, se purgea, fut prise de tremblements, se gratta au sang quand des légions de fourmis s'attaquèrent à sa peau, avala suffisamment de pilules antalgiques pour dompter ses maux de tête mais pas assez pour se tuer

se coucha le Neuvième Jour et dormit (béatement) toute la nuit

pour la première fois depuis des mois
se réveilla
ressuscitée.

3

Le jour de son dix-huitième anniversaire, Megan entra chez Tattooz 4 U dans Nelson Street, aux murs submergés de photos de tatouages gravés dans toutes les parties du corps imaginables (et inimaginables)

elle avait fourré dans la poche de son jean l'argent reçu en cadeau qu'elle destinait à Rex, le tatoueur chauve, qui exhibait tatouée à l'arrière du crâne une autre version de son visage (en plus jeune et plus beau)

elle voulait un motif représentant l'histoire de sa vie : des flammes, afin de montrer qu'elle menait une vie consumée par les feux de l'enfer

Rex lui dit que ces sentiments impétueux d'adolescente ne dureraient pas, était-elle vraiment sûre de vouloir un tatouage qui, lui, durerait ?

elle faillit le rembarrer, de quel droit voulait-il lui expliquer la vie ? mais elle se rappela que cet homme allait lui racler la peau avec une aiguille électrique pendant des heures

que lentement sa douleur se transmuerait en un formidable art corporel

pour montrer au monde toute la fureur qu'il lui inspirait

et faire chier ses parents

ce qui ne manqua pas

quand elle revint à la maison exhibant son bras entièrement tatoué sur quoi Mum

qui avait préparé un repas d'anniversaire avec tourte au poulet faite maison, frites, pois cassés, charlotte, cake et bougies

en un geste spectaculaire de torero envoya le tout, via sa plus belle nappe

s'écraser sur le sol de la cuisine

sur quoi Dad menaça Megan de la flanquer dehors pour avoir bouleversé sa mère

Megan rétorqua en hurlant que c'était *elle* qui était bouleversée, c'était *son* anniversaire et *ils* l'avaient gâché, et en un geste non moins spectaculaire sortit en trombe de la maison sans argent ni clefs

pour revenir aussitôt et demander qu'on la laisse entrer

ce qu'ils firent sans hésitation

dans un concert d'excuses générales

qui se révéla symbolique

sa mère étant incapable de digérer l'affaire des tatouages, en quoi elle voyait le symbole du commencement de la fin de la vie de sa fille en tant que personne normale

Megan en tira la conclusion qu'elle ne pourrait jamais devenir elle-même si elle restait chez ses parents

elle descendit l'escalier en traînant derrière elle un sac-poubelle noir plein de ses effets personnels, refusa la proposition de son père de la conduire où elle le désirait, ignora les supplications de sa mère : nous pouvons arranger les choses, nous t'aimons, nous t'aimons vraiment, Megan, parle-nous trop peu, trop tard, répliqua Megan (elle avait entendu ça quelque part)

elle s'installa dans un foyer pour adolescents

décidée à vivre une vie

qui ne serait plus déterminée

par ses parents

elle passa ses premières heures d'indépendance dans sa nouvelle république à observer l'extérieur par une fenêtre qui encadrait un petit carré de ciel pur

rien qu'à elle

pendant les mois suivants elle entreprit d'effacer couche après couche ce qui lui avait été imposé, avec l'espoir d'atteindre le cœur de sa personnalité

se demandant si elle n'aurait pas dû naître homme parce que, sûr et certain, elle ne se sentait pas femme

c'était peut-être ça l'origine de ses problèmes

elle rentrait du travail pour entendre à travers les murs le bruit des autres jeunes qui prenaient du bon temps

ce qui exacerbait son sentiment d'isolement

pourtant elle savait qu'elle avait exactement besoin de ça

de solitude

afin d'enregistrer ce qu'elle ressentait

s'obligeant à devenir sourde à tous les sons excepté aux siens

se concentrant sur le concert de son propre souffle, il lui semblait entrer en méditation

quelques instants ou plusieurs minutes ?

à un moment

elle trouva

une paix
temporaire
mais suffisante pour envisager la prochaine étape
consistant à explorer l'Internet, qui détenait la réponse à toutes les questions
allongée dans son lit de célibataire aux petites heures glacées du matin, plongée dans la doublure sombre de son duvet, éclairée par l'écran de son ordinateur portable
elle élut pour sanctuaire les forums de discussion entre jeunes exclus aussi enragés qu'elle, découvrit le monde des trans, entra en conversation avec des gens de la galaxie trans
où énonçant un jour ce qu'elle n'aurait pas dû, elle rencontra une certaine Bibi qui lui répondit aussitôt, je flanque une raclée à la prochaine personne qui confond transsexuel et transgenre, je le jure ! impossible de tolérer l'ignorance sur ce site, mon chou, les transgenres ne sont transsexuels que lorsqu'ils sont en thérapie de transition, d'accord ?
d'accord
bien
Megan à l'évidence devait marcher sur des œufs si elle ne voulait pas faire sauter une mine, en réalité rien de tout ça n'avait de sens pour elle, la masculinité et la féminité n'étaient donc pas gravés dans le marbre ? demanda-t-elle à Bibi
tu as encore tout faux ! répondit Bibi, le genre est une construction sociale, la plupart d'entre nous naissent mâle ou femelle, mais les concepts de masculinité et de féminité sont des inventions sociétales, aucun n'est inné, tu me suis ?
non, pas vraiment

eh, tu es sur « Feminism 101 », où as-tu la tête, Megan ? dans les nuages ?

ouais, j'suppose, sur la planète Parents, ne mords pas, j'me renseigne, juste curieuse

bon, juste susceptible, je vais y aller doucement avec toi désormais, poursuis ta recherche, sérieusement

Megan découvrit que le féminisme était devenu une réalité massive, comment avait-elle pu passer à côté ?

elle pensa à sa mère pour qui les féministes étaient les ennemies des hommes, non merci pas pour moi, disait-elle quand on abordait le sujet, j'aime les hommes, j'aime être apprivoisée, j'aime ton père, comment pourrais-je être féministe ?

Dad hochait la tête et abondait en disant un truc du style, tu as vu ce qui arrive quand j'essaie d'étendre le linge ou de faire les lits ?

Megan dit à Bibi qu'à son sens féministe était synonyme d'ennemie de l'homme, mais tout en tapant les mots elle se rendait compte qu'elle n'avait jamais sérieusement tranché la question

nous y voici ! rétorqua Bibi, mais non le féminisme ne signifie pas la haine des hommes ! le féminisme signifie libération des femmes, droits identiques et suppression des croyances limitantes, il faut que tu penses par toi-même au lieu de répéter comme un perroquet les litanies du patriarcat, il est temps de grandir, Megan !

je croyais que tu voulais y aller doucement avec moi

ouais, bon, d'accord, c'est plus fort que moi, je te promets d'être tout miel à partir de maintenant

je veux juste être moi-même, Bibi

waouh, tu parles d'une ambition ! tu ne veux pas changer le monde ?

je veux changer mon monde d'abord, une chose à la fois, Bibi

ça j'aime, j'aime, j'aime, j'aime ☺

maintenant tu te fous de ma gueule

non, je suis d'accord avec toi, nous voulons toutes être nous-mêmes et sûres que tout ira bien pour nous dans ce monde, eh, je suis une personne supercalifragilisticexpialidocious

c'est à moi d'en juger

oh la la, maintenant tu me rends la monnaie de ma pièce, LOL

Megan examina la photo de Bibi plus attentivement, type asiatique, entre vingt et trente ans, peut-être ? des lunettes à monture noire carrée, épais cheveux noirs tombant sur les épaules, expression sérieuse

Séduisante

Très

Megan savait déjà qu'il était temps qu'elle grandisse, l'essentiel pour quitter sa famille était de découvrir à quel stade elle se situait et à quel stade s'était interrompue la responsabilité des parents

dis-m'en plus sur ce que tu sais du féminisme et du genre, que je devrais savoir mais que je ne sais pas, OK ?

pigé, alors voilà : les femmes sont faites pour avoir des bébés, pas pour jouer avec des poupées, et pourquoi ne devraient-elles pas s'asseoir les jambes bien écartées (si elles portent des pantalons, évidemment), et qu'est-ce que masculin ou viril signifient de toute façon ? marcher à longues enjambées ? la ramener ? prendre les choses en main ? porter des vêtements d'« homme » ? ne pas porter de maquillage ? ne pas se raser les jambes ? et se raser la tête (LOL), boire des pintes plutôt que du vin ? préférer le foot aux cours de maquillage en ligne (pff), or traditionnellement dans certaines parties du monde les hommes se maquillent et portent des jupes alors pourquoi ne le feraient-ils pas dans le nôtre sans qu'on les accuse d'être efféminés ? qu'est-ce qu'efféminé signifie vraiment quand tu décortiques le mot ?

le fait est, Megan, si fort que je rejette cette connerie conformiste de genre, je me sens toujours femme, je sais ça de toute éternité, pour moi ça ne veut pas dire vouloir jouer avec des poupées, c'est beaucoup plus profond que ça

c'est ce que je suis devenue ces sept dernières années en transitionnant de Gopal à Bibi

œstrogènes, seins, vagin

maintenant tu sais

ainsi Bibi était née homme et devenue femme, Megan avait eu des doutes, n'avait pas osé poser la question, peur de se faire rembarrer

et Megan, femme qui se demandait si elle n'aurait pas dû naître homme, était attirée par une femme jadis homme, qui affirmait maintenant qu'on chargeait le genre de tas de présupposés erronés, alors qu'elle avait elle-même transitionné du masculin au féminin

c'était une telle putain d'embrouille

elle referma son ordi pour aller dormir, quand elle le rouvrirait, Bibi serait là elles correspondaient maintenant jusque tard dans la nuit et tôt le lendemain matin, ne dormant presque pas entre les deux, reconnaissant qu'elles n'osaient pas encore skyper ou se rencontrer pour de vrai, craignant que, lorsqu'elles émergeraient de l'écran de fumée des réseaux sociaux, l'alchimie n'opère plus

laissons l'imaginaire vivre un peu plus longtemps, écrivit Bibi, j'ai déjà connu cette situation et quand elle et moi nous sommes retrouvées face à face nous n'avions plus rien à nous dire

Bibi habitait Hebden Bridge, avait grandi à Leeds

elle était directrice d'une maison de retraite après avoir passé un diplôme en sciences de la culture dans le Sussex, lieu qu'elle avait choisi parce que situé le plus loin possible de ses parents qui n'arrivaient pas à comprendre qu'elle pût être une fille dans un corps de garçon

ça ne faisait pas partie de leur plan de vie, Megan, qui consistait à me faire épouser une fille convenable de la caste convenable et fabriquer la prochaine génération de la famille

au lieu de quoi ils se retrouvaient avec un fils travesti qui enfermait son alter ego dans sa chambre à coucher, jusqu'au jour où il osa s'aventurer dans les boutiques locales en robe et maquillé

dans une communauté hindoue où tout le monde se connaissait

ils m'ont fichu dehors, ne cherche plus à nous joindre, tu es malade de la tête, tu n'es plus notre fils, et que les choses soient claires

tu ne seras *jamais* notre fille

les vieux de la maison de retraite, disait Bibi, l'acceptaient en tant qu'être humain, tu es notre Bibi et nous t'aimons, ils avaient assisté à sa transformation progressive en femme

elle avait enfin le corps qui lui avait été dénié à sa naissance, ce qui fut aussi une révélation, Megan, une fois que je me suis sentie pleinement femme, j'ai compris que des tas de choses me manquaient qui allaient de soi en tant qu'homme

je regrettais de ne pouvoir m'asseoir seule dans un bar la nuit à siroter une pinte sans me sentir gênée ou importunée

et je ne supporte pas de regarder ces séries télé où des jeunes femmes sont massacrées par des serial killers psychopathes et finissent sur une dalle le torse ouvert jusqu'au nombril avec le médecin légiste qui tient leur cœur ensanglanté dans ses mains

j'aimais ces fictions avant, maintenant je comprends qu'elles sont tout bonnement un moyen d'exercer un pouvoir sur les femmes, de les, de *nous* effrayer

quand je rentre seule à la maison tard dans la nuit je me méfie, je regrette l'époque où on m'appelait respectueusement monsieur dans les magasins ou au restaurant, je suis sans conteste beaucoup moins prise au sérieux quand j'ouvre la bouche

tu vois, Megan, j'ai appris à mes dépens comment les femmes sont discriminées, c'est pour ça que je suis devenue féministe après ma transition, une féministe intersectionnelle, parce qu'il ne s'agit pas seulement de genre mais de race, de sexualité, de classe sociale et autres intersections avec lesquelles nous vivons d'ailleurs sans même y penser bon, je m'arrête de parler (jusqu'à la saint-glinglin), j'espère ne pas avoir été trop prêchi-prêcha, mais c'est plus fort que moi

et toi, Megan ? quelle est ta position ? il est temps de cracher le morceau, tendresse

Megan répondit qu'elle s'en occupait, qu'elle prenait son temps, elle avait récemment été décontenancée en découvrant des centaines de genres sur Internet, ce qui compliquait, hélas, le sujet

elle avait passé des heures à ratisser, estimer, évaluer

les genres comme trans femme, trans homme et non-binaire, elle comprenait, et elle était tombée sur des non-binaires dans d'autres pays tels que les Hijras en Inde et les Bardaches chez les Amérindiens, d'autres étaient totalement givrés comme le convulsif – genre dont l'intensité fluctue –, le polygenre – identifié comme multigenre –, ou l'électrostatique – comme le flou électrostatique de la télé, explique comment ton genre peut changer plusieurs fois par jour comme le proclament les genres synchronisés ? Bibi, à la fin de mon voyage chez les tarés du Transgenrisme, j'étais stressée de chez stressée, j'appelle ça la Transcinglitude, il faut les enfermer à double tour et jeter la clef, LOL !!

Bibi répliqua aussitôt, comment oses-tu ne pas respecter le droit des trans de s'autodéfinir, c'est étrange pour toi mais pas pour eux, tu n'es qu'une despote ignare, ne t'immisce pas dans notre monde pour nous ridiculiser, va te faire foutre !

dans le feu de l'action Megan flingua

un va te faire foutre toi-même

le silence total régna durant près de quatre jours pleins, Megan craignait d'avoir perdu Bibi, mais ne voulait pas être la première à renouer

Bibi le fit

quatre simples mots

nous devrions nous rencontrer.

4

Leur première rencontre en vrai eut lieu un samedi après-midi au Caffè Nero de la gare de Newcastle, organisée de cette manière afin que chaque protagoniste, si la vue de l'autre lui répugnait, puisse filer sans difficulté, étant donné les milliers de fans de foot qui refluent dans la gare en forçant les barrières, escortés par les flics en formation antiémeute prêts à intervenir

Megan trouva Bibi aussi ravissante que sur sa photo – cheveux noirs chatoyants noués derrière, sans maquillage, une peau sans défaut, une frêle ossature, un jean, un pull moelleux jeté sur les épaules, des baskets

une silhouette de danseuse, compacte, ferme, difficile de croire qu'elle avait naguère été un homme

étant donné, expliqua Bibi en buvant son moka, que se trimballer en talons hauts, jupe étroite avec une épaisse couche de maquillage sur la figure était une pure question de genre et non de sexe biologique, elle portait ce qui lui plaisait et trouvait confortable, même si d'autres trans croyaient qu'être une femme signifiait adhérer à une version stéréotypée de la féminité, alors que, clairement, la majorité des femmes n'a rien à foutre de cet attirail

elle montrait du doigt les femmes qui circulaient dans la gare, regarde-les

cette gesticulation masculine déconcertait Megan, Bibi était une femme dotée de la confiance en soi d'un homme, qui vous sortait que s'habiller en femme signifie porter toutes les variétés de vêtements imaginables, y compris des pantalons informes – elle tirait sur son jean

ne me dis pas ça à *moi*, intervint Megan quand elle put placer un mot, pointant son propre jean informe, sa chemise démesurée à carreaux rouges et blancs, manches roulées au-dessus du coude (le tatouage coûte assez cher pour qu'on veuille le montrer), n'oublie pas, c'est *moi* l'experte ici

bien sûr, s'exclama Bibi, de quoi j'ai l'air, *moi* qui t'explique à *toi*, tu dois m'empêcher de devenir une de ces trans qui croient en savoir plus sur le fait d'être une femme que celles qui ont passé toute leur vie en en étant une

fais-moi confiance, je t'en empêcherai, répondit Megan soulagée à l'idée qu'elles n'allaient pas se brouiller au bout de dix minutes de rencontre

puisque la conversation allait son train sans la moindre pause

elles parlèrent jusqu'à cliqueter d'énervement sous l'effet de la caféine qu'elles continuaient d'absorber puis dans un bar à vin où leur excitation enfla au rythme des demis de blonde qu'elles engloutissaient

elles se tenaient les mains par-dessus la table, s'amusaient de voir les autres vérifier plutôt deux fois qu'une – s'agissait-il d'un homme et d'une femme ou de deux femmes ?

après avoir analysé en profondeur les options disponibles, dit Megan, ce qui me semble le plus sensé c'est le concept de genre sans contraintes, le problème n'est pas d'être née femme, c'est ce que la société attend d'elle, je viens de trouver le truc et je suis très contente de ne pas m'être lancée sur la voie du changement de sexe

confirmation du genre, mon chou, rétorqua Bibi

d'accord, ne t'énerve pas, j'ai le droit de faire des erreurs, alors sois patiente avec moi ou je vais croire que tu es totalement égomaniaque

Bibi sembla accepter la réprimande

la vérité, Bibi, c'est que je n'ai jamais pu me résoudre à prendre de la testostérone, je ne voulais pas que ma peau s'épaississe, que ma voix devienne plus grave, je ne voulais pas devenir grosse et poilue, quant à la phalloplastie c'était impensable, en tout cas pour moi

pourtant j'aimerais me débarrasser de ces *machins*, Megan indiquait sa poitrine plate, les seins bandés sous la chemise

ça améliorerait considérablement ma qualité de vie, poursuivit-elle, s'épanouissant au fur et à mesure que, tout en conversant, elles prenaient le chemin de la petite maison que Bibi louait à Hebden Bridge

avec ses poutres du dix-septième siècle et ses planchers affaissés

où Megan était la bienvenue si elle voulait rester, dit Bibi

tandis qu'elles échangeaient leur premier baiser sur le lit double

Hebden Bridge

havre pour résidents et boutiquiers respectueux de l'environnement

pratiquants du taï-chi, du Pilates, la méditation, le yoga, les cours de guérison holistique

écrivains, metteurs en scène de théâtre, réalisateurs de cinéma, artistes plasticiens, danseurs et militants

hippies démodés et non conformistes nouvelle mode

sans compter les gens dont les familles vivaient là depuis des générations et s'étaient habituées à la bohème qui avait commencé d'affluer dans les années 1960

Megan adora les rues pavées et les promenades vers la vallée de la Calder et celle de Hardcastle Crags, où elles divaguaient, physiquement et verbalement, pendant des heures, en ciré et bottes de randonnée

Megan se demandant tout haut comment mettre en pratique son concept d'identité de non-genre quand on vit dans un monde de binarité sexuelle, caractérisé par tant de définitions différentes (sensées *et* insensées) que la notion même de genre pouvait perdre toute signification, comment se les rappeler toutes ? c'était peut-être ça le truc, un monde totalement non genré, à moins que ce ne soit un rêve naïf et utopique ?

non, disait Bibi, rêver n'est pas une naïveté, c'est essentiel pour survivre, le rêve c'est l'équivalent de l'espoir à une vaste échelle, les utopies sont un idéal inatteignable par définition, et, sûr, elle n'imaginait pas, de son vivant, des milliards d'êtres humains acceptant l'abolition totale de la notion de genre

Megan ajouta que dans ce cas réclamer pour elle-même des pronoms asexués à des gens qui n'avaient pas la moindre idée de ce qu'elle recherchait semblait également utopique

c'est un premier pas, dit Bibi, pour aider les gens à changer de mentalité, même si, comme avec tous les mouvements radicaux, tu trouveras beaucoup de résistance, et tu devras te montrer résiliente

elles martelaient l'herbe boueuse sous la pluie, et le brouillard leur sortait de la bouche avant les mots

le labrador de Bibi, Joy, courait devant, si heureux d'être dehors, tout comme elles, amoureuses de la nature

heureuses de se trouver à l'écart de la race humaine

elles s'engagèrent sur une pente, surfèrent sur des roches glissantes et de la mousse, laissèrent le brouillard derrière elles, pénétrèrent dans une partie dégagée de la vallée, le soleil réapparut sous le gris du ciel, la terre s'écroulait derrière elles

elles ôtèrent leurs capuches, examinèrent le paysage vert laqué

Megan suggéra qu'elle pourrait devenir missionnaire de la croisade de la variance du genre destinée à répandre la parole de l'évangile révélant que le genre est l'un des plus gros mensonges de notre civilisation

c'est pour maintenir les hommes et les femmes à leur place, brailla-t-elle à la cantonade, comme une évangéliste derrière son pupitre

les parois de la vallée répercutèrent l'écho de sa voix

m'entendez-vous m'entendez-vous m'entendez-vous ?

elles discutèrent des meilleures alternatives pronominales neutres, telles que me, te, se, testèrent les mots pour voir s'ils dégringolaient ou glissaient sur la langue, idem avec les pluriels, mes, tes, ses, leurs

Megan décida d'expérimenter *iel* et *leurs*, ce qui compte le plus c'est de savoir ce que je ressens, le reste du monde me rattrapera peut-être un jour, même si ce doit être une révolution tranquille qui durera plus longtemps que moi, si tant est qu'elle se produise un jour

tu as raison, dit Bibi, mais d'ici là ne t'énerve pas contre les gens qui bousillent tes pronoms préférés, même quand ils désirent s'en souvenir, ils doivent reconnecter leur cerveau pour s'adapter et ce n'est pas facile, ça prend du temps

Megan éclata de rire, regardez-moi qui parle

iels se tenaient par la main

à l'endroit où iels se sentaient le plus en sécurité pour le faire

au milieu de nulle part.

5

Morgan (ex-Megan)

s'est défini de genre neutre depuis six ans déjà, iel a appris à ne pas broncher quand les gens n'emploient pas ou ne comprennent pas son pronom préféré

au début, iel avait envie de leur casser la figure

iel s'appuie au parapet qui surplombe la Tamise, devant le National Theatre, à l'écart de la foule qui fête la première représentation de *La Dernière Amazone du Dahomey*, pièce écrite et montée par Amma Bonsu

la légendaire lesbienne metteuse en scène noire

iel a toujours la tête rasée, une fois par semaine son crâne chauve lissé et poli est enduit de mousse à raser, sur quoi passe et repasse un rasoir

bon – voilà pour les cheveux

sa chemise blanche roulée jusqu'en haut du bras révèle des tatouages de flammes rouges et jaunes, son jean surbaissé et retroussé en bas révèle des socquettes blanches et des richelieus

Morgan est soulagé.e d'avoir échappé aux mondains flagorneurs égotistes des cliques londoniennes

dont quelques-uns avaient été obligés de lea saluer parce qu'iel se trouvait sur leur trajectoire mais ne s'étaient pas arrêtés pour bavarder, Morgan aurait bien voulu avoir un minimum de conversations significatives avec les autochtones avant de partir, c'était ridicule d'avoir fait tout ce chemin jusqu'à Londres pour rester seul.e

oui, c'est exactement ce qui s'est passé parce que si ces gens des réseaux sociaux sont sûrs de soi et pleins d'esprit quand ils ont tout loisir de remanier des messages et d'interroger Google avant d'écrire des mots compliqués, ce n'est pas la même histoire quand ils sont là en chair et en os

jusqu'à présent, iel n'a pas dit une seule phrase complète à quiconque

Morgan s'était échappé.e dehors, s'était roulé une cigarette, un verre de faux champagne prétentieux à la main (pas de vulgaires bières)

iel observe les bâtiments démesurés de l'autre côté du fleuve

l'habituel chevauchement des monstruosités de la capitale

Morgan se sent perdu.e dans cette ville, assailli.e au point de perdre le sens de l'orientation par le fouillis de grandes artères et de rues secondaires, la circulation ininterrompue et la pression de millions de gens marchant trop vite

qui vont lea faucher tels des convois de tanks militaires écrasant des arachnoïdes

difficile de comprendre ces citadins qui prétendent qu'à leurs yeux toutes les campagnes se ressemblent alors que c'est le chaos de cette ville qui vous plonge dans la confusion

Morgan n'a aucun mal à naviguer dans les Yorkshire Dales, le Peak District ou les terres sauvages du Northumberland

avec au-dessus de sa tête une étendue ininterrompue de ciel et rien qui obstrue sa ligne de vue

et un psychisme

en parfait état

iel n'est là que depuis quelques heures, et le Nord lui manque déjà terriblement, ses habitants plus authentiques, plus amicaux, qui ne se donnent pas de grands airs

les Londoniens se prennent pour le centre de l'univers, ignorent le reste du pays et ressassent leurs plaisanteries même pas drôles à l'égard des *paysans* qui vivent là-haut au Nord, mangent des Mars frits en guise de petit déjeuner, sont si bourrés pendant les week-ends qu'ils finissent par pisser dans le caniveau et sont en général des parasites chômeurs de génération en génération

discours que Morgan a entendu de deux Londoniens dans le train qui l'amenait de Newcastle cet après-midi même

qui s'amusaient à parodier le stéréotype, sans imaginer une seconde que la personne noire assise en face d'eux était née et avait grandi dans le Tyneside

Bibi manque déjà terriblement à Morgan, iel lui a simplement dit au revoir ce matin, a pris son train, on se reverra demain

iel se sent vulnérable si loin d'elle, après six ans de vie ensemble, leurs rythmes sont synchrones

leur mode de vie est tranquille, paisible, compatible

iels passent leurs soirées assis.es côte à côte sur le canapé à lire, quelque chose que Bibi a enjoint Morgan de faire afin de s'élargir l'esprit, l'imagination et l'intellect, je n'imagine pas de vivre avec quelqu'un.e qui ne lirait pas

Bibi lit de la non-fiction, sa dernière héroïne est Gloria Steinem, Morgan lit des thrillers

le sexe est une chose intéressante, iels aiment partager leurs corps réinventés, donner et recevoir du plaisir

selon ce qui marche pour chacun.e

un week-end sur deux, iels vont chez AGM, du vendredi soir au dimanche matin, donnent un coup de main dans la maison et à la ferme, font de longues promenades

AGM ne comprend goutte à cette identité non genrée de Morgan – compréhensible de la part de quelqu'un qui a vécu quatre-vingt-treize ans dans la même ferme dans l'une des régions les plus reculées du pays

AGM est incroyablement en forme pour son âge, et incroyablement têtue, pas question de quitter sa ferme ni d'aller dans une maison de retraite, Bibi et Morgan s'inquiètent pour elle, mais ont renoncé à la persuader que c'est la meilleure solution

je suis née ici et, putain, je mourrai ici, a-t-elle clamé la dernière fois qu'iels ont essayé, et qui dit le contraire peut aller se faire foutre

à l'occasion de leur dernière visite, AGM a dit qu'elle avait changé son testament et laissait tout à Morgan étant entendu que ça restait dans la famille, si tu veux, invite tous tes copains qui veulent vivre sans contraintes à s'installer ici, et à ta mort tu passeras la maison au membre de la famille qui te semblera le plus capable de s'en occuper : pourquoi je la donnerais à mes gosses qui l'ont abandonnée dès qu'ils ont eu l'âge légal de se tirer et feront venir des agents immobiliers avant même que je sois refroidie dans ma tombe ?

après avoir surmonté le choc, Morgan pensa que c'était la meilleure chose qui lui soit jamais arrivée, pour autant qu'iel se sorte de l'inévitable merdier qu'allait créer le reste de la famille, qui l'accuserait d'avoir léché les bottes d'AGM pour s'emparer de la propriété et pourrait même contester le testament en disant qu'AGM avait l'esprit dérangé

Bibi marchait à fond, iels avaient depuis étudié le projet de réinventer la ferme pour des gens qui s'étaient réinventés eux-mêmes

c'est stupéfiant qu'AGM ait pu avoir des idées si radicales

Morgan a récemment fait faire un test ADN généalogique à son arrière-grand-mère, qui relie les gens qui s'y sont soumis à leurs parents par le sang

AGM parlait beaucoup ces derniers temps de sa propre mère, Grace, qui n'avait pas connu son père, un marin, Wolde, originaire d'Éthiopie, cette histoire a tracassé AGM jusqu'à sa mort

c'était le grand mystère de la vie de Maman, disait-elle, attristée de ce mystère qui ne serait jamais résolu

Wolde, qui avait fait une escale à South Shields en 1895 et fécondé Daisy, la grand-mère d'AGM, puis s'était barré

ce que va faire rapidement Morgan à l'issue de cette horrible fête

on lui a demandé de rédiger un article sur la pièce pour le magazine *Mission Impossible*, en raison de son million de followers sur Twitter

ce qui apparemment fait d'ellui un.e « influenceur.se »

à comparer à cellui qui avait décroché du lycée et perdait trop de temps sur Internet, à qui on n'imaginait pas la moindre carrière

Bibi en riait et n'en disconvenait pas

@transwarrior l'adresse qu'iel utilisait pour rendre compte du passage de garçon manqué à non-binaire, à présent elle sert plus largement pour les questions de trans, genre, féminisme, politique très utile pour le lobbying et pour ajouter sa voix aux protestations

son compte Twitter lui vaut des invitations à tout et n'importe quoi : concerts, premières théâtrales, premières de film, lancement de livre, projections privées, hôtels, défilés de mode branchés

Morgan n'a aucune idée de la façon dont il convient d'analyser ou contextualiser une pièce, un livre ou un film, mais ça n'a pas d'importance, ce qui compte c'est le nombre de ses followers, pas la qualité de sa critique ou de sa prose

bientôt on n'aura plus besoin de critiques proprement dits, les soi-disant « experts » qui ont mené la danse de toute éternité, la plupart ici à Londres, il s'agit de la démocratisation de l'opinion critique, relèvent les journaux, ce qui inclut un individu comme Morgan dont les tweets récoltent plus de lecteurs que les critiques officiels

ça peut monter à la tête si on n'y prend pas garde lui rappelle Bibi

Bibi qui garde les pieds sur terre, la prétendue démocratisation des critiques signifie, dit-elle, l'abaissement des niveaux, et implique que la connaissance des sujets, le contexte historique et critique, risque de se perdre au profit de gens qui ne savent écrire qu'en phrases toutes faites pour attirer le chaland, je ne t'accuse pas, Morgan, lea rassure Bibi, tu es un.e véritable guerrier.ère trans qui pousse les gens à faire attention aux sujets importants

parfois Morgan pense que Bibi ne sait pas très bien en quoi ces sujets consistent

Morgan

a refusé l'invitation d'un éditeur à écrire son autobiographie, lui disant qu'iel n'imaginait pas pouvoir écrire plus de deux cent quatre-vingts caractères à la fois, et que, de toute façon, iel ne voulait pas écrire des choses blessantes pour sa famille, qui était l'angle qui intéressait l'éditeur, ni « comment j'ai triomphé de ma douloureuse enfance »

sur le sujet, les choses se sont améliorées avec les parents au point que Morgan est maintenant en bons termes avec eux

Mum adore Bibi, forcément, elle est *féminine*

Morgan a déjà posté en ligne son premier commentaire sur la pièce

Viens de voir #LaDernièreAmazoneduDahomey @NationalTheatre. OMG, des femmes guerrières se bottent le cul sur scène ! Pure négritude amazone africaine. Fééééroce ! Brise-cœur & brise-couilles ! Saluez tous #AmmaBonsu #toutehistoirenoirecompte. Réservez maintenant ou pleurez plus tard, booonnes gens !!! @MissionImpossible

a reçu 14 006 likes, a été retweeté 7 447 fois et les chiffres continuent de grimper

et on n'a pas encore tout vu : À ne pas manquer ! Un tour de force ! Précipitez-vous, transfilles, transhomfems, lesbiennes, tous les pédés & les folles, debout guerriers intersectionnels et tous mes potes chéris non binaires #histoiredesfemmesafricainespourtous

Morgan

jette son verre de vin dans la Tamise où il rejoindra les autres objets tels que les chaussures de cuir et les gobelets conservés au fond du lit du fleuve depuis avant l'invasion romaine

ce dont les Londoniens se vantent dans des documentaires présentés par des connards snobinards qui ont fréquenté les *public schools*

iel tire une dernière taffe, écrase le mégot, va se tirer et rejoindre sa chambre d'hôtel hors de prix dans King's Cross afin d'attraper le premier train du matin, quand iel aperçoit une silhouette familière en train de parler à un mec noir qu'on voit à la télé, Roland Machin, snob en costume bleu vif

la silhouette, c'est la gosse qu'iel a vue à l'occasion de sa première conférence sur la transsexualité, l'année dernière, dans une université du Norfolk, à l'occasion de la Journée internationale des droits des femmes

on ne pouvait pas la manquer, assise au premier rang de l'amphi à côté d'une afro givrée au visage magnifique, portant un tee-shirt imprimé sur le devant d'une image de Barbie blonde, avec, en dessous, le mot IRONIE gribouillé en noir

très futée, la gosse, a pensé Morgan, tu es mon genre

Morgan n'a accepté de donner cette conférence que parce que ça complétait un peu son salaire de misère de serveur.se au Drunken Nostalgia, à une centaine de mètres de sa petite maison, repaire des marginaux qui se fichent que leurs verres portent des traces de rouge à lèvres, que la vaisselle soit ébréchée, les tables pas nettoyées et les toilettes transformées en ruisseaux d'urine dans lesquels ils pataugent

Aaron, le propriétaire, aime bien Morgan parce qu'iel a un caractère de cochon mais que, dans la catégorie des tatoué.e.s au crâne rasé non binaires, iel est plus cool et dans le vent que la plupart des autres

constatation qui se veut un compliment et qui est prise comme tel

Aaron dit qu'il perdrait le gros de sa clientèle si son personnel avait l'air normal et se montrait gentil avec les gens, ou s'il remontait le standing de son établissement, l'endroit où il a été le plus heureux c'était au bar de l'Union des étudiants de l'université de Manchester, le samedi soir juste avant la fermeture

depuis il a toujours essayé de recréer la même ambiance

être trans est une affaire personnelle, commença Morgan, s'efforçant de paraître à l'aise dans l'amphithéâtre sans fenêtres, la première fois qu'iel mettait les pieds dans une université, *a fortiori* qu'iel faisait une conférence, et dans trans j'inclus les non-binaires comme moi, les hommes trans, les femmes trans et les travestis, d'autres pourraient l'interpréter autrement

iel parle, en proie au trac, debout sous les projos, face à des rangées d'étudiants aux visages fermés, tous plus cultivés que la personne qu'ils sont venus entendre

Yazz – *oui* c'était son nom – était différente, souriante et approbatrice par avance

les autres donnaient l'impression de dévisager un phénomène de cirque

comme si eux-mêmes n'étaient pas étrangers au monde des gens normaux à en juger par la mode des robes girly qui semblait être la norme ici même si Morgan avait dans l'idée que, lorsqu'elles passeraient leurs diplômes, quelques-unes auraient fini par adopter les pantalons kaki, les godillots et les tatouages

je ne représente que moi-même, dit Morgan, s'échauffant en démolissant par avance la certitude du public que tous les trans se ressemblent, je ne suis porte-parole de personne ni ne dirige un mouvement transgenre, simplement une personne qui explique son trajet personnel vers le non-binarisme, pour être plus précis.e, je me considère faisant partie de la catégorie des non-genré.e.s

Morgan regarde dans les yeux ces jeunes gens aux frais visages qui lui donnaient l'impression d'être, à vingt-sept ans, incroyablement raisonnable

non-genré.e signifie que je ne m'identifie ni mâle ni femelle, ou si vous voulez que je m'identifie pansexuel.le, c'est-à-dire que m'attirent les individus sur la gamme des mâles-femelles-trans, bien que ma partenaire depuis longtemps soit une transfemme et que je n'aie pas l'intention d'en changer dans un proche avenir, que d'ailleurs avec qui je couche ne vous regarde pas, si vous voulez vraiment savoir, je suis gâté.e, tous les aspects sont couverts, c'est du tout cuit !

le rire secoua la salle, waouh, la glace était rompue, Morgan avait réussi à amuser une salle pleine – une grande première

Sandy, la maîtresse de conférences, assise au premier rang, longs cheveux teints en bleu, robe de style médiéval, qui avait découvert Morgan sur Twitter, souriait aux anges, comblée de constater que son conférencier choisi au débotté répondait à ses attentes

Morgan parla pendant une heure de ce qu'iel avait vécu en grandissant

son rejet des idéaux féminins (tout en ne sachant rien du féminisme), sa dépression nerveuse (les mois passés sur les quais), le départ de la maison (pour un foyer), la découverte de la partenaire qu'il lui fallait, sans donner le nom de Bibi (laisse-moi en dehors de ça, mon chou, je suis démodée, je ne désire qu'une relation privée avec toi, ne veux pas être associée à ta marque de fabrique)

Morgan découvrit combien c'était plaisant de parler à des étudiants, qu'iel plongea dans le ravissement quand iel en vint à expliquer sa décision de se faire délivrer chirurgicalement d'une paire de seins non désirés

Morgan n'avait pas planifié le sujet, il semblait juste honnête d'en parler, sachant que leur curiosité serait éveillée

étant donné, leur raconta-t-iel, que les seins en question avaient été comprimés depuis belle lurette par un bandeau sous la chemise, personne ne s'en était rendu compte, son amour s'en fichait, disant qu'il était tombé amoureux de Morgan, pas des parties de son corps

Morgan leur dit combien son corps s'était senti plus léger après la disparition de la douleur, et quel plaisir iel avait éprouvé de pouvoir dormir confortablement à plat ventre

de ne plus les voir tressauter dans le bain comme deux bouées insubmersibles un de ces jours, iel allait se faire tatouer des oiseaux tropicaux sur cette partie de son corps, transformer sa poitrine en une spectaculaire œuvre d'art

la conférence terminée, des tas de mains se levèrent pour des questions, on loua Morgan d'être si courageux.se, fascinant.e, pédagogue, divertissant.e

finalement toutes ces années passées à explorer le genre dans les livres et à discuter avec Bibi avaient payé, depuis iel a accepté un certain nombre d'autres engagements

et voilà comment cette Yazz accourt et s'exclame que la conférence (conférence ?) était époustouflante et qu'elle envisage de devenir non-binaire, quel *éveil*, non ? enchaîne-t-elle, aussi excitée que si elle tentait l'aventure d'une nouvelle coupe de cheveux

Morgan ne commente pas

la gosse doit savoir que l'identité trans ne s'obtient pas en jouant, sous l'effet d'un caprice, il s'agit de devenir soi, véritablement, malgré la pression de la société, la plupart des gens, sur la palette des genres, se sentent différents depuis l'enfance, ajoute-t-iel, s'efforçant de ne pas paraître trop sévère tandis que le public sort lentement de la salle, quelques étudiants cependant rôdent autour pour entendre, il s'avère qu'ils sont tous amis de Yazz, notamment une fille au profil somalien portant un hijab bling-bling, une fille de ferme aux joues roses qui semble avoir douze ans, et une beauté type arabo-Kardashian au sac à main très mode, décolleté plongeant, talons hauts et cheveux noirs si raides et brillants qu'ils ressemblent à une perruque en plastique (les étudiants ne sont-ils pas censés être puants et débraillés ?)

c'est quelque chose qui est implanté en soi, lui dit Morgan, pas une tendance, même si certain.e.s pourraient adopter une position trans par affirmation politique, ce que l'on peut admettre s'il s'agit d'une preuve d'intégrité, de solidarité, de rejet authentique des contraintes normatives de la société

et non parce que c'est un truc branché ou un signe d'éveil

ce pour quoi les femmes sont devenues des lesbiennes politiques il y a des années, choisissant d'avoir des relations sexuelles avec des femmes parce qu'elles ne supportaient plus le sexisme masculin

mais non parce qu'elles n'éprouvaient plus de désir pour les hommes

Morgan a découvert l'explication dans les archives en ligne d'un magazine de la seconde vague féministe, disparu depuis longtemps

si Yazz trouvait ce discours trop brutal, elle n'en laissa rien paraître, elle était déconcertée et insista pour entraîner Morgan dans un café hors du campus, où tout son entourage

pompa sans vergogne leur visiteur.se à coups de questions et de cappuccinos et se montra si irrévérencieux sur le sujet des transgenres que Morgan se détendit

ce qui ne lui arrivait pas souvent (selon Bibi)

Waris, la Somalienne, plaisantait, disant qu'il était facile pour un homme dans certaines sociétés musulmanes de se faire passer pour une femme parce qu'il suffisait de sortir en purdah, on n'y voyait que du feu

Courtney, la fille de ferme, dit qu'elle aimerait bien se faire passer pour un homme parce que son père devrait lui laisser la ferme, si la banque ne la réclamait pas, au lieu de la filer à son jeune frère, le seul cas qu'elle connaissait de ce qu'on appelle primogéniture

Nenet, la Kardashian, dit qu'elle ne pouvait pas devenir un homme parce qu'elle aimait trop les talons hauts, interrompue aussitôt par les autres qui lui crient qu'elle ne comprend rien

comme si soudain c'étaient elles, les expertes

et voilà que Yazz surgissait de nouveau, au National Theatre, pour sauver Morgan de sa solitude

il s'avéra qu'elle était la fille d'Amma Bonsu, et, comme lors de leur première rencontre, Yazz se révéla dans un tel état d'excitation que c'en devint contagieux

imagine, je tombe sur lea Morgan Malinga, génial, non ? descendu.e tout droit de son *graaand Nord*, je parie que tu adores être à Londres, tu vas t'y installer ? tu es tellement fait.e pour cette ville, tout le monde t'adorera, tu n'as pas trouvé la pièce grandiose ? tu as rencontré ma Mum ? Quoi ça tu la connais pas ? c'est la Reine des (vieilles) Gouines, je suis très fière d'elle et soulagée parce que la pièce n'a pas été un four et je ne devrai pas l'empêcher ce soir de sauter du Hungerford Bridge

je te suis sur Twitter, t'as remarqué ? probablement pas, avec ton million de followers, pourtant je retweete à peu près tout ce que tu postes, non, ce n'est pas de la traque, juste un soutien !

qu'est-ce que tu racontes, tu allais partir ? pas question, rentre avec moi dans le théâtre et va saluer Waris

et Courtney qui seront vachement contentes de te voir,
espérons qu'il reste encore du prosecco parce que tous
les vieux ivrognes sont là, et crois-moi
ils sont incapables de s'arrêter.

HATTIE

1

Hattie

AGM pour ses descendants

quatre-vingt-treize ans et ce n'est pas fini

siège en haut bout de la table de banquet de la Grande Salle de Greenfields Farm, construite il y a plus de deux cents ans

les membres actuels de son patrimoine génétique entassés tout autour

avec leurs conjoints respectifs

à sa droite et à sa gauche, ses deux enfants, soixante-dix ans et plus

Ada Mae (prénom de la mère de Slim) et Sonny (prénom du frère de Slim, celui qui avait été lynché)

puis les petits-enfants, dans la quarantaine et la cinquantaine

Julie	infirmière
Sue	vendeuse
Paul	culturiste devenu directeur d'une salle de sport

Marian	secrétaire
Jimmy	mécanicien automobile
Matthew	artisan plombier
Alan	flic (avec qui chacun garde ses distances)

quelques-uns des arrière-petits-enfants sont là également, vingtenaires et trentenaires, Dieu sait ce qu'ils peuvent bien faire

les arrière-arrière-petits-enfants sont assis à une table séparée, impossible de me rappeler leurs noms, deux adultes interviennent pour qu'ils arrêtent de se bombarder avec les aliments au lieu de se les fourrer dans la bouche

enfin il y a les derniers-nés, qu'elle voit pour la première fois – Riley, Zoe, Noah

elle gardera leurs noms en mémoire

pendant quelques heures

chacun pioche dans le plat principal de Noël, une gigantesque dinde, à qui sa taille et son maintien ont valu l'honneur d'être sélectionnée

elle l'a gavée toute l'année, lui a tordu le cou hier, l'a plumée, l'a mise à la glacière puis au four ce matin dès l'aube

Morgan et Bibi l'ont aidée pour le reste : patates rôties (pommes de terre propriété de Hattie), farce, choux de Bruxelles, Yorkshire pudding et boudin noir (propriété de Hattie), petits pois (propriété surgelée de Hattie), sauce

la tapisserie moisie représentant la maison occupe un mur de la pièce la cheminée en pierre noircie occupe l'autre, assez grande pour qu'une personne s'y tienne debout

quand on n'y fait pas de feu, mais là, les flammes attaquent l'air avec voracité

il y a un grand sapin de Noël que Billy le Jeune (la soixantaine maintenant) du village a abattu dans ce que Slim appelait la Forêt des Sapins, là-bas derrière

Billy le Jeune en installe un chaque année : ampoules, guirlandes, babioles, aiguilles de pin qui traînent partout, notamment parce qu'elle aime marcher pieds nus dans la maison, même en hiver

c'est l'un des secrets de sa longue mobilité – poser les pieds sur le sol orteils étalés, comme toutes les autres bêtes de la nature

des sabots, voilà ce qu'elle a

des sabots

Polina les baigne une fois par semaine, lui racle les ongles, les lime, les passe à la pierre ponce et les hydrate – contre le gré de Hattie, qui a cessé d'empoisonner son corps avec des produits chimiques après la disparition de Slim en 1988

tes pieds vont se fendiller, dit Polina, et les microbes s'en donneront à cœur joie, Hattie

alors elle se rend, bien que le corps fabrique sa propre huile si on laisse les pores respirer

ce qu'elle essaie aussi de dire aux femmes de sa famille qui se tartinent d'onguents et autres substances toxiques au nom de la beauté

et se demandent ensuite pourquoi elles ont un cancer

les cadeaux sont empilés sous l'arbre, on s'en fait juste pour le plaisir, rien à voir avec la religion, Noël devrait s'appeler Goinfrël

période où les gens mangent trop et abusent de tout au nom de Jésus-Christ

elle ne s'est plus souciée de faire des cadeaux depuis le décès de Slim, leur disant à tous de ne pas se soucier de lui en faire

ils lui offrent des choses dont elle ne veut pas, des gants, des étoffes, des piluliers, des pantoufles, des couvertures chauffantes et des bouteilles Thermos, comme si ses grosses mains lui permettaient encore de tourner des couvercles

Billy le Jeune apporte tout ça de sa part à des boutiques de bienfaisance

elle possède ce dont elle a besoin, ce qui n'est pas ce qu'elle désire

Slim emballé dans un paquet sous le sapin

guettant le moment de se lever d'un bond et de la surprendre

Hattie contemple paisiblement le déroulement de ce Goinfrël

de toute façon elle n'entend pas leur raffut, elle déteste mettre ces foutues prothèses auditives qui lui irritent les oreilles et déforment les sons

ils continuent sans elle, ils s'amusent, heureux de ne pas s'occuper d'elle comme si elle n'avait aucune importance, de toute façon la plupart n'écoutent pas ce qu'elle dit

elle se renfonce dans son coin, observe le spectacle, très contente de ne compter que sur ses propres moyens, somnolant, de temps à autre on vient lui tapoter le bras pour voir si ça va, un peu comme si on lui prenait la tension

elle est sûre qu'ils sont très déçus quand elle se réveille et crie, ouais, ouais, qu'est-ce qu'il y a ?

Ada Mae et Sonny meurent d'impatience de palper l'héritage auquel ils croient avoir droit, sauf qu'elle les a doublés – ils ne mettront pas la main sur Greenfields Farm, qui appartient à la famille depuis plus de deux cents ans, pour la vendre à des étrangers comme ces Russes ou ces Chinois qui la transformeraient en hôtel de luxe ou en parcours de golf

ils n'arrêtent pas de la harceler pour qu'elle entre dans une maison de retraite et leur délègue un « pouvoir de procuration »

elle sait très bien que ça signifie leur déléguer un pouvoir sur sa vie

pour autant que ça la préoccupe

si elle tombe dans l'escalier et qu'il n'y ait personne pour appeler une ambulance, eh bien tant pis, à son âge la mort n'attendra plus longtemps, une mauvaise chute et elle est foutue

s'ils essaient de la forcer à partir, elle se montrera douce et docile, juste une minute que j'aille aux toilettes chier une dernière fois chez moi, si ça ne vous embête pas trop, dira-t-elle

et une fois à l'intérieur elle se fera sauter la cervelle avec le pistolet que Slim gardait de la dernière guerre

ils trouveront la bouillie de son cerveau étalée sur les murs

ils ne l'oublieront pas de sitôt

de toute façon la plupart d'entre eux ne méritent pas d'hériter, qui ne se soucient pas de venir la voir entre deux Noëls

et même alors, les flemmards essaient d'y échapper, ils se plaignent de ne pas pouvoir grimper la colline depuis le village quand il neige ou qu'il gèle

la voiture y arrivera pas, AGM, crachotent-ils au téléphone, le combiné date de 1952

de bien meilleure qualité que ces portables sur lesquels les jeunes tapent des centaines de fois par jour et qui les rendent débiles

elle l'a lu dans le journal

et puis, pourquoi remplacer son vieil appareil alors qu'il marche toujours, posé sur la console à côté de la porte d'entrée, attaché à un fil attaché à une prise ?

les conversations téléphoniques se doivent d'être courtes et de qualité

pour autant que ça la préoccupe

elle dit à ces petites natures de monter à pied du village, c'est une grimpette de trois kilomètres et demi, un peu raide, mais aucun d'entre eux ne souffre de vertige, aux dernières nouvelles

non que le village soit encore un village, c'est une ville fantôme, avec une épicerie et un pub, même la coop a fermé il y a quelques années (dire que les gens ont protesté quand elle s'est ouverte dans les années 1970)

maintenant c'est une « galerie d'art » qui ouvre pour rire deux semaines par an l'été, c'est probablement un truc d'évasion fiscale

n'oublions pas la boîte aux lettres, ou plutôt « l'objet de musée datant de l'époque où les gens aimaient écrire des lettres à la main sur du papier et les poster » oh, il y a aussi un marché de petits producteurs en été – comme si ce n'était pas la caractéristique même des marchés

le reste des boutiques a été transformé en résidences de vacances qui appartiennent à des riches méridionaux de York et de Leeds, avocats, médecins et professeurs d'université qui veulent « s'évader loin de tout »

pendant quelques semaines chaque été

ce qui fait grimper le prix des maisons et chasse les jeunes de la région

ça et le manque d'emplois dans les fermes causent la ruine des communautés rurales, comme ils disent dans le *Farmers Weekly*

ça avait commencé avec la prolifération des moissonneuses-batteuses dans les années 1950

pour autant que ça la préoccupe

et ça a continué avec l'arrivée des ouvriers agricoles étrangers, récemment, une bonne chose pour les fermiers, pas pour les habitants du coin qui se trouvent court-circuités par des gens qui travaillent deux fois plus dur qu'eux pour deux fois moins

plusieurs personnes sont venues s'en plaindre à elle

pour sa part, elle ne s'est jamais résolue à faire venir des étrangers par fidélité à ces gens d'ici

qui travaillaient deux fois moins dur pour deux fois plus

pas étonnant que Greenfields ait périclité, à cause de ça et de la concurrence de produits étrangers qui arrivent de tous les foutus pays du monde

globalisation ? ils peuvent se la foutre au cul

beaucoup de fermes autour d'elle ont pu compter sur des subventions, pas elle, elle n'a rien reçu quand elle se battait pour faire tourner la ferme toute seule, elle s'est adressée à l'UE et ils l'ont envoyée sur les roses après que des fonctionnaires sont venus fouiner et n'ont pu cacher leur surprise en voyant à qui ils avaient affaire

bien sûr, elle a voté pour la sortie de l'Europe, pour autant que ça la préoccupe, la politique est une question personnelle, elle a voté conservateur tant que son père a vécu parce que c'est ce qu'il attendait d'elle

elle ne voulait pas le décevoir

elle a voté travailliste tant que Slim a vécu parce qu'il disait qu'il avait « foi dans le peuple » et qu'elle ne voulait pas non plus le décevoir

elle a continué à voter travailliste par fidélité

il y a quelques années elle s'est fait sa propre opinion pour la première fois de sa vie et a voté vert parce qu'elle aimait leur position sur l'environnement et détestait la tendance va-t-en-guerre des travaillistes

aux dernières élections elle a voté UKIP

Slim n'aurait pas aimé

mais il n'est plus là

quand les gens de la famille se décident finalement à monter la colline sur deux jambes ou quatre roues, il s'ensuit une brève période de lune de miel avant qu'ils commencent à boire

ils s'entassent dans la maison dans leurs habits de fête : robes au-dessus de genoux qui ne devraient plus se montrer depuis longtemps, ventres débordant au-dessus de la ceinture, les jeunes portent des vêtements si serrés qu'on voit battre leur cœur

on lui flanque dans les bras les nouveau-nés emmaillotés dans des couvertures afin de prendre des photos, les parents ont l'air anxieux comme s'ils craignaient qu'elle ne tombe raide morte pendant qu'elle tient leur bébé

ça commence à s'animer à l'autre bout de la table

Jimmy, le fils de Sonny, l'aîné de ses petits-enfants, s'est amené avec un tonnelet de bière qu'il entreprend de vider, il ferait aussi bien de boire directement au robinet vu la vitesse à laquelle il le descend

les autres ont apporté des packs de vin et des bouteilles géantes de soda pour les enfants, histoire de les rendre hyperactifs et de leur pourrir les dents

elle a vu ça à la télé, une expérience où on mettait une dent dans un verre de boisson gazeuse

elle leur en a parlé, mais est-ce qu'ils écoutent ?

c'est de l'éducation moderne, ma vieille

Jimmy est debout maintenant (il a déjà fait deux fois de la taule pour coups et blessures aggravés), la bagarre va commencer, en général c'est lui qui démarre, lui et ses deux fils Ryan et Shawn sont les pires têtes brûlées

il accuse son frère cadet Paul de lui avoir fait du tort, Paul n'est pas du genre à se laisser insulter par Jimmy, alors il pourrait bien y avoir de la casse, des blessures et des côtes fêlées

Hattie n'entend pas bien ce qu'ils se disent, et maintenant voilà qu'Alan, le plus jeune des frères, le flic, s'est levé et essaie de calmer les choses de cette manière autoritaire qu'il a, et il va tenter de les séparer

du coup ils vont peut-être lui tomber dessus, c'est déjà arrivé

personne n'aime Alan
pas même sa seconde femme, Cheryl
qui l'a quitté l'année dernière

il s'est engagé dans la police à la fin du lycée, il se faisait tyranniser par ses frères quand il était jeune parce qu'il était trop gentil

ça a changé du tout au tout quand il a pu s'appuyer sur la loi

un jour il a demandé à AGM si elle payait des impôts sur le revenu de la ferme

elle était incapable de dire si c'était une question amicale ou une menace

avec Alan on ne sait jamais

du coup ses sentiments pour lui n'ont plus jamais été les mêmes

Jimmy, par contre, charmait tout le monde quand il était jeune, il a fait tout ce qu'il voulait avec Sonny, qui maintenant s'en désole, il n'a jamais voulu écouter Slim qui lui disait de discipliner son fils avant qu'il soit trop tard

quand les gens disaient non à Jimmy il piquait des colères qui, avec l'âge, se sont transformées en terribles crises de rage, il est devenu un adolescent bagarreur et ensuite il a eu ses périodes hooligan

c'est pour ça que sa première femme Karen est partie en emmenant les gosses

il a obtenu du tribunal un droit de visite surveillée jusqu'à ce que les enfants aient atteint l'âge adulte

c'est fou le nombre de mariages brisés qu'il y a dans sa tribu

Jimmy et Paul semblent s'être réconciliés et sortent dans la cour pour en griller une, suivis des yeux par Alan, toujours mis de côté, hein, Alan ?

elle les regarde par la fenêtre rejoindre les autres qui se les gèlent à mort sous l'auvent de la grange

du moment qu'ils inhalent régulièrement la nicotine qui finira par les tuer, ils estiment que ces expéditions se justifient

elle a lu dans le journal que le nombre de fumeurs diminue ces temps-ci

difficile d'y croire en voyant sa tribu

ses petits-enfants ont tous l'air plus blancs que noirs parce que Sonny et Ada Mae ont épousé des Blancs

aucun d'eux ne s'identifie comme Noir et elle soupçonne qu'on les prend pour des Blancs, ce qui attristerait Slim s'il était toujours là

elle, elle s'en fiche, quel que soit le moyen, s'ils peuvent échapper à toute cette histoire, tant mieux, pourquoi se laisser bloquer par le fardeau de la couleur ?

là où elle n'est pas d'accord c'est sur la façon dont ils se sont comportés avec Chimango qu'ils ont refusé d'accueillir parmi eux quand il a débarqué du Malawi, c'était un collègue infirmier de Julie à l'hôpital où elle travaillait

Hattie a trouvé leur comportement écœurant, ils auraient quand même dû avoir appris

mais la famille blanchissait de plus en plus à chaque génération

et ils ne voulaient pas revenir en arrière

Chimango était un homme bien et travailleur comme Slim, patient et agréable, et il a fini par les conquérir

il ne les a pas envoyés se faire foutre (il aurait dû)

elle l'a accueilli à la ferme, s'est excusée pour le comportement de sa tribu

c'est Chimango qui a encouragé Julie à acheter des livres d'images de Noirs pour ses enfants

ils devaient voir des livres avec des enfants qui leur ressemblaient

Hattie a eu honte quand Julie lui a raconté ça

est-ce que ces livres existaient dans les années 1940 ?

avait-elle été une mauvaise mère ?

Morgan et Bibi, sa *partenaire* (comme on dit maintenant), restent jusqu'au nouvel an, elle apprécie leur compagnie parce qu'ils l'aiment sincèrement, ils l'aident, ils adorent Greenfields

Morgan est très heureuse d'être à la ferme – ça remonte à l'époque où elle était toute petite, une enfant perturbée que sa mère, Julie, n'aimait pas parce qu'elle ne ressemblait pas à la petite Barbie qu'elle voulait qu'elle soit

rien d'étonnant à ce qu'elle soit devenue une invertie sexuelle, ce qui ne dérange d'ailleurs pas Hattie

dans le passé il y a eu deux femmes pour diriger l'épicerie du village

Hermione (l'épouse, qui s'habillait comme telle)

et Ruth (le mari, qui s'habillait comme tel)

Mama disait que les gens du village les acceptaient comme un couple, même si personne n'en parlait, et eux, en retour, ont été les premiers à se lier d'amitié avec sa Mama, quand elle est arrivée en tant que femme de Joseph

Mama disait que le couple était venu à la ferme voir si vous avez besoin qu'on vous aide, Grace

quand Hattie a été un peu plus grande, Mama et elle ont été souvent invitées pour le thé, elles descendaient avec un panier de pommes, de poires et de cerises de la ferme

Mama disait qu'on lui avait raconté qu'Hermione venait d'une famille aristocratique et que Ruth était la fille du jardinier de la propriété, et qu'elles se sont enfuies dès qu'elles ont eu l'âge

elles sont mortes l'une à la suite de l'autre en l'espace d'un an peu après la guerre

depuis Hattie a toujours déposé des fleurs sur leurs tombes

donc Hattie n'a aucune raison d'être gênée que Morgan soit ainsi, mais il y a quelque temps Morgan y est allée très fort en déclarant, tandis qu'elles faisaient leur promenade habituelle à travers champs avec Bibi, AGM, je ne m'identifie plus ni comme une femme ni comme un homme

et elle s'est lancée dans une grande explication, elle aurait aussi bien pu parler chinois

Hattie lui a demandé illico si elle était allée voir un docteur, parce que tu as l'air d'avoir perdu la boule, chérie

Morgan n'a plus rien dit, elles sont rentrées à la ferme en silence, Bibi et elle sont parties un jour plus tôt que prévu

Hattie n'a aucun problème avec Bibi qui est née homme parce qu'elle ne l'a connue que femme, c'est logique en quelque sorte

mais dire qu'on n'est ni l'un ni l'autre est tellement tiré par les cheveux que c'en est absolument ridicule

quand Morgan a réapparu, deux mois plus tard au lieu de deux semaines (une grande bouderie, même pour Morgan), Hattie l'a fait asseoir et lui a dit, écoute, je suis née dans les années 1920, et c'est trop me demander de comprendre même un début de début de ce dont il s'agit

alors sois qui tu veux être et n'en parlons plus

le plus drôle c'est que rien n'a changé chez Morgan depuis qu'elle est devenue ce machin de girouette de genre, à part le fait qu'elle a troqué son nom de Megan pour celui de Morgan, ce dont Hattie se fiche, elle peut vivre avec

au moins, elle ne s'est pas baptisée *Reginald* ou *William*

mais Hattie refuse absolument de se plier à son caprice et de l'appeler *iel* au lieu d'*elle*

Morgan a conservé le même aspect (celui d'un garçon), continue d'agir de la même façon (comme un garçon) et à tout point de vue est restée la même (Megan).

2

Hattie reporte son attention sur Ada Mae

assise à table toute ratatinée à force d'avoir travaillé pendant quarante ans dans une usine qui fabriquait des formes de chaussures en cuir c'était quoi ce genre de boulot ? le genre qui l'a rendue cabossée comme une douairière, et avec des rhumatismes, voilà ce que c'était

elle continue de raidir et de se teindre les cheveux, en ce moment ils sont d'un vilain gris à la racine, tirés à l'arrière du visage devenu mou sauf la bouche qui retient toute sa misère comme une pochette resserrée par un cordonnet

elle parle à travers la table à Sonny qui a de l'emphysème, il vibre aussi fort que le *washboard* sur lequel Slim faisait de la musique, il a travaillé à la mine de Bedlington jusqu'à ce qu'elle ferme, ensuite il a été barman, il a pris sa retraite il y a quelques mois avant qu'entre en vigueur l'interdiction de fumer, trop tard, il avait inhalé plus de nicotine que d'oxygène

de l'heure du déjeuner jusqu'à la fermeture

pendant une vingtaine d'années

Hattie a autant de chances de lui survivre

que l'inverse

toute sa famille vit dans l'atmosphère maladive des maisons avec chauffage central qu'ils veulent absolument habiter

des serres pour mauvaises bactéries

elle a trop chaud maintenant dans sa Grande Salle en général balayée par le vent, à cause de la chaleur de son corps qui s'ajoute à celle du feu de cheminée qui rugit et jacasse

il y a tant de fissures dans l'encadrement des fenêtres qu'en général il fait plus chaud dehors que dedans, c'est bon pour la longévité et la résistance aux intempéries, dit-elle à ceux qui se plaignent, elle a eu froid toute sa vie passée dans cette partie du pays aux confins de l'Écosse vous imaginez pas le nombre de fois où en descendant dans la Grande Salle elle a trouvé des monticules de neige sous les fenêtres après une tempête

qu'elle pelletait dehors encore et encore, si ça n'avait pas fondu avant

(mieux valait ne pas avoir de tapis)

elle n'a rien contre un bon feu de cheminée, notez, la chaleur comme l'a imaginée Dieu, les tire-au-flanc de sa famille rouscaillent quand elle leur fait couper du bois pendant quelques heures dans la remise

ceux qui viennent lui rendre visite

quand Hattie regarde ses enfants, elle voit une paire d'épaves estropiées qui ont refusé de vivre à la ferme où ils seraient restés sains de corps et d'esprit

elle ne voulait que le meilleur pour eux, mais les enfants n'écoutent pas leurs parents, n'est-ce pas ?

elle reconnaît qu'ils en ont bavé en grandissant, elle comprend pourquoi ils voulaient partir, mais après toutes ces années qu'Ada Mae a passées en usine à faire un travail qu'elle détestait et Sonny dans la mine, ils auraient dû revenir vivre au grand air, utiliser leur corps comme l'a imaginé Dieu, travailler la terre et investir dans un héritage qu'ils ne méritent ni l'un ni l'autre

quand ils étaient jeunes, un jour, à la foire d'hiver, quelqu'un les a poussés et ils sont tombés dans la boue

la seconde d'avant ils se tenaient derrière elle, attendant avec impatience la barbe à papa qu'elle était en train d'acheter, la minute d'après ils étaient par terre couverts de boue et de larmes

le coupable avait disparu dans la foule

si ça s'était passé sur le terrain de la ferme, elle aurait couru après le salopard avec une hache et lui aurait coupé la tête avec la force d'une femme qui n'a pas arrêté de couper du bois depuis que son père lui a offert une hache pour son dixième anniversaire

elle l'aurait jeté dans l'auge à cochons pour qu'il ne reste aucune trace, ils l'auraient nettoyé jusqu'à l'os

et elle aurait jeté des carottes et des choux tant qu'elle y était (une viande et deux légumes)

n'importe quel tueur en série à deux sous sait qu'on donne ses victimes à manger aux cochons affamés

pas besoin de chichiter pour savoir si on doit creuser les tombes dans les bois au milieu de la nuit, ou dissoudre les corps dans des fûts métalliques pleins d'acide, comme dans ces documentaires policiers américains qui la font se sentir reconnaissante de vivre si loin des endroits où des trucs pareils se passent

Slim se montrait moins compatissant quand les enfants revenaient à la maison avec leurs « jérémiades » comme il les appelait, par exemple les fois où Ada Mae se faisait pincer le bras par un gosse qui voulait voir si ça faisait un bleu, ou qui l'écorchait avec son compas pour voir si elle saignait, et si oui, de quelle couleur

ou quand des garçons demandaient à Sonny si sa couleur pouvait s'effacer, le maintenaient par terre et le frottaient avec une brosse à récurer pour s'en assurer par eux-mêmes

vous êtes au-dessus de ça, disait Slim à table, pendant qu'ils prenaient une collation avec un verre de lait froid et des tartines à la confiture, le seul moment de la journée où ils se retrouvaient en famille avant que d'autres travaux de la ferme les appellent

à commencer par la traite des vaches

c'est rien que des taquineries, leur disait Slim, ne venez pas pleurer pour ça – si quelqu'un vous frappe, vous le frappez en retour et puis vous passez à autre chose

vous vivez pas dans la société ségrégationniste d'où je viens et où on avait aucun droit

vous avez pas eu un frère de quinze ans, Sonny qu'il s'appelait, ils l'ont plongé dans du kérosène et puis ils l'ont pendu à un micocoulier et ils l'ont brûlé vif devant des milliers de gens qui applaudissaient

un garçon appelé Sonny dont le meurtre a été photographié et ils en ont fait une carte postale qu'ils ont distribuée dans tout le pays parce qu'ils étaient foutrement fiers d'avoir assisté à son lynchage

vous n'avez pas découvert que la femme qui criait qu'on l'avait violée a donné naissance neuf mois après à un bébé si blanc que son père à elle est venu dans la maison de votre papa pour s'excuser en personne

vous connaissez pas tout ça maintenant, hein ?

alors, s'il vous plaît, les Nègres, bouclez-la

c'est *lui* qui devait la boucler, lui a dit Hattie, ses histoires effrayaient les enfants et elles les pousseraient à se haïr eux-mêmes, il a répondu qu'il fallait qu'ils s'endurcissent, et qu'est-ce qu'elle connaissait à tout ça, elle la peau pâle qui vivait dans un trou perdu ?

ma peau pâle comme tu dis, elle t'a plu, Slim, alors viens pas maintenant me la reprocher

les Nègres avaient toutes les raisons d'être en colère, lui dit-il, après quatre cents ans d'esclavage et d'oppression en Amérique c'était un baril de poudre prêt à exploser

on est à des centaines de milliers de kilomètres de ton Amérique, Slim, c'est différent ici, pas parfait mais mieux

il lui rétorqua que son petit frère, Sonny, était l'oncle de leurs enfants et qu'ils devaient savoir ce qui lui était arrivé et connaître l'histoire d'un pays qui avait autorisé son meurtre, et c'est aussi ton devoir, Hattie, d'affronter les problèmes du racisme, parce que nos enfants ont la peau plus noire que toi et leur avenir sera pas facile

ils ont continué ce genre de discussions jusqu'au moment où elle a été capable d'adopter son point de vue

ils ont tous deux suivi attentivement les informations sur le mouvement des droits civiques, Slim disant que les Nègres avaient besoin à la fois de Malcolm X et de Martin Luther King

après leur meurtre, l'un trois ans après l'autre

Slim a disparu dans les collines pendant quelques jours

Hattie voyait bien qu'aucun de ses enfants n'aimait être noir et elle ne savait pas quoi y faire

dans ses dessins d'enfant, Ada Mae se représentait blanche, et à partir de douze ans Sonny n'a plus voulu être vu avec son père au-delà du village, il détestait l'accompagner aux foires aux bestiaux et il suppliait sa mère de ne pas amener son père aux fêtes de l'école

un jour elle a entendu Sonny dire à un garçon dont le père venait de le déposer à la maison que Slim, qui menait les moutons au pâturage, était un ouvrier agricole

Slim aurait donné sa vie pour ses enfants.

3

À l'âge de seize ans et dix-sept ans, un matin au petit déjeuner, Ada Mae et Sonny annoncèrent sans crier gare qu'ils quittaient la maison

on s'en va aujourd'hui et vous pourrez pas nous arrêter, dit Sonny, ses jambes étalées comme un adulte, ses épaules redressées, défiant ses parents d'oser les en empêcher

on passera pas un jour de plus dans ce trou à faire des bottes de foin, à labourer les champs, à traire les vaches et à vider le fumier

pour le reste de notre vie

Hattie se rappelle la scène très clairement

Ada Mae portait sa minirobe orange à col droit qu'elle avait commandé sur le catalogue Biba, des bottes de cuir verni blanc qui lui montaient aux genoux, les cheveux empilés sur le haut de la tête, des faux cils, un trait de crayon noir autour des yeux qui les faisait paraître immenses

elle était belle à l'époque, même si bien sûr elle ne le croyait pas

c'est maintenant seulement, quand elles regardent ensemble de vieilles photos de famille, qu'Ada Mae s'exclame, avec plus qu'une pointe de tristesse, regarde, Mama, j'étais très jolie, non ?

Sonny était squelettique à l'époque, cette maigreur qu'ont les garçons avant de devenir des hommes, dégingandé et maladroit, il avait grandi trop vite pour rattraper son père il portait son costume de velours pourpre à pattes d'éléphant, les cheveux coupés ras, pour cacher les frisures, supposait-elle

avec une raie sur le côté qui semblait absurde

aucun des deux n'était habillé pour le long voyage jusqu'à Londres

ils sont partis sur le cadeau du dix-septième anniversaire de Sonny – la moto Honda qu'il les avait suppliés de lui acheter

il disait que ça lui permettrait d'aller et venir plus librement

ça leur avait coûté deux taureaux

Ada Mae s'assit en croupe, Sonny fit rugir le moteur et ils sortirent en trombe de la cour, descendirent la colline, traversèrent le village et filèrent vers les rues éblouissantes qui les attendaient à Londres

Ada Mae allait devenir secrétaire d'une pop star, Sonny un riche homme d'affaires

ils sortirent en vrombissant de la vie de leurs parents, laissant derrière eux un panache de fumée et de vapeur

les laissant Slim et elle naufragés sur trois cents hectares de terres agricoles

il leur fallut du temps pour s'habituer à ne plus entendre les disques de Dusty Springfield, Petula Clark et Cilla Black qu'Ada Mae mettait sur l'électrophone dans la Grande Salle, au son desquels elle dansait en se trémoussant

si Slim ou Hattie commettaient la faute d'entrer, elle hurlait qu'ils pourraient peut-être lui ficher la paix pour une fois

Sonny faisait semblant de jouer de la guitare, tout en écoutant les Rolling Stones

pour s'amuser Slim et elle les épiaient par la fenêtre

ils trouvaient bizarre de n'être plus que deux aux repas, de laver une paire de draps au lieu de trois, de ne pas devoir s'inquiéter des sautes d'humeur de leurs adolescents qui déprimaient à la maison

ils n'arrêtaient pas de s'inquiéter pour leurs gosses qui vivaient si loin dans la capitale

où n'importe quoi pouvait leur arriver

Londres, où ils ne restèrent pas longtemps, même pas trois mois entiers (petits joueurs !)

Sonny travaillait dans une boutique de Carnaby Street et ne gagnait pas de quoi vivre, Ada Mae lavait la vaisselle dans la cuisine du Regent Palace Hotel

ils n'avaient trouvé à se loger que dans une maison délabrée peuplée d'immigrants de couleur dans un quartier pouilleux appelé Notting Hill

les immigrants les méprisaient et les accusaient d'être comme les Blancs

Hattie avait dans l'idée qu'ils prenaient ça pour un compliment et elle réfléchissait que ses gosses avaient fait tout le chemin depuis la frontière écossaise jusqu'à Londres pour découvrir que dans le Sud on était en pays étranger

elle fut heureuse quand ils vinrent s'installer à Newcastle, à seulement cent dix kilomètres de la ferme

au lieu de plus de trois cents

Ada Mae épousa Tommy, le premier homme à l'avoir demandée en mariage, heureuse qu'il y ait eu quelqu'un pour le faire

dans les années 1960 à Newcastle, les prétendants qui désiraient présenter fièrement leur petite amie noire à leurs parents ne se bousculaient pas

Tommy était du côté des moches, avec une tête de nain de jardin, disaient-ils Slim et elle en plaisantant, et pas très futé avec ça

Hattie le soupçonnait de ne pas avoir eu beaucoup de choix lui non plus

mineur de fond dans sa jeunesse, il avait appris le métier de soudeur quand les mines avaient fermé

il s'est révélé un bon mari et il aimait vraiment Ada Mae malgré sa couleur

comme il le leur a dit à Slim et elle quand il est venu leur demander sa main

et que par chance Slim ne l'a pas fichu dehors sur-le-champ

pour Sonny, ç'a été très différent, d'après Ada Mae qui a rapporté que les femmes se pressaient autour de lui

dans la liste des types avec qui elles souhaitaient sortir, il venait juste derrière Johnny Mathis

il a épousé Janet, une barmaid, que ses parents ont mise en demeure de choisir

entre eux et lui.

4

La première fois que Hattie a vu Slim Jackson, il lui a rappelé les guerriers massaïs qu'elle avait découverts dans le *National Geographic* que Papa faisait venir chaque mois d'Amérique quand elle était gosse

ils se penchaient sur ces photographies les dimanches après-midi après l'église et commentaient les images et les histoires de gens et d'endroits très éloignés de la ferme, du village et des villes alentour

Pa avait voyagé à travers l'Europe comme soldat, il était allé en Égypte et à Gallipoli, et en avait conçu un grand appétit pour les choses étrangères

Hattie rencontra Slim en 1945 à Newcastle, à un après-midi dansant donné pour les régiments noirs américains démobilisés qu'on allait renvoyer chez eux

c'était son premier bal dans la grande ville, ses parents étaient restés dehors dans la camionnette de la ferme, priant qu'un homme s'intéresse à elle

elle n'avait pas eu de chance jusque-là

Hattie fut stupéfaite du nombre de femmes anglaises de couleur qui se trouvaient là, venues d'aussi loin que Cardiff, Bristol, Glasgow, Liverpool, Londres

elles incarnaient toutes sortes de mélanges, la plupart avec une mère blanche, ce qu'elles révélèrent en bavardant avec elle dans les toilettes

Hattie se sentit instantanément à l'aise au milieu de ces filles, qui constituaient autant de déclinaisons d'elle-même, elle n'avait jamais été si bien accueillie

elles furent étonnées d'apprendre qu'elle travaillait dans une ferme et s'en déclarèrent désolées pour elle tout en se remettant du rouge à lèvres et en se repoudrant, prenant la pose comme si elles étaient toutes des reines de beauté, et elle qui avait l'air si moche sans aucun maquillage, vraiment ça ne va pas, dit une des filles, et elle entreprit d'illuminer ce visage que jusque-là Hattie avait toujours jugé quelconque

alors elles se mirent toutes à roucouler, regarde comme tu es jolie Hattie

en voyant ses joues roses et ses lèvres rouges dans la glace elle admit que c'était vrai

les autres filles portaient des robes de taffetas très glamour qui mettaient leur taille en valeur, de longs gants blancs et des talons hauts

Hattie se sentait mal fagotée dans la robe que Ma lui avait fabriquée d'après *Woman's Weekly*

l'orchestre jouait du swing, sur la piste de danse il y avait un tourbillon de filles en robes aussi colorées que des papillons et de soldats chic en uniforme vert, chacun assorti à sa chacune, aucune fille ne faisait tapisserie, ce qui avait été le sort de Hattie dans les bals de campagne

seul son père la faisait danser

les filles reconnaissaient que la plupart des hommes anglais refusaient de les toucher même avec des pincettes, sauf s'ils espéraient une baise vite fait, quant aux Africains et aux Antillais, ils étaient peu nombreux

ici, chacune se sentait la belle du bal aux yeux des soldats, qui le claironnaient, se disaient ébahis devant des dames d'une telle classe et à la peau si claire elles riaient des compliments, elles qui étaient habituées à être traitées comme des moins-que-rien

certaines disaient que c'était leur dernière chance avant que les soldats retournent aux États-Unis d'Amérique

d'autres rêvaient de se faire épouser et de partir avec eux

Hattie était assise à une table avec trois sœurs irlando-nigérianes, Annie, Bettina et Juliana, qui suivaient une formation d'infirmière, toutes les trois d'une vitalité incroyable et qui la faisaient pouffer de rire en flirtant outrageusement avec les soldats

elle les invita à venir lui rendre visite à la ferme

elles se moquèrent de cette idée absurde, une ferme ? oh Hattie, ce que tu es drôle, nous on avance, on ne recule pas, tu es trop chou

quand on aura passé les examens on ira à Londres, on t'écrira comme ça tu pourras venir nous voir

encore maintenant elle se demande ce qu'elles sont devenues

Slim l'aborda pour le fox-trot

elle fut flattée, intimidée d'abord, elle évitait son regard, il admira ouvertement son teint velouté, rien qu'avec des joues roses comme ça vous seriez sur le haut du panier chez moi en Géorgie

il était grand et mince, la peau lisse et soyeuse

c'était le premier homme qui la faisait se sentir une dame et non pas une bête de somme qui accumulait à longueur de journée de la saleté sous ses ongles ils se marièrent dans l'année qui suivit, avec l'accord de Ma et Pa, heureux qu'elle ait trouvé quelqu'un pour veiller sur elle quand ils ne seraient plus là

Slim aimait ses beaux-parents et ils aimaient ce qu'il était

pour Pa, il était le fils qu'il n'avait jamais eu, un jour il prit Hattie à part et lui dit qu'il était soulagé que Slim n'ait pas essayé de jouer les petits chefs avec elle

il aurait plus manqué que ça, répondit-elle

Slim n'aimait pas le climat anglais mais il aimait les gens, il se sentait plus respecté ici, personne ne l'avait hélé en lui criant « eh toi », et quand il roulait à bicyclette il ne craignait pas que des gens enfilent des cagoules blanches, fassent brûler des croix et le lynchent

c'est pourquoi je retournerai jamais chez moi, Hattie

il venait d'une famille de métayers, qui cultivaient la terre mais ne la possédaient pas

son père devait donner la moitié de sa production de canne à sucre au propriétaire, ne cessait de s'endetter auprès des négociants qui lui vendaient ses semences, ses vêtements et ses outils, et courait le risque de se faire expulser si la récolte était mauvaise

beaucoup de Noirs ont quitté la terre même après la fin de l'esclavage parce que ça leur rappelait leur condition

le gouvernement leur avait promis à tous quarante acres et une mule

et quand il n'a pas tenu sa promesse la pilule fut encore plus amère, ils ont dû travailler pour un salaire d'esclave maintenant il était marié à Hattie et la terre qu'il cultivait serait un jour à lui

à elle aussi, lui faisait-elle remarquer

la plupart des gens éprouvaient de la sympathie pour Slim, il était sûr de lui et volubile, il parlait aux étrangers, même ceux qui se montraient hostiles, surtout quand ils entendaient son accent, il désamorçait leur animosité, ils vantaient sa courtoisie, ses oui m'dame et non m'sieur, du fait qu'il ouvrait les portes pour laisser passer les dames et soulevait son chapeau pour saluer les hommes, ils se sentaient respectés

ils aimaient particulièrement l'entendre chanter de sa voix de baryton à l'église, pour Noël, aux fêtes de la moisson, pour les anniversaires, les bals, il s'accompagnait en grattant une guitare ou un *washboard*

le devoir conjugal leur plaisait à l'un comme à l'autre, un jour cependant ils comprirent que le va-et-vient, le j'entre-et-je sors ne suffisait pas à Hattie

Slim a tenu le rythme jusqu'à ce que le mental aussi se fatigue

ils ont vécu ensemble plus de quarante ans, elle n'a plus connu d'attouchements sexuels depuis, ça fait dans les trente ans

elle sent encore les mains puissantes de Slim posées sur ses fesses nues, et l'entend encore se plaindre qu'elles ne soient pas assez charnues

même s'il admirait sa force physique

Slim disait qu'elle maniait une charrue aussi bien que n'importe quel homme

sacrément bien, Hattie, sacrément bien !

5

Hattie s'est mise à pratiquer la marche après la mort de Slim

elle a acheté des chaussures de randonnée au lieu de bottes de travail, s'est taillé elle-même une canne avec sur le pommeau un poing du Black Power – en hommage à Slim

elle portait du Thermolactyl en hiver, des chemises de coton l'été, dans son sac à dos elle mettait des vêtements de pluie et une Thermos du thé sucré que Slim buvait

et elle parcourait ses terres

parfois en plein été elle sortait la nuit et allait dans un de ses champs où, allongée sur une couverture, elle regardait les étoiles et imaginait Slim qui l'observait de là-haut

la surveillait

l'attendait

elle a continué de diriger l'exploitation jusqu'à plus de quatre-vingts ans

à une époque elle a eu trente ouvriers agricoles sur son livre de paie

ce n'est que depuis dix ans que la nature a repris le dessus, une bête agressive qui consomme tout quand on la laisse se déchaîner sans entraves

sa terre est devenue une jungle de récoltes pourries, herbe, mauvaises herbes, buissons enchevêtrés, renards, chevreuils et serpents

des champs en jachère – où poussaient jadis du blé, de l'orge, de l'avoine et du lin pour les marchés d'hiver des prés en jachère – où vagabondaient des Hereford et des Ayrshire, des chevaux de trait pour les charrues et les carrioles, ses moutons cheviots, et Smokey, le poney islandais qu'on lui avait offert quand elle était petite

ils partaient au trot tous les deux sur le chemin, autour du lac, piquaient un petit galop dans les bois et traversaient à fond de train les collines basses qui s'étiraient devant eux

si elle tombait, elle devait se remettre en selle toute seule, elle ne portait ni casque ni chaussures

si Pa ne la voyait pas revenir, il partait à cheval la chercher avec les chiens

elle se rappelle qu'à l'époque elle ne pensait jamais à son corps, il allait de soi, faisait automatiquement ce que son cerveau lui commandait

elle se rappelle qu'elle pouvait traire trente vaches matin et soir, le lait tombant lentement dans des bidons, ensuite elle récurait la salle de traite, lavait et stérilisait les ustensiles et aidait les employés à charger les bidons sur leurs chariots attelés

sans ressentir la moindre fatigue

maintenant elle doit se battre contre son corps pour la moindre chose, enfiler sa salopette, se lever de sa chaise, monter des marches

Hattie se rappelle l'époque où Slim et elle vivaient avec Pa et Ma, Ada Mae et Sonny enfants

c'était une configuration idéale, deux hommes et deux femmes travaillant ensemble pour élever les enfants et faire tourner la ferme

Ma et elle étaient plus amies que mère et fille, du plus loin qu'elle s'en souvienne elles faisaient tout ensemble, Père disait qu'elle menait Ma par le bout du nez, et que lui ne pouvait pas en placer une, ce qui était vrai

Ma disait toujours que sa propre mère, Daisy, lui manquait terriblement, et qu'il ne se passait pas un jour sans qu'elle regrette de ne pas avoir connu son père, l'Abyssinien

qui était-il, Hattie ? qui était-il ?

Ma est tombée malade avant même que Sonny et Ada Mae aient commencé l'école

elle était si malheureuse à l'idée qu'elle ne les verrait pas grandir, et qu'ils seraient trop jeunes pour se souvenir d'elle

Père a fait ce qu'il a pu, mais il n'a plus été le même après la mort de Ma, il disait qu'il voulait la rejoindre

il est parti peu de temps après elle, une crise cardiaque, Slim et elle ont reconnu qu'il avait le cœur brisé

une des dernières choses qu'il lui a dites, c'est : tu es chez toi ici, Harriet Jackson née Rydendale

tu es ma fille et l'avenir de la famille est entre tes mains

c'est aussi la terre de tes ancêtres qui ont travaillé comme des bêtes pour nous la garder

alors quand le temps sera venu, tu devras veiller à la transmettre à Sonny, qu'il en fasse autant

ça se passait il y a soixante-dix ans environ

elle a vécu ici quatre-vingt-treize ans, cette ferme ce n'est pas seulement son foyer, ce sont ses os

et son âme

huit monarques se sont assis sur le trône d'Angleterre depuis que son ancêtre le capitaine Linnaeus Rydendale en a posé la première pierre en 1806

il avait bâti une fortune assez grande pour devenir le propriétaire terrien qu'il rêvait d'être depuis toujours, lui le fils d'un ouvrier agricole de la région

qui avait commencé sa carrière comme mousse sur des bateaux

le capitaine Linnaeus Rydendale

revenu dans son pays avec une jeune épouse, Eudoré, de Port Royal à la Jamaïque, fille d'un marchand avec lequel il avait été en affaires

la légende familiale voulait qu'elle fût espagnole, et quand Slim a vu son portrait dans la bibliothèque il a dit c'est une des nôtres, Hattie

elle lui a dit que c'était de l'imagination, il a insisté, il savait tout sur les métamorphoses qu'a subies notre peuple et je te le dis, Hattie, c'est une des nôtres

en la voyant à travers les yeux de Slim, Hattie a découvert une Eudoré différente, quelque chose dans le teint, la forme du visage et les traits, la densité des cheveux

il avait peut-être raison

après la mort de Joseph, Slim a forcé la serrure d'une vieille bibliothèque dont il ne trouvait pas les clefs, disant qu'en tant qu'homme de la maison il devait savoir ce qu'il y avait dedans

il trouva de vieux registres où étaient inscrits les revenus du capitaine marchand d'esclaves, qui échangeait des esclaves d'Afrique contre du sucre aux Antilles et déboula comme un fou dans la cuisine où elle préparait le repas en lui reprochant d'avoir gardé pour elle un si terrible secret

elle n'en savait rien, était aussi bouleversée que lui, affirma-t-elle, elle avait toujours vu l'armoire fermée à clef, son père lui avait dit qu'elle contenait des documents importants et qu'elle ne devait jamais s'en approcher

elle réussit à calmer Slim, ils parlèrent encore et encore

ce n'est ni moi ni mon Pa qui sommes responsables, Slim, maintenant tu es copropriétaire des dépouilles avec moi

elle se tint derrière lui et lui entoura la taille de ses longs bras

la boucle est bouclée, n'est-ce pas ?

6

Hattie s'y connaît en secrets, elle n'a parlé à personne du bébé qu'elle a perdu, celui à qui elle a donné naissance quand elle avait quatorze ans

ses petits seins grossissaient et devenaient plus sensibles, son ventre enflait, elle avait la nausée le matin

Ma s'en aperçut et mit les choses au point

le père c'était Bobby, le garçon le plus populaire de l'école du village, grand avec une chevelure blonde, le fils du boucher

les garçons ne prêtaient pas la moindre attention à Hattie, alors quand celui-là le fit, il ne fut pas question de repousser ses avances ils batifolaient dans l'église entre les bancs après l'école

en ce temps-là les églises restaient ouvertes, on ne craignait pas que les gens filent avec l'argenterie

pendant une demi-heure Hattie fut le centre de l'univers de Bobby

elle ne se rappelle pas ce qui s'est passé

pourtant il a bien fallu que ça se passe

ensuite

il continua de ne pas faire attention à elle

comme avant

Père pouvait à peine parler tant il était blême de rage, elle refusait de lui donner le nom de celui qui l'avait engrossée, ce qui le rendait encore plus furieux

après le choc initial, Ma ne sembla pas si préoccupée que ça, elle paraissait même contente, Pa et elle avaient voulu un autre enfant mais ça n'avait pas marché

Hattie était déconcertée par les transformations de son corps

et se trouvait idiote d'avoir craqué pour Bobby

elle ne voulait pas être enceinte, elle voulait aller à l'école et jouer avec ses copines

Ma prit les choses en main, Hattie devait rester cachée, on dirait qu'elle était malade

Hattie se sentait bien, voulait au moins déambuler autour de la maison, tu ne vas pas risquer de mettre la vie de cet enfant en danger, jeune fille, tu obéis, disait Ma le bébé est né rapidement un vendredi pendant la nuit, une fille, Ma procéda seule à l'accouchement, elle avait appris la méthode dans un livre

elle tendit le bébé à Hattie, lui montra comment l'allaiter

Hattie était fascinée, elle avait fait cet enfant toute seule

Ma lui dit qu'elle devait le traiter comme la chose la plus précieuse du monde et surtout ne pas être maladroite

parce qu'elle doit survivre, Hattie

parce que nous l'aimons tellement

Hattie n'était pas sûre d'aimer le bébé, elle n'était pas sûre de savoir ce qu'était l'amour, c'était un grand mot

elle donna un prénom au bébé, Barbara, que Ma accepta, c'est toi qui dois le lui donner, et nous allons essayer de la garder

Ma passait tout son temps avec le bébé et Hattie, elle dormait par terre la nuit, était la première à se réveiller quand le bébé se manifestait, veillait à ce que Hattie ne s'endorme pas en l'allaitant

elle changeait les couches, la baignait dans un baquet dans la chambre

Hattie entendait ses parents se disputer en bas, ils ne l'avaient jamais fait de cette manière, ça durait des heures, Pa hurlait, Ma hurlait à son tour

elle remontait les yeux rougis, il ne m'obligera pas à m'en débarrasser, je le lui ai dit ce jour-là Pa est entré dans la chambre pour voir sa petite-fille, c'était la première fois depuis la naissance de Barbara, Ma était en train de se laver dans la salle de bains

il déclara que le bébé devait partir

Hattie dit qu'elle voulait la garder et à cet instant il la lui arracha des bras de ses mains puissantes

tu ne devras parler de ça à personne, a-t-il dit avant de quitter la chambre, tu dois même oublier que c'est arrivé, Hattie

ta vie serait définitivement gâchée avec une bâtarde

les hommes auront une double raison de ne pas t'épouser

Hattie ne pensait même pas au mariage, elle haïssait son père qui avait traité son bébé de mauvaise personne, de bâtarde

elle ne comprenait pas vraiment qu'elle ne reverrait jamais plus Barbara

Hattie possède toujours la couverture rose et bleue qui enveloppait Barbara, tissée avec la laine de leurs moutons, teinte et tricotée par Ma quand elles ne savaient pas encore si ça serait un garçon ou une fille

elle ne l'a jamais lavée, la garde dans une boîte à chaussures

encore très longtemps après, elle sentait sur la couverture l'odeur de Barbara, tout en sachant que ça n'était pas possible

elle l'imaginait adoptée par des aristocrates, dansant au bal des débutantes, mariée à un lord et vivant dans un château elle a tenu parole et n'a jamais dit un mot à qui que ce soit

ni à Slim, ni à Ada Mae ou à Sonny – à personne

Hattie se réveille, quelqu'un lui tapote le bras, elle ouvre ses lourdes paupières, la voilà de retour à Goinfrël et sa tribu est encore plus ivre et bruyante que tout à l'heure

Ada Mae l'observe intensément, vérifiant qu'elle est encore vivante

elle aura passé sa vie sans savoir qu'elle a eu une sœur aînée.

GRACE

1

Grace

a fait irruption dans ce monde grâce à un marin originaire d'Abyssinie appelé Wolde, un jeune soutier

qui alimentait les chaudières à charbon de navires marchands

le travail de bord le plus dur, le plus sale et le plus harassant

Wolde

qui relâcha à South Shields en 1895 et en repartit quelques jours plus tard laissant derrière lui les premiers composants de Grace cachés à l'intérieur de sa Ma

qui venait d'avoir seize ans

qui a ignoré qu'elle attendait un enfant presque jusqu'au moment où Grace a jailli, lui a raconté sa mama Daisy quand elle a eu l'âge de comprendre comment se fabriquent les bébés

c'était ton papa, Grace, il était très grand, il marchait comme s'il ne touchait pas le sol, comme s'il flottait dans l'air, comme s'il venait d'un autre monde ce qui était le cas

je le trouvais très gentil, l'opposé des garçons de chez nous qui croyaient que nous les filles on leur appartenait de droit

nous descendions en troupeau sur les quais quand les bateaux déchargeaient

espérant conquérir un marin qui nous emmènerait loin vers ces lieux magiques nommés Zanzibar, Casablanca, Tanganyika, Ocho Rios et Caroline du Sud

ton père parlait le peu d'anglais qu'il avait glané en naviguant, alors nos conversations étaient surtout faites de gesticulations

je reviendrai pour toi, m'a-t-il promis quand je l'ai raccompagné sur le quai pour le rembarquement, il marchait à reculons et moi je restais immobile à le regarder

je ne voulais pas qu'il parte

je reviendrai pour toi

un jour nous prendrons un bateau pour l'Abyssinie et nous le trouverons, Gracie, je frapperai à la porte de sa case, je te pousserai vers lui et je dirai, eh monsieur, regarde ce que *tu* as laissé derrière toi

Daisy

avait mis Grace au monde, par terre, sur des sacs, dans la pièce qu'elle partageait avec ses frères et sœurs

leurs parents dormaient derrière le rideau qui divisait cette pièce qui constituait tout leur logement

une métisse

le père de Daisy disait qu'il ne surmonterait jamais cette honte par rapport aux gens du pub où il se rendait directement après treize heures passées sous terre à gratter la roche pour en extraire le charbon

avant de tituber jusque chez lui et se bagarrer avec Ma

dépose la gosse à l'église ou tu dégageras d'ici, disait-il à Daisy

comme si j'avais pu t'abandonner, Gracie, si innocente et si pure et tout, une des créatures bénies de Dieu ?

ma tâche était de te protéger et de veiller sur toi, et j'aurais tué tous ceux qui auraient essayé de t'arracher à moi

Daisy

partit de chez elle, fit vœu de ne plus jamais parler à sa mère, qui était trop faible pour s'opposer à un père qui se souciait plus de ce que pensaient les autres que d'aider sa propre enfant

se trouva un boulot de confection de fleurs artificielles dans une chapellerie, partagea un logement avec Ruby, une autre adolescente qui avait un fils de cinq ans appelé Ernest du nom d'un marin, lui aussi arrivé et reparti

il venait d'un endroit appelé Aden au bord de la mer Rouge

tu imagines ça, Gracie ? une mer rouge ?

Daisy

transportait Grace partout dans un porte-bébé parce qu'il n'y avait personne à qui la laisser, personne en qui elle aurait eu assez confiance étant donné que sa famille entière avait coupé les ponts

et sûrement pas à Ruby, qui ne lavait pas Ernest très souvent

je te lavais tous les jours, Gracie, dans une cuvette d'eau que je pompais dans la colonne d'alimentation et que je faisais chauffer sur le foyer où mijotait la marmite de légumes

je te lavais jusqu'à ce que tu sois propre comme un sou neuf et que les adorables petites boucles sur ta tête brillent comme des perles de rosée

les cheveux du pauvre Ernest formaient des touffes pleines de nœuds et comme Ruby rentrait souvent tard je devais l'empêcher de vagabonder dehors dans la ruelle boueuse jonchée d'ordures et de verre cassé

je le surveillais du coin de l'œil, mais je ne pouvais pas le garder, Gracie, il n'était pas à moi

je ne sais pas ce qu'il est devenu parce que nous avons emménagé chez Mary, de la fabrique de chapeaux, qui était mariée, avait trois enfants, et avait besoin d'argent supplémentaire

Daisy

se promit d'emmener Grace à la campagne

j'aurais tout donné pour te voir courir librement sur l'herbe tendre et souple et le soleil briller sur ton adorable visage caramel, pour t'entendre crier, tu m'attraperas pas, Ma, tu m'attraperas pas

elle promit à Grace qu'elle allait se trouver un mari qui subviendrait à leurs besoins, un menuisier qui construirait des meubles pour leur cottage de trois pièces, plus une salle d'eau, des toilettes à l'intérieur, de vraies fleurs sur la table de la cuisine, du pain en

train de cuire dans le four, de l'air de bonne qualité et une rivière propre où se baigner chaque jour
en été

Daisy
qui ne voulut pas tenir compte de la toux grasse et spasmodique dont elle commença à souffrir alors que Grace avait huit ans, aggravée par la poussière de charbon qui tournoyait dans l'air
elle ne pouvait pas se permettre d'être malade, dit-elle à sa fille, je n'ai pas les moyens de payer un docteur, et même si c'était le cas, si je m'arrête de travailler parce que je suis malade je ne serai pas payée et je pourrais ne pas retrouver de boulot
qui nous nourrira, Gracie, qui nous nourrira ?
moi, Ma, je te nourrirai

Daisy
fut diagnostiquée tuberculeuse après qu'un groupe de filles travaillant avec elle furent allées se plaindre au directeur qu'elle était malade et allait les contaminer
un médecin vint l'examiner et décréta la mise en quarantaine au sanatorium
avec effet immédiat

Mary prit Grace sous son aile jusqu'à ce que Daisy (par chance, par miracle) se rétablisse
seulement elle se noya dans le liquide et les tissus qui clapotaient dans ses poumons qui se dévoraient de l'intérieur

Mary, qui avait été élevée dans un foyer pour jeunes filles à la campagne

demanda à Mrs Langley, qui dirigeait toujours l'établissement, de prendre Grace, ça tombait bien car une des filles quittait le foyer pour aller travailler

elle déposa Grace devant la porte cet hiver-là, la serra contre elle affectueusement

bye-bye Gracie, on va s'occuper de toi ici et t'apprendre tout ce que tu as besoin de savoir

Grace regarda Mary s'éloigner, bottes noires fendues sur le côté, robe déchirée traînant dans la boue du chemin, châle marron lui enveloppant les épaules, cheveux en échafaudage surmontés d'un chapeau dans lequel était plantée la rose orange que Grace lui avait confectionnée

bye-bye, Gracie, cria-t-elle, la voix étranglée, sans se retourner elle ouvrit la grille et disparut dans le chemin

la dernière personne à avoir connu la mère de Grace.

2

Au début Grace erra dans le foyer dans un état second, les filles se pressaient autour d'elle, lui touchant les cheveux, lui caressant la peau, n'arrêtant pas de la regarder, lui demandant pourquoi elle avait une peau si brune

mon papa vient d'Abyssinie, disait-elle fièrement, prétendant l'avoir connu

n'aie jamais honte de qui était ton papa, lui avait dit sa mama, un jour nous le trouverons, c'est-à-dire s'il est vivant, il n'est pas revenu pour moi alors il est peut-être mort

Grace raconta aux filles que l'Abyssinie était un pays lointain et magique où les gens portaient des longues robes de soie et des couronnes de diamants, ils vivaient dans des palais de contes de fées et festoyaient tous les jours de viande rôtie, de pommes de terre et de soufflés au fromage

les filles étaient impressionnées

sauf quand elle se réveillait la nuit en hurlant, que la surveillante accourait et que, voyant qu'il ne lui était rien arrivé de terrible, elle la disputait d'avoir voulu se rendre intéressante

les filles lui dirent de se calmer, tu vas t'habituer ici, Gracie, nous nous y sommes habituées, il faut juste un peu de temps, et maintenant tais-toi, nous voulons dormir

Grace s'enroulait dans sa couverture, s'enfouissait profondément à l'intérieur pour que les autres ne puissent pas entendre ce que ça lui faisait de penser à Ma

qui l'enveloppait très étroitement de ses bras quand elles dormaient ensemble

je ne te laisserai jamais partir, Gracie, tu m'appartiens

pourtant à un certain instant elle s'était tenue à côté d'elle à la fabrique et la seconde d'après des hommes avec des manteaux blancs et des masques étaient venus pour l'emmener

je reviendrai pour toi, Gracie, je reviendrai, avait-elle promis tandis qu'ils la traînaient et qu'elle donnait des coups de pied et se débattait pour se libérer chaque fois que quelqu'un frappait le heurtoir de la porte d'entrée à tête de lion noir, Grace espérait voir Ma, bras largement ouverts, sourire encore plus large, comme si elles n'avaient pas cessé de jouer ensemble pendant tout ce temps-là

hello Gracie, je t'ai manqué ? cours vite chercher ton manteau, mon amour, nous rentrons à la maison

elle a mis très longtemps à cesser d'espérer que Ma reviendrait

encore plus longtemps avant de ne plus identifier sa présence avec la chaleur qui se propageait dans son ventre chaque fois qu'elle pensait à elle

et encore plus longtemps avant de voir l'image de ses traits s'estomper

la nuit elle s'est mise à rêver de son papa
qui reviendrait pour la sauver
et l'emmener au paradis

Grace apprit à se laver et à nettoyer une maison, elle aimait faire la première chose parce que Ma lui avait dit que c'était une forme de dévotion, mais pas la seconde

elle apprit à coudre ses propres robes avec des boutons, des rubans et des plis, à ajouter de la dentelle au col de la robe blanche qu'elle mettait pour aller à l'église

elle apprit à se tricoter des bas de laine, un bonnet et une écharpe pour l'hiver, à cirer jusqu'à ce qu'elles brillent ses bottines noires toutes boutonnées sur le côté, qu'elle a été fière de porter après qu'elle s'y est habituée parce qu'au début, comme elle n'avait jamais encore porté de chaussures, elles lui blessaient les pieds

elle apprit à cuire de la viande, du poisson et de la volaille sans empoisonner personne, et des légumes du jardin, à faire du pain et des gâteaux, avec ordre de ne jamais en manger en cours de route sous peine de recevoir un coup de règle sur les doigts

ce qui lui est arrivé

des tas de fois

elle apprit à laver le linge dans un baquet de bois rempli d'eau chaude savonneuse, à remuer les draps avec une grande spatule en bois, à utiliser une planche pour les vêtements aux taches incrustées, à faire sécher chaque chose en l'étendant bien sur la corde à linge avec des pinces en bois et non pas pêle-mêle, pour que tout dégringole

elle a adoré coucher dans des draps qui venaient juste d'être changés et qui sentaient le vent, le soleil et la pluie

elle a aimé boire l'eau du robinet qui venait d'un puits et qu'on n'avait pas besoin de chauffer pour la rendre potable

et aller dans des toilettes désinfectées chaque jour sans faute

elle a appris à entretenir un jardin potager, à cultiver des concombres et des laitues, des tomates, du céleri, des carottes, des navets et des choux, à ne pas non plus en grignoter en cours de route, ce qu'elle faisait quand personne ne regardait, surtout les fraises, les mûres et les prunes dans les arbres se goinfrant autant qu'elle pouvait et puis le regrettant parce que le pourpre de ses lèvres et les taches rouges sur sa blouse lui valaient des coups sur les doigts

Grace apprit le calcul mental, à lire et à écrire dans la salle de classe en bois aux bancs et aux bureaux de bois, à bien former les lettres qui donnaient du sens aux mots

on lui imposa de se tenir au fond jusqu'à ce qu'elle ait rattrapé le niveau des autres

pendant les cours de maintien, elle apprit à garder en équilibre les livres sur sa tête sans les faire tomber, elle était grande, s'imaginait venue d'Abyssinie et marcher dans les airs

tu possèdes une élégance naturelle, la complimenta l'une des professeures, Miss Delaunay, qui dans la foulée dit aux autres qu'elles marchaient comme des génisses pleines

ce qui conforta Grace dans le sentiment qu'elle était exceptionnelle

elles se rendaient à l'église tous les dimanches sauf si la couche de neige était trop épaisse, la glace trop dangereuse ou la pluie trop torrentielle

elles marchaient en longue file sur les routes de campagne, dans leurs robes du dimanche, se tenant par la main et chantant des hymnes

Grace ramassait des fleurs quand on les autorisait à jouer dans le pré, elle les pressait entre les pages de sa bible et écrivait des poèmes sur chacune d'elles, *Ode à la rose*, *Ode à la jonquille*, *Ode à l'hortensia* elle s'intéressa à la broderie qui devint un hobby, et s'y révéla très douée

les filles du dortoir devinrent ses amies, parfois elles restaient à bavarder après l'heure du coucher, riaient un peu trop fort, oubliant les règles du foyer

Sally possédait la voix la plus mélodieuse, Bertha inventait les histoires les plus terrifiantes, Adaline voulait devenir actrice et aimait réciter *Les Rubayat* d'Omar Khayyâm qu'elle avait trouvés dans la bibliothèque et qu'elle apprenait par cœur

« La Terre ne pouvait pas répondre : ni les mers qui pleurent / En fluides pourpres, leur Seigneur abandonné / Ni le Ciel ondoyant, et ses Signes révélés / Par la Nuit et le Matin dérobés »

elle déclamait pendant si longtemps que les autres n'en pouvaient plus d'ennui, ferme-la maintenant, Adaline

Grace était celle qui imitait le mieux Mrs Langley, sa mine prétentieuse, son postérieur rebondi et ses jambes arquées quand elle cavalait dans la coursive entre les lits superposés dans sa chemise de nuit de calicot crème, prenant un accent exagérément ampoulé pour tenir un discours idiot composé de mots terriblement longs et absurdes que personne ne comprenait, Grace ravie de la popularité qu'elle y gagnait, les filles hystériques et se tenant le ventre à force de rire, la suppliant d'arrêter parce qu'elles n'en pouvaient plus

à l'instant même où une nuit Mrs Langley ouvrit brutalement la porte, braqua sa torche électrique, saisit Grace « faisant le clown dans une arlequinade » il y avait des lustres que le couvre-feu était décrété, gronda-t-elle, accusant Grace de corrompre les autres, exigea de la voir à la première heure le lendemain dans son bureau

tu as trop de personnalité, dit Mrs Langley assise à son bureau, fixant Grace à travers ses toutes petites lunettes rondes, ses cheveux épinglés derrière la tête, vêtue de noir en signe de deuil du mari qui, de notoriété publique, était mort il y a des années au cours d'un truc appelé le siège de Mafeking

trop de personnalité est inconvenant pour une jeune fille

Grace se tenait assise en face d'elle, bien droite, jambes pendantes, mains correctement posées sur les genoux, très effrayée, elle s'était sentie en sécurité dans le foyer jusqu'à maintenant, elle n'était pas la seule vilaine fille, mais elle était la seule à se faire prendre

tout le monde savait que parfois les très vilaines filles se « faisaient virer »

pleure si tu veux, Grace, que ceci te serve de leçon, tu ne ressembles pas aux autres filles d'ici, tu dois toujours te comporter le mieux possible parce que la vie sera déjà bien assez dure ainsi pour toi, tu te verras rejetée par des gens beaucoup moins éclairés que nous les dames qui dirigeons généreusement cet établissement

nous croyons au suffrage féminin et voulons vous donner, à vous les filles désavantagées, la chance de bénéficier au moins d'une instruction élémentaire moi-même je n'ai jamais été une de ces militantes protestataires, continua Mrs Langley, comme si elle se parlait à elle-même, agitant les mains avec dédain, parce que les individus concernés ne récoltent que l'opprobre public et la condamnation gouvernementale, voire l'emprisonnement

je crois que nous pouvons atteindre notre but en ce qui concerne le vote au moyen d'une argumentation raisonnée, comprends-tu ?

Grace hocha la tête, de quoi parlait Mrs Langley ?

Je suis aussi une pragmatique, Grace, donc écoute-moi attentivement, il m'incombe de te dire, pour ton propre bien, que tu dois modérer ton exubérance naturelle et renoncer à ton habituel batifolage-*laissez-faire*[1] parce que c'est inconvenant, nous nous enorgueillissons de maintenir la bienséance et l'équilibre émotionnel dans cet établissement et nous attendons de nos filles qu'elles se conduisent avec pondération et retenue, nous ne tolérons pas le spectacle incongru auquel j'ai assisté personnellement la nuit dernière

Veux-tu que je t'expédie avec tous tes bagages dans les rues sans protection ? il est probable que tu finirais dans les bas-fonds de South Shields ravagés par la maladie où aboutissent les filles telles que toi, les « belles de nuit » qui travaillent pour les Mahométans, est-ce cela que tu souhaites, Grace ?

Grace décida d'abandonner une fois pour toutes sa personnalité, d'afficher des émotions convenables et de la retenue

et nous ne pourrions pas non plus nous porter garantes par écrit auprès de tes futurs employeurs de

1. En français dans le texte.

tes talents domestiques, modestie, diligence, loyauté et propreté, et crois-moi, Grace, sans notre approbation tu n'obtiendras jamais un emploi convenable

respectable

de domestique

à ce stade, Grace essaya de toutes ses forces d'arrêter ses larmes qui se transformaient en sanglots indignes d'une dame

ce qu'elle voulait, c'était être vendeuse chez Gillingham & Sons, le grand magasin de Berwick-upon-Tweed où Mrs Langley les emmenait chaque année admirer les décorations de Noël

les meilleures filles du foyer y travaillaient

elle rêvait de porter des vêtements élégants, de parler poliment aux clients qui faisaient leurs achats, des gens qui quitteraient le magasin en complimentant le directeur de sa charmante employée et demanderaient à être de nouveau servis par elle à l'avenir

le rêve ne devait pas se réaliser

à treize ans elle fut placée par Mrs Langley comme domestique chez le nouveau baron Hindmarsh, qui au décès de son père avait regagné le château de ses ancêtres, à plusieurs kilomètres de Berwick

après avoir pendant de nombreuses années dirigé la plantation de thé familiale dans la région du Haut-Assam

revenu avec une suite de serviteurs indiens, y compris sa maîtresse et leurs deux fils, qu'il logeait dans un cottage sur le terrain de la propriété

engager une domestique métisse ne lui posait pas de problème.

3

Grace

est entrée chez Gillingham & Sons acheter du tissu pour se faire une robe d'été

c'est le dernier magasin au monde auquel elle souhaite donner un centime de son argent durement gagné, malheureusement c'est le seul de la ville qui offre ce qu'elle désire

elle a écrit au directeur il y a quelques années sollicitant un entretien pour un poste de vendeuse à pourvoir, déterminée à prouver à Mrs Langley qu'elle avait tort, maintenant qu'elle est devenue une grande personne avec plusieurs années de service derrière elle

mais, dès que le directeur l'a vue, pourtant revêtue de ses meilleurs habits, il lui a dit sur-le-champ qu'elle ferait fuir les clients

sans même lui laisser une chance d'ouvrir sa satanée bouche

il était sûr qu'elle comprenait, a-t-il ajouté

en refermant la porte sur elle

après, pendant des semaines, elle a rêvé de s'introduire en douce dans le magasin une nuit et d'y mettre le feu

avec le directeur à l'intérieur, la suppliant de l'épargner

Mabel et Beatrice, anciennes du foyer, travaillent au rayon bonneterie ce samedi, ça fait des siècles qu'elle ne les a pas vues, Grace bavarde avec elles pendant que leur chef de rayon lèche les bottes d'une cliente très riche, elle leur dit qu'elle aimerait tellement travailler ici elles lui racontent qu'à force de rester debout toute la journée sans interruption elles ont les jambes et les pieds si enflés qu'elles peuvent à peine marcher ensuite

que le coût de leur chambre, de leurs vêtements et de la nourriture est déduit de leur salaire, ce qui leur laisse très peu d'argent pour prendre du bon temps

Grace ne les croit pas, elle donnerait n'importe quoi pour être embauchée dans un endroit chic comme celui-là où on peut afficher des airs sophistiqués, rencontrer des gens intéressants, y compris d'éventuels maris (comme ceux qu'elles sont en train de courtiser), habiter des chambres sous le toit du magasin en plein centre-ville, profiter des activités mondaines offertes telles que les thés dansants, le théâtre, les fêtes foraines d'hiver et d'été

je voudrais vous voir travailler comme domestiques dans un trou perdu, leur rétorque-t-elle du tac au tac

je voudrais vous voir vous lever avant le chant du coq pour nettoyer les cheminées et déblayer les cendres et être disponibles en permanence pour tout le monde jusqu'à ce qu'ils aillent se coucher

entre-temps il faut frotter, racler, cirer, repasser, plier, aller chercher, transporter, parce qu'on n'est qu'une boniche vêtue d'un horrible uniforme

alors que dans ma dernière année au foyer j'étais aussi capable que toutes les autres en lecture, en écriture et en arithmétique

Mabel et Beatrice lui tapent sur les nerfs

elle s'en va, sans prendre congé

du moins elle a trouvé le bon tissu pour sa robe – couleur prune et moelleux dans son emballage de papier brun noué par une ficelle c'est si précieux qu'elle le tient pressé contre sa poitrine des fois qu'il *disparaîtrait* ou un truc comme ça

elle meurt d'impatience d'arriver à la maison, prenant pour modèle les robes que portent toutes les domestiques, elle en fera une qui au lieu de descendre jusqu'au-dessus de la cheville s'arrêtera juste au-dessous du genou, ce que les gens trouvent très *risqué*, d'après ce qu'a dit lady Esmée, la fille du baron Hindmarsh, à ses invités du week-end en apparaissant en haut de l'escalier

par la serrure de la porte secrète qui relie le couloir des domestiques à la maison proprement dite, Grace la voyait se donner en spectacle à ses riches amis

les dames en robes au dos dénudé qui miroitaient et scintillaient, les messieurs en vestes de smoking à col de satin, avec leurs porte-cigarillos en or et leurs cocktails mint julep à la main

qui l'observaient pleins d'admiration descendre lentement l'escalier en exhibant ses jambes minces et ses ravissantes chevilles

ça fait fureur à Londres, mes chéris, une vraie fureur

Grace ne sera jamais comme ça ; mais elle aura une robe neuve à porter quand une occasion se présentera, même s'il s'en présente rarement

elle n'a pas le droit de se mettre sur son trente et un pour aller à l'église, mais on l'y autorise pour la soirée de Noël que les Hindmarsh offrent au personnel

après quoi elle et les autres domestiques doivent réenfiler leurs uniformes pour nettoyer les saletés qu'ils ont faites

elle est sur le point de traverser la rue devant Gillingham & Sons quand dévale un essaim d'hommes à bicyclette qui la frôlent de si près qu'ils manquent de la renverser, probablement des ouvriers rentrant déjeuner chez eux

puis c'est le tour d'un omnibus bondé d'arriver en brinquebalant juste au moment où elle met de nouveau le pied sur la chaussée

elle est habituée à l'animation de la ville, néanmoins elle doit faire attention chaque fois qu'elle y entre, vu qu'elle passe le reste du temps en pleine campagne loin des routes fréquentées, si parfois une voiture emprunte les chemins, elle appartient en général à un membre de la famille Hindmarsh ou à un invité

surprise, elle constate qu'il y a quelqu'un à côté d'elle, un garçon

vous devez être la Belle du Nil, ouais, c'est sûr, dit-il ; elle se tourne brusquement, l'air féroce, prête à démolir l'impudent qui a osé la traiter de belle de nuit

devinant ce qu'elle a en tête il insiste « la reine Cléopâtre », vous savez, la Dame du *Nil*

ce qui est évidemment très différent

Grace se retient de le traiter de tous les noms ou de lui balancer son paquet à la tête

ce qu'il lui est déjà arrivé de faire

il a des cheveux roux flamboyant et il a beau avoir essayé de les plaquer avec le peigne ils jaillissent de partout ; un visage rougeaud et aimable, des yeux bleus innocents qui la fixent avec admiration, il ne la lorgne pas comme le font des tas d'hommes dans la rue

elle note son veston de tweed, son pantalon plutôt chic, ses bottes crottées, il est plus petit qu'elle, la plupart des hommes le sont il se présente, Joseph Rydendale, et il insiste pour l'aider à traverser la rue, il vient de faire de bonnes affaires au marché aux bestiaux du vendredi et de déposer une liasse de billets flambant neufs à la banque Barclays

elle le soupçonne de vouloir l'impressionner, et ça marche (un homme a-t-il jamais vraiment essayé de l'*impressionner* ?)

il semble être également un homme important, qui d'habitude ne s'intéresserait pas à elle, contrairement aux vauriens et aux propres à rien

Grace en a marre de ces hommes qui s'imaginent avoir leur chance quand ils se trouvent seuls avec elle, qui l'appellent tentatrice, aguicheuse, séductrice

ce qu'elle n'est absolument pas

ça peut se passer n'importe où, même au château, dans les couloirs des domestiques ou quand elle travaille dans une pièce vide, un invité s'est glissé une nuit dans sa chambre, lui conseillant de demander à Ronnie le forgeron du domaine de venir poser un verrou à sa porte dès le lendemain

jusqu'à maintenant elle a réussi à repousser toutes les avances sans qu'elle en subisse les conséquences, elle méprise ces hommes qui s'emparent des femmes sans leur permission

ces hommes qui font des enfants sans épouser les mères et disparaissent dans des endroits lointains de contes de fées où ils mangent tous les jours des soufflés au fromage

elle s'est résolue depuis longtemps à demeurer vieille fille, à ne pas connaître les joies du mariage et de la maternité qui a envie de mettre au monde une bâtarde, le nom qu'on lui jette parfois dans la rue, à quoi elle répond bâtard toi-même !

sauf qu'elle ne s'attendait pas à rencontrer un certain Mr Joseph Rydendale

qui, après quelques minutes de bavardage, lui a proposé de sortir avec lui le dimanche suivant, qui ensuite est venu la voir tous les dimanches après-midi, après quoi il rentrait vite chez lui traire les vaches

elles savent pas se traire elles-mêmes, Gracie, et je fais pas confiance à mes valets de ferme

Joseph était revenu entier de la Grande Guerre, la tête et le corps intacts, contrairement à tant de ses camarades qui avaient survécu mais avaient subi une amputation ou entendaient toujours dans leur tête exploser des bombes

des camarades qui étaient lentement devenus fous

il avait regagné la ferme familiale, Greenfields, qu'il avait trouvée en déclin tout comme son père, la maladie décimait les troupeaux et les récoltes, le matériel était rouillé et cassé, les valets de ferme se faisaient payer tous les vendredis soir et disparaissaient le reste du temps

son père Joseph senior, veuf depuis de nombreuses années, avait pris l'habitude de vagabonder la nuit dans ses champs, en caleçon, appelant sa femme, lui criant de venir l'aider, viens Cathy, viens m'aider, les brebis mettent bas

après bien des années, Joseph a réussi à redresser la ferme, il y a investi tout son temps et sa volonté, maintenant il est prêt à désirer la compagnie d'une femme et à perpétuer la lignée familiale

il a combattu dans le désert égyptien et à Gallipoli, a connu des beautés ottomanes d'Orient (Grace n'ose pas lui demander jusqu'à quel point)

quand il est revenu après la guerre, aucune des filles du coin ne l'a séduit, jusqu'à ce qu'il rencontre Grace dans les rues de Berwick

Grace voyait bien que Joseph était plein de bonnes intentions, elle se surprit à l'aimer de plus en plus, vivant toute la semaine dans l'attente du dimanche et des quelques heures qu'ils passaient ensemble, se promenant dans les endroits autorisés du domaine en été, parfois elle mettait sa plus jolie robe, juste pour lui, ils restaient allongés dans l'herbe au soleil, ou assis l'hiver dans la cuisine des domestiques, et il partageait avec eux le déjeuner du dimanche

Mrs Wycombe, la cuisinière, l'y autorisait, elle s'était prise d'affection pour Grace dès son arrivée et veillait à ce que le reste du personnel la traite bien

sinon vous aurez affaire à moi, les avertissait-elle

quand Joseph lui demanda sa main, Grace n'en crut pas sa chance, ni qu'il pouvait se comporter avec elle comme s'il venait de toucher le gros lot et non pas un lot de consolation

ils se marièrent trois mois après la mort du père de Joseph, le délai convenable

et il l'emmena à Greenfields pour la première fois

mon vieux père n'aurait jamais approuvé ce mariage, sain d'esprit ou non, il vivait encore à l'ère victorienne et continuait d'écouter de vieux airs de music-hall sur le phonographe

tandis que moi, je mets du jazz sur mon gramophone

pour l'emmener à la ferme, il attela sa carriole et suivit l'unique route traversant le village qui bruissait de l'animation du samedi matin

ils longèrent les magasins bordant la rue principale, passèrent devant les gens qui faisaient leurs courses et s'arrêtaient pour dévisager cette étrange créature

la plupart n'avaient jamais vu de Négresse auparavant, encore moins une susceptible de leur voler l'un des meilleurs partis du district, ce qu'on lui fit bien sentir quand elle commença à aller seule au village avec la carriole et le cheval

leur Joseph Rydendale, l'honorable ex-soldat que la plupart des mères de filles bonnes à marier souhaitaient avoir pour gendre

elles furent tout étonnées d'entendre Grace s'exprimer comme elles, comme n'importe quelle fille du coin, et commencèrent à l'apprécier

sauf l'épicier, qui lui jeta sa monnaie à travers le comptoir avec une telle force qu'elle dut se mettre à quatre pattes pour la ramasser

la fois suivante où elle entra acheter quelque chose, elle jeta avec la même violence le nombre exact de pièces sur le comptoir puis sortit en affichant son plus grand air abyssinien

sa Ma aurait été fière d'elle.

4

Le bâtiment d'habitation de Greenfields était long, étroit, avec un toit de chaume, et sentait le renfermé

Grace était habituée à la résidence Hindmarsh que maintenait immaculée une armée de serviteurs

elle n'aima pas son nouvel intérieur, cette maison sombre où traînaient les odeurs de vieilles choses qui auraient dû être jetées depuis longtemps

tout ce qu'on touchait collait sous les doigts, le sol était couvert de gravillons apportés de la ferme, aucun ustensile de la cuisine n'était assez propre pour qu'on s'en serve

Joseph

en prévision de l'arrivée de Grace, avait engagé comme bonne une très jeune fille, Agnes, ce qui amusa Grace, qui se revit telle qu'elle était quelques jours auparavant

tu n'as plus besoin de travailler, Gracie, lui dit-il, tu vas lire des livres ou faire ta broderie, Agnes s'occupera de la maison, moi et les valets de ferme on fera le reste

n'oublie pas, tu es la reine Cléopâtre, la Dame du Nil

si tu le dis, répliqua-t-elle amusée, ne constatant pas la moindre preuve du travail d'Agnes, elle s'en plaignit à Joseph, que ça ne semblait pas préoccuper, qui admit ne remarquer ni la saleté ni le fouillis

je ne m'en serais jamais doutée, dit-elle, ce que Joseph prit au pied de la lettre, en homme sans détour et incapable de ruse qu'il était

elle joua le rôle de la Dame du Manoir dans la Grande Salle, commença à broder une tapisserie représentant l'extérieur de la maison en 1806, date de sa construction par l'ancêtre de Joseph, Linnaeus Rydendale

d'après un tableau accroché dans l'entrée

ce serait un cadeau pour son *mari*

elle agitait la clochette de service chaque fois qu'elle avait besoin d'Agnes, gamine paresseuse dénuée de charme et d'intelligence, qui se traînait avachie, les ongles sales, tablier non repassé, cheveux indisciplinés sous le bonnet blanc, c'est à peine si elle regardait sa *maîtresse*

Grace la réprimandait, la renvoyait dans sa cuisine se nettoyer les ongles et se coiffer correctement

elle commanda un pot de thé, fort et chaud, qui se révéla faible et tiède

Grace ne la loupa pas, j'exige que tu accomplisses un travail de très haut niveau, et maintenant apporte-moi le pot de thé correspondant à ce que j'ai expressément commandé

Grace adoptait le ton et le vocabulaire des membres et des invités de la famille Hindmarsh

en voyant le regard que la gamine lui jeta en saisissant le pot de thé, Grace craignit qu'elle ne le lui renverse sur la tête

alors qu'elle rampait devant Joseph

oui, Mr Rydendale, non, Mr Rydendale, laissez-moi vous lécher les pieds, Mr Rydendale, des courbettes ridicules quand il entrait dans la pièce

Grace dut se rendre à l'évidence : ce petit bout de fille négligée, dénuée d'intelligence, d'hygiène et incapable, n'accepterait jamais les ordres

d'une métisse, une Négresse, Dame du Nil ou pas

Grace demanda à Joseph de renvoyer Agnes, elle en avait assez de son insolence et de son incompétence

elle allait s'occuper de la maison et peut-être même y prendre autant de plaisir que lorsqu'elle s'occupait de sa propre personne, ce qui fut le cas, quelle fierté elle ressentit après avoir récuré convenablement la cuisinière

après s'être mise à quatre pattes et avoir lavé les dalles noires du sol jusqu'à ce qu'elles brillent comme de la glace, et avoir ciré les parquets du premier étage si bien que la lumière du jour ricochait dessus

puis ce fut le tour des nombreuses fenêtres recouvertes d'une telle pellicule de crasse visqueuse qu'on ne voyait même pas la cour et la grange sur le devant, ni les champs qui descendaient en pente douce derrière

elle se mit au travail avec du savon, de l'eau et du vinaigre, quand elle eut fini, les vitres étaient si propres qu'elles en étaient invisibles

elle appela Joseph afin qu'il constate les résultats de ses efforts, et même lui, qui affirmait être incapable de repérer la saleté, la félicita d'avoir si bien rajeuni la maison

pas complètement rajeunie, Joseph, je suggère de remettre tout à neuf en prévision de nos enfants, la plupart des meubles s'effondreront dès qu'un enfant se mettra à sauter dessus et une couche de peinture ne fera pas de mal, convoquons un homme à tout faire du village

comme il commençait à protester, elle l'interrompit

– un ordre est un ordre, soldat Rydendale

Joseph adorait son impertinence

le neuf remplaça le vieux, un vaisselier, une commode et un chiffonnier en chêne, des tapis Art déco, elle l'emmena faire les magasins à Berwick, l'habilla de neuf, costumes et chaussures élégants, acheta des mètres de tissu pour ses propres vêtements, passa même avec lui chez Gillingham & Sons pour le montrer à Mabel et Beatrice, vanter la grande ferme dont elle était la nouvelle maîtresse

ils écoutaient et dansaient au son des disques d'Armstrong, Gershwin, Fats Waller et Jelly Roll Morton qu'ils passaient sur le nouveau gramophone

les chaudes nuits d'été ils ouvraient les fenêtres et faisaient la fête dehors, sous le seul regard des chiens, le village se trouvait à trois kilomètres en contrebas, ils agitaient ensemble leur tête, leurs jambes et leurs mains au rythme dynamisant de cette nouvelle musique américaine

qu'elle se mit à adorer

ou bien ils s'installaient pour lire et bavarder sur le canapé Davenport, autre luxueuse acquisition, une bûche rugissant dans la cheminée, la tête de Grace posée sur les genoux de Joseph qui lui ôtait ses épingles à cheveux de façon à libérer les boucles

qu'il adorait tortiller dans ses grandes mains de paysan

elle était stupéfaite qu'il pût aimer à ce point ses épais cheveux crépus

qui l'avaient tant gênée

l'achat le plus important pour Grace fut le matelas de coton destiné au lit à baldaquin dans la grande chambre, remplaçant le vieux tout bosselé imprégné de toutes sortes d'excrétions

sur lequel il lui était impossible de bien dormir, surtout après que Joseph lui eut raconté qu'il s'agissait du lit de ses parents et de leurs propres parents avant eux

comment dormir sur un siècle d'histoire ?

elle voulut tout vider, y compris l'armoire ancienne dans la bibliothèque bourrée de vieux registres ; Joseph refusa, ils contenaient des actes et des dossiers importants, il les trierait un jour, et il installa un verrou sur le meuble

il acheta le bureau à cylindre, s'y asseyait une fois par semaine pour faire ses comptes, heureux quand les entrées dépassaient les sorties, déterminé à maintenir le bon rendement de la ferme, un œil sur les champs voisins qui lui permettraient éventuellement de s'étendre

la nuit

ils faisaient l'amour à la faible lumière de la lampe à pétrole

Grace, c'était son expédition en Afrique, disait-il, lui le nouveau Dr Livingstone descendant le cours du fleuve à la découverte des sources du Nil

pas l'Afrique, l'Abyssinie, le corrigeait-elle

comme il te plaira, Gracie

quand il l'avait fait jouir, elle pleurait

pour une raison qu'elle ne comprenait pas, nichée au fin fond d'elle-même

il voulait au moins dix fils qui travailleraient à la ferme, dont l'aîné hériterait

Grace se contenterait de cinq, doutant d'avoir envie de passer tant d'années gonflée par les grossesses

trois garçons pour Joseph, deux filles pour elle

les deux premiers furent éliminés dans des caillots de sang

puis arriva un garçon qui commença à se refroidir quelques heures après que la sage-femme le lui eut déposé dans les bras

et lentement devint du marbre

impossible d'en parler

un gouffre se creusa dans le lit conjugal

ils dormirent dos à dos

Grace était à peine capable de se laver, de manger autre chose que le pain et la soupe que Joseph lui faisait avaler comme on nourrit un enfant malade

mange, Gracie, mange

puis arriva Lily

en parfaite santé, un bébé ravissant

elle atteignit un mois, deux mois, trois mois

la merveille des bébés, s'exclamaient les gens quand Grace la promenait en petit bonnet, robe, cardigan et chaussons que les femmes du village tricotaient pour elle, qui montaient péniblement la côte ou débarquaient en charrette pour partager sa joie après tant de deuils

tout ressentiment ou soupçon envers la Noire étrangère s'était évaporé depuis longtemps

elle était Grace, leur Grace, la femme de Joseph

et Lily aussi était à eux

quatre mois, cinq mois, six mois

Lily aux yeux insondables, mystérieux, à quoi penses-tu, Lily ? se demandait Grace, tandis qu'elles se fixaient l'une l'autre, hypnotisées

ce sera une vraie beauté éthiopienne

abyssinienne, Joseph, le corrigeait Grace
l'Abyssinie s'appelle l'Éthiopie maintenant, Grace

sept mois, huit mois, neuf mois
son lait remplissait sa fille, après l'allaitement, Lily s'endormait contre sa poitrine, légère et chaude, parfois elle sifflait en exhalant, visage aplati sur le côté, sa petite bouche en cœur

en ces instants Ma revenait hanter Grace, le souvenir qu'elle gardait d'avoir été aimée si profondément, si totalement
d'avoir été la personne la plus importante de la vie de sa mère
de s'être sentie entièrement en sécurité

dix, onze, douze mois, une année
une année, deux mois et quatre jours

Grace se réveilla de bonne heure comme d'habitude, pressée de commencer une nouvelle journée avec sa fille, ravie parce que
Lily n'avait demandé le sein qu'une seule fois pendant la nuit, ça signifiait, leur avait dit la sage-femme, qu'ils pouvaient envisager des sommeils sans interruption
elle se leva et s'approcha du berceau à côté de son lit
elle tendit les bras pour soulever sa petite chérie, mais Lily était raide, froide, ne bougea pas quand Grace lui caressa la joue ni quand elle lui posa une paume sur le front

lui saisit les mains
les pieds
la berça.

5

Joseph n'accorda pas de répit à Grace, il continuerait d'essayer d'en faire un autre, il fallait un héritier, dit-il, son devoir l'obligeait à passer la ferme à la génération suivante

ça faisait cent vingt ans que le domaine appartenait à sa famille

c'est alors, à ce moment seulement, que Grace comprit à quel point il était attaché à cette propriété, peut-être même plus qu'à elle, il s'en instituait le gardien, sa vie serait un échec s'il n'avait pas d'enfant à qui la transmettre

il le devait pour honorer ses ancêtres

Joseph semait la tempête dans la maison, renversait les objets, hurlait après les chiens, injuriait les valets, buvait trop de bière le soir

pendant leurs étreintes, il la pénétrait à la façon d'une machine, finies les caresses d'autrefois

sa seule ambition était de la féconder

elle se laissait chevaucher brutalement, le regard fixé sur la lampe à abat-jour qui pendait du plafond, ils avaient été si contents quand l'électricité avait été installée dans la maison

elle, son seul devoir était de fournir des héritiers, pour lui, pour sa terre, pour son patrimoine, et jusqu'à présent elle avait échoué allait-il la chasser pour manquement au devoir ? la renvoyer à son métier de bonne à tout faire ? et la remplacer par une autre femme qui remplirait ses obligations ?

elle se laissait chevaucher en entendant le matelas rebondir sur le cadre en bois du lit qui grinçait sur le parquet recouvert du tapis

le soir ils se tenaient chacun de son côté dans la Grande Salle, où résonnait le tic-tac de l'horloge du grand-père

Joseph lisait un journal agricole ou le *National Geographic* qu'il recevait chaque mois

(qui servait d'excuse à son mari pour regarder les poitrines nues des indigènes !)

elle lisait le *Woman's Weekly* ou des romans de Dickens, Austen, des sœurs Brontë, ou n'importe quel autre trouvé dans la bibliothèque qui lui permettait

de se soustraire à cette situation, à Joseph, à elle-même

à un corps qui accouchait de la mort

quand il montait se coucher, elle s'attardait en bas, dès qu'elle entrait dans la chambre, il se réveillait et tout recommençait

Grace donna de nouveau naissance à une fille

qu'il prénomma Harriet, puisqu'elle refusait de le faire, du nom de sa grand-mère, dit-il, qui avait vécu jusqu'à un âge avancé, n'avait pas connu un seul jour de maladie et était morte dans son sommeil

cet enfant-là survivra, Gracie, je le sens, c'est un battant, peu importe que ce soit une fille une démone dont elle se désintéressa, qui au bout de trois jours de travail pendant lesquels Grace faillit mourir, s'extirpa de son corps martyrisé pour tomber dans les mains de la sage-femme

brandit les poings, plissa son visage gluant et brailla de toute la force de ses poumons quand elle reçut les tapes

Grace eut besoin de morphine et de points de suture, incapable au début, parce que trop faible, ensuite parce qu'elle ne le voulut pas, de tenir dans ses bras la dernière de la longue lignée d'enfants maudits

elle refusa de la nourrir

Joseph en retour refusa de lui parler

contrairement à Lily, enfant délicate et placide, Harriet remplit la maison de sa présence, petite chose furieuse et persifleuse

démone hurlant toute la nuit, déterminée à gâcher la vie de sa mère depuis son berceau installé dans la pièce contiguë à la chambre à coucher où campa la nourrice

plus tard, Flossie s'y installa, une nurse venue de Berwick

Grace demeura des mois incapable ou presque de parler ou de sortir du lit, de se laver ou de se brosser les dents, les cheveux emmêlés, la peau pâlie par le manque de lumière naturelle, elle se faufilait en chemise de nuit, détournait la tête quand on lui apportait la démone, rien que d'y penser la rendait physiquement malade

elle rêvait de se trancher les artères pour éliminer sa douleur, comme elle avait vu Joseph le faire aux animaux de la ferme elle examina les couteaux de cuisine afin de trouver celui qui conviendrait le mieux

elle en brandissait un après l'autre au beau milieu d'une nuit quand Joseph survint, qui le lui arracha des mains

que je t'y reprenne, Grace Rydendale, que je t'y reprenne

elle envisagea de quitter la maison, de descendre à travers champs et de s'enfoncer dans le lac jusqu'à ce que l'eau la recouvre entièrement

Joseph la menaça de l'asile d'aliénés, ils t'enchaîneront nue à un mur et tu resteras assise sur la cuvette de tes toilettes jusqu'à la fin de tes jours

elle s'en fichait, elle était déjà en enfer, elle décida de dormir dans une autre chambre, cette partie de notre vie est derrière nous, lui dit-elle

aucune importance, répliqua-t-il, je ne faisais que mon devoir, et maintenant tu n'accomplis plus le tien

Grace se rappelait l'amour qui émanait du regard qu'il fixait sur elle, un amour si fort qu'elle ne pouvait que le lui rendre, maintenant il le lui refusait, comme elle refusait de toucher la chose à laquelle elle avait donné naissance

quand Joseph la lui fourra sous le nez, elle la repoussa

comment oses-tu te détourner de ta fille, tu es une mauvaise femme, Grace Rydendale

le démon l'avait provoquée en lui faisant croire à la maternité, en lui donnant l'espoir de remplir son rôle sur cette Terre, de posséder quelque chose qui lui appartiendrait entièrement, uniquement pour l'en déposséder ensuite

elle se rappelait ses souffrances de petite fille laissée seule au monde

combien sa Ma lui manquait, qui l'aurait serrée dans ses bras et l'aurait bercée en disant : tu peux faire ça, Gracie, tu peux t'en sortir, nous nous en sortirons ensemble

une année arriva et passa	Harriet poussa forte et solide
deux ans arrivèrent et passèrent	Harriet commença à ramper/marcher/grimper
trente mois arrivèrent et passèrent	Harriet se mit à parler sans qu'on puisse l'arrêter

Grace se réveilla un matin sans être submergée de peur pour la première fois depuis la naissance de l'enfant, dans le ciel d'un bleu radieux voguaient quelques nuages gris léger

elle ne regardait plus le ciel depuis très longtemps, ni autre chose d'ailleurs, seule existait cette lourdeur en elle qui la terrassait

elle ne voyait pas Joseph non plus, en tout cas pas vraiment, l'homme qui l'avait baptisée sa Reine du Nil, il devait être dehors en train de traire les vaches

elle se leva, prit un bain, s'efforça de démêler ses cheveux pleins de nœuds, dut s'y prendre d'abord avec les doigts

elle s'habilla correctement au lieu de traîner en vêtements de nuit

Grace entra dans la cuisine

Harriet s'y trouvait en train de manger son œuf à la coque avec ses mouillettes de pain grillé, petit déjeuner préparé par Flossie qui l'avait emmenée avant choisir son œuf dans le poulailler, rituel du matin

Grace attendait en général qu'elles aient quitté la pièce pour prendre son propre petit déjeuner, passait son temps à éviter l'enfant, devenue experte en la matière, elle savait si l'enfant était dans la maison ou à l'extérieur, et veillait à ce que leurs chemins se croisent le moins possible

sans tenir compte des regards désapprobateurs de Flossie

à présent Harriet et Flossie se taisaient, Harriet la regardait comme si c'était une nouvelle personne

ce qu'elle devait être – avec ses cheveux coiffés et échafaudés sur le haut du crâne au lieu de la masse sauvage à laquelle sa fille était habituée, et sa robe blanche à fleurs jaunes au lieu de sa robe de chambre délavée

à son tour Grace regarda Harriet comme si c'était la première fois qu'elle la voyait, si potelée et éclatante de santé avec des joues veloutées et rayonnantes

ses cheveux coiffés en une tresse unique qui lui pendait dans le dos, ses yeux presque dorés, peut-être un peu verts, qui étincelaient, curieux et lui souriant

comme pour dire, hello ma Ma, est-ce que tu m'aimes maintenant ?

Flossie, cheveux gris, plutôt grosse, voûtée, vêtue d'une jupe d'un autre âge longue jusqu'à terre, mère et grand-mère d'une nombreuse descendance, encourageait de petits bruits le jacassement de Harriet

qui reprit de plus belle maintenant que l'enfant s'était habituée à Grace

elle trempait ses mouillettes dans le jaune d'œuf en s'efforçant de ne pas le laisser dégouliner sur son menton

quand ça arrivait, Flossie l'essuyait avec un torchon

elles semblaient si à l'aise ensemble

si intimes, si proches

trop proches

Grace

se fit une tasse de thé, se rassit, cette fois plus près de Harriet, vas-y, continue, lui dit-elle quand Harriet s'arrêta de manger pour la contempler de nouveau

j'aimerais cuisiner un gâteau pour l'anniversaire de Harriet, Flossie, et désormais vous allez l'appeler Hattie, pas Harriet, je trouve que ça lui va mieux

Flossie hocha la tête, un geste contraint mais pas vraiment hostile

Grace fit signe à Hattie d'approcher, viens t'asseoir sur les genoux de Ma, ma chérie, Hattie interrogea Flossie du regard – pincement au cœur

Va auprès de Maman, l'encouragea Flossie, il n'est que temps, marmonna-t-elle, assez fort pour que Grace l'entende

ensuite, Grace emmena Hattie s'asseoir sur un banc dans la cour au soleil, elle la cala sur ses genoux et lui lut des histoires d'un livre de contes de fées

le temps qu'elle finisse, Hattie s'était pelotonnée contre elle et dormait

Grace leva les yeux et vit que Flossie était allée chercher Joseph qui se tenait à l'autre bout de la cour près du portail donnant sur les champs

manches de chemise retroussées, jambes de pantalon enfoncées dans ses bottes incrustées de boue, appuyé à une bêche

contemplant

comme s'il se trouvait de nouveau dans le désert égyptien

fasciné par un mirage.

6

Tout a changé, Ma, après que ma Hattie et moi nous nous sommes trouvées, c'était comme si je sortais de l'obscurité pour émerger à la lumière et l'aimer comme je le devais

si seulement tu avais pu voir combien je l'ai gâtée, Ma, je la laissais faire tout ce qu'elle avait envie de faire parce que je ne pouvais rien lui refuser, jusqu'à ce que Joseph intervienne et dise que j'étais en train de la pourrir

si seulement tu avais pu voir comme Hattie et Joseph s'adoraient, il ne lui passait rien au prétexte qu'elle était une fille, et elle le suivait partout en copiant tout ce qu'il faisait

si seulement tu avais pu voir Hattie grandir, forte et tenace, Ma, si tu l'avais vue apprendre à labourer, semer, battre, conduire le tracteur chargé de bottes de foin des champs à la grange

j'aurais tellement voulu que tu sois là pour être sa grand-mère, lui dire comment toi tu avais grandi et lui raconter des histoires sur moi que je ne me rappelle pas parce que j'étais trop jeune

j'aurais tellement voulu que tu ne meures pas si tôt, Ma, que tu voies comme on s'est bien occupé de moi ensuite au foyer, ils m'ont montré comment on marche avec des chaussures, ils m'ont donné de l'eau pure et de la bonne nourriture et m'ont appris plein de choses

j'aurais tellement voulu que tu me voies courir dans les prés, Ma, juste comme tu l'imaginais, et presser des fleurs dans mon herbier et écrire de petits poèmes sur ces fleurs

j'aurais tellement voulu que tu saches lire et écrire, Ma, que tu ailles à l'école comme tu le voulais tant, tu aurais aimé lire des livres, Ma, spécialement tous les célèbres romans de Mr Charles Dickens

j'aurais tellement voulu que tu me voies apprendre à me comporter avec la retenue et le sens des convenances d'une lady, Ma, je n'étais pas une lavette, pas plus que toi, je savais résister quand il le fallait

j'aurais tellement voulu que tu voies à quel point je détestais être une domestique, Ma, chaque minute me paraissait insupportable, et puis un jour j'ai possédé mon propre foyer et j'ai adoré m'occuper de ma maison, la garder propre et agréable

j'aurais tellement voulu que tu voies combien Joseph m'a aimée de nouveau quand je suis revenue à moi, quand nous avons décidé d'un commun accord qu'il n'y aurait plus d'enfants et qu'il pratiquerait la méthode du retrait

j'aurais tellement voulu que tu connaisses Joseph, Ma, mon homme, qui ne m'a jamais quittée, il a été mon refuge, mon compagnon et le meilleur des pères pour notre petite fille

j'aurais tellement voulu que tu voies Hattie défendre sa personnalité, Ma, que tu la voies commander aux valets de ferme, que tu nous voies rire Joseph et moi quand elle essayait de jouer les petits chefs avec nous

j'aurais voulu que tu me voies apprendre les travaux de la ferme

remplir la glacière de la glace qu'on extrayait du lac gelé en hiver

cueillir les fruits du verger, en faire des conserves et des confitures

récolter les légumes, les faire mariner dans la saumure, les conserver dans la glacière

nourrir les vaches, les chèvres, les cochons, les chevaux, les poules, les dindes, les canards, les coqs

protéger les agneaux orphelins en les mettant dans des caisses devant la cheminée de la Grande Salle

nettoyer l'écurie de tout le crottin accumulé pendant l'hiver

fumer la viande et saler la graisse de porc pour faire le bacon

tailler les haies, fabriquer les claies, tresser les paniers, baratter le beurre et les fromages

désherber, sevrer, m'occuper des abeilles, faire le cidre, la bière et le ginger ale

j'aurais tellement voulu que tu connaisses Slim, Ma, l'Américain qui a épousé Hattie, que tu partages notre soulagement de savoir qu'elle avait trouvé quelqu'un qui veillerait sur elle après notre mort j'aurais tellement voulu que tu connaisses Sonny et Ada Mae, Ma, et tes arrière-petits-enfants, que je ne connais que depuis peu de temps

Joseph était si heureux qu'il y ait finalement un garçon pour continuer de s'occuper de la ferme familiale.

CHAPITRE V

LA FÊTE

1

Roland
Est le premier à lancer un triple hourra pour Amma quand elle fait sa *grande entrée*[1] dans le hall du théâtre à la fête qui suit la représentation de *La Dernière Amazone du Dahomey*
le crescendo des papotages et l'entrechoquement des verres de prosecco
s'interrompent
suivis d'applaudissements frénétiques
et de
bravo ! Amma, bravo !

elle est tout simplement spectaculaire dans sa robe portefeuille moulante qui révèle ses bras musclés, sa taille fine et les hanches plantureuses qu'elle a gagnées ces dernières années
bien qu'elle en détruise l'effet en portant des baskets argentées

1. En français dans le texte.

fondamentalement elle reste l'adolescente rebelle

la pièce était simplement merveilleuse, mer-veilleuse, s'exclame Roland

ce qui est tout ce qu'elle veut entendre

ce qui est tout ce qu'il veut entendre

ce qui est tout ce que tout le monde veut entendre

un article doté de cinq étoiles a déjà été posté sur le Net, émanant d'un critique habituellement hargneux et sauvage, aujourd'hui dithyrambique : stupéfiant, bouleversant, polémique, original

à juste titre : la pièce mérite effectivement tous les éloges, se situe à mille lieues des diatribes agit-prop qui ont marqué les débuts de la carrière d'Amma

encore que la mère de son – unique – enfant, écrivaine et metteuse en scène, et chère, chère amie, aurait pu accrocher son nom il y a longtemps à ce qui compte si elle avait suivi ses conseils et mis en scène quelques multiculturelles tragédies shakespeariennes et grecques ou d'autres classiques, au lieu d'écrire des pièces sur des femmes noires qui ne séduiront jamais un large public simplement parce que la majorité de la majorité considère la majorité des *Négresses* différentes par nature, l'incarnation de l'*Autre*

Roland a décidé il y a longtemps de se ranger du côté de l'*Établissement*[1], ce qui explique qu'il soit un gagnant dont le nom est familier

au sein des classes cultivées

où il compte

Amma, en revanche, a dû attendre trente ans avant d'être autorisée à entrer par la grande porte

---

1. En français dans le texte.

même si elle n'a pas vraiment tenté pendant tout ce temps de faire tomber les murailles

en réalité, son amie a consacré une grande partie de sa carrière à leur balancer des pierres

il s'écarte, laissant Amma aux radicales-lesbiennes, ses fans vieillissantes qui continuent de la suivre et surgissent maintenant pour la congratuler

il est choqué d'en voir une en salopette de jean

est-ce que La Fille à la salopette serait de retour ?

tandis qu'il cogite sur la relation entre la sexualité et le vestimentaire, il se fait épingler par « Président Mao Sylvester », avec lequel il entretient des rapports cordiaux

au mieux

ils se connaissent depuis qu'Amma les a présentés l'un à l'autre au cours d'une soirée dans son squat royal de King's Cross à l'orée des temps

quand ils étaient tous deux jeunes et beaux et passaient leurs week-ends en trips de poppers et d'ecstasy uniquement vêtus de bermudas en cuir et de bottes de cow-boy, transportés par les rythmes disco délirants sous les boules scintillantes du Heaven avant de disparaître dans les recoins plus sombres du Cellar Bar et satisfaire leurs désirs inextinguibles

même l'un avec l'autre

une fois lui avait suffi néanmoins, parce que entendre Sylvester brailler *Voilà pour toi, Maggie T !* au moment d'éjaculer était *absolument* répugnant

Roland est l'un des chanceux hédonistes à avoir survécu à *El Diablo* qui s'est abattu sur eux et en a tué un si grand nombre toutes ces morts ont détruit tout sentiment de nostalgie, se remémorer le passé signifiant aussi

évoquer

la mort

le vieux grognon de Sylvester fait partie de ces survivants

à contrecœur il admet que cette pièce est la meilleure qu'Amma ait écrite, c'est *si* honteux qu'elle soit de mèche avec eux, *eux*, il pointe un doigt vengeur sur les *Costards emmerdeurs*, comme il les appelle, les représentants de multinationales qui soutiennent les finances du théâtre à coups de mécénat, qui se tiennent à l'écart, souriant gauchement, souhaitant désespérément participer à la fête

Sylvester prétend qu'ils ont bazardé leurs principes gauchistes, si tant est qu'ils en aient jamais eu, dès qu'ils ont quitté l'université et ont accepté des super-salaires de débutants pour des emplois moralement répréhensibles offrant des perspectives de carrière lucratives et des gratifications annuelles exagérées qui les ont rapidement transformés en tories abjectement riches proférant une haine des infrastructures sociales auxquelles ils se gardent de contribuer en échappant aux impôts et grâce à l'évasion fiscale tout en méprisant les classes sociales défavorisées prétendument parasites de l'État, alors qu'ils sont eux les plus gros parasites de la société sans aucun sens du bien commun autre qu'une forme de charité mondaine autoglorificatrice déductible d'impôts qu'ils se plaisent à appeler philanthropie !

Roland s'émerveille du talent de Sylvester qui lui a permis cette longue mise à mort de la culture capitaliste d'entreprise et des tories en une minute

il a peut-être battu un record
maintenant c'est son tour

La Dernière Amazone du Dahomey est un *tour de force*[1], même s'il n'est pas question que j'utilise un tel cliché quand j'en parlerai demain sur Channel 4 News et sur *Premières nouvelles* de la BBC, il en rajoute parce que Sylvester n'a jamais voulu reconnaître le formidable succès qu'a été sa carrière

n'a probablement jamais lu un de ses livres ni admis qu'il l'avait vu à la télé, contrairement à tant de gens qui lui disent tiens je t'ai vu à l'écran l'autre jour

cet évitement délibéré
est très avilissant

la pièce est en effet révolutionnaire, poursuit Roland, en dépit du fait que Sylvester semble plus préoccupé d'attraper ces élégantes flûtes de prosecco que proposent des serveurs et de les descendre en moins de deux

Amma, continue Roland, aurait pu rendre hommage aux Amazones d'origine qui étaient les ennemies jurées des anciens Grecs, selon la mythologie, et auxquelles ont été comparées les Amazones du Bénin, c'est-à-dire du Dahomey, par des aventuriers occidentaux qui ont voyagé en Afrique et raconté leur intrépide férocité sur une période de cent cinquante ans

la production de la pièce aurait peut-être pu aussi utiliser davantage de dispositifs technico-dramatiques tels que les hologrammes des Amazones de la mythologie grecque rôdant comme autant de spectres périphériques constituant un contrepoint au drame

1. En français dans le texte.

principal et de ce fait ajoutant plus de pertinence classique à son propos ? et alors que le mythe selon lequel les véritables Amazones se coupaient les seins pour mieux combattre les Grecs avec les antiques arcs et flèches ne peut pas être prouvé, nous savons que ces femmes guerrières ont bel et bien existé dans la région, grâce aux récents tests ADN et autres formes d'analyses bioarchéologiques des *kurgans* (tumulus funéraires pour les profanes) des Scythes nomades, qui ont révélé la présence historique de guerrières équestres qui vivaient en petites tribus depuis la mer Noire jusqu'à la Mongolie, même si aucune ne présentait une amputation du sein

en outre, selon Hérodote, les Amazones mythologiques ramassaient des plantes vénéneuses, les jetaient sur leur feu de camp, inhalaient la fumée et étaient complètement défoncées, donc tu comprends qu'Amma a raté une astuce en ne jouant pas assez avec ses sources ? néanmoins, avec l'inondation d'images projetées sur la scène donnant l'illusion qu'elle est remplie de milliers de corps d'Amazones béninoises se ruant vers le public en brandissant leurs armes et vociférant des cris de guerre

c'était épouvantablement réaliste et à n'en pas douter un *coup de théâtre*[1]

Roland s'interrompt, il a fait des recherches en amont de la représentation, ce qui lui permet de pontifier *a posteriori*

mais avant qu'il puisse terminer sa conférence, Sylvester pose une main sur son bras et dit, je ne

1. En français dans le texte.

suis pas l'un de tes étudiants éperdus d'admiration, Roland, et il s'éloigne d'un pas raide, sa flûte vide ouvrant la voie en direction des serveurs qui, probablement sur instruction de leur chef, ont contourné les deux hommes

Roland a envie de hurler à Sylvester qu'il devrait lui être foutrement reconnaissant, que lui, le professeur Roland Quartey, se soit donné la peine de lui offrir *gratuitement* ses aperçus parce que tu sais quoi ? c'est la même personne que les universités américaines paient dix mille dollars pour une conférence d'une heure, ce qui est probablement plus que ce que tu gagnes en deux ans avec ta compagnie théâtrale de 97 % de tocards dont à peine 1 % du public a entendu parler

donc tu peux garder ta conscience sociale, *camarade*, parce que lui, Roland, détient quelque chose de beaucoup plus important dans sa manche, et ce quelque chose s'appelle

CAPITAL CULTUREL !!!

Roland est néanmoins beaucoup trop policé pour déclencher une telle scène, il regarde autour de lui, le volume sonore et la verve augmentent au fur et à mesure que le prosecco libère les élans théâtraux de tout un chacun

côté jardin, en provenance de la cuisine, les canapés font leur entrée, brandis sur des plateaux dorés par de charmants jeunes hommes qui surgissent comme une chorus line

il repère Shirley à l'autre bout de la pièce, toujours attifée à la façon du Women's Institute des années 1980 (mon cher cœur)

Dominique est là aussi, il ne l'a pas vue depuis des siècles, toujours divinement sexy dans le style motarde même à cinquante ans passés, submergée par un groupe de fans baveuses (*plus ça change*[1])

Kenny rôde autour de l'agent de sécurité à l'entrée, incroyablement beau et costaud, probablement un Nigérian qui semble accaparer l'attention

Roland préfère la chair blanche, Kenny aime la chair noire, c'est aussi simple que ça

ils sont très indépendants pendant la semaine, les week-ends ils hantent les marchés fermiers, retrouvent des amis, parfois à la campagne

plusieurs fois par an ils s'accordent de longs week-ends dans leurs villes favorites : Barcelone, Paris, Rome, Amsterdam, Copenhague, Oslo, Vilnius, Budapest, Ljubljana

les étés se passent en Gambie ou en Floride

« discrétion oui, trahison non », telle est la devise de leur union depuis vingt-quatre ans, autrement ils sont libres de faire ce qui leur plaît

ce dont ils profitent quand l'urgence se manifeste, du moment qu'ils ne ramènent personne dans leur sanctuaire

leur maison

Roland flâne sur la promenade qui surplombe la Tamise

le ciel nocturne est constellé d'étoiles, du moins celles que la pollution permet de voir

à cette heure tardive le fleuve ressemble à une nappe visqueuse secouée de vibrations

---

1. En français dans le texte.

sur la rive opposée le méli-mélo d'immeubles ne se détache qu'en silhouettes

il adore tout bonnement Londres et, depuis longtemps à présent, dans les cercles de plus en plus restreints où il évolue, la ville le lui rend bien

quant à cette soi-disant « élite urbaine » si méprisée, il a travaillé sacrément dur pour atteindre le pinacle de sa profession et il n'y a rien de plus rageant que d'entendre ce terme galvaudé par une prolifération de politiciens et de démagogues de droite qui y voient l'un des maux de la société, et accusent 48 % des Britanniques ayant voté pour rester dans l'UE d'en faire partie

cependant que les Brexiters sont absurdement décrits comme des gens ordinaires et travailleurs, comme si personne d'autre ne l'était

Roland a été très content de se défendre à l'occasion d'un débat à la BBC avec un champion du Brexit qui l'accusait d'être un « branleur de l'élite urbaine »

à quoi Roland a répondu que, lorsque ses parents ont débarqué de Gambie dans la campagne anglaise, ils n'ont pas tenu plus de six mois avant d'être persécutés par les racistes enragés des années 1960

en d'autres termes, a-t-il dit à son accusateur, si les Noirs (habituellement Roland évite autant que possible le qualificatif « noir » en public – c'est si grossier) ont émigré dans les métropoles, c'est parce que *vous* ne vouliez pas nous voir à proximité de vos champs verdoyants et de vos damoiselles aux joues roses

quant à l'élite, a-t-il ajouté, il n'a pas honte d'en faire partie, pourquoi lui, le professeur Roland Quartey, fils de travailleurs immigrants africains, diplômé de l'enseignement public, se verrait-il dénier le droit de s'élever dans la société ?

ou bien prétendez-vous que les Noirs ne devraient être que des travailleurs à la chaîne, des laveurs de toilettes et des balayeurs de rue ?

le public applaudit à tout rompre

et avant que son interlocuteur estomaqué ait le temps de penser à une contre-attaque le président de séance déclara le débat clos

Roland avait eu le dernier mot et il aurait dû savourer son triomphe

sauf qu'il était furieux d'avoir dû s'engager sur le terrain de la *race* et que, à la suite de ce débat devenu viral (forcément, un *tel* débat), on l'ait fait passer pour un porte-parole de la diversité culturelle

ce qu'il n'est *absolument* pas

un bras se glisse doucement autour de sa taille, c'est celui de Yazz qui s'annonce de la manière la plus gentille possible, ce qui est adorable parce qu'il ne sait jamais si elle va l'embrasser ou le rembarrer

Dad, dit-elle, en se blottissant contre lui, il la soupçonne d'être un peu pompette bien qu'elle claironne ne boire quasiment jamais une goutte d'alcool

hello chérie, répond-il en l'embrassant sur le front

j'avais tellement peur que la pièce se révèle abominable et une humiliation pour Mum, on ne sait jamais avec elle, nous avons déjà connu ça, hein ? c'était bien, n'est-ce pas ?

c'était bien, et nous sommes fiers d'elle, non ?

ouais, hyper-fiers

est-ce que tu le lui as dit, tu sais que tu dois le faire

plusieurs fois, en la regardant droit dans les yeux pour qu'elle sache que j'étais sincère, elle est pleine de doutes tout au fond d'elle-même, bien que nous sachions toi et moi que ce succès va lui monter à la tête et qu'elle deviendra impossible à tenir, Dad, *impossible*

il la serre encore plus contre lui

il adore pouvoir l'enlacer comme ça

sentir sa chaleur s'insinuer en lui

Yazz est la raison qui l'a fait se ressaisir, sa vie se divise en deux périodes, Avant Yazz et Après Yazz

Avant Yazz, il était un professeur d'université banal, sorti d'un établissement secondaire quelconque d'Ipswich, qui avait travaillé assez dur à l'école pendant son adolescence pour échapper à la ville de Portsmouth où il avait grandi, et consacré ses moments de repos à baver devant ses idoles

le mignon et adorable Marc Bolan, le futuriste surréel David Bowie et le délicieusement beau chanteur des Sweet, Brian Connolly

dans cet ordre de préférence

dès le premier jour de son arrivée à Londres où il venait faire ses études universitaires il intégra la Gay Society et passa tout son temps libre dans les clubs gays

tout en réussissant ses examens et obtenant ses diplômes avec mention

il obtint son premier poste d'enseignant après dix-huit mois de quête, et une fois installé constata qu'il ne pouvait tout simplement pas renoncer à sa vie sociale conquise de haute lutte afin de consacrer les milliers d'heures nécessaires à l'écriture en solitaire de foutus livres qui transformeraient l'universitaire anonyme qu'il était en une personne publique respectée

Yazz s'annonçant, il fit le point et décida qu'il devait devenir un personnage important pour l'enfant qu'il avait consciencieusement résolu de concevoir avec son amie Amma, qui assumerait parfaitement son rôle de mère parce qu'elle était intelligente, créative et drôle

il fut profondément bouleversé quand elle l'accepta comme donneur de sperme

après une virée à la banque du sperme, Amma tomba rapidement enceinte, au moment de la naissance de Yazz il avait commencé à écrire son premier livre, qu'il voulut intellectuel sans être trop universitaire, populaire sans être populiste, il écrivit sur ce qui l'intéressait – la philosophie, l'architecture, la musique, le sport, le cinéma, la politique, Internet, le façonnage des sociétés : passées, présentes, futures

le premier livre amorça sa réputation, le troisième l'établit solidement

cependant, contrairement à Amma, il n'a jamais fondé sa carrière sur ses identités apparentes, ce qu'on attend généralement des intellectuels noirs (rien que le terme « intellectuel *noir* » l'horripile)

il est navrant que, en Grande-Bretagne, on continue de définir les citoyens noirs par leur couleur sans proposer d'alternative

et il ne peut pas non plus se déclarer gambien, alors qu'il a quitté la Gambie à l'âge de deux ans

Quoi qu'il en soit, ni sa couleur ni sa sexualité ne sont le résultat de décisions politiques conscientes, la première est d'origine génétique, l'autre provient d'une prédisposition psychique et psychologique ce qu'elles demeureront, pas au titre de préoccupations intellectuelles ou militantes

plutôt comme des notes de bas de page

le boulot universitaire le fait vivre entre deux à-valoir d'éditeurs, peu lui importe de donner des conférences inappropriées à des adultes, il n'enseignera plus, et compte tenu de sa célébrité, notamment à la télé, ils ne pourront pas le vider

alors quoi, les étudiants sont déçus ? ce n'est pas lui qui a créé le système (il s'en sert, c'est tout !), il a pour règle de ne pas répondre aux e-mails sauf à ceux qui émanent de ses patrons, auxquels il répond immédiatement et avec une grande cordialité

ça fonctionne très bien parce que, dans son département, ils ont cessé de lui demander de faire quoi que ce soit

il se sait détesté par ses « collègues » qui quasiment lui montrent les dents quand il longe le Couloir des Longs Couteaux

qu'est-ce que ça peut faire ?

il est rarement là

quand Roland a commencé à écrire la première des trois parties de son *magnum opus* il avait déjà décidé non pas d'être accepté par l'*Établissement*[1], mais de s'y imposer

ses frères et ses sœurs n'avaient qu'à parler pour eux-mêmes

pourquoi était-ce à lui de les représenter, d'assumer ce fardeau qui ne pouvait que le freiner ?

---

1. En français dans le texte.

les individus blancs ne sont tenus que de se représenter eux-mêmes, pas toute une race

Yazz s'échappe de leur étreinte rassurante, il l'aime plus que tout au monde, même plus que Kenny

à l'instant où ils l'ont posée dans ses bras après la naissance, il a connu un enchantement, qui n'a pas cessé depuis, il ne peut pas contenir son amour pour elle, même si parfois quand l'envie lui en prend elle devient ingérable, venimeuse

il s'inquiète de la voir foncer dans un monde qui la punira si elle ne respecte pas les règles du jeu de la réussite

elle doit apprendre à maîtriser le discours diplomatique, mais c'est tellement contraire à sa nature

en la matière elle tient de sa mère

cette partie de Londres est extraordinaire la nuit, tu ne trouves pas, Dad ? dit-elle d'un ton rêveur, St Paul est, comment dire, majestueuse ?

absolument, elle est majestueuse, chérie, j'y vois le pouls architectural de la capitale, dominant l'horizon pendant des centaines d'années jusqu'à ce que les gratte-ciel et la prospérité économique viennent défier son puissant symbole de suprématie religieuse

encore que, et c'est un fait peu connu, le Gratte-Ciel soit redevable de son existence à différents antécédents tels que les hautes structures du onzième siècle en Égypte, les tours Renaissance de Florence et de Bologne, les constructions en pisé vieilles de cinq cents ans de Shibam au Yémen

tu sais, Yazz, le concept n'est pas nouveau, c'est l'ancienne solution citadine appliquée, au milieu de notre siècle, à l'expansion de la population qui aboutissait à une urbanisation dense

avant qu'il puisse finir, et alors qu'ils s'engageaient dans une conversation importante, Yazz s'éloigne

et se dirige vers un homme (ou une femme ?) tatoué qui fume à l'écart en regardant le fleuve

contente de t'avoir vu, Dad, lance-t-elle par-dessus son épaule, je viens d'apercevoir quelqu'un que je connais

je viendrai bientôt vous voir Kenny et toi, promis

Yazz n'imagine pas le vide qu'elle crée en lui alors qu'elle était si adorablement nichée contre lui, comme elle le faisait quand elle était petite et si attachée à lui qu'elle ne voulait jamais qu'on les sépare, même si elle devait aller se coucher ou rentrer chez elle, s'accrochant à lui, l'obligeant à lui desserrer ses petits bras maigrichons

une petite fille qui l'aimait tel qu'il était

inconditionnellement

la plupart des gens le trouvent remarquable, alors pourquoi pas elle, son enfant unique et bien-aimée ?

il suffirait qu'elle dise, une *seule* fois suffirait, ce ne devrait pas être trop difficile

c'est bien, ce que tu as fait, Dad.

2

À l'autre bout de la salle, Carole se tient à l'écart de la fête en compagnie d'autres banquiers et investisseurs qui semblent aussi déplacés qu'elle dans leurs élégantes tenues de ville, au milieu de tous ces personnages attifés bizarrement qui n'arrêtent pas de se bisouiller

ce n'est absolument pas son milieu aussi a-t-elle décliné la proposition de Freddy de lui « faire faire le tour et présenter les comédiennes lesbiennes »

il fend la foule, sans cravate, chemise lâche, cheveux flottants, semblant charmer tous ceux qu'il croise, puis les laissant glousser à ses reparties

tandis qu'il se dirige d'un pas dansant vers la personne suivante qui se laissera impressionner

au lieu de la réserve propre à la classe supérieure, Freddy exsude une confiance en soi également propre à la classe supérieure, ce qui, associé à une forme de timidité enfantine, le fait aimer des gens de tous milieux

Carole voudrait tellement posséder cette sociabilité naturelle

le spectacle qu'elle vient de voir l'intrigue, notamment le lieu de l'action, le Bénin, sur lequel elle en sait encore moins que sur le Nigéria, le pays natal de ses parents, où elle n'a jamais mis les pieds

ce n'est pas sa faute, tous les membres les plus proches de la famille étant morts, d'après sa mère, qui elle-même avait perdu ses parents étant jeune, ça rendait le retour au pays difficile

sa mère ne deviendra jamais l'une de ces matrones ouest-africaines que l'on voit débarquer dans les aéroports avec des excédents de bagages et râlant à l'enregistrement, affirmant que les balances sont fausses, ce qui n'est évidemment pas le cas

Carole est curieuse de visiter le Nigéria, n'y a pas encore été envoyée pour le travail, son désir de trouver des affaires là-bas ne constitue pas une priorité, elle y emmènera sa mère un jour, peut-être avec Kofi en soutien, et Freddy aussi

elle adore Kofi, il est parfait pour sa mère

quel étrange spectacle qu'une scène remplie de femmes noires, toutes aussi foncées ou plus foncées qu'elle-même, une grande première, pourtant, au lieu de s'en sentir confortée, elle s'est sentie légèrement embarrassée

si seulement la pièce avait pour sujet, mettons, la première femme noire Premier Ministre de Grande-Bretagne, ou une lauréate d'un prix Nobel scientifique, ou une self-made milliardaire, une personne symbolisant un succès légitime aux plus hauts niveaux, au lieu de ces guerrières lesbiennes qui se pavanent et se tombent dans les bras

pendant l'entracte, au bar, elle a noté un changement dans le regard que certains spectateurs blancs portaient sur elle, beaucoup plus amical que lorsqu'ils l'avaient croisée dans le hall, comme si d'une certaine manière la pièce la reflétait et que leur approbation du spectacle se reportait sur elle

il y a aussi plus de femmes noires dans le public qu'à n'importe quel autre des spectacles du National auxquels il lui a été donné d'assister

pendant l'entracte, elle les a observées attentivement, avec leurs turbans extravagants, leurs massifs pendants d'oreilles de la taille de sculptures africaines, des colliers de perles genre vaudou, de petits sacs en cuir pleins de sortilèges (probablement), des bracelets en métal aussi épais que des poignets de force, des bagues en argent d'une telle envergure qu'elles s'étalent sur plusieurs doigts

elles hochaient la tête dans sa direction, signe de reconnaissance de la sororité noire, comme si la pièce avait tissé des liens entre elles

l'idée lui vint que c'était peut-être le hochement de tête de la sororité *lesbienne* noire, elle les scruta davantage, se dit que nombre d'entre elles pouvaient effectivement être lesbiennes, même celles en turban portaient des chaussures de sport

se retrouvait-elle en plein rassemblement gay ?

elle détourna les yeux et agrippa le bras de Freddy

qui en fit un peu trop et frotta son nez contre son cou

soudain, alors qu'elle se prépare mentalement à fendre la foule et à entraîner Freddy dehors, une femme s'avance vers elle qu'elle n'a pas vue depuis – combien de temps ?

oh merde !

merde et merde !

c'est Mrs King

qu'elle n'a pas vue depuis qu'elle a quitté le lycée à dix-huit ans

que diable peut-elle faire ici ?

au même instant

Shirley est médusée de découvrir sa protégée à l'autre bout de la salle, à peine reconnaissable, Carole Williams en personne

sans le vouloir elle se dirige vers elle, laissant Lennox et Lakshmi continuer de délirer sur le jazz que joue Lakshmi, qui plaît tant à Lennox qu'il va jusqu'à assister à ses concerts, et que Shirley ne supporte pas

tout en se frayant un chemin dans la foule, elle constate que l'enfant malpropre qu'elle a connue s'est effectivement transformée en cette jeune femme élégante, belle et raffinée

donc

ça a marché pour elle

la fureur que Shirley croyait étouffée remonte dans sa bouche comme de la bile

« restons en contact, Carole, je veux savoir ce que tu deviens, tu peux m'appeler n'importe quand si tu as besoin d'aide » – l'ingrate n'en avait rien fait

Carole porte un tailleur couleur pêche et un collier de perles, de bon goût et, semble-t-il, aussi authentiques que coûteuses, les cheveux tirés en un chignon de ballerine, le maquillage discret, elle est beaucoup plus mince que l'adolescente de jadis et paraît plus grande juchée sur ses hauts talons

Shirley se sent encore plus mal fagotée que d'habitude (ce qui n'est pas peu dire) malgré sa nouvelle robe à pois John Lewis, ceinturée (très lâche) à la taille et le col agrémenté d'un joli nœud

Mrs King, s'exclame Carole, qui lui tend une main majestueuse

appelle-moi Shirley, Carole, Shirley tout simplement

Carole s'exprime avec un accent méconnaissable, quasi aristocratique, elle exhale un léger arôme parfumé, toute sa personne est

raffinée

il s'avère qu'elle est banquière, bureaux à la City, Shirley n'en attendait pas moins étant donné l'image qu'elle a sous les yeux, elle est ici avec son mari, Freddy, que vous voyez là-bas, dont la famille est actionnaire d'une des sociétés qui subventionnent le théâtre, bien que, entre vous et moi, cette pièce ne soit absolument pas ma tasse de thé, ajoute Carole

ni la mienne, répond Shirley, qui a l'impression de trahir Amma en ne s'extasiant pas sur la pièce comme tous ces gens présents dans la salle

(à moins qu'ils ne fassent semblant, après tout c'est le jeu des cabotins)

elle aurait pourtant bien voulu se vanter auprès de ses collègues en salle des profs de cette amie dont la pièce a un tel succès au National, mais s'agissant de lesbiennes, elle peut difficilement le faire

et comment vous portez-vous ? demande Carole, vous devez être à la retraite, j'imagine

absolument pas, je ne suis pas si *vieille*, j'enseigne toujours, pour le rachat de mes péchés, dans le même asile de fous qui a réchappé plusieurs fois à la fermeture obligatoire, comme tu l'as peut-être entendu dire, oui, j'y suis toujours, à former la prochaine génération de prostituées, trafiquants de drogue et toxicos

Shirley part d'un gros éclat de rire, s'attendant à ce que Carole se joigne à elle, qui au lieu de ça semble atterrée, sur quoi Shirley se dépêche de lui offrir un sourire joyeux destiné à donner l'impression qu'elle *n'est pas* amère je continue d'encadrer les enfants les plus doués, dit-elle gaiement, à sauver ceux qui ont un potentiel (et parce qu'elle ne peut s'en empêcher), qui ont besoin de l'aide que je désire leur apporter pendant des années afin de les lancer sur la route du succès

un silence étrange s'ensuit pendant lequel Shirley sent une bouffée de chaleur ménopausique tremper de sueur son visage, merde, pas maintenant, elle n'aurait jamais dû boire, l'alcool est déclencheur, et si elle s'essuie avec un mouchoir en papier, elle fera partir son maquillage avec, elle aura l'air d'une folle

qu'est-ce que Carole va penser ?

Carole s'efforce de dissimuler le malaise que lui cause l'agressivité passive de Mrs King, si seulement Freddy pouvait l'escamoter d'ici, la pauvre femme transpire comme un porc, est-ce la nervosité ?

Mrs King, qui a exercé un tel pouvoir sur Carole, un pouvoir abusif

là voilà, un peu plus vieille, plus grisonnante, plus grosse, même si c'est difficile de l'affirmer parce que du point de vue d'un enfant tous les adultes sont vieux et gros

le silence dure si longtemps qu'il devient insoutenable, les deux femmes se sourient en grimaçant

c'est Shirley qui le rompt, ça m'a fait plaisir de te voir, Carole, après tout ce temps,

oui, moi aussi, ça m'a fait plaisir, Carole s'attend à voir une lueur sardonique dans les yeux de Mrs King, ils ne sont que larmoyants, est-elle souffrante ? elle semble triste, blessée, Mrs King aurait-elle vraiment des sentiments ?

Carole comprend soudain que, depuis toujours, elle n'envisage Mrs King qu'à travers un brouillard de rage adolescente, la pauvre femme essayait probablement de faire de son mieux, simplement elle s'y prenait mal

Carole ne souhaite pas lui faire de la peine maintenant, or c'est apparemment ce qu'elle a fait, elle doit réparer

je sais que je m'y prends bien tard, Mrs King, euh, Shirley, je ne crois pas vous avoir jamais remerciée de l'aide que vous m'avez apportée, mais bon, mieux vaut tard que jamais, hein !

le hein n'était pas délibéré, il lui a échappé

ne sois pas sotte, réplique Shirley, tu n'as pas à me remercier, j'ai fait ce que j'ai pu pour t'aider, jamais, jamais je n'ai espéré ni voulu être remerciée, c'était mon plaisir, plus encore, mon devoir de professeure consciencieuse, je ne faisais que mon travail et je suis particulièrement heureuse que cela ait marché avec toi, c'est une récompense suffisante

Carole voit que dans les yeux larmoyants de vraies larmes se sont accumulées, comment n'a-t-elle pas compris jusqu'à maintenant que Mrs King l'a aidée quand personne d'autre ne pouvait ou ne voulait le faire ?

Mrs King recule, gênée de laisser paraître sa vulnérabilité, suppose Carole

je dois aller récupérer mon mari sinon nous allons manquer le train du retour, il y a classe demain, les quatrième, les pires, au revoir, Carole, c'était formidable de tomber sur toi.

3

Shirley retraverse la salle, elle a retrouvé son entrain

elle a hâte de raconter à Lennox sa rencontre avec Carole, bien qu'il l'accuse de gâcher de l'énergie à ressasser ses griefs

la vie est tellement plus simple pour les hommes, tout bonnement parce que les femmes sont beaucoup plus compliquées qu'eux

Lennox ne semble jamais stressé par quoi que ce soit

elle l'entraîne à l'écart de Lakshmi afin d'aller récupérer leurs manteaux et, en attendant que la préposée les trouve, elle observe la salle

le volume des voix agglutinées en plusieurs endroits lui rappelle la cacophonie cauchemardesque de centaines d'écoliers dans la cantine

les horribles glapissements et le raclement des couverts contre la faïence rebondissant sur les murs et le plafond

dans son idée, une soirée réussie signifie aller à une fête chez des gens qui lui ressemblent et danser avec Lennox au son du reggae et se bécoter dans le noir

tandis que du riz, des petits pois, un curry de chèvre mijotent sur le fourneau dans la cuisine

elle épie Roland qui revient de la promenade, gonflé de son importance, comportement qui maintenant l'amuse plus que ça ne l'agace

elle n'a appris à le connaître un peu que lorsqu'il a engendré sa filleule, Yazz, avant, comme nombre d'amis d'Amma, il n'avait pas de temps à lui consacrer quand Yazz a eu l'âge d'entrer à l'école, il commençait à devenir célèbre, et Shirley lui vouait un respect craintif, ce qui était stupide

elle craignait leurs rencontres parce qu'elle éprouvait un sentiment d'infériorité dès qu'il ouvrait la bouche

cette fois où tandis qu'elle attachait la petite Yazz sur le siège d'enfant dans sa voiture Roland pontifiait sur les stades du développement de l'enfant selon Piaget, sujet sur lequel il en connaissait beaucoup moins qu'elle

elle manquait de confiance en soi et n'osait pas faire état de ses connaissances, en tout cas avec lui

puis il reçut un coup de fil lui disant que sa mère, qui était retournée vivre en Gambie des années auparavant, venait de mourir

la seconde d'avant il pontifiait, la minute d'après il gisait sur le trottoir

Shirley l'a fait rentrer chez elle et laissé sangloter dans ses bras

ainsi elle comprit que cet étalage intellectuel était de la pure mise en scène, qu'au fond il était aussi vulnérable que n'importe qui

désormais ils s'entendent bien, mais elle ne va pas pour autant retarder son départ de la fête afin d'aller lui dire bonjour

puis elle repère Lakshmi qui erre l'air inquiet, probablement en quête de Carolyn, la dernière en date de ses femmes-enfants, plaisante Amma

Shirley a aperçu la femme-enfant au milieu d'un groupe d'autres femmes beaucoup plus âgées, qui semblaient sous le charme

Lakshmi ferait bien d'ouvrir l'œil

au moment où elle pense à aller dire au revoir à Amma, elle la voit se diriger vers les toilettes dames en compagnie de la déesse Dominique, pouffant avec des airs de conspiratrice

ça lui rappelle l'époque où elles dirigeaient le théâtre ensemble et ne voulaient pas se quitter, plus proches l'une de l'autre que de leurs amantes réciproques

jusqu'au jour où Nzinga a fait son apparition et a enlevé Dominique pour une vie de rêve en Amérique

ce qui ne fut pas le cas, d'après ce que raconte Amma, Nzinga lui aurait rabaissé son caquet (il était temps)

Amma a beau répéter qu'il n'y a jamais eu d'attirance physique entre Dominique et elle, Shirley n'a jamais compris ce genre d'amitié qui vous fait fréquenter les toilettes ensemble quand vous avez vingt ans, *a fortiori* quand vous en avez cinquante

Shirley a essayé d'éviter Dominique ce soir, laquelle est bien trop énervée pour s'attarder avec une enseignante hétérosexuelle banlieusarde et assommante

malheureusement elles se sont trouvées côte à côte au bar pendant l'entracte et Shirley n'a pas pu s'échapper discrètement

Dominique n'a pas changé, toujours mince, un tee-shirt blanc serré qui souligne son ventre plat (histoire d'en rajouter), blouson de motarde, bagues coups-de-poing américains, de larges anneaux d'argent aux oreilles, jean noir, bottes de motarde, cheveux coupés à la garçonne, même pas grisonnants

un accoutrement qui serait inapproprié si Dom n'affichait pas la trentaine les femmes noires ne font jamais leur âge, sauf Shirley

malchance caractéristique

elles ne s'étaient pas vues depuis des années et comme on pouvait s'y attendre Dominique gratifia Shirley d'un sourire moqueur comme si sa petite vie pathétique la réjouissait

hey, Shirl, qu'est-ce que tu deviens ? son accent sonnait américain

fidèle à elle-même, Shirley n'avait absolument rien d'excitant à lui raconter, et lorsqu'elle lui renvoya la question, ce fut pour entendre, waouh, par où commencer ? sauf que l'attention de Dominique se reporta sur le barman qui choisit de la servir la première

bien sûr

un verre de vin dans chaque main, Dominique s'éloigna, c'était sympa de te voir, Shirl, et disparut

après avoir servi la déesse Dominique le barman prit la commande de la personne qui venait d'arriver à la droite de Shirley

d'une voix inhabituellement forte Shirley protesta, *excusez-moi*, mais j'étais là avant

et tous les clients se retournèrent pour la dévisager

elle n'en avait pas voulu à Amma de son amitié avec Dominique, parce que, au moment où celle-ci avait fait son apparition, leurs chemins avaient déjà spectaculairement divergé

son amitié avec Amma est fondée sur une loyauté très ancienne et une familiarité confortable plutôt que sur des intérêts et des visions partagés, elles vont voir des films que Shirley juge excitants et divertissants

(à ce qu'elle en sait, des milliards de gens dans le monde pensent comme elle)

Amma aime les films étrangers *très lents*, sans intrigue et pleins d'*atmosphère* parce que « les meilleurs films visent à élargir notre compréhension de la nature humaine, ils nous font voyager au-delà des frontières formelles, ils constituent une aventure à mille lieues du cinéma commercial, l'expression de notre conscience la plus profonde »

je vous laisse imaginer ce que Shirley pense de tout ça

elles parvinrent à un compromis, Amma alla voir *La La Land* avec elle, ne voulant pas admettre qu'elle y avait pris du plaisir (Shirley l'avait bien remarqué), et Shirley supporta (endormie) *Moonlight*, l'un des meilleurs films qu'elle eût jamais vus, déclara Amma

elle voit les deux amies disparaître dans les toilettes pour dames – si sûres d'elles-mêmes, joyeuses, pleines de jeunesse et extravagantes

elle voulait dire au revoir à Amma, elles ne se sont quasiment pas parlé de la soirée, Amma submergée par ses admirateurs, Shirley ne va pas s'aventurer dans les toilettes et s'immiscer dans leur session de rattrapage des derniers potins en date, et s'attirer le regard las de Dominique – qu'est-ce qu'il y a encore, Shirl ?

Shirley a échangé quelques mots avec Yazz qui semble avoir attrapé l'indécent virus afro, ses cheveux dressés sur la tête en une masse crépue

dans les années 1970, les cheveux afro étaient disciplinés, séparés par une raie, mais même ça il n'en était pas question pour Shirley, sa mère a commencé à lui appliquer le peigne à lisser électrique à l'âge de douze ans et elle n'a plus jamais depuis senti la nature réelle de ses cheveux

Yazz n'a pas daigné présenter sa marraine aux deux amies avec qui elle se trouvait, ce qui est très mal élevé

elles avaient l'air passablement désinvolte, Shirley est habituée à des adolescents qui courbent la tête devant elle et ne se conduisent pas comme des égaux

l'une d'elles portait un hijab constellé de sequins, rien à voir avec la religion, la poitrine de l'autre jaillissait d'un décolleté vertigineux

dans l'image pleine d'assurance qu'elle présente, Yazz ressemble plus à Roland qu'à sa mère, et Shirley a l'impression ces temps derniers qu'elle ne lui parle que par sens du devoir

tu es ma marraine favorite, lui disait-elle avant, peut-être disait-elle ça à ses millions de parrains-marraines,

elle soupçonne Yazz de ne pas la trouver très intéressante

arrête tes idioties, lui ordonne Lennox

Lennox et elle s'échappent et se dirigent vers la promenade où Yazz, appuyée au muret qui fait face au fleuve, s'entretient avec quelqu'un, un homme aux bras couverts de vulgaires tatouages, à moins que ce ne soit une femme, difficile à dire dans cet environnement où « tout est permis »

Shirley meurt d'impatience de se retrouver chez elle, de se pelotonner sur le canapé avec Lennox et une tasse de chocolat chaud

et de rattraper la finale à la télé du concours de pâtisserie qu'elle a manqué ce soir.

4

Amma

est accroupie contre le mur à l'extrémité du couloir des dames, les portes des toilettes se succèdent de chaque côté, elle fait le guet

tandis que Dominique trace plusieurs lignes de coke sur son miroir de poche

ça lui rappelle les jours anciens où elles se défonçaient tout en continuant leur conversation

peu importent les années qui se sont écoulées depuis qu'elles se sont vues, les cinq mille kilomètres d'un bord à l'autre de l'Amérique, plus les sept mille autres à travers l'océan, cette distance se dissout comme s'il n'y avait jamais eu de barrière

elles reprennent le fil aussi tranquillement qu'avant, voilà ce que signifie vraiment une amitié éternelle

Dominique passe le miroir à Amma avec précaution, tiens, abîme-toi la muqueuse avec ça

Amma sniffe deux lignes dans une narine, elle ferme les yeux pour savourer l'instant où la drogue fait son œuvre, emplit ses vaisseaux de sensations paradisiaques

tu te rappelles, notre rituel avant chaque première de nos pièces ? dit Dominique, tout en inspirant le reste de la poudre

et quand la drogue produit son effet, elle ressent la poussée d'euphorie et ses courants effervescents chasser le jetlag

comment pourrais-je l'oublier ? leur passé commun n'a-t-il pas souvent été une affaire de pur rituel ? merci de ressusciter cette bonne vieille tradition théâtrale, à propos de théâtre, as-tu vraiment aimé la pièce et la mise en scène ? je veux dire, *vraiment*, *vraiment* ?

Dominique lui a déjà dit à plusieurs reprises qu'elle l'a aimée, mais ce n'est pas suffisant pour Amma, qui a un besoin maladif d'être rassurée

c'était dingue, Amma, *dingue*, tu as dézingué les vieux bonzes du théâtre qui doivent s'étouffer de rage dans leur tombe

donc ça t'a plu ?

Dominique

a surgi sans prévenir dans la coulisse, complètement lessivée après les dix heures de vol sans dormir depuis L.A., suivies d'un Uber depuis Heathrow jusqu'au National afin d'occuper sa place juste avant le lever du rideau sur l'événement incontournable de l'histoire de notre amitié

c'est si bon que tu sois là, dit Amma, qui se renverse pour jouir de l'amour que la drogue lui procure

c'est bon d'être ici, même pour une visite éclair, je retraverse l'océan demain, un aller-retour en quarante-huit heures, juste pour toi, je ne l'aurais fait pour personne d'autre, Ams

il y a longtemps que Dominique n'a pas assisté à la première d'une amie, le hall est plein de gens qu'elle n'a pas vus depuis des siècles, même si c'est pour de bonnes raisons

elle s'est entretenue brièvement avec Roland, juste le temps qu'il lâche les noms de tous les connards avec lesquels il a déjeuné, dîné, bu un verre, deux politiciens, une rock star, un artiste plasticien dont les œuvres se vendent des millions elle a prétendu qu'elle n'avait jamais entendu parler de lui (ce qui est faux)

Sylvester s'est élancé à travers la foule comme un pigeon voyageur quand il l'a vue sortir de la salle à la fin de la représentation pour lui dire qu'ils figurent, elle et lui, parmi les rares anciens combattants anti-establishement à avoir conservé intacts leurs principes

son geste de la main en direction d'Amma n'avait rien de fortuit

Dominique s'apprêtait à lui citer le festival terriblement capitaliste qu'elle a fondé quand elle a été sauvée par une personne avec qui elle avait travaillé dans les années 1980, Linda, une régisseuse qui avait l'air d'une gamine et qui, maintenant, ressemble à une gardienne de goulag

elle déboule avec sa cour et écarte Sylvester de son chemin

Linda maintenant dirige sa propre affaire de décors et d'accessoires pour le cinéma et la télé, et ses amies, jadis fans irréductibles du Bush Women Theatre, sont mécaniciennes automobiles, électriciennes, ouvrières du bâtiment

elle consacre beaucoup de temps à ces femmes qui ont rejeté la féminité avant que ça ne devienne à la mode

Dominique est très contente de les avoir revues

ce qui n'est pas le cas en ce qui concerne Shirley, la plus vieille amie d'Amma et la femme la plus lugubre de la planète, qui a pris un air horrifié quand elles se sont trouvées au bar, et a forcé ses lèvres à se fendre d'une sorte de sourire un jour, à une soirée, elle a surpris le regard de Shirley sur Amma en train d'embrasser une petite amie, l'expression de son visage quand elle pensait ne pas être observée

cette femme est une homophobe honteuse, même si Amma ne veut pas l'admettre, Shirley ne serait pas son amie si c'était le cas, affirme-t-elle

Dominique a salué Shirley avec transport, l'a quittée de la même manière, et ne lui a quasiment rien dit entre les deux, c'est ce qu'elle appelle son « sandwich bonjour-au revoir »

réservé aux gens avec qui elle doit se montrer aimable

Roland, Sylvester, Shirley

elle les a bien connus jadis, maintenant qu'elle les voit tous les 36 du mois, elle constate le renforcement de leurs pires traits de caractère

l'arrogance de Roland, l'aigreur de Sylvester, le côté coincé de Shirley

Lakshmi constitue l'une des rares exceptions, elle est demeurée une grande amie et régulièrement débarque à L.A. quand elle est en tournée de promotion de son dernier album

le point fort cette fois-ci, c'est Yazz, qui s'est précipitée sur elle pour lui présenter fièrement deux de ses amies d'université, sûres d'elles-mêmes et le verbe haut, l'une d'elles portant un hijab à sequins provocateur « ouais, musulmane, super et fière de l'être ! »

les deux filles s'écriant qu'elles savaient *tout* sur elle grâce à Yazz, pas d'inquiétude, du calme, c'est que du *bien*, peu de *calomnies*

Yazz lui a suggéré de l'inviter à passer un mois à L.A. l'été prochain sans *tu sais qui*, un moyen de resserrer les liens entre elles parce que tu es ma marraine numéro un et que tu as été absente pendant la plus grande partie de mon enfance, et que c'était très traumatisant de grandir en compagnie de *tu sais qui*

et du Foutu Professeur Je-Sais-Tout

j'aurais pu payer mon voyage si j'étais mieux soutenue, Marraine Dom

mais ne t'inquiète pas, je n'attends pas un billet de première classe, la classe éco suffira

et

une indemnité journalière

Yazz est pleine de fougue, Dominique l'adore pour ça, bien sûr qu'elle va lui payer son billet

sur le sol des toilettes elle fouille dans son sac à dos, en sort une photographie noir et blanc qu'elle tend à Amma

tu t'en souviens ? j'ai pensé à te l'apporter pour que tu voies tout le chemin parcouru

bien sûr que je m'en souviens, comment pourrais-je oublier ? les authentiques *riot grrrls* ou *gurls* d'aujourd'hui, Yazz doit savoir

elles se tenaient sur l'un des balcons extérieurs du théâtre, Dominique en vieux manteau d'homme, chapeau mou défoncé, tee-shirt déchiré, jean, bretelles

Amma en blouson d'aviateur, jupette à volants, collants rayés, Dr. Martens

toutes les deux la mine renfrognée et pointant du doigt le nom du théâtre en épaisses lettres noires loin au-dessus de leurs têtes que nous avions l'air jeunes, Dom, on dirait qu'il y a des siècles

c'était il y a des siècles, une époque disparue, chérie, tiens j'ai des sels, regarde-toi, maintenant, Ams, au *sommet* de ton art, ma belle, tu es de la dynamite, irrésistible, voilà ce que tu es, quant à la scène finale de la pièce ? le gynocentrisme africain a causé un tremblement de terre

Amma se sent fondre contre le mur au fur et à mesure que la flatterie s'infiltre dans ses veines

c'est exactement ce dont elle a besoin

tout est parfait

juste

parfait.

5

Les deux femmes poursuivent leur conversation jusque tard dans la nuit dans l'appart d'Amma

Dominique est heureuse qu'elle n'ait pas invité ses copines actuelles, qui n'ont pas caché leur chagrin de devoir la quitter, et l'ont mitraillée du regard pour les avoir privées de leur partie de jambes en l'air festive

en l'occurrence des parties à trois, comme l'a reconnu Amma

tu es une infecte salope, Ams

j'espère bien, je fais de mon mieux

Yazz et sa bande, qui habitent ici également, sont parties depuis longtemps se coucher

qu'est-ce que vous avez, les jeunes d'aujourd'hui, leur crie Dominique quand elles quittent la pièce, à bâiller à vous décrocher la mâchoire comme des enfants de cinq ans ?

c'est vous qui êtes censées nous donner des coups de trique, allez les petites minettes raisonnables, revenez vous faire fouetter

il faut bien que *certains* se conduisent en adultes responsables, crie Yazz par-dessus la rampe de l'escalier de bois, quand il y a de vilains *gamins* dans la maison

je ne citerai personne, *remarque*

contrairement aux jours anciens

elle et Amma ne se sont enfilé que deux bouteilles de rouge et le reste de la coke, qui contrarie agréablement l'effet enivrant de l'alcool

le meilleur des deux mondes, boire autant qu'on veut et demeurer suffisamment lucide pour une bonne causette

Amma a pris la pose, allongée sur un vieux canapé bosselé, soutenue par des coussins

telle une Sarah Bernhardt ou une Lillie Langtry vieillissante

Dominique s'assoit sur les formes géométriques délavées du tapis Habitat

en position du lotus

la maison rappelle à Dominique le style de vie auquel elle a échappé, les pavillons mitoyens et identiques sont trop proches pour qu'on se sente tranquille

la courette de devant de trois mètres carrés occupée par des poubelles noires et le jardinet derrière à peine plus grand les dimensions du logement rendent claustrophobe, à quoi s'ajoutent les murs peints en mauve foncé malgré le conseil explicite de Dominique de les peindre en blanc pour créer une illusion d'espace

des affiches de théâtre jaunies par la fumée sont du moins préservées sous verre

sur le dessus de cheminée s'alignent des sculptures africaines poussiéreuses qu'Amma a accumulées plutôt qu'héritées

la plinthe est éraflée, le parquet a besoin d'un bon coup de vernis, l'âtre abrite un cierge grossièrement déformé par de la cire fondue et fossilisée

Amma parle de « minable-chic » pour définir le style de sa maison, comme si elle l'avait choisi délibérément, mais entre putes du même bordel on ne se la fait pas, et Dominique lui suggère de laisser tomber le « chic »

elle-même emploie une femme de ménage qui vient deux fois par semaine rattraper ses défaillances

elle habite un bungalow aéré aux murs vitrés qui prolongent le modeste espace jusqu'à inclure les pins qui couronnent la colline en contrebas

puis les lumières de la ville dans le lointain

La Dernière Amazone du Dahomey constitue probablement le pinacle de ma carrière, Dom, dit Amma, l'esprit n'est plus à la fête, elle plonge dans cette humeur larmoyante que Dominique connaît bien

je n'imagine pas de meilleure réussite, peut-être qu'ils m'inviteront à monter une nouvelle pièce si celle-ci récolte un grand prix, peut-être pas, j'ai encore tant à donner, je pourrais être encore en train de m'escrimer à trouver des boulots, et chercher à siéger dans des comités pour discuter de la diversité au théâtre

je suis devenue la Grande Prêtresse de la Longévité d'une Carrière dans la Chapelle du Changement Social prêchant du haut de sa Chaire de l'Invisibilité Politique devant la Congrégation des Marginalisés et Déjà Convertis

c'est pourquoi j'ai le devoir de t'aider à t'échapper, Amma, regarde tous ces acteurs noirs anglais qui ne trouvent plus de travail ici, qui quittent le navire et finissent stars à Hollywood, et regarde ma vie ? regarde mon Festival d'arts féminins, pense à la masse du public, le soutien des réseaux, les conversations, la puissance des Noirs qui opèrent à tous les niveaux de la société

l'Amérique te dilatera dans sa propre immensité, Ams, tu deviendras plus audible, plus hardie, plus créative et stimulée intellectuellement, tu atteindras de nouveaux sommets, c'est certain, je sais que le pays a plus que sa part de souffrances sociales et politiques, mais même, si tu le compares à la Grande-Bretagne ? en tout cas, il y a longtemps que j'ai quitté le navire

je dois rester ici jusqu'à ce que Yazz soit prête à vivre sans l'aide des autres

de qui parlons-nous ? de la jeune femme la plus arrogante de l'univers ? si quelqu'un est capable de se débrouiller seule, c'est bien ta fille

non pas que je le souhaite, qu'elle vive indépendante, je veux dire

problèmes de séparation ?

c'est un monstre, mais c'est mon petit monstre, et tu sais quoi, j'adore vivre ici, même si je me sens terriblement frustrée, je ne suis pas sûre de vouloir devenir une étrangère où que ce soit ailleurs

essaie comme on essaie une nouvelle robe, vivre c'est savoir prendre des risques, non pas s'enfoncer la tête dans le sable

merci

il y a pas de quoi

tu me donnes le sentiment d'être une de ces « petites Anglaises bornées » caractéristiques

c'est parce que tu ne sais pas ce qui est le mieux pour toi, tu peux brailler, ruer, si je dois te traîner aux États-Unis, qu'il en soit ainsi

Amma se lève de son canapé, ouvre la fenêtre, souffle sa fumée dans la rue noire et silencieuse

Dominique n'arrive pas à croire que son amie continue de fumer, que quiconque de plus de vingt ans continue

J'aime l'Angleterre moi aussi, Ams, encore que, un peu moins chaque fois que je reviens, c'est devenu un souvenir vivant, l'Angleterre appartient au passé, même quand je suis dans le présent

c'est un truc dont tu as parlé à ta psy, non ?

je la paie pour qu'elle m'écoute dégoiser des folies sans m'interrompre pendant une heure chaque semaine, c'est toujours la même, je la vois depuis que j'ai quitté Nzinga, c'est merveilleux, tu devrais essayer

sauf que, contrairement à toi, je n'ai pas de problèmes psychologiques inquiétants, Dom

c'est parce que tu n'as pas fouillé assez profondément pour les trouver

exact

pour moi la psychothérapie est une forme de conscientisation, Dom conscientisation, quel terme, Ams, un vrai retour en arrière

tu n'as pas entendu dire que le retour en arrière fait son retour ? il n'y a rien de plus à la mode que d'être féministe : blogs, manifs, campagnes de financement participatif, c'est insupportable

Amma referme la fenêtre, retourne s'allonger langoureusement sur le canapé, explique-moi pourquoi le fait que le féminisme trouve un nouveau souffle est une mauvaise chose, Dominique ? n'est-ce pas ce que préconisent les médecins ?

c'est la commercialisation de la chose qui m'emmerde, Amma, il fut un temps où les féministes ont été si vilipendées par les médias que ça a détourné les femmes de leur propre libération, personne ne voulait être désigné comme telle, maintenant elles nagent dans le bonheur, tu as vu toutes ces photos glamour de superbes jeunes *feministas* avec leurs vêtements branchés et leurs grands airs – jusqu'au jour où la mode passera

le féminisme a besoin de plaques tectoniques pour changer, pas d'un relooking branché

Dominique veut absolument convaincre son amie, c'est une évidence, mais Amma, la contradiction incarnée, refuse de l'admettre, tu deviens trop cynique et catastrophiste, Dom

je suis clairvoyante, tout mouvement politique sérieux qui s'appuie sur la beauté pour se vendre est condamné

allons, l'obsession des médias pour les jolies femmes est vieille comme le monde, regarde Gloria, Germaine et Angela jeunes, des femmes brillantes mais pas non plus de vilains canards, si les femmes sont jeunes, belles et baisables, elles ont l'appui de la presse, qu'elles soient musiciennes ou pédiatriciennes

pédiatriciennes ?

c'est pour la rime, Dom

et l'autre chose qui m'emmerde ce sont les emmerdeurs trans, tu aurais dû voir la volée que j'ai prise quand j'ai annoncé que mon festival était pour les femmes nées femmes et non pour les femmes nées hommes, on m'a accusée d'être transphobe, ce que je ne suis pas, absolument pas, j'ai des amis trans, mais il y a une différence, un homme élevé comme un homme ne se sent peut-être pas homme mais le monde le traite comme tel, alors comment pourrait-il être exactement le même que nous ?

ils ont lancé une campagne contre mon festival qui a été reprise sur Twitter par un dénommé Morgan Malenga, avec un million de followers, il l'a continuée pendant des mois, ce qui a démoli ma réputation, jusqu'à ce que je fasse machine arrière

Dom, tu es trop drôle, emmerdeurs ? protestation ? ça ne te rappelle personne ? quand nous étions jeunes nous aurions rendu la vie impossible à des tas de gens sur Twitter si ça avait existé à l'époque, et il est légitime que la communauté trans défende ses droits, si tu ne fais pas montre de plus d'ouverture d'esprit sur ce point, tu risques de devenir obsolète, moi, avoir une fille rebelle, « woke » comme ils disent maintenant, qui n'aime rien autant que faire mon éducation, m'a obligée à complètement réviser ma façon de penser, de toute façon je suis sûre que des tas de ces jeunes héroïnes *feministas* te vénèrent aux States, je parie que tu es une nana magnétique je ne suis pas une nana pour elles, Ams, je suis une has been de la vieille école qui constitue une partie du problème, elles ne me respectent pas

dans ces conditions tu dois leur parler, Dom, et nous devrions être contentes que de plus en plus de femmes reconfigurent le féminisme et que l'activisme populaire se propage comme un incendie, que des millions de femmes découvrent la possibilité de s'approprier notre monde comme des êtres humains à part entière

là-dessus, je ne peux que m'incliner.

Épilogue

Penelope

fonce vers son quatre-vingtième anniversaire, dans quarante-huit heures, à bord d'un train intercités qui fonce vers le nord

elle s'efforce de lire les pages culture du *Telegraph* et vient de tomber sur une critique cinq étoiles d'une pièce sur des Amazones africaines, qui se joue au National, son théâtre londonien favori

critique enthousiaste ou pas, elle va manquer la pièce

elle voyage en première classe, voudrait savourer son gin tonic et les amuse-gueules salés malgré son hypertension qui doit maintenant grimper en flèche vu la populace qui l'entoure, le genre de personnes qui accèdent à la classe supérieure moyennant quelques billets de banque supplémentaires puis entreprennent de transformer ce qui est censé être un environnement confortable et calme pour les personnes qui peuvent se le payer en un voyage cauchemardesque de morveux braillards, fêtards ivres de bière, délinquants, qui tiennent des conversations publiques sur des sujets d'ordre privé sur leurs portables

elle voudrait leur crier BOUCLEZ-LA, ESPÈCES DE !!!
mais bien qu'elle soit une retraitée, elle ne veut pas prendre le risque de se faire attaquer par un voyou, imagine les gros titres des journaux demain

Une retraitée balancée d'un train en marche par un voyou ivre

Penelope constate qu'elle tolère moins bien les gens ces temps-ci, à l'exception de Jeremy, son compagnon, qui l'a sauvée du célibat qu'elle a supporté beaucoup trop longtemps

tant d'années d'indépendance malheureuse alors que tout ce qu'elle voulait c'était une relation de codépendance avec un homme aimable et qui l'aimerait

telle qu'elle est

elle a rencontré Jeremy à un cours de taï-chi qu'elle a commencé à pratiquer à presque soixante-dix ans, que l'adorable Dr Lavinia Shaw (hélas retraitée, remplacée par un… *Nigérian*) lui avait recommandé afin d'améliorer son sens de l'équilibre parce qu'elle n'arrêtait pas de tomber

la dernière fois c'était à Waitrose où elle s'était tellement abîmé l'épaule qu'elle avait mis des années à s'en guérir malgré les injections de stéroïdes

si vous tombez tout le temps comme ça, vous finirez en fauteuil roulant, Penelope, l'avait avertie le Dr Shaw

message reçu

Penelope a d'abord essayé le cours de taï-chi local, à Camberwell, où elle s'est trouvée entourée de jeunes femmes d'une minceur incroyable et de beaux jeunes gens aux chignons style samouraï – qui couraient après les femmes

elle a découvert un cours beaucoup plus convenable à Dulwich même (par opposition à East Dulwich) avec un contingent impressionnant de vieux messieurs d'un certain *acabit*

y compris celui à côté de qui elle a commencé à s'installer, Jeremy, à la chevelure argentée et au visage de montagnard aristocratique (*très* Ranulph Fiennes)

un peu plus âgé qu'elle et divorcé (elle s'en est rapidement assurée, ça valait mieux), elle a pris les postures à côté de lui suivant les instructions du professeur : Séparer la Crinière du Cheval Sauvage, Saisir la Queue de l'Oiseau et Transporter le Tigre par-dessus la Montagne

Penelope a éliminé toutes les concurrentes, ressuscitant les talents un peu rouillés qui lui avaient permis, encore adolescente, de séduire Giles

elle apportait à Jeremy des poires de son jardin, et des boutures pour combler les vides du sien (elle s'en est là aussi rapidement assurée) – roses trémières, camélias, glycine

il semblait la trouver à son goût alors elle a haussé ses ambitions d'un cran et lui a apporté un disque 78 tours extrêmement rare de Maria Callas, qu'il idolâtrait

après avoir passé un temps fou à le chercher chez des disquaires du West End, et lui disant qu'elle l'avait dégoté enfoui dans sa collection de disques de musique classique (rassemblée à la hâte au cas où il voudrait la voir)

elle a écouté avec lui d'innombrables et abominables opéras au Royal Opera House, à l'English National Opera, à Glyndebourne, Aldeburgh, Garsington

se prétendant enchantée par les miaulements sur scène

elle l'a accompagné au stade Lords and Oval et a assisté à d'innombrables et interminables matchs de cricket, manifestant un *vif intérêt*, soutenue par les Pimm's réglementaires dans le seau à glace

(il lui incombait de maintenir de telles traditions)

Penelope se transforma en Amusante Personnalité, rien n'était trop ennuyeux du moment qu'il s'agissait de Jeremy, en vérité la plupart des choses s'étaient révélées très ennuyeuses avant qu'elle le rencontre

elle apprit à écouter attentivement, sachant réconforter, spécialement quand il décrivait son ex-mariage avec Anne

qui, de mère et d'épouse convenable dans les années 1950 et 1960, s'était transformée en féministe antihommes dans les années 1980 n'arrêtant pas de se bagarrer avec lui et filant vers Greenham Common avec des femmes qui s'efforçaient de ne pas ressembler à ce qu'elles étaient

qu'elle ramenait dans leur maison de Kensington en les présentant comme des amies, jusqu'au jour où il l'avait surprise au lit en train de faire ce que seul un homme devrait faire à une femme

il a eu des aventures depuis, mais jamais ne se remariera

eh bien, il y a beaucoup à dire sur le féminisme, compatissait Penelope, prête à trahir la cause si ça signifiait trouver son propre bonheur

Jeremy Sanders (Ordre de l'Empire britannique)

avait mené une brillante carrière de fonctionnaire chargé des publications internes du palais de Westminster, peu importe le parti politique qui ravage, oops, pardon, régente le pays, comme il disait souvent en plaisantant (quel humour, Jeremy !)

ils sont du même bord (à la droite du centre) et adorent débattre des questions du jour : la loi et l'ordre, l'économie, État protecteur *versus* État surprotecteur, nationalisme, immigration, plus ou moins de protection sociale, droits de l'homme, encourager la croissance des petites entreprises et l'allègement fiscal pour les grandes entreprises et les gros actionnaires, protection des richesses personnelles – la villa de Camberwell qu'elle avait achetée pour une bouchée de pain dans les années 1960 valait maintenant une somme à sept chiffres

Penelope attendit dix-huit mois avant d'accepter une véritable intimité avec Jeremy, elle n'allait pas d'ailleurs vraiment sauter dans son lit, ça faisait un temps fou que personne ne l'avait vue dévêtue à l'exception de la corpulente vendeuse du rayon lingerie de Marks & Spencer

ses cuisses, jadis fuselées, étaient épaisses et grêlées, ses seins n'avaient plus rien des ballons gonflés de sa jeunesse, et elle avait passé des nuits d'insomnie à se demander si elle devait se teindre les poils pubiens pour Jeremy

la consommation véritable survint inopinément, une nuit qu'ils tombèrent comme des adolescents sur le canapé du salon de la maison de ville de Jeremy

après trois heures et demie de *Traviata* au Royal Opera House

dont elle se remit en vidant une bouteille de bordeaux vintage

cependant qu'il lampait quelques verres de cognac Metaxa

une chose suivant l'autre, avant qu'elle comprenne ce qui se passait, son pucelage avait sauté par les soins de son petit ami de soixante-dix ans et quelques

Penelope constata ensuite que, aveuglé par ses sentiments, Jeremy ne remarquait pas ses imperfections physiques, il l'aimait telle qu'elle était, même quand elle l'autorisa à regarder son cul nu redressé sur le lit éclairé en plein par le soleil filtrant par la fenêtre

c'est ainsi que j'imagine la Vénus de Botticelli quinquagénaire, lui dit-il

quinquagénaire ? elle avait soixante-dix ans

il était si *compatissant*

quant à elle, elle l'aimait effectivement comme il était, ni le Bibendum de Michelin ni un vieil Adonis, ses jambes constituaient son meilleur atout, c'était un marcheur invétéré, elle le devint elle aussi, ce qui tenait presque du miracle, parce que, jusqu'à ce qu'elle le rencontre, elle ne pouvait tenir plus de cinq minutes sans être essoufflée

soit le temps de sortir de sa voiture et de faire les boutiques

elle finit par acquérir suffisamment d'endurance pour parcourir quinze kilomètres aller-retour quand ils s'installaient dans le cottage du bord de mer de Jeremy dans le Sussex, ou dans sa villa à elle en Provence

la marche devint l'un des plaisirs de sa vie

une fois tous les sujets de compatibilité établis, elle jugea normal de s'installer chez lui, décidant de ne toucher à rien, bien que détestant la palette de couleurs grises et vertes, le goût de Jeremy pour le mobilier édouardien, les moquettes beiges et la prépondérance d'encadrements des couvertures du *Spectator* du dix-neuvième siècle

contrastant avec son sens du style plus éclectique qui comprend les figurines balinaises, des sculptures sur verre, des quilts quakers colorés jetés sur des canapés blancs confortables, des tapis en peau de mouton et des planchers clairs et poncés

ils se sont installés dans une vie de bien-être, dînant fréquemment dehors (ni l'un ni l'autre n'aiment cuisiner), visitant des galeries de peinture, allant voir des pièces de théâtre et des comédies musicales (pour elle) et, bien entendu, à l'opéra

ils sont tous les deux des lecteurs fervents, les goûts de Penelope la portent vers Joanna Trollope, Jilly Cooper, Anita Brookner et Jeffrey Archer, lui c'est plutôt le genre James Patterson, Sebastian Faulks, Ken Follett et Robert Harris

Jeremy lui a avoué un jour qu'il n'a jamais lu un roman écrit par une femme parce qu'il n'a jamais pu dépasser le premier chapitre, il ne comprend pas pourquoi, ce doit être biologique, a-t-il dit penaud

elle n'a pas bronché, ne pas le tanner, s'est-elle promis, c'est le secret de leur relation harmonieuse

ils pratiquent le taï-chi tous les matins dans le jardin d'hiver, ou dehors l'été, bien qu'il ait perdu de son agilité à quatre-vingts ans bien sonnés

elle a survécu à la crainte d'un cancer qui lui a fait percevoir avec une très grande acuité sa condition de mortelle (et la gratitude d'avoir échappé à la mastectomie) envisager sa disparition l'a cependant plongée dans des affres d'insomnie à propos de ses parents naturels, une angoisse qu'elle croyait avoir enterrée dans son jeune âge, une fois surmonté le choc d'apprendre qu'elle n'avait pas de liens du sang avec Edwin et Margaret

qui étaient ces gens qui ne l'avaient mise au monde que pour l'abandonner ?

Sarah a été très étonnée de l'entendre lui raconter ça au cours de leur conversation hebdomadaire via Skype – Australie-Angleterre

qu'est-ce qui a déclenché cette crise, Mum ?

Sarah a atteint la cinquantaine, elle vient rarement en Angleterre, ses enfants Matty et Molly sont de grandes personnes, *très* australiens

Adam vit depuis si longtemps à Dallas qu'il est devenu un affreux partisan du Second Amendement, si bien qu'ils ont eu une violente dispute à propos de la vente libre des armes dans son Walmart local au même titre que les fromages et les jouets d'enfants

Penelope est certaine que ses enfants l'ont fuie, ce qu'ils n'ont jamais admis, elle ne pense pas avoir été une mauvaise mère et elle est triste de ne pas avoir noué de véritables liens avec ses petits-enfants

elle voulait être la grand-mère baby-sitter hebdomadaire

la deuxième femme la plus importante de leur existence

elle demeure néanmoins très proche de Sarah qui lui a parlé de l'existence de tests ADN sur les origines, qui se pratiquent beaucoup dans la partie du monde où elle vit, étant donné que les gens ont des racines en Grande-Bretagne et ailleurs, dont ils ne savent à peu près rien

tu dois essayer, Mum, puisque ça te tracasse, tu sauras au moins de quelle partie du Royaume-Uni venaient tes parents naturels

l'idée séduit Penelope, elle a grandi à York, imaginant que ses ancêtres venaient de cette région, en remontant jusqu'à l'âge de pierre, probablement

les gens ne bougeaient pas beaucoup jadis sauf lorsqu'ils quittaient leur village pour la ville afin de travailler, et ça ne s'est vraiment répandu que durant la révolution industrielle

jusque-là l'insularité était la règle, l'isolement, spécialement dans les territoires montueux, donc, oui, ses racines doivent se situer dans le Yorkshire, le Lancashire, le Cheshire, le Lincolnshire, peut-être Durham, peut-être quelques ancêtres vikings, peut-être descend-elle d'une reine viking

l'idée se défend

le kit ADN arriva, Penelope déposa de la salive dans le tube suivant les instructions, l'expédia par la poste, se prépara à surprendre Jeremy avec les résultats

qui n'ont pas du tout correspondu à ce qu'elle espérait

maintenant Penelope souffre d'un syndrome de stress post-traumatique parce que, hier, elle a consulté ses e-mails en revenant de son déjeuner traditionnel du vendredi, *penne* & pinot, avec une copine divorcée, et la réponse était là :

Grande nouvelle ! Vos résultats de test ADN sont prêts. Le moment que vous avez tant attendu est arrivé…

dans son cas, ce moment c'est toute sa vie

Penelope a cliqué sur l'hyperlien, soulagée par l'absence de Jeremy parti jouer au golf avec son frère, Hugo, dans le Surrey

elle a eu du mal à comprendre au début, tant de nationalités différentes

ce savoir concernait son moi le plus profond, le plus secret, et révélait une collision entre celle qu'elle croyait être et celle qu'elle était apparemment

Europe	
Scandinavie	22 %
Irlande	25 %
Grande-Bretagne	17 %
Juive européenne	16 %
Péninsule ibérique	3 %
Finlande / Russie du Nord-Ouest	2 %
Europe de l'Ouest	2 %

Afrique	
Éthiopie	4 %
Sud-Soudan	1 %
Kenya	1 %
Érythrée	1 %
Soudan	1 %
Égypte	1 %
Nigéria	1 %

Côte d'Ivoire/Ghana	1 %
Cameroun / Congo	1 %
Afrique centrale et australe	
Chasseurs-cueilleurs	1 %

Penelope fila droit sur le placard aux boissons ; quelques heures plus tard elle alla s'allonger dans sa chambre

être juive, c'est une chose, mais jamais au grand jamais elle ne s'attendait à trouver de l'Africain dans son ADN, c'est le plus grand choc qu'elle ait reçu, le test ne procure pas de réponses, il la confronte à des questions

allongée sur son lit, elle imaginait ses ancêtres attifés de pagnes courant la savane africaine pour harponner les lions, et en même temps la tête coiffée d'une kippa, mangeant des sandwichs de seigle et de la paella, refusant de chasser durant le shabbat

peut-être devrait-elle s'acheter une perruque à dreadlocks pour s'adapter à sa nouvelle identité, devenir l'un de ces rastas vendeurs de drogues

en tout cas ça expliquait pourquoi elle bronzait dès que le soleil frappait sa peau

britannique à 17 %, quelle terrible déception, elle est en réalité plus irlandaise que britannique, ce qui signifie selon toute probabilité que ses ancêtres étaient des cultivateurs de *pommes de terre*

l'élément scandinave est plutôt bien du moment qu'il s'agit de Vikings, mais comment savoir ? eux aussi étaient peut-être des cultivateurs de pommes de terre, l'Europe de l'Ouest explique son affinité avec la Provence ses ancêtres africains étaient probablement des nomades parcourant tout le continent en s'entretuant avant que les Britanniques délimitent les régions en véritables pays, imposant de ce fait la discipline et le contrôle

si elle est 13 % africaine, cela veut-il dire que l'un de ses ancêtres l'était à 26 % ? ou était-ce réparti à parts égales

puisqu'elle ignore qui étaient ses parents naturels, elle ne peut même pas commencer à essayer de trouver à quel fil chacun était relié

Penelope appela Sarah sur Skype pour lui révéler la nouvelle, il était très tôt en Australie, mais c'était un moment exceptionnel, Sarah se montra terriblement excitée

demanda à connaître le site parce que, Mum, ce que tu dis n'a pas de sens, on se fiche que tu aies un faible pour les polars scandinaves

est-ce que tu as bu ?

(juste un peu)

quelques minutes plus tard, Sarah la rappela sur Skype, disant que non seulement le site lui avait indiqué sa ventilation ethnique mais qu'il l'avait connectée avec des parents qui avaient déjà fait le test, comment es-tu passée à côté, Mum ? bon, respire profondément, tu es prête ? sur ta page figurent une centaine de personnes génétiquement proches, à commencer par des cousins au cinquième ou huitième degré, personne du côté des frères et sœurs ou d'un grand-parent, pas de jumelle non plus, mais quelque chose d'autre apparaît, Mum, un *parent* – comprends-tu ce que ça signifie ?

ta mère ou ton père naturel a fait faire le test et s'est révélé être ton parent biologique

le nom figure sous l'appellation Anonyme25, enregistré il y a deux semaines dans le Yorkshire et, attends, c'est pas fini, il y a un lien e-mail pour que tu puisses entrer directement en contact avec la personne

Mum, tu m'écoutes ? oh mon Dieu, tu es toute pâle, ne pleure pas Mummy, c'est tout à fait compréhensible, bien sûr, je comprends, vraiment, j'aimerais tellement te serrer dans mes bras, écoute, je m'en occupe, calme-toi, dessoûle-toi et nous en reparlerons plus tard

Sarah envoya un e-mail à une personne nommée Morgan qui répondit presque instantanément que il/elle (?) supervisait le test ADN pour leur arrière-grand mère, Hattie Jackson, afin d'en apprendre davantage sur la mère de Hattie, Grace, qui était à moitié éthiopienne, croyaient-ils, et qu'ils avaient découvert que ses gènes étaient beaucoup plus répartis en Afrique qu'ils ne s'y attendaient

la dernière chose à laquelle aurait pensé Morgan, c'était de recevoir un e-mail de quelqu'un qui se proclamerait la fille de Hattie, parce que Hattie n'avait eu qu'une seule fille, appelée Ada Mae, et qui vivait à Newcastle

Morgan promit à Sarah qu'elle allait appeler Hattie immédiatement, et reprendrait contact aussitôt après

le choc encaissé, Hattie raconta à Morgan qu'à l'âge de quatorze ans elle avait accouché d'une fille, qu'elle avait prénommée Barbara, que son père lui avait enlevée quelques jours après la naissance, elle n'avait rien eu à dire et n'avait jamais su où avait atterri le bébé, seuls ses propres parents le savaient et ça faisait si longtemps qu'ils étaient morts

Hattie a gardé ce secret toute sa vie, a pensé à Barbara tous les jours, n'arrive pas à croire qu'elle soit vivante

Penelope reçut un e-mail de Morgan lui disant que Hattie, son arrière-grand-mère, était en état de choc, qu'elle était très âgée, venez le plus vite possible

Penelope répondit qu'elle prenait le premier train le lendemain

Penelope monte dans un taxi à la gare, elle a pour habitude de surveiller le compteur, mais celui-ci peut bien monter jusqu'à cent livres, elle s'en fiche

le chauffeur lui dit que le trajet prendra deux bonnes heures, il est africain, elle ne s'attendait pas à en trouver un si au nord, presque en Écosse

elle se croit revenue dans le sud de Londres, puis elle se reprend, ça n'est pas aussi simple qu'avant, le type pourrait être un membre de sa famille, s'il y a une chose qu'elle a apprise en quarante-huit heures, c'est que n'importe qui peut être un parent

normalement, elle devrait tomber de sommeil, elle s'est réveillée à quatre heures du matin, pour prendre le train de sept heures à King's Cross, mais son cerveau est complètement connecté

la voiture s'enfonce dans la campagne northumbrienne

on peut facilement oublier que l'Angleterre est constituée de plusieurs Angleterres

tous ces champs, forêts, moutons, collines, villages comateux elle a l'impression d'aller au bout de la Terre tout en retournant simultanément à ses propres commencements

elle va revenir à ses origines, au ventre de sa mère

le taxi traverse un autre village désert, grimpe une colline à la pente si raide et longue qu'elle se demande s'il va y arriver

au sommet une arche de fer les attend, surmontée d'une pancarte

Greenfields
Fondée
en 1806
par
le capitaine Linnaeus Rydendale
et sa femme bien-aimée
Eudoré

ils pénètrent dans une cour si pleine de boue que le taxi doit ralentir pour frayer son chemin, la boue éclaboussant les vitres

on a l'impression de reculer vers une époque antécivilisation

à sa droite une vieille ferme affaissée au toit constitué d'un patchwork de tuiles et de briques dépareillées, sous lesquelles a rampé la vigne vierge, il suffirait d'une lourde poussée pour que tout s'effondre, semble-t-il

la cour est entourée de granges aux portes qui battent au vent

quelques poules et poulets gloussent, une tête de vache émerge d'un enclos, une chèvre est attachée à un poteau, une charrue est en train de rouiller là-bas au bout, assaillie par la vigne vierge

tout s'écroule, tombe en ruine, la nature se déchaîne

elle descend du taxi, paie les trois cents livres inscrites au compteur, étant donné que le chauffeur doit être une sorte de cousin à la sixième génération

la porte de la ferme s'ouvre et quelqu'un en sort, une femme avec une masse de cheveux rêches et gris dressés sur la tête

elle porte une salopette bleue élimée couverte d'un cardigan, elle est *nu-pieds*, ici ? dans cette boue ? par ce temps ?

elle se dirige vers Penelope, elle est vieille, décharnée, mais l'air robuste, grande et même pas voûtée, farouche, c'est de là que Penelope tient ce côté impérieux qu'on lui a reproché dans le passé ?

le teint est indiscutablement brun clair mais ambigu, le genre de couleur qu'on peut trouver dans de nombreux pays

cette créature à la chevelure métallique au regard perçant et féroce, sortie du bush

est sa mère

c'est elle

la sienne

qu'importe sa couleur ? comment Penelope a-t-elle pu croire un jour que ça avait de l'importance ?

ce sentiment qui la submerge est si pur, si primal

il y a une mère et une fille qui réajustent de fond en comble l'idée qu'elles ont d'elles-mêmes

à présent sa mère est assez proche pour qu'elle puisse la toucher

Penelope a craint de ne rien ressentir, ou que sa mère n'exprime rien envers elle, ni amour, ni sentiments, ni affection

comme elle s'est trompée, l'une et l'autre ont les yeux pleins de larmes, les années lentement reculent jusqu'à ce que la vie passée l'une sans l'autre s'anéantisse

il ne s'agit pas de sentir ceci ou cela, de dire ceci ou cela

il s'agit

d'être ensemble.

Remerciements

Cela fait presque vingt ans que j'ai commencé à travailler avec Simon Prosser, directeur éditorial de Hamish Hamilton, et je veux le remercier de tout le soutien qu'il m'a apporté pour les six livres que j'ai publiés depuis. Je lui en suis reconnaissante, et je me sens en outre privilégiée. Je tiens à remercier également l'équipe de Penguin qui a travaillé continûment pour que mes livres existent, parmi lesquels Hermione Thompson, Sapphire Rees, Hannah Chukwu, Annie Lee, Donna Poppy, Lesley Levene, Amelia Fairney, et tous ceux qui œuvrent en coulisses à la parution des ouvrages. Je dois un remerciement particulier à mon agente littéraire Karolina Sutton de Curtis Brown. Et plein d'autres à mes lecteurs aux diverses étapes du manuscrit : Sharmilla Beezmohun, Claudia Cruttwell, Maggie Gee, Lyn Innes et Roger Robinson. À ceux qui ont vérifié mon *patois* et mon parler créole : Chris Abani, Jackee Holder, Michael Irene et Kechi Nomu. Merci également à la fondation Hedgebrook Retreat for Women Writers, qui m'a accueillie en résidence sur l'île Whidbey, États-Unis, en 2018.

Mais d'abord et avant tout, je remercie mon mari, David, qui est toujours là pour me soutenir quand je m'aventure dans les eaux inconnues de la création et toujours m'accueille au port quand je reviens chez nous.

POCKET soutient ONE 101 ONE

LA RÉANIMATION EST UN ENJEU

« Les héros ne sont pas seulement dans les livres. Si vous voulez sauver des vies, flashez le QR Code »

Pr Jean-Daniel CHICHE,
Président du Fonds One 0 One

Depuis 2018, le Fonds de dotation 101 (One 0 One) œuvre pour le progrès de la réanimation en finançant des projets d'éducation et de formation des soignants, des projets innovants pour accélérer la recherche ainsi que des actions d'accompagnement pour fédérer les soignants, les patients et les familles pour mieux vivre la réanimation. L'ambition de 101 est de sauver 1 million de vies en 4 ans en investissant le champ des technologies de l'information et de l'IA avec une approche scientifique rigoureuse et déployée dans son réseau mondial de services de réanimation affiliés. 101 est un organisme sans but lucratif habilité à recevoir des dons. one-o-one.eu

Composition et mise en pages
FACOMPO, Lisieux

Imprimé en Espagne par Liberdúplex
à Sant Llorenç d'Hortons (Barcelone)
en septembre 2022

Pocket – 92 avenue de France, 75013 PARIS

S31315/05